ハヤカワ・ミステリ文庫
〈HM㊸-1〉

ありふれた祈り

ウィリアム・ケント・クルーガー
宇佐川晶子訳

早川書房
7884

ORDINARY GRACE
by
William Kent Krueger

Translated by
Akiko Usagawa
Published 2016 in Japan by
HAYAKAWA PUBLISHING, INC.
This book is published in Japan by
arrangement with
the original publisher
ATRIA BOOKS
a division of SIMON & SCHUSTER, INC.
through OWLS AGENCY, INC., TOKYO.

わが最高の恵み、ダイアンに

快く訪問に応じ、ミネソタのごく初期のちいさなコミュニティーにおける聖職者としての経験を惜しみなく分け与えてくれたふたりの男性、ロバート・ローリン師、グレッグ・レンストローム師に感謝したい。

心は理性が理解できない知力を持っている。

——ブレーズ・パスカル

ありふれた祈り

登場人物

フランク・ドラム……………………語り手
ジェイク……………………………その弟
アリエル……………………………その姉
ネイサン……………………………その父。牧師
ルース………………………………その母
エミール・ブラント………………音楽家
アクセル……………………………エミールの弟
ジュリア……………………………アクセルの妻
カール………………………………アクセルとジュリアの息子
リーゼ………………………………エミールの妹
ガス…………………………………教会の雑用係。フランクの兄的存在
ドイル、クリーヴ・ブレイク………巡査
グレガー……………………………保安官
ハルダーソン………………………ドラッグストア店主
ジンジャー・フレンチ……………牧場主
ヴァンデル・ワール………………葬儀屋兼検視官
モリス・エングダール……………工場作業員
ダニー・オキーフ…………………フランクの友人
ウォレン・レッドストーン………ダニーの大おじ
ボビー・コール……………………死んだ少年

プロローグ

あの夏のすべての死は、ひとりの子供の死ではじまった。ぶあつい眼鏡をかけた金髪の少年がミネソタ州ニューブレーメン郊外の鉄道線路で、サウスダコタへ向けて草原をひた走っていた重さ千トンの鉄のかたまりにはね飛ばされてばらばらになったのだ。少年の名前はボビー・コール。あどけない感じの子で、目は夢でも見ているようだったし、一時間がかりで説明してやったことがようやくわかったみたいな、ぼんやりした笑みをいつも浮かべていた。もっと仲良くして、もっとよい友達であるべきだった。彼はわたしの家からあまり遠くないところに住んでいたし、年齢も同じだったのだから。でも、学校ではわたしより二年遅れで、一部の教師たちの思いやりがなかったら、さらに下の学年に追いやられていたかもしれない。ボビーは身体がちいさくて、無邪気で、所詮ユニオンパシフィック鉄道のディーゼルエンジンで走る機関車の相手ではなかった。

それは、死がさまざまな形をとって多く訪れた夏だった。事故。自然死。自殺。殺人。悲惨な夏としてわたしの記憶にきざまれていると思う人もいるだろうし、たしかにそうなのだが、まったくそのとおりというわけでもない。父はよくギリシャの劇作家アイスキュロスを引用したものだった。「知る者は苦しまねばならない。眠っていても、忘れられぬ悲しみは心に滴り落ちてくる。わたしたちの絶望に、わたしたちの意志に反して、神の恐るべき恵みによって叡智がもたらされるまでは」

結局、それがあの夏だった。わたしはボビー同様子供だったから、そんなことはわからなかった。あれから四十年がたつが、いまだに完全にわかったとは思えない。あの夏の出来事について今もよく考える。叡智の恐るべき代償について。神の恐るべき恵みについて。

1

寝室の床に月の光がたまっていた。外ではコオロギたち夜の虫が闇を活気づけていた。まだ七月にもならないのに、灼熱の暑さだった。目がさめたのはそのせいだったのかもしれない。一九六一年のニューブレーメンでは、エアコンディショナーは金持ちの家だけにある贅沢品だった。日中、大半の住民はカーテンを閉め切って日差しをさえぎり、夜はすこしでも涼しい空気を期待して扇風機をまわした。わが家に扇風機は二台しかなく、わたしが弟と共有する寝室にはなかった。

暑さの中ですこしでも居心地をよくしようとシーツの上で寝返りを打ったとき、電話が鳴った。真夜中の電話によい知らせはないというのが父の口癖だった。とにかく、電話に出るのは父だった。それが父の仕事の一部なのだとわたしは思っていた。母が嫌う父の仕事の一部なのだと。電話機はわたしの部屋の外の廊下の小テーブルの上にある。天井を見つめて短く鋭いベルに耳をすませていると、廊下に明かりがついた。

部屋の向こうで寝ているジェイクが身体を動かし、ベッドがきしむのが聞こえた。

「もしもし」

父が言った。「被害があったのかね」そのあと疲れているが丁寧な言葉がつづいた。「すぐにそっちへ行きましょう。ありがとう、クリーヴ」

わたしはベッドからおりて、父が受話器を置く前に廊下に走り出た。寝ていたせいで父の髪は乱れ、頬にはひげの青い影ができていた。目は生気がなく悲しげだった。Tシャツに縦縞のボクサーショーツという格好だった。

「ベッドに戻りなさい、フランク」父は言った。

「無理だよ」わたしは言った。「すごく暑いし、もう目がさめちゃった。誰からだったの？」

「警察官だ」

「誰か怪我したの？」

「いや」父は目を閉じて、指先で瞼《まぶた》をおさえ、こすった。「ガスだ」

「酔っぱらってるの？」

父はうなずき、あくびをした。

「警察にいるの？」

「ベッドに戻りなさい」

「一緒に行っていい？」

「言っただろう、ベッドに戻るんだ」

「お願い。邪魔しないから。それにどっちみちもう眠れないよ」

「声が大きい。みんなが目をさます」

「お願い、父さん」

　ベッドから起きあがって電話にでるという義務を果たすだけのエネルギーはあっても、うだるような夏の真夜中に冒険を求めている十三歳の攻撃を鈍らせるだけの気力は父になかった。「着替えておいで」

　ジェイクがベッドのはじにすわっていた。すでに半ズボンを穿いて、靴下を履こうとしている。

　わたしは言った。「なんのつもりだよ?」

「ぼくも行く」ジェイクは膝をついて、暗がりでベッドの下のスニーカーを手探りした。

「絶対だめだ《ライク・ヘル》」

「地獄《ヘル》って言った」相変わらず手探りしながら、ジェイクが言った。

「おまえはだめだ、ハウディ・ドゥーディ」（米国の子供向けテレビ番組のキャラクター。赤毛でソバカスだらけ）

　ジェイクはわたしより二歳年下で、頭ふたつぶんちいさかった。赤毛でソバカスがあって、砂糖壺の把手みたいに突き出たへんてこな耳をしているので、ニューブレーメンの人たちからときどきハウディ・ドゥーディと呼ばれている。頭にきたときは、わたしもそう呼んだ。

「い、い、い、いばるな」ジェイクは言った。

　人前だとジェイクは十中八、九どもるが、わたしの前でどもるのは怒っているときか、こわがっているときだけだった。

「いばってない」わたしは答えた。「だけど、その気になったらいつだっておまえをぶ、ぶ、ぶちのめしてやる」

　ジェイクはスニーカーを見つけて、履きはじめた。

　夜は魂の闇であり、世界の残りが死んだように眠っているときに起きていることに、わたしは罪深い戦慄を覚えた。父は仕事柄こんなふうにひとりで出かけることがままあったが、同行をゆるされたことは一度もなかった。今夜は特別であり、それをジェイクとわかちあうのは癪《しゃく》だった。でもすでに貴重な時間を無駄にしていたので、言い争うのはやめて、服を着た。

　部屋を出ると、弟は廊下で待っていた。一言いってやろうとしたが、そこへ父が寝室からそっと出てきてドアを後ろ手にしめた。小言を言いたげな目でジェイクを見たが、結局ためいきをついただけで、先に階段をおりるよう身振りでわたしたちをうながした。

　外に出ると、コオロギの鳴き声がいっそうかまびすしくなった。風のない黒い空中でホタルが明滅していた。夢見心地の目がゆっくりとまたたいているようだった。ガレージへ向かうわたしたちの影が、銀色の月光の海を行く黒いボートみたいに前方を移動した。

「助手席がいい」ジェイクが言った。

「いいかげんにしろよ。だいたいおまえはここにいるべきじゃないんだぞ」

「先に言った者勝ちだよ」

それがルールだった。ドイツ人によって開拓され入植された町ニューブレーメンでは、ルールは守るものだった。それでもわたしはぶつぶつ言いつづけ、たまりかねた父が口をはさんだ。「ジェイクが先に言ったのだからしかたがないだろう。そこまでだ、フランク」

わたしたちが乗り込んだ車は一九五五年製のパッカード・クリッパーで、缶詰の豆の色をしており、母によってリジーと名づけられていた。母はうちにあったすべての自動車に名前をつけていた。スチュードベーカーはゼルダ。ポンティアック・スター・チーフは漫画のキャラクターにちなんで、リトル・ルルだった。ほかにもいろいろあったが、母の――そして、父をのぞくわたしたちみんなの――お気に入りはパッカードだった。ばかでかくて、馬力があり、優雅だった。祖父からの贈物で、両親のいさかいの種でもあった。はっきりと口に出しては言わなかったが、とりたてて好きではない相手からそのような法外な贈物を受け取ることは、父にとって屈辱だったのだと思う。父は、祖父の人の値打ちをはかるものさしにおおっぴらに逆らっていた。当時ですらわたしは祖父が父のことを母の相手にふさわしからぬ負け犬だと考えているのを知っていた。そのふたりが同じテーブルにすわる夕食は、嵐の前の静けさというやつだった。

車は低地地区《ザ・フラッツ》を抜けて走りだした。わたしたちが暮らすニューブレーメンのその一帯は、そう呼ばれていた。ザ・フラッツはミネソタ・リバー沿いにあり、裕福な家族が住まう高台《ザ・ハ》地区《イツ》の下方に位置していた。上のほうにも金持ちでない人はたくさんいたが、ザ・フラッツに金持ちはひとりも住んでいなかった。パッカードはボビー・コールの家の前を通過した。他の家々同様、そこも真っ暗だった。わたしは前日に起きたボビーの死という事実に自分の思考をからませようとした。知っている子が死ぬのははじめての経験だったから、ボビー・コールが化け物にさらわれたかのような奇怪で不吉な感じがした。

「ガスはこ、こ、困ったことになってるの」ジェイクがたずねた。

「まあそうなんだが、深刻なことじゃない」父は答えた。

「なんにも壊したわけじゃないんでしょ」

「今回はな。別の男と喧嘩したんだ」

「それならよくやることだよ」

「酔っぱらってるときだけだ」わたしは後部シートから言った。ガスの肩を持つのはいつもなら父のすることだったが、父はめずらしく無言だった。

「じゃ、ぐでんぐでんに酔っぱらってたんだ」ジェイクが言った。

「もういい」父が片手をあげ、わたしたちは黙った。


パッカードはタイラー通りから大通りに入った。町は暗く、甘美な可能性に満ちていた。わたしはニューブレーメンを自分の顔ぐらいよく知っていたが、夜は別だった。町はもうひとつの側面を見せていた。町の広場に市の警察署があった。ニューブレーメンでは、第一福音ルーテル派教会についで二番めに古い建物だ。どちらも町の郊外で切り出された同じ花崗《かこう》岩《がん》で建てられていた。父は警察署の正面に斜めに車をとめた。

「おまえたちふたりはここにいなさい」

「我慢できないや、トイレに行かなくちゃ」

父はわたしをにらんだ。

「ごめんなさい。漏れそうなんだ」

父はあっさり折れた。よほど疲れているにちがいなかった。「じゃ行こう。おまえもおいで、ジェイク」

警察署の建物に入ったことはなかったが、それは常にわたしの想像力を刺激してやまない場所だった。いざ入ってみると、蛍光灯に照らされた殺風景な小部屋がひとつあるだけで、祖父の不動産事務所と似たりよったりだった。机がふたつ、ファイルキャビネットがひとつ、ポスターを貼った掲示板がひとつ。だが、東側の壁に沿って鉄格子のはまった留置所がひとつあり、囚人がひとり入っていた。

「ご足労すみません、ミスター・ドラム」警察官が言った。

彼らは握手した。父はわたしたちを紹介した。クリーヴ・ブレイク巡査は父よりも若そうで、細い金縁の眼鏡をかけ、その奥の青い目はこちらがどぎまぎするほど率直だった。蒸し暑い真夜中だというのに、制服を着て、こざっぱりと清潔に見えた。

「きみたちが外出するにはちょっと遅すぎないか？」

「眠れなかったんです」わたしは巡査に言った。「暑すぎて」

ジェイクはなにも言わなかったが、それは人前でどもるのを案じているときの弟の常套手段だった。

留置所に入れられている男には見おぼえがあった。モリス・エングダール。不良。髪形は黒髪をうしろになでつけたダックテール、黒の革ジャンの愛用者。わたしの姉より一歳年上で、姉はハイスクールを卒業したばかりだが、エングダールは中退だった。聞いた話によると、デートを拒絶した女の子のロッカーにうんこをしたせいで退学になったらしい。彼はわたしが見たなかで最高にかっこいい車に乗っていた。黒の一九三二年製のフォード・デュース・クーペで、スーサイドドア（ドアの開きが普通と逆のもの）、ぴかぴかのクローム・グリルに大きなホワイトウォールタイヤ、ボディには車の長さいっぱいに炎の絵が描かれている。

「へぇ、こいつは屁こきのフランクとハウディ・ド、ド、ドゥーディじゃねえか」エングダールは言った。目のまわりに黒痣《くろあざ》ができていて、腫れあがったくちびるから漏れる言葉はろれつがまわっていなかった。格子の奥から彼はいじわるそうな目をジェイクにすえた。

「ちょ、ちょ、ちょ、調子はどうだよ、低能」

ジェイクは吃音症のせいでありとあらゆる呼びかたをされていた。さぞや悔しいにちがいないが、たいていは黙ってにらみつけるだけだった。

「ジェイクは低能じゃない、エングダールくん」父は静かに言った。「どもるだけだ」

わたしは父がモリス・エングダールを知っていることにおどろいた。彼らのあいだに接点があるとは思えなかった。

「ほ、ほ、ほんとかよ」エングダールは言った。

「もう充分だ、モリス」ブレイク巡査が叱りつけた。

父はそれ以上エングダールに注意を払わず、警察官に事情をたずねた。

巡査は肩をすくめた。「酔っぱらいがふたり、売り言葉に買い言葉。火に油を注ぐようなものですよ」

「おれは酔っぱらいじゃねえぞ」エングダールが長い金属のベンチのはじにうずくまるようにすわって、そこにげろを吐くことのよしあしを検討するかのように、床をにらんでいた。

「彼はバーで飲める年齢じゃないでしょう、クリーヴ」父が指摘した。

「そのことについては〈ロージー〉の連中に注意しておきます」巡査は答えた。

奥の壁のドアの向こうでトイレを流す音がした。

「かなりの怪我なのかね？」父が訊いた。

「ほとんどモリスのほうですよ。駐車場でやりあったんです」

奥の壁のドアがあいて、ズボンのジッパーをあげながら男が出てきた。

「ドイル、おまえがエングダールとガスを連行してきたいきさつをこの人たちに説明してたところだ」

男は腰をおろすと机に足を乗せた。制服は着ていなかったが、警察署でくつろいでいる様子からして、男も警官であることがわかった。「ああ、おれは非番で〈ロージー〉の店にいたんだ。バーでやつらが激しくやりあったり、怒鳴りあったりしてるのを見てたんだ。表へ出ていったから、そろそろおっぱじまるなと思ったのさ」

父はブレイク巡査に話しかけた。「ガスを連れて帰ってもいいかね？」

「どうぞ。奥にいますよ」警察官は机の引出しから鍵束を取り出した。「コールさんのところの子が死んだのは残念でした。昨日はあの子の両親とほとんど一緒に過ごしたそうですね」

「ええ」父は言った。

「こう言っちゃなんですが、あなたの仕事よりは自分の仕事のほうがましですよ」

「なあ、おれはどうも腑に落ちないんだよ」非番の警察官、ドイルが言った。「おれはあの子供が線路にいるのを何度も見たことがあるんだ。列車が大好きだったんだろうな。どうして轢《ひ》かれたりしたのかさっぱりわからん」

ブレイク巡査が言った。「というと」

「ジム・ガントと話をした。現場に最初に駆けつけた保安官補だ。ガントは、子供は線路にただすわってたようだと言ってた。列車がきたときもまったく動かなかったらしいとな。妙ちくりんじゃないか。あの子は耳が聞こえなかったわけじゃないんだぜ」

「そこのハウディ・ドゥーディみたいな低能だったのかもしれねえよ」エングダールが留置所から言った。「線路からケツをあげることを知らなかったのさ」

ドイルが言った。「もういっぺん口をきいてみろ、おれがそこへ入っててめえのケツをぶっとばしてやる」

ブレイク巡査は、さっきから探していた鍵束を見つけて引出しをしめた。「捜査はおこなわれてるのか」

「おれが知ってるかぎりじゃ、やってない。公式には事故だ。異議を唱える目撃者もいない」

ブレイク巡査は言った。「きみたちはここにいてくれ。それからモリス、おとなしくしてろよ」

父がたずねた。「息子にトイレを使わせてもらえるかな、クリーヴ」

「どうぞ」巡査は答えて、奥の壁の金属ドアの鍵をあけ、父の先に立って入っていった。

トイレは必要はなかった。あれは警察署に入るためのただの方便だった。ドイルにトイレへ行けとうながされるのではないかと思ったが、まるで関心がなさそうだった。

ジェイクは立ったままエングダールをにらみつけていた。恨みのこもった目つきだった。

「なに見てんだよ、低能」

「弟は低能じゃない」わたしは言った。

「そうかい、じゃ、おまえの姉ちゃんは兎唇《としん》じゃないし、おまえの父ちゃんは弱虫野郎じゃないってわけだ」エングダールは壁に頭をあずけて目をつぶった。

わたしはドイルに訊いた。「ボビーのこと、どういう意味だったんですか」

ドイルは長身痩軀で干し肉みたいに硬そうだった。クルーカットの頭は夜の暑さのせいで汗に濡れて光っていた。ジェイクに負けないぐらい耳が大きかったが、正気の人間なら誰も彼をハウディ・ドゥーディと呼ばないだろう。ドイルは言った。「ボビーを知ってるのか？」

「はい」

「いい子だった、そうなんだろ？　だがのろまだった」エングダールが言った。「列車から逃げられないぐらいのろまだったのさ」エングダールが言った。

「黙れ、エングダール」ドイルはわたしに視線を戻した。「おまえは線路で遊ぶか」

「いいえ」わたしは嘘をついた。

彼はジェイクを見た。「そっちは」

「遊びません」わたしが代わりに答えた。

「いいことだ。あそこには浮浪者どもがいるからな。ニューブレーメンのまともな住民とはちがう連中だ。ああいうやつらのひとりが近づいてきたら、まっすぐここにきておれに知らせろ。ドイル巡査を呼べ」

「ボビーが死んだのはそのせいってことですか」わたしは驚愕した。事故死だとばかり思っていたからだ。とはいっても、むろんわたしはドイル巡査のような訓練された警察官ではなかった。

ドイルは指の関節をひとつずつ鳴らしはじめた。「あの線路のあたりをうろついている連中に用心しろと言ってるだけだ。わかったか」

「わかりました、サー」

「さもないと、小鬼に食われるぜ」エングダールが言った。「あいつらはおまえや低能みたいなやわらかい肉に目がないからな」

ドイルが立ちあがった。留置所に近づき、モリス・エングダールに鉄格子のところまでこいと手招きした。エングダールはベンチの上で身をひいて壁にへばりついた。

「そうやってろ」ドイルは言った。

金属ドアがあいてブレイク巡査が出てきた。父がそのうしろで、足取りのおぼつかないガスを支えていた。ガスはエングダールより酔っぱらっているようだったが、怪我はしていなかった。

「本気でそいつを釈放する気かよ」エングダールが言った。「クソがつく不公平だぜ」

「おまえの父親に電話した」巡査は言った。「一晩留置所で頭を冷やせとさ。当たるのならおやじに当たれ」

「ドアをあけてくれ、フランク」父はそう言ったあと、巡査を見た。「ありがとう、クリーヴ。感謝するよ」

「出てもらったほうがこっちも助かるんですよ。だがな、ガス、注意したほうがいいぞ。署長の我慢もそろそろ限界だ」

ガスは酔った顔でにんまりした。「署長に言ってくれ。おれと話がしたいんなら、ビールを飲みながら喜んで話し合いに応じるとね」

わたしがドアをあけておさえると、父はガスを外へ押し出した。わたしはふりかえって、硬いベンチにすわっているモリス・エングダールを見た。あれから四十年たった今ならわかる。わたしが見たのは自分といくらも歳のちがわない子供だったのだ。痩せっぽちで、怒りをくすぶらせ、むやみに暴力をふるっては負け、それがはじめてでも最後でもなく鉄格子の奥に閉じ込められた子供。当時は憎しみしか感じなかったが、それ以外の気持ちをエングダールに持つべきだったのかもしれない。わたしはドアをしめた。

車のところまで行くと、ガスは急に背筋をのばして、父のほうを向いた。「申し訳ありません、大尉《キャプテン》」

「いいから乗るんだ」

ガスが言った。「おれのオートバイはどうしたらいいかな」

「どこにあるんだ」

「〈ロージー〉の店」

「明日酔いがさめたら取りに行けばいい。車に乗れ」

ガスの身体がちょっとふらついた。彼は月を見あげた。青白い光の中で、顔色が悪かった。

「なんで彼はああいうことをするんだ、キャプテン」

「誰のことかね」

「神さ。なぜ神は無害な者を取りあげる」

「最後にはわれわれ全員を神は天に召すんだよ、ガス」

「子供なのに？」

「喧嘩の原因はそれだったのか。ボビー・コールか」

「エングダールはボビーを低能呼ばわりしたんだ、キャプテン。死んでよかったと言いやがった。聞き流せなかったんだ」ガスは途方に暮れたように首をふった。「だから、どうしてなんだ、キャプテン」

「わたしにもわからないよ、ガス」

「それがあんたの仕事じゃないのか？　このろくでもないことの理由を全部知ってるんじゃないのか」ガスは失望したようだった。やがて、言った。「死。死が意味するのはなんだ？」

ジェイクが口を開いた。「もうみ、み、みんなにからかわれるし、し、心配はないって意味だよ」

ガスはジェイクを見て、目をしばたたいた。「そうかもしれないな。それが理由かもしれない。どう思う、キャプテン」

「そうだな」

ガスは満足したようにうなずいた。後部シートに乗り込もうと、開いた車のドアのほうへ身をかがめたが、そのままえずくようないやな音をたてた。

「やれやれだな、ガス。シートがだいなしだ」父が言った。

ガスは身を起こして、ズボンからシャツの裾をひっぱりだし口を拭いた。「ごめんよ、キャプテン。いきなりきたんだ」

「前に乗れ」父はそう言うと、わたしのほうを向いた。「フランク、ジェイクとふたりで歩いて帰ってもらうしかなさそうだ。いやか？」

「ううん。大丈夫だよ。でもトランクにあるタイヤレバーを貸してくれる？　身を守るために」

ニューブレーメンはタイヤレバーで身を守る必要があるような町ではなかったが、わたしはジェイクのほうに顎をしゃくった。真っ暗な中、家まで歩いて帰ることを思ってジェイクはちょっと青くなっていたから、父は納得した。トランクをあけ、わたしにタイヤレバーを渡した。「さっさと帰ってくるんだぞ」

父は運転席に乗り込んだ。「また吐かなけりゃならんときは、窓の外に吐いてくれ、ガス。いいな」

「わかってるよ、キャプテン」ガスは勇敢な笑みを浮かべてわたしたちに片手をあげてみせ、父は走り去った。

月の下、わたしたちは無人の広場に立っていた。目にはいる明かりのついた建物は、市の警察署だけだった。芝生の向こうで、裁判所の時計が四度鳴った。

「あと一時間もすればあかるくなるな」わたしは言った。

「ぼく歩いて帰りたくない」ジェイクが言った。「疲れちゃったよ」

「なら、ここにいろ」

わたしは歩きだした。すぐにジェイクもついてきた。

わたしたちは家には帰らなかった。まっすぐには。スタンドストーン通りでわたしは大通りに曲がった。

ジェイクが言った。「どこに行くの？」

「今にわかる」

「うちに帰りたいよ」

「そうか。帰れよ」

「ひとりじゃ帰りたくない」

「なら我慢しろ。おまえも気に入るよ、絶対」

「なんのこと」

「まあ見てろ」

大通りを一ブロック進んだウォルナット通りの角に、看板を出したバーがあった。〈ロージー〉だ。五三年型のサイドカー付きインディアン・チーフが駐車場にとまっていた。ガスのオートバイだ。自動車は一台しかなかった。黒のデュース・クーペ、車体に炎が描かれているやつだ。わたしはその美しい車に近づいて、束の間、フロントのホイールウェルの曲線にうっとりと手を這わせた。月光が銀色の蛇のように黒いエナメル塗装に照り映えていた。そのあと、呼吸をととのえると、タイヤレバーをふりあげて左のヘッドライトを粉砕した。

「なにするんだよ」ジェイクが叫んだ。

右のヘッドライトに歩みより、ガラスがこなごなに砕ける音がふたたび夜のしじまを破った。

「そら」わたしはタイヤレバーを弟に差し出した。「うしろのライトは全部おまえのものだ」

「いやだよ」

「あいつはおまえを低能と呼んだんだぞ。おまえとボビー・コールを。アリエルを兎唇、父さんを弱虫と呼んだ。あいつの車のどこかを壊してやりたいと思わないのか」

「いやだ」ジェイクはわたしを見てから、タイヤレバーを見、次に車を見た。「うん、そうだね」

わたしは復讐という魔法の杖をジェイクに渡した。彼はモリス・エングダールの大事な後輪に近づいた。確認のために一度だけわたしをちらりと見てから、レバーをふりおろした。やりそこなって金属部分を強打し、タイヤレバーが手から飛びだした。

「うわ、とろいやつだな」わたしは言った。

「もう一回やらせて」

わたしはタイヤレバーを拾ってジェイクに渡した。今度は命中し、ジェイクは赤いガラスのしぶきから跳ねるようにあとずさった。「もう片方もやっていい?」ねだる口調だった。

ジェイクの復讐が終わると、わたしたちはうしろへさがり、自分たちの手柄をほれぼれと眺めたが、すぐに通りの向こうの家のスクリーンドアがきしみながら開く音がして、男が叫んだ。「おい、そこでなにやってる」

わたしたちは全速力でサンドストーン通りから大通りへ引き返し、そのままタイラー通りへ向かった。ザ・フラッツにたどりつくまで立ちどまらなかった。ジェイクはくの字になってあばら骨のあたりをおさえた。「脇腹がつっちゃった」と喘ぎながら言った。

わたしも荒い息をついていた。わたしは弟の肩に腕をまわした。「よくやった。ミッキー・マントル顔負けだ」

「ぼくたち、困ったことになると思う?」

「かまうもんか。すかっとしただろ」

「うん。すごくすかっとした」

わたしたちの家から通りをはさんだ教会の駐車場にパッカードがとまっていた。教会の横手のドアの上の明かりがついていて、わたしは父が中でまだガスを介抱しているのだろうと想像した。タイヤレバーをパッカードのボンネットに置いて、わたしたちはドアに近づいた。そこをあけると教会の地下に通じる階段があり、ボイラーの隣にガスの部屋がある。

ガスとは血がつながっているわけではないが、不思議な意味で彼は家族だった。第二次大戦で父と肩を並べて戦い、父の主張によれば、その経験によって彼らは実の兄弟よりも親しくなったのだ。戦後も連絡を絶やさず、父がその旧友の近況を話してくれるとき、その内容は決まって相次ぐ失敗に新たに加わった失敗の話だった。やがてわたしたちがニューブレーメンに引っ越してきたばかりのある日、ガスがひょっこりわが家にあらわれた。すこし酔っていて、失業中で、身の回りの一切合切がオートバイのサイドカーの袋に詰め込まれていた。

父は彼を迎え入れ、住む場所を与え、仕事を見つけてやった。以来ずっとガスはわたしたちと一緒だった。彼は両親のあいだの大いなる悶着の種だったが、それはたくさんあるもめごとのひとつにすぎなかった。ジェイクとわたしはガスが大好きだった。ガスがわたしたちを子供扱いしなかったからかもしれない。あるいは貧乏なのに卑屈ではなく、まともとはいいがたいみずからの状態に泰然自若としているように見えたからかもしれない。それとも、ときどき飲みすぎてトラブルに巻き込まれ、判で押したように父に救いだされるという顛末《てんまつ》が、大人というより世話の焼ける兄のように思わせたからかもしれない。

教会の地下室にあるガスの部屋は粗末だった。ベッドがひとつ。たんすがひとつ。ナイトスタンドとランプ。鏡。本の詰まったずんぐりした箱型の棚。部屋のコンクリートの床にはちいさな赤いラグが敷いてあり、彩りを添えていた。地面の高さに窓がひとつあったが、光はあまり入ってこなかった。地下室の反対側のちいさなバスルームは、父とガスがふたりで作ったものだった。行ってみると、彼らはそこにいた。ガスがトイレの便座の前に膝をついて吐いており、父はその背後に立って辛抱強く待っていた。ジェイクとわたしは地下室の真ん中の裸電球の下でうろうろした。父はわたしたちに気づいていないようだった。

「まだオエしてるな」わたしはジェイクにささやいた。

「オエ？」

「わかるだろ。オ、エだよ」自分が吐いているみたいに、その言葉を引きのばしてみせた。

「終わりだ、キャプテン」ガスが大儀そうに立ちあがると、父が顔を拭くための濡れた布を渡した。

父はトイレを流し、ガスを部屋まで連れていった。汚れたシャツとズボンを脱ぐのを手伝い、ガスは下着のシャツとパンツ一枚になってベッドに横になった。地下室は外より涼しかったので、父は上掛けを友達の上にひっぱりあげた。

「ありがとう、キャプテン」つぶやきながら、ガスの目が閉じた。

「眠るといい」

そのときガスが、これまで言ったことのないあることを口にした。こう言ったのだ。「キャプテン、あんたは相変わらずの下司野郎《げす》だ。どこまでいっても変わらない」

「わかってる、ガス」

「彼らはみんなあんたのせいで死んだんだ、キャプテン。どこまでいっても変わらない」

「いいから寝ろ」

ガスはたちまちいびきをかきはじめた。地下室のまんなかに立っていたわたしたちを父がふりかえった。「ベッドに戻りなさい。わたしはしばらく残って、祈ることにする」

「車がゲロだらけだよ」わたしは言った。「母さんが怒り狂う」

「わたしが片付ける」

父は教会にあがっていった。ジェイクとわたしは横手のドアから外に出た。それでおしまいという気分にはなれなかった。教会の正面階段に腰をおろすと、ジェイクもすわった。彼はくたびれていて、わたしに寄りかかってきた。

「ガスが言ったのはなんだったの」ジェイクが言った。「父さんのせいでみんなが死んだって。どういうことかな」

わたしもそのことをいぶかしんでいた。「わからない」

木々のあいだで小鳥たちがさえずりはじめていた。ミネソタ・リバーの谷を縁取る丘陵の上空に夜明けを告げる細い朱色のすじがあらわれた。あらわれたのはそれだけではなかった。通りの向こう側で見おぼえのある姿がうちの庭を囲むライラックの茂みの陰から出てきた。わたしは姉が芝生をこっそり横切って、勝手口から家に入るのを見守った。なんとなんと、夜は秘密でいっぱいだった。

父の教会の階段にすわったまま、自分がどれだけ闇を愛しているかを考えた。想像力というわたしの舌の上に闇が載せてくれる甘美な味。良心に背いているというとろけそうな快感。わたしは罪人《つみびと》だった。疑いもなくわたしはそれを知っていた。でも、わたしはひとりではなかった。夜がわたしたちみんなの共犯だった。

わたしは言った。「ジェイク？」だが、返事はなかった。弟は眠りこんでいた。

父の祈りは長くなりそうだった。ベッドに戻るには遅すぎたし、朝食を作るには早すぎた。父は吃音症の息子と、不良になりかけているもうひとりの息子、神だけが知るどことも知れぬ場所からこっそり家に入る兎唇の娘、そして、夫の職業に腹をたてている妻を持つ男だった。だが、父が祈っているのは、自分自身のためでも、家族の誰のためでもないのをわたしは知っていた。きっとボビー・コールの両親のためだろう。そしてガスのため。それからたぶん、モリス・エングダールというろくでなしのため。彼らのために祈っているのだ。神の恐るべき恵みを求めて。

2

母はテリークロスのガウンをはおっていて、裸足だった。前のテーブルにはブラックコーヒーのカップが載っていた。そのカップにパンフレットがたてかけてあった。右手にはシャープペンシルをつかんでいた。合成樹脂の赤いテーブルの上には速記ノートが開かれていた。その横で長さが半分になった煙草が一本、ラシュモア山の四人の大統領が金色で型押し加工された陶器の灰皿の中で、煙をたちのぼらせている。母は一定の間隔でシャープペンを置いて煙草を取り、考えこみながら吸い込んではゆっくりと煙を吐き出し、キッチンテーブルの上を煙らせていた。

「嵐にがたつく鎧戸のようにおののく心」母は言った。煙が徐々に消えていくのを見守りながら、母はその表現をじっくり考えた。満足して、シャープペンをつかみ、ノートに書いた。

この時期、母はアイン・ランド（アメリカの小説家）の作品に魅了されており、自分も世界的に有名な作家になれると考えていた。ニューヨーク市の作家養成学校に試験を求める手紙を送付ずみで、試験を受ければ資質があることが証明されると思っていた。

ジェイクはシュガーポップスを食べながら、そのシリアルの箱に付いていたおまけのダイバーがゆっくりとコップの水に沈んでいくのを見守っていた。ダイバーの背中のちっぽけな仕切りにジェイクが入れておいたベーキングソーダが作る気泡の浮力によって、おまけはすぐに浮きあがってきた。わたしはクランチピーナッツバターとグレープジャムを塗ったトーストを一枚食べた。じゃりじゃりしたピーナッツバターは大嫌いだったが、安売り品だったので、母はわたしの不平など聞く耳を持たなかった。

母が言った。「床を横切る猫の様子はまるで……」煙草を指にはさんで、じっと思案した。

「獲物にしのびよる暗殺者」わたしは言った。

「朝食を食べてしまいなさい、フランク」

「金を捜す泥棒」ジェイクが言った。彼の目はコップの中のダイバーから片時も離れなかった。

「せっかくだけどふたりとも結構よ、助けてくれなくて」

母はさらにすこし考えてから、ノートに書いた。わたしは身を乗り出して、母の書いたものを見た……〝心に忍びこむ愛のよう〟。

父が入ってきた。よそゆきの黒のスーツと白いシャツ、青いネクタイをしめていた。「礼拝は正午からだよ、ルース」

「そのうち支度するわ、ネイサン」母はパンフレットから顔をあげなかった。

「みんなが集まりだすのはだいぶ早いと思うがね、ルース」

「お葬式に出るのはこれがはじめてじゃないのよ、ネイサン」

「おまえたち、きちんとするんだぞ」

「この子たちだってちゃんと心得ているわ、ネイサン」

父は一瞬立ち尽くし、母の後頭部を見つめていたが、やがて外に出ていった。父が出ていくが早いか母はノートを閉じ、パンフレットをその上に載せた。煙草をもみ消して言った。

「二分よ、そしたら朝食はおしまい」

一時間後、母は黒いドレスで二階からおりてきた。黒いベールのついた黒い帽子に黒いパンプスを履いていた。入浴剤のにおいがした。ジェイクとわたしは礼拝用の服に着替えていた。テレビをつけっぱなしにしてあったので、ふたりで『レストレス・ガン』を見ているところだった。母は美しかった。無分別な息子たちの目にもそれはあきらかだった。人びとはいつも母なら映画スターになれただろうと言っていた。リタ・ヘイワースみたいな美人だと。

「今から教会へ行くわ。あなたたちは三十分以内にいらっしゃい。それからフランキー、あなたもジェイクも服をよごさないようにしてよ」

わたしたちは一張羅のスーツを着ていた。わたしはネクタイをしめ、ジェイクのネクタイもしめてやっていた。顔も洗ってあったし、髪は濡らしてうしろへなでつけてあった。ふたりとも見苦しくはなかった。

母が出ていくやいなやわたしは言った。「おまえはここにいろ」

ジェイクが言った。「どこに行くの」

「いいから。ここにいろよ」

わたしは勝手口のドアから外に出た。わが家の裏はちいさな牧草地だった。引っ越してきたばかりのときは、馬が二頭そこで草を食んでいた。馬たちはもういなかったが、牧草地には相変わらず野生のヒナギクや紫クローバーにまじって雑草が茂っていた。向こう側にはぽつんと一軒、家が建っていた。ヤナギの木に囲まれた黄色い古びた建物だ。木の柵が裏庭と牧草地を隔てていた。わたしは野草の中をそろそろ進んだ。獲物にしのびよる暗殺者のように。柵ににじりよった。板きれを寄せ集めて作られた隙間だらけのしろもので、ゆがんだ板と板がきっちり合っていなかった。

エイヴィス・スウィーニーとその妻エドナの家だった。エイヴィスはザ・フラッツのはずれの穀物倉庫で働いていた。楊枝みたいに痩せた男で、ばかでかい喉仏をしていた。エドナは金髪で、その胸は航空母艦の船首みたいに大きかった。スウィーニー夫婦の庭は草木や花でいっぱいで、庭仕事はエドナの領分だった。彼女はぴちぴちのショートパンツと乳房がはみだしそうなホルタートップというでたちで家事をした。どういう経緯で自分がエドナ・スウィーニーという楽しみを発見したのかおぼえていないが、とにかくわたしは彼女がその格好でかがみこんでいる光景に悩殺されていた。あの夏、柵の隙間に目玉をくっつけてどれだけ長い時間をすごしたかわからない。

その朝、エドナ・スウィーニーは庭にはおらず、洗濯物が干してあった。洗濯紐にぶらさがっている白い衣類の中にカップの巨大なブラジャーと、エイヴィスのものではありえないレースの下着があった。わたしはジェイクがうしろから近づいてきているのに気づかなかった。片手が肩に置かれ、飛びあがった。

「くそ《ジーザス》」わたしは悪態をついた。

「悪い意味でイエス様《ジーザス》って言った」

「ここでなにしてるんだ」

「そっちこそなにしてるの」

「別に」わたしはジェイクをつかんでわが家のほうへ回れ右をさせようとした。「行こう」

ジェイクはわたしの手を払うと、柵に目を押しあてた。

「この野郎《ダム》、ジェイク」

「ダムって言った。なにを見てたの」

「なにも」

「エドナの下着を見てたんだね」

「ああそうさ、彼女の下着を見てたんだ。おまえも見てるじゃないか」

ジェイクは頭をちょっと動かして目の位置をずらし、もっとよく見ようとした。

「おいこら」わたしはジェイクの袖をつかんでひっぱった。ジェイクは動かなかったが、上着の肩の縫い目がびりっと裂けた。「あ、ちくしょう《クライスト》」

ジェイクは腰を伸ばした。「クライストって言――」

「わかってる。見せてみろ」わたしはジェイクを回転させて、自分のしでかしたヘマをじっと見つめた。事実をありのままにしゃべったら、この状況をとりつくろうのはむずかしいだろう。だから事実をしゃべるのは選択外だった。だが嘘がうまくいくかどうかはジェイク次第で、それもまた問題だった。ジェイクを説得して嘘をつきとおせたとしても、弟は猛烈にどもったりつっかえたりするだろうから、わたしたちの悪事はあっという間に露見する。

ジェイクが首を伸ばして破れ目を見た。「ぼくたちこ、こ、困ったことになるよ」

「いや、ならない。こい」

わたしは雑草と野生のヒナギクと紫クローバーをかきわけて牧草地を走りだした。ジェイクがすぐうしろにつづいた。わたしたちは勝手口から飛びこんで二階の両親の寝室に入った。クローゼットから母の裁縫箱をひっぱりだし、黄褐色の糸を選んだ。長く糸をとって嚙み切り、針の目に通した。

「上着を貸せ」わたしは作業に取りかかった。

わたしはボーイスカウトに入っていた。模範的団員ではなかった。信頼でき、忠実で、つましく、勇敢で、清潔で、敬虔であれという一般的な理念は好きだったが、それらの重い美徳を努力してまで守りぬきたいとは思わなかった。だがなかなかいいことも学んだ。たとえば団員がもらえるワッペンを制服に縫いつけるやりかただ。わたしは扱いにくい針を巧みに操った。やっつけ仕事だったが、目をこらさなければ誰にも気づかれないだろう。

「そら」わたしはジェイクに上着を渡した。

ジェイクは疑わしげに見てから、上着に袖を通し、いいかげんな縫い目の隙間から指を突っ込んだ。「まだや、や、破れてるよ」

「しょっちゅうおまえが指をつっこまない限り大丈夫さ」母の裁縫箱をクローゼットに戻して、わたしはナイトスタンドの上の時計に目をやった。「急いだほうがいいな。もう礼拝がはじまる」

姉のアリエルは五月に十八歳になり、六月にニューブレーメン・ハイスクールを卒業して、秋にジュリアード音楽院へ進む予定になっていた。ジェイクとわたしが教会に足を踏み入れると、アリエルがオルガンにむかってヘンデル作曲といっても通りそうな美しくも悲しい曲を弾いていた。会衆席はすでにいっぱいだった。ほとんど知っている人ばかりだった。教会の信徒たち。家族の友人。近所の人びと。父の教会に定期的に通ってくる多くの人びとは信徒ではなかった。メソジスト教徒ですらなかった。彼らが教会にくるのは、そこがザ・フラッツで唯一の教会だったからだ。ジェイクとわたしは一番うしろの会衆席についた。母は聖歌隊席の前のほうにいた。黒のドレスの上に赤いサテンのローブをはおっていた。アリエルの演奏に耳を傾けながら、母は西の壁にはめこまれたステンドグラスを見つめていたが、夢見るようなその表情は、さきほどひらめきを求めて台所のテーブルにすわっていたときと同じだった。音楽そのものの効果もあるが、アリエルの演奏のなせるわざでもあった。今日にいたるまでいくつかの曲を聴くと、わたしは姉の指先から生まれでた音楽の、蝶々の羽を形づくった神のみわざにまさるとも劣らぬすばらしさを思い浮かべずにはいられない。

柩《ひつぎ》は内陣手すりの前に、おびただしい花に両側をはさまれて置かれていた。教会はユリのにおいに満ちていた。ボビーの両親が最前列にいた。遅くなってボビーを授かった彼らは年をとっていた。彼らが慈しみにあふれた深い愛情をボビーに注いでいたのをわたしは知っていた。今、彼らは両手を膝に置いて寄り添ってすわり、棺の向こう、祭壇の上の金色の十字架のほうを無言で凝視していた。

父は姿が見えなかった。

ジェイクがわたしのほうに身を寄せた。「ボビーはあそこにいるんだよね」

なにを言っているのかわかった。「うん」

ボビーが死ぬまでわたしは死についてあまり考えたことがなかったが、あのちいさな棺の中に彼が横たわっているのを想像すると、わけのわからない恐れをおぼえた。わたしは天国を——真珠の門とかいう話——信じていなかったので、ボビー・コールになにが起きたのだろうという疑問は、神秘的で、すくなからず怖いものだった。

ガスが教会に入ってきた。おぼつかない足取りから飲んでいたのはあきらかだった。日曜の一張羅である古着の黒いスーツを着ていた。ネクタイは曲がり、赤毛のくせ毛が後頭部ではねていた。通路をはさんで、ジェイクとわたしと同じ並びの席にすわったが、こちらには気づいていないようだった。その目はボビーの棺にじっと注がれており、肺が空気を吸い込む耳障りな音が聞こえた。

ようやく父が姿をあらわした。事務所のドアから出てきた父は、黒のメソジスト派の長衣を着用し、白の襟掛け《ストラ》をしていた。端整な顔立ちなので、聖職者の式服を着ているとその印象がきわだった。コール夫婦の前を通るときにちょっと足をとめ、静かに話しかけてから、説教壇のうしろのいつもの椅子に腰をおろした。

アリエルの演奏が終わった。母が立ちあがった。アリエルはふたたびオルガンの鍵盤に両手を置いて静止し、気持ちを整えてから演奏をはじめた。母が目を閉じ、深呼吸をして歌唱に備えた。

母がうたうと、わたしは天国の存在を信じそうになった。声が美しいというだけでなく、聴く者の心を貫くなにかを生みだす術が母にはそなわっていた。そう、母がうたえば、柵の柱も泣いた。母がうたえば、人びとは笑い、踊り、恋に落ち、戦地に赴いた。うたいはじめる前の一呼吸の間、教会内は静まりかえった。聞こえるのは、開け放たれた扉から入ってくる風の音だけだった。コール夫婦が選んだ賛美歌は奇妙な選択に思われた。おそらく南部ミズーリ出身のミセス・コールの要望だったのだろう。ミセス・コールが母にうたってほしいと頼んだのは黒人霊歌の『スウィング・ロー、スウィート・チャリオット』だった。

ようやくうたいだしたとき、母が差し出したのは単なる賛美歌ではなく、かぎりない慰めでもあった。ゆっくりとした情感豊かな歌声は、その偉大な黒人霊歌の神髄をあますところなく伝え、あたかも天国そのものを生みだしているかのようだった。母の顔は美しく、平和に満ちていた。目をつぶると母の声がわたしの涙をぬぐいとり、わたしの心を包みこみ、ボビー・コールが安住の地へ運ばれていくことをはっきりと確信させてくれた。わたしはボビーのためにしあわせな気持ちになった。あのあどけない少年はもう、彼にとっては理解しがたい世界を理解しようとなど心配しなくていいのだ。もう、残酷なあざけりのすべてに耐えなくていいのだ。自分がどんな大人になるかを、自分をかばい、愛してくれた年老いた両親の亡きあとを心配しなくていいのだ。母の歌声は、神が最善の理由からボビー・コールをお召しになったことをわたしに信じさせてくれた。

母がうたい終わったとき、戸口から吹く風が天使たちの歓喜のため息のように思えた。

父が起立し、説教壇で聖書を読んだが、そこから説教はしなかった。代わりに階段をおりてきて内陣手すりの開口部を通り、棺のかたわらに立った。実を言うと、父の言ったことはあまり耳に入らなかった。母の歌声で心がすでに一杯になっていたし、死についての驚異で頭が破裂しそうだったせいでもある。だが、父の説教をいやというほど聞いてきたからでもあった。人びとは父をよい説教師だと言ったが、一部の信徒が好みそうな激しさは父にはなかった。熱心に語りかけるが、情熱的ではなかった。父は理想肌で、熱烈な美辞麗句や芝居がかった仕草を用いて強引に人びとを信仰に導くような真似はしなかった。

説教が終わったとき、教会内はしんとしており、あけはなたれた扉から入る微風がわたしたちの身体を冷まし、棺の横の花がまるで誰かが通ったかのように揺れた。

そのとき、ガスが立ちあがった。

彼は通路に出ると、ボビーの棺に向かって歩きだした。棺の前までくると、つややかな木部に片手を載せた。父は驚いたのだとしても、あるいは心配したのだとしても、そんな様子は見せなかった。ただ、こう言った。

「ガス、なにか言いたいことがあるのかね」

ガスは犬の柔らかな毛でもなでるように棺をなでた。ガスの身体がふるえているのを見て、泣いているのだとわかった。信徒の誰かが咳払いした。それはわざとらしく聞こえた。まるでその瞬間をぶちこわすための演技のように。それをきっかけに、ガスはふりかえると信徒たちと向き合った。

彼は言った。「ボビーはときどきおれが墓地の手入れをするのを手伝ってくれたものだった。あの子は墓地の静けさが好きだったんだ。草花が好きだった。おれやみんなにとって、ボビーはあまりおしゃべりじゃなかったが、よく墓石にささやきかけていたよ。そこに眠る人びとと秘密をわかちあっているみたいだった。ボビーには秘密があった。それがなんだったか、知ってるかい。ボビーをしあわせにするのは簡単だったってことだ。あの子はしあわせを片手になにげなくつかんでいた。まるで、なんというか、道端からひっこぬいた草の葉みたいに。ボビーが短い一生でやったことは、彼にほほえみかける者になら誰にでも、そのしあわせを与えたってことなんだ。ボビーがおれに、みんなに、誰にでも、望んだのはそれだけだった。ほほえみだった」

ガスは棺をふりかえった。怒りがその顔に突然皺を刻んだ。

「だが、人びとは彼になにを与えた？　みんなはボビーをからかった。キリスト教徒のくせに、石を投げるように言葉でボビーを傷つけた。キャプテン、ボビーは神の手にすわっているというあんたの話が正しいことを、おれは願うよ。なぜかって、地上ではボビーは人から馬鹿にされるあどけない子供だったからさ。おれはさびしい。コマドリたちがいなくなったら恋しくなるように、ボビーがいなくなってさびしい」

ガスの顔は涙でぐしゃぐしゃだった。わたしも泣いていた。なんと、全員が泣いていた。

父は平静を保ち、ガスが会衆席に戻ると、言った。「他に追悼の言葉を述べたい方はいますか」

わたしは立ちあがろうかと思った。一年生のとき、教室のうしろのほうにいたボビーのことをみんなに話せるのではないかと思った。教師はボビーをほったらかしにした。彼女はボビーに粘土を与え、彼は机にむかって慎重に粘土で蛇をこしらえ、それを並べていた。クラスメートがアルファベットを暗誦したり、二足す二をしたりするのをときどき顔をあげて眺めていた。ぶあつくて細い金縁眼鏡の奥で、近眼の目は満ち足りて見えた。わたしはみんなに話そうかと思った。ボビーのことを箸にも棒にもかからないと思っていたが、それはまちがいで、ガスの言ったとおりだということを。ボビーには他の誰にもない美点があって、その美点とは彼の裏表のない心だったのだ。ボビー・コールにとっての世界は、彼が無心に受け入れた場所だった。それにひきかえ、わたしは世界の意味をつかもうとじたばたし、混乱と恐怖でいっぱいになっていた。

わたしは立たなかった。なにも言わなかった。ほかのみんなと同じように、父が最後の祈りを捧げるまで、黙ってそこにすわっていた。アリエルが最後の賛美歌を弾き、母が赤いサテンのローブ姿で起立してしめくくりの歌をうたった。

母の歌が終わったとき、あけはなたれた教会の扉の外で黒い霊柩車がエンジンをかけたままとまっている音が聞こえた。全員が起立してボビーのあとについていった。墓地でガスがすでにボビーのために掘っておいた墓穴へと。

3

「あの子供の死だが、なにかうさんくさいところがある」ドイルが言った。

ボビー・コールが埋葬された翌日の土曜の午後のことだった。ジェイクとわたしは午前中いっぱい祖父の家で庭仕事をしていた。芝刈りをし、刈った芝を熊手でかきあつめてきれいにする。その夏の土曜ごとにわたしたちがやっていた仕事だ。祖父はザ・ハイツに大きな屋敷をかまえており、庭には美しいふかふかの緑の芝生が広がっていた。不動産業を営む祖父の主張によれば、祖父自身の屋敷の外観のほうが看板の広告よりずっと多くを語るのだった。駄賃は気前よくくれるのだが、わたしたちの一挙手一投足は祖父によって監視されていた。だから仕事が終わる頃には、いつも割に合わない気がした。

それが終わると――暑くて汗と芝生にまみれて――わたしたちはきまって〈ハルダーソンズ・ドラッグストア〉に行き、脇目もふらずにソーダカウンターに歩みより、キンと冷えた大きなコップで出されるルートビアを飲んだ。

ドラッグストアの奥には倉庫に通じる広い通路があった。倉庫の入り口にはたいていカーテンがさがっていたが、その日の午後はちがっていて、倉庫の天井からぶらさがる裸電球の黄色い明かりの中に三人の男が見えた。彼らは木箱に腰かけていた。そのうちのふたりが口をつけている茶色の瓶にはビールが入っているにちがいなかった。飲んでいないのはミスター・ハルダーソンだけだった。ふたりのうちのひとりはガスだった。もうひとりは、わたしたちが警察署で前に会った非番の警官だった。ドイルだ。しゃべっているのはドイルだった。

「そりゃあのがきはとろかったさ。だけど、耳が聞こえないわけじゃなかった。列車がくるのは聞こえたはずなんだ」

「居眠りしていたのかもしれんぞ」ハルダーソンが言った。

「鉄道の線路でか？　坊さんじゃあるまいし、釘だらけのベッドに寝るようなもんじゃないか」

「行者だ」ガスがいった。

「ああ？」

「坊さんじゃない。行者だ」

「なんでもいい」

ドイルは音をたてて長々とビールをあおった。

「おれが言ってるのは、あのがきの死は単なる事故じゃないってことさ。おれはあの線路で浮浪者をごまんと見た。母親からも見捨てられるような連中だ。あいつらの頭の中は信じられないぐらい病んでる」

「みんながみんなそうだっていうわけじゃないだろう」ハルダーソンが言った。

「要は、まずい時にまずい場所にいあわせたら一巻の終わりってことよ。あの子は薄ぼんやりしてたからいいカモだっただろう」

ガスが言った。「本気でそう思ってるのか？」

「長年警官としておれが見てきたいろんなことを知ったら、おまえの胃袋はでんぐりがえるぞ」ドイルが言った。ドイルは瓶を傾けたところでカウンターで耳をそばだてているわたしとジェイクに気づいた。彼は瓶をおろして手招きした。「こっちへこいよ、ふたりとも」

ジェイクがわたしを見た。弟は男たちの輪に入るのをいやがっていた。わたしは平気だった。わたしは椅子からすべりおりた。ジェイクもついてきたが、のろのろしていた。

「牧師のとこの子だな？」

「はい」

「鉄道の線路で遊んだことあるのか？」

数日前の夜、ドイルは警察署で同じ質問をした。同じことを訊くのは、木箱のわきに並ぶ空のビール瓶二本のせいなのか、質問したことを忘れているのか、そのときのわたしの返事をおぼえていないのか、それとも相手を混乱させるために警官が同じ質問を繰り返すものであるからなのか、わたしにはわからなかった。わたしは混乱しなかった。

「いいえ」わたしは嘘をついた。前回と同じだった。

ドイルの額はまるで前に突き出たひらべったくて広い崖のようで、その陰にある目がジェイクのほうへ移動した。「そっちは？」

ジェイクは答えなかった。

「え、どうなんだよ？」

ジェイクの口が答えようとして、ねじれた。

「そらそら、言えよ」

「この子はどもるんだ」ガスが言った。

「見りゃわかる」ドイルの口調はとげとげしかった。「本当のことを言え、ぼうず」

ドイルはジェイクを死ぬほど怖がらせたにちがいない。ある意味、弟が命令に応じようとしているのを見るのは苦痛だった。ジェイクは顔をゆがめて、挫折感からくる暗い怒りに満ちた目でドイルを見た。だがとうとうあきらめ、激しく首をふった。

「そうか」

その反応ゆえにわたしはその男を憎んだ。ジェイクを苦しめておいて、あっさり流したのがゆるせなかった。

ガスが言った。「この子たちの父親が線路で遊ぶのを禁じている」

「だから線路へは行かないと思うのか？」ドイルがわたしに投げた視線は共謀の気配を秘めていた。まるで、おまえが線路で遊んでいるのは知っているが、だからといって責めはしない、と言っているようだった。おれたちは仲間だよと言っているようだった。

ますます男がきらいになり、わたしは一歩あとずさった。「行っていいですか？」

「いいよ」ドイルは逮捕しないことに決めたふたりの容疑者を放免するようにわたしたちを

追い払った。

怒って床をにらみつけているジェイクの肩に腕をまわして、回れ右させた。男たちのそばを離れた。うしろで卑劣な忍び笑いを漏らしているドイルから離れた。

外に出るとうだるような暑さだった。頭上から太陽がじりじりと照りつけ、その熱を集めた舗道がわたしたちのスニーカーの底をあぶった。舗装のひびわれに詰めてあるタールが溶けて黒いべとべとになっていて、気をつけて歩かなくてはならなかった。ボン・トンの床屋の前を通ると、男たちの気楽そうな声とヘアオイルのにおいがあけっぱなしのドアから漂ってきた。次に通過したのは銀行だった。三〇年代にプリティボーイ・フロイド（米中西部で〝義賊〟として大衆に人気のあった犯罪者）とマ・バーカー（強盗団の母親として知られる。四人の息子たちは強盗などを繰り返した）の子供たちが実際に押し入ったその銀行は、長いことわたしの空想の源だった。六月下旬のあの暑い眠ったような午後、わたしたちは人気《ひとけ》のない店の前を次々に通りすぎた。日よけが作る陰の下を黙って歩きつづけ、ジェイクは舗道にじっと目を据えたまま怒りを燃やしていた。

商店街をあとにして、大通りからタイラー通りをめざした。丘の上の家々は多くが古いヴィクトリア様式で、熱気をさえぎるぶあついカーテンをひいていたが、ときおりひんやりした室内から漏れる野球放送の音が聞こえた。わたしたちはタイラー通りをくだってザ・フラッツに向かった。足元のコンクリートみたいに熱いジェイクの怒りが伝わってきた。

「あんなやつ、気にするな」わたしは言った。「あいつはくそったれだ」

「そういうこと、い、い、言わないで」

「だってほんとじゃないか」

「その言葉のことだよ」

「くそったれか？」

ジェイクが非難がましい目でわたしをにらんだ。

「あんなやつのことでいらいらするなよ。取るに足りないやつだ」

「取るにた、た、足りないやつなんかいない」ジェイクは言った。

「けっ、どいつもこいつも取るに足りないやつばっかりだ。わかってる、ヘ《ヘル》ルと言ったよ」

ザ・フラッツを通る線路のわきに穀物倉庫がそびえていた。のっぽの白い倉庫群は狭い通路とコンベヤーベルトでつながっている。空を背景に穀物倉庫がそびえている眺めには一種むきだしの美しさがあった。骨で作った彫刻みたいだった。その隣には鉄道の待避線があり、普段は穀物をめいっぱい詰め込めるように底開き貨車が待機しているのだが、その午後は線路はからっぽで、倉庫には人気《ひとけ》がなかった。わたしたちは踏切を渡ってタイラー通りへぶらぶらと歩いていった。ジェイクはそのまま家のほうへ歩きつづけた。わたしは立ちどまって、回れ右をし、線路に沿って自分の短く黒い影を追いながら東へ歩きだした。

ジェイクが言った。「なにしてるの？」

「なにしてるように見える？」

「鉄道の線路で遊んじゃいけないんだよ」

「遊んでるんじゃない。歩いてるだけだ。くるのか、それともそこに突っ立ったまま泣くのか？」

「泣いてないよ」

綱渡りのように、わたしは線路の上を歩いた。熱波の中を歩いた。路盤の焼けた石からたちのぼるにおいと枕木のクレオソートのにおいの中を歩いた。

「くることもしないんだな」

「行くよ」

「なら、さっさとこいよ」

弟の影がわたしの影に追いつき、ジェイクがもう片方の線路を歩いて、わたしたちはザ・フラッツから遠ざかった。そのときは知らなかったが、わたしたちはその夏のふたつめの死に向かって歩いていた。


ミネソタ・リバーの谷は今から一万年以上もの昔、アガシー氷河湖からあふれた大洪水による浸食作用で誕生した。当時アガシー氷河湖はミネソタの一部地域と、ノース・ダコタと、カリフォルニア州よりも広い中部カナダにまたがっていた。流出した川はリバー・ウォレンと呼ばれ、通過する土地を深く広くえぐった。現在あるのはその大河の名残の細流だ。夏、土手沿いの土地は大豆とトウモロコシとライ麦で緑に染まり、風が吹くと海の波のようにうねる。古い落葉樹の木立があって、フォスターズターンやクロアジサシ、オオアオサギ、シラサギ、ハゲワシ、ムシクイといった鳥たちが枝に巣をかけている。どれも繁殖力旺盛な、ごくありふれた鳥たちで、タンポポの綿毛のように空いっぱいに飛ぶ。ミネソタ・リバーは全長が四百マイル近くあり、水は茶色く濁っている。水源はラクキパール湖、しゃべる湖という意味だ。川の突き当たりにある都市がミネアポリスとセントポールである。

今日になってもよくおぼえているのは、立派だったミネソタ・リバーよりも線路のほうだ。一九六一年当時、十三歳の子供にとって、二本の線路は地平線まで伸びているように思えたし、その向こうからは世界の音がつたわってくる気がした。

わたしたちはザ・フラッツから半マイル先の、川に架かった長い構脚橋へ向かっていた。路床のきわには野生のライ麦やブラックベリーやアザミが茂っていた。ときどき構脚橋から釣りをする人たちがいたが、それは危険な行為だった。そこがボビー・コールの死んだところだった。

足をとめると、ジェイクが言った。「どうする気？」

「さあな」

実を言うと、すこし前なら考えてもいなかったことの証拠を捜していたのだ。ボビー・コールは釣りをしなかったから、熟したブラックベリーを食べにきたか、あるいは構脚橋に腰をおろして下を流れる川を眺め、ときどき水面ではねる鯉かナマズかガーを目で追っていた、というのがわたしの推測だった。それがその場所でわたしのすることだし、一緒にいればジェイクもそうした。川に棒を投げ落とし、枕木と枕木のあいだから集めた石ころを棒にぶつけて遊ぶこともあった。だがドイル巡査は、ボビーの身に起きた悲劇は、彼がぼうっとしていて迫りくる死のとどろきに気づかなかったせいではなく、もっと不吉なことが起きたためではないかと考えていた。それがわたしは気になってしょうがなかった。

ジェイクが言った。「石投げする？」

「いや。しっ。静かに」

構脚橋のそばの川の土手のほうから無数のちっぽけな骨を砕くような、ぱきぱきという音が聞こえてきた。大型動物が一頭、やぶを押し進んでいた。ときたま川沿いにシカが寝ていたような、体の輪郭どおりに植物がなぎたおされた場所を見つけたことがあった。じっとしていると、わたしたちの影も線路にはりついた。土手に張り出したガマに囲まれたヤナギの木の下から、ひとりの男が服についたイガをむしりながらあらわれた。年寄りに見えたのは、髪の色が黒ではなくて、なじみ深い通貨である五セント硬貨のような鈍い銀色だったせいだ。汚れたカーキ色のズボンに袖なしの下着という格好で、服にへばりついたイガをののしっていた。男の姿は川を横切る線路の堤防の下に見えなくなった。わたしは構脚橋までそっと進んで膝をつき、枕木と枕木のあいだから下をのぞきこんだ。ジェイクがとなりで膝をついた。男はわたしたちの真下で川堤の乾いた土の上にすわりこんでおり、その横にもうひとり別の男が長々と横たわっていた。ふたりめの男は眠っているように見えた。ガマの茂みからあらわれた男が眠っている男のポケットを探りはじめた。ジェイクがわたしの袖をひっぱり、線路の後方を指さして、立ち去るべきだという意思表示をした。わたしは首をふり、ふたたび下方の様子をうかがった。

暑い日だというのに、横たわる男は外套を着ていた。薄緑のキャンバス地の薄汚い外套で、継ぎやかがった跡がいっぱいあった。最初の男は外側のポケットのひとつから琥珀色の液体の入ったラベルのある瓶をひっぱりだした。栓をはずして中身のにおいを嗅ぎ、瓶に口をつけて飲んだ。

ジェイクがわたしの耳元でささやいた。「ねえってば」

顎をあげて中身を飲んでいた男にそれが聞こえたにちがいなかった。男はさらに顎をあげ、頭上の枕木のあいだからじっと見ていたわたしたちを見つけた。男は瓶をおろし、「死んでる」と言った。地面に横たわる男を顎で示した。「完全に死んでる。確かめたいなら、こっちへおりてきて見てみたらいい」

それは命令ではなく誘いだったから、わたしは立ちあがった。

今ふりかえっても首をかしげたくなる。わたしも今は人の親である。自分の子か孫があんなふうに見ず知らずの男に近づいていくと思っただけで、不安に身が固くなる。だが自分が軽卒な子供だったとは思えない。わたしを突き動かしたのはやむにやまれぬ好奇心だった。死人、それは滅多に見られないものだった。

ジェイクがわたしの腕をつかんでひっぱろうとしたが、わたしはそれをふりはらった。

「か、か、帰ったほうがいいよ」ジェイクは言った。

「だったら帰れよ」わたしは路床の斜面をくだって川堤のほうへ歩きだした。

「フ、フ、フ、フランク」ジェイクの声に激しさがこもった。

「いいから帰れ」

だが兄を見捨てる気はなかったと見えて、わたしがよろめきながら土手を駆け下りると、ジェイクもあとからよたよたとおりてきた。

男はインディアンで、また瓶を握っていた。ミネソタ・リバーの谷には大勢のインディアンが住んでいたから、別段めずらしいことではなかった。ダコタ・スー族は白人がくるはるか以前からその土地に住んでいたが、白人があらゆる手段を講じて土地を奪いとったのだ。政府はずっと西のほうにちいさな居留地を作ったが、インディアンの家族は川沿いのあちこちに暮らしていた。

男はわたしたちを手招きし、死体の反対側にすわれというように指さした。

彼は言った。「死人を見たことは？」

「たくさんあるよ」わたしは言った。

「ほう？」

信じていないのはあきらかだった。わたしは言った。「ぼくの父さんは牧師なんだ。だからしょっちゅう埋葬に立ち会ってる」

「きれいな箱に化粧して横たわってるやつだろう」インディアンは言った。「これが棺に入れられる前の死人だ」

「眠ってるみたいだ」わたしは言った。

「これはいい死だったんだ」

「いい？」

「おれは戦争に行った」インディアンは言った。「第一次世界大戦だ。すべての戦争にけりをつけるための戦争だ」彼は瓶に目をやってから、飲んだ。「人間が大勢、あっちゃならないような死に方で死ぬのを見た」

わたしは言った。「この人はどんなふうに死んだの？」

インディアンは肩をすくめた。「ただ死んだ。そこにすわってしゃべってたと思ったら、次の瞬間にはあんなふうになってた。ばたん。たぶん心臓発作だ。卒中かもしれん。誰にわかる？　死は死だ、それで終わりさ」彼はさらに瓶を傾けた。

「この人の名前は？」

「名前？　ちゃんとは知らない。そいつが自分をなんと呼んでたかは知ってる。スキッパーだ。船長かなんかだったみたいだろ。ちっ《ヘル》、そうだったのかもしれんが、誰にもわからない」

「友達だったの？」

「まあそんなもんだろう」

「死ぬような年齢には見えないね」

インディアンは笑った。「投票や運転免許じゃあるまいしよ」

彼はふたたび死んだ男のポケットを探りはじめた。外套の内側から手垢がついてすりきれた写真を一枚ひっぱりだした。インディアンは長いことそれを見つめたあと、裏返して、目を細くした。「裏になにか書いてある」彼は言った。「すこし前に眼鏡をなくしちまった。読めるか？」

「うん」わたしは言った。

死んだ男の身体ごしに、インディアンが写真をわたしのほうへ突き出した。写真を受け取って眺めると、隣にいたジェイクも身を乗り出した。白黒写真で、赤ん坊を抱いた女の人が写っていた。写真の中では灰色に見える簡素な服には白いヒナギクの模様が入っている。きれいな人で、ほほえんでおり、背後には納屋があった。わたしは写真を裏返して、裏側に書かれた文字を声に出して読んだ。

一九四四年十月二十三日。ジョニーのはじめての誕生日。あなたがいなくてさびしいわ。クリスマスには帰ってこられますように。メアリ

わたしは写真を返した。インディアンの手がわずかにふるえ、わたしは彼の手のひらが汚れていることや、爪がぎざぎざなのに気づいた。彼は言った。「すべての戦争にけりをつけるための二度めの戦争に召集されたんだろう。ふん《ヘル》、本当に船長だったのかもしれん」インディアンはさらに瓶をかたむけたあと、土手に頭をもたせかけて構脚橋を見あげた。「鉄道線路のなにをおれが好きなのかわかるか？　線路はいつもそこにあるが、いつも動いてるんだ」

「川みたいに」ジェイクが口を開いた。

彼がしゃべったことや、どもらなかったことにわたしはびっくりした。見ず知らずの他人

の前でジェイクがどもらないのは滅多にない珍事だった。インディアンは弟を見てから、ジェイクが偉大な叡智の言葉を口にしたかのように、うなずいた。

「鋼鉄の川か」彼は言った。「味なこと言うじゃないか、え、実にいい」

ジェイクはその褒め言葉にどぎまぎしてうつむいた。インディアンは死体の向こうから腕を伸ばして、わたしの隣にいるジェイクの脚にその汚れた手のひらとぎざぎざの爪のある手を置いた。そのなれなれしい仕草にぎょっとして、わたしは弟の脚の上の見知らぬ手を見た。その状況にひそむ危険が炎のように意識を貫き、わたしは飛びあがってけがらわしい手を払いのけ、弟をつかむとひきずり立たせて、土手の斜面を線路のほうへのぼりはじめた。

背後からインディアンが呼びかけてきた。「なんの気なしにやったんだよ、おい。悪気なんかない」

それでもわたしはインディアンの手のことを考えながら、ジェイクをひっぱって走りつづけた。頭の中で、その手は弟の脚を這う蜘蛛だった。あらんかぎりのスピードでわたしたちは〈ハルダーソンズ・ドラッグストア〉に戻った。男たちはまだ奥の倉庫で茶色の瓶からビールを飲んでいた。わたしたちがもつれるように駆け込んで息をきらしながら前に立つと、彼らはしゃべるのをやめた。

ガスが怪訝《けげん》な顔でわたしを見た。「どうした、フランク？」

「ぼくたち、線路に行ったんだ」わたしは喘《あえ》ぎ喘ぎ言った。

いまいましいことに、ドイルが満足そうににやりとした。「この子の親父さんは線路遊びを禁じているんじゃなかったか」

ガスはそれを無視して静かに言った。「線路がどうかしたのか、フランク？」

わたしはせきたてられるようにしゃべった。ジェイクの脚になれなれしげに置かれたインディアンの手から想像したことや、弟を危険な目にあわせたことへの罪悪感から、一刻も早くそのことを伝えなければという気持ちが、構脚橋から走ってくるまでのあいだにどんどん高まっていた。「見たことのないやつがあそこにいたんだ。男だよ」

三人の顔つきが変わった。ぎょっとするほどの変化だった。いまいましい満足の笑みがドイルから消えた。ガスの容易に屈しない忍耐強さがうせた。ハルダーソンは日頃の穏やかな態度を一変させ、目つきが装塡された弾のようになった。三人がそろってわたしたちを凝視し、わたしは自分の恐怖が彼らの顔に増幅されて映っているのに気づいた。わたしの予想範囲を越えた恐怖だった。胸の悪くなるような、大人だけが知っている可能性を秘めた恐怖だった。彼らが摂取したアルコールのせいかもしれない。だが、地域の子供たちを守ろうとする大人の責任感から生まれる恐怖であるのはまちがいなかった。

「男だと？」ドイルが立ちあがり、わたしの腕をつかんで引き寄せたので、口からビールがにおった。その口臭に乗って言葉が出てきた。「どんな男だ？　おまえらを脅したのか？」

わたしは答えなかった。

ドイルがいたいほど腕をしめつけた。「言えよ、おい。どんな男だ？」

わたしはガスを見て、わたしが痛がっていることに気づいてくれるのを願った。でもその瞬間のガスは混乱しきっているように見えた。アルコールの影響で頭の働きが鈍っていただけでなく、たぶん、わたしへの信頼が裏切られたせいでもあったのだろう。ガスは言った。

「ドイルに話したほうがいい、フランキー。その男のことを説明するんだ」

それでもわたしは黙っていた。

ドイルがわたしをゆさぶった。ぼろ人形みたいにゆさぶり、「話せ」と詰め寄った。

ハルダーソンが口をはさんだ。「話したほうがいいぞ、なあ」

「ドイルに話すんだ、フランク」ガスが言った。

ドイルは今や怒鳴っていた。「話せってんだ。どんな男だったんだよ？」

わたしは彼らの剣幕に気圧《けお》されて三人を見つめた。自分に話す気がないのはわかっていた。

わたしを救ったのはジェイクだった。弟は言った。「死んだ男だよ」

4

牧師の給料では思う存分食べるというわけにはいかなかったが、それでもわたしたちはよく食べた。食事がおいしかったという意味ではない。母は料理下手で有名だった。ただ食料品を買うことに関しては要領がよく、わたしたちの腹がふくれるようにしてくれた。土曜の夜はたいてい父がハンバーガーとミルクシェイクを作り、わたしたちはそれをポテトチップと一緒に食べた。サラダはレタスとトマトとタマネギで、それもバーガーにはさんだが、ときには母がニンジンやセロリをスティック状に切って添えた。わたしたちは土曜の夕食を心待ちにし、裏庭のピクニックテーブルで食べることもあった。

その土曜日は事情がちがった。死んだ男のせいと、ジェイクとわたしがそれを報告したせいだった。ガスと一緒に警察署で待っていると、父が迎えにきた。わたしたちは郡保安官の質問に答え終わったところだった。グレガーという名の保安官は、ウィロウ・クリークでちいさな農場を経営しているのだが、町からお呼びがかかってやってきたのだった。グレガー保安官は、まるで保安官らしく見えなかった。着ているのはつなぎだったし、髪は干し草の埃でごわごわしていた。わたしたちにたいする態度はおもいやりがあったが、鉄道線路は子供たちの遊び場ではないと警告したときは厳しかった。かわいそうなボビー・コールを忘れるな、とわたしたちに念をおした。ボビーの死を話すときのグレガー保安官は本当に悲しそうで、彼にとってボビーの死は大きな意味があるのだと思い、わたしは保安官に好意を持った。

ジェイクは質問されると激しくどもったため、結局わたしが代表していきさつを話した。インディアンのことは話さなかった。なぜだかわからない。保安官も警察署にいた人たちも飲んでいなかったし、理性的に見え、あのインディアンをつかまえても暴力をふるわないだろうと思った。でもドラッグストアの倉庫でジェイクはインディアンのことを一言もしゃべらなかった。つまりは嘘をついたわけで、いったんついた嘘はまるで石灰岩のかたまりから鑿《のみ》でけずりだしたみたいにしっかりできあがってしまっていた。嘘を取り消すのは、最初に真実を告げなかった理由を説明するという途方もない重荷を弟に背負わせることになる。あっけにとられるほど歯切れよく嘘をついた瞬間を最後に、ジェイクはどもらずには一言も発せられないようになっていて、話を切り出そうにもうまく発音ができず、いつまでたっても説明ができなくて、彼のみならず、居合わせた全員を狼狽《ろうばい》させた。

父は警察署にきてから、事情をあますところなく知らされた。わたしたちへの質問が終わると、ガスとともに立って待っていた父はジェイクとわたしを外にとめてあったパッカードに乗せた。ガスが後部シートに吐いたあと、徹底的に車を掃除していたにもかかわらず、車内はまだかすかにいやな匂いがして、わたしたちは窓をあけてうちに帰った。ガレージに車ふたりとも、話したいことがある」父がガレージのあけっぱなしの戸口に立った。わたしたちはガスを見ると、ガスはうなずいて出ていった。わたしたちはガレージのあけっぱなしの戸口に立った。通りの向こう側の教会が遅い午後の日差しを浴びて、白い側壁が花粉みたいな黄色に染まっていた。わたしは尖塔を見つめた。ちいさな十字架が空を背景に黒い燃えさしみたいに見え、わたしは怒られることを覚悟した。父は子供たちに手をあげたことは一度もなかったが、神その人を怒らせてしまったと思わせる話しかたができた。それがわたしたちに与えられる罰だったのだ。

「大事なのは」父は言った。「わたしがおまえたちを信頼できないようでは困るということなんだ。毎日朝から晩までおまえたちを見守ることはわたしにはできないし、お母さんにもできない。だからおまえたちが事の是非をわきまえ、危険なことはけっしてしないとわかっている必要がある」

「線路は危険じゃないよ」わたしは言った。

「ボビー・コールはあの線路で命を落としたんだぞ」

「ボビーはみんなとはちがってたんだ。線路で遊んでて死んだ子が他に何人いる？　そんなことといったら、通りのほうがもっと危険だよ。ぼくとジェイクが町の通りを横切るだけではねられる可能性のほうが断然大きいよ」

「議論するつもりはない、フランク」

「ぼくはただ、用心していなかったらなんだって危険だって言ってるだけだよ。でもぼくとジェイクは用心してる。今日のあの男が死んだのは、ぼくたちが用心していなかったからじゃないよ」

「よろしい、では要点はこうだ。わたしの要求におまえたちが従うと信じられないようでは困るということだ。鉄道の線路には近づくなとわたしが言ったら、おまえたちが近づかないと信じる必要があるんだ。わかったかね？」

「はい、お父さん」

「信頼は重要なことだ、フランク」父はジェイクを見た。「わかったかね？」

ジェイクが言った。「はい、お、お、お父さん」

「おまえたちが忘れないために、こうすることにしよう。これから一週間はわたしやお母さんの許可なしに庭から先に行ってはならない。いいか？」

あらゆる状況を考慮すれば、さほど悪い取引きには思えなかったから、わたしは理解と承諾のしるしにうなずいた。ジェイクもうなずいた。

これで放免されるかと思ったが、父は立ち去る気配を見せなかった。視線がわたしたちを素通りして、ガレージの奥の闇のほうに向けられ、思いに沈んでいるように黙りこんだ。それから向きを変え、ガレージのあけっぱなしのドアから教会のほうを見つめた。なんらかの結論に達したようだった。

父は言った。「わたしが棺以外の場所ではじめて死人を見たのは戦場でのことだった。これまでその話をしたことはない」

目の高さがわたしたちと同じになるように、父はパッカードのリアバンパーに腰かけた。
「怖かったよ」父は言った。「そして好奇心をかきたてられた。危険な行為だとわかってい
たが、わたしは立ちどまってその死んだ兵士をじっと見た。彼はドイツ兵だった。少年とい
ってもいい年齢だった。おまえより二、三歳年上なだけだったよ、フランク。その死んだ若
者を見おろしていたとき、幾多の戦いを見てきた兵士が話しかけてきた。『そのうち慣れる
さ、若いの』彼は〝若いの〟とわたしに呼びかけた。彼のほうがずっと年下だったにもかか
わらず」父は首をふり、深く息を吸った。「彼はまちがっていた。わたしはけっして慣れる
ことがなかった」

父は両腕を太ももに乗せて両手を組んだ。それはときどき父が会衆席にひとりですわって
祈るときの姿勢だった。

「わたしは戦争に行かねばならなかった。というより、行かねばならないと感じていた。ど
んな目にあうかだいたいわかっていたつもりだった。だが、死はわたしをおどろかせた」

父はかわるがわるわたしたちを見た。父の目は濃い茶色だったが、やさしくて悲しげでも
あった。

「おまえたちが見たのは、できることならわたしがおまえたちから遠ざけておきたいと思っ
ていたものだ。だがそのことを話したいのなら、聞こう」

わたしはジェイクをちらりと見たが、彼は古いガレージの土の床を見つめているばかりだ
った。本当は知りたいことが山ほどあったが、わたしは黙っていた。

父は辛抱強く待ち、わたしたちの沈黙に落胆した様子は見せなかった。「いいだろう」しばらくして父は立ちあがった。「中に入ろう。いったいどうしたのかとお母さんがきっといぶかしんでいる」

母は半狂乱だった。わたしたちを胸に抱きよせ、ひとしきり騒ぎたてて、わたしたちの行動を叱ったり、無事だったことに大喜びしたりした。母は感情豊かで、かつ芝居がかったところがあり、台所のまんなかでジェイクとわたしにその両方を浴びせた。ペットみたいにわたしたちの髪をなで、肩に指をくいこませてかわりばんこにちょっとゆさぶってしゃんとさせ、最後に頭のてっぺんにキスした。父はそのあいだに流しへ行って自分にコップ一杯の水をくみ、母が警察署での顛末についてたずねると、言った。「おまえたちは二階へ行きなさい。お母さんとわたしは話すことがある」

わたしたちは力なく階段をのぼって寝室に行き、昼間の暑さが残るベッドに寝ころんだ。

「なんでインディアンのことを話さなかった？」わたしは訊いた。

ジェイクはすぐには答えなかった。彼は古い野球のボールを持っていたが、それを寝室の床からつかむと、寝転がったまま投げては受けとめた。そして言った。「インディアンにぼくたちを傷つけるつもりはなかったんだ」

「なんでわかる？」

「わかるんだよ。そっちこそどうしてなんにも言わなかったのさ？」

「さあ。しゃべるのは正しくない気がした」

「ぼくたちは線路に行っちゃいけなかったんだ」

「それが悪いことだとは思わない」

「だけど父さんは言っ――」

「それはわかってる」

「フランクのせいでいつかぼくたちはすごく困ったことになる」

「病気の犬みたいにいつもつきまとうなよ」

ジェイクは球を投げるのをやめた。「だってフランクはぼくの一番の友達だもの」

わたしは天井をじっと見あげ、光る緑の体をもつ一匹のハエが漆喰の上を這っているのを見ながら、世界をさかさまに歩くのはどんな感じなんだろうと思った。ジェイクの言ったことを認めたわけではないが、それには前から気づいていた。わたしをのぞくとジェイクには友達がいなかった。でも、その告白を深刻に受け止めるべきなのか、返事をすべきなのか、わからなかった。

「ちょっと、そこの無鉄砲なおふたりさん」

姉が両腕を組み、皮肉っぽい笑みを浮かべて、ドアフレームに寄りかかっていた。アリエルはきれいな女の子だった。母ゆずりの赤褐色の髪とやわらかな青い瞳を持ち、父に似た静かで思慮深い表情をしていた。けれども、モリス・エングダールが姉について言ったことは本当だった。アリエルは兎唇で生まれ、赤ん坊のときに外科手術を受けていたが、まだ傷跡が残っていた。ちっとも気にならないと彼女は主張していたし、事情を知らない人に訊かれるといつでも頭をもたげてこう言った。「天使がわたしの顔にふれた指のあとよ」その口調はいたって真面目だったから、一部の人が欠陥だと見なすことについての議論はたいていそこで終わりとなった。

わたしは言った。「今帰ってきたの？」

アリエルは寝室に入ってくると、ジェイクを押しやって彼のベッドに腰をおろした。アリエルはザ・ハイツの南にあるカントリークラブのレストランでウェイトレスのアルバイトをしていた。

「そう。ママとパパがあんたたちふたりのことで激論を戦わせてるわよ。死んだ男ですって？　あんたたちほんとに死んだ男を発見したの？　さぞ怖かったでしょうね」

「ぜんぜん」わたしは言った。

「どうして死んでるってわかったの？」「眠ってるみたいだったんだ」

それは保安官からも訊かれていた質問で、わたしは彼に話したことをそのまま姉にしゃべった。男が怪我をしているのかもしれないと思ったこと、構脚橋から呼びかけても答えなかったので様子を見におりていったこと、死んでいるとすぐにわかったこと。

「眠っているみたいに見えたって言ったじゃない」アリエルは言った。「確かめるのにつつくかなにかしたの？」

わたしは言った。「そばまで行ったら、死んでるように見えたんだ。ひとつには息をしてなかったし」

「ずいぶん注意深くその人を観察したのね」姉はそう言って、人差し指でくちびるの傷跡をおさえた。それは深く考えこんでいるときにときどき見せる動作で、彼女は長いことわたしをじっと見つめた。次にジェイクのほうを向いた。

「あんたはどうなの、ジェイキー？　怖かった？」

ジェイクはその問いには答えず、代わりにこう言った。「ぼくたちはあそこにいちゃいけなかったんだ」

アリエルはやさしく笑った。「これからの人生でもいちゃいけない場所にあんたたちはいっぱい行くでしょうね。見つからないようにすることね」

「この前の夜、姉さんがこっそりうちに入るのを見たよ」わたしは言った。

茶目っ気がとたんに影を潜め、姉は冷ややかにわたしを見た。

「心配いらない。誰にも言わなかったから」

「別にいいわよ」

だがよくないのはあきらかだった。

アリエルは両親の秘蔵っ子だった。聡明で気取らない魅力があり、その指は鍵盤の上で魔法を発揮した。家族全員がアリエルを愛しており、彼女はいつか有名になると感じていた。アリエルは母のお気に入りで、父のお気に入りでもあったと思うが、父の感情についてはあまり確信がない。彼は自分の子供たちについて語るとき、慎重だった。一方、情熱的で大げさで奔放な母は、アリエルは心の喜びだと言ってはばからなかった。母が口に出さないまでもわたしたちみんなが知っていたのは、アリエルが母自身の潰《つい》えた願望を達成する希望の星だったということだ。アリエルを嫌うのは簡単だっただろう。でもジェイクとわたしは彼女が大好きだった。彼女はわたしたちの親友だった。わたしたちの共謀者だった。わたしたちの擁護者だった。上の空の両親よりもわたしたちのささやかな成功をちゃんと評価して、惜しみなく称賛してくれた。裏の牧草地に生える野生のヒナギクのような飾らないやりかたで、アリエルはありのままの美しさを差し出していた。

「死んだ男だけど」アリエルは首をふった。「彼が何者だったか、警察は知ってるの？」

「自分ではスキッパーって名乗ってたんだ」ジェイクが口をすべらせた。

「なんで知ってるのよ？」

ジェイクはあわててわたしに無言で助けを求めたが、わたしが答えないうちにアリエルが言った。「あんたたち、わたしに隠してることがなにかあるでしょ」

「男はふたりいたんだ」ジェイクの口から言葉が飛びだした。真実を吐き出せることにほっとしているのがわかった。

「ふたり？」アリエルはジェイクからわたしに視線を移した。「もうひとりの男は誰だったの？」

ジェイクのおかげで、真実はすでにわたしたちの前にあった。吐いたゲロみたいに。とりわけアリエルには、それ以上の嘘をつく理由は見当たらなかった。わたしは言った。「インディアンだよ。彼は死んだ男の友達だったんだ」そのあと、わたしは一切合切アリエルに話した。

やわらかな青い瞳をときにわたしに、ときにジェイクに向けて彼女は聞いていたが、最後に言った。「あんたたち、すごくまずいことになりそう」

「ほ、ほ、ほら」ジェイクがわたしにむかってうなるように言った。

「大丈夫よ、ジェイキー」アリエルは彼の脚を軽くたたいた。「秘密はばらさないから。でもふたりとも、パパの言うことを聞かなくちゃだめよ。あんたたちのことをパパは心配してる。わたしたちみんなが心配してるのよ」

「インディアンのことを誰かに言ったほうがいい？」ジェイクがたずねた。

アリエルは考えこんだ。「そのインディアンは怖かった、それとも危険だったの？」

「ジェイクの脚に手を載せたんだ」わたしは言った。

「ぼくは怖くなかったよ」ジェイクが言った。「ぼくたちを傷つけるつもりなんてなかったと思う」

「だったら、その部分は内緒にしてても大丈夫だと思うわ」アリエルは立ちあがった。「でも約束して、もう線路をうろつかないって」

「約束する」ジェイクが言った。

アリエルが顔をしかめてわたしの同意を待っていたので、わたしは仕方なく約束した。ドアにちかづくと、彼女は芝居がかった感じでぱっとふりかえり、片手を大きくふった。「いざシアターへ」その言葉をアリエルはシアタと発音した。「ドライヴィン・シアターよ」ストールを首にまくふりをしたあと、姉は流れるようなしなをつくって出ていった。

その夜、父はハンバーガーもミルクシェイクも作らなかった。〈ヴァンデル・ワール葬儀社〉に呼ばれたのだ。死んだ男の遺体がそこへ運ばれており、父はヴァンデル・ワールと保安官とともに見ず知らずの人間の埋葬を話し合うことになった。父は夜更けまで帰宅しなかった。そのあいだ、母がキャンベルのトマトスープを温め、プロセスチーズのホットサンドイッチを作り、わたしたちは夕食を食べたあとテレビで『西部のパラディン』を見た。僻地で受信の感度が悪かったので画面は白くちらついていたが、ジェイクとわたしは毎週土曜日の夜はなにをおいてもその番組を見た。アリエルが数人の友達とドライヴイン・シアターへ出かけるとき、母が言った。「真夜中までには帰ってらっしゃい」わたしたちは母の額にそっとキスして言った。「ええ、ママ」わたしたちは土曜の夜の風呂を使い、父の帰宅前にベッドに入った。父が帰ってきたとき、わたしはまだ起きていたので、寝室の真下にある台所で両親がしゃべっているのが聞こえた。床に設けた格子状の蓋から声があがってきて、まるで同じ部屋にいるみたいだった。父も母も台所での会話がわたしに筒抜けだとは思ってもいなかった。死んだ男の埋葬式——父がとりおこなうことに同意していた——のことにふれたあと、両親の話題はアリエルに移った。

父が言った。「アリエルはカールと一緒なのか？」

「いいえ」母が答えた。「何人かの女友達と一緒よ。あなたが心配するとわかっていたから、真夜中までに帰ってくるよう言ったわ」

「ジュリアードに行ったら口出しはできないから、アリエルも好きなだけ遅くまで外出できるだろうが、家族と一つ屋根の下にいるあいだは真夜中が門限だ」

「わたしに念を押す必要はないわよ、ネイサン」

「あの子は近頃以前とはちがうな。きみは気づいたかね？」

「どうちがうの？」

「なにか考えていることがあって、今にもその話をしそうになるのに結局しない、そんな風に感じる」

「悩み事があるなら、わたしに話すはずよ、ネイサン。アリエルはわたしにはなにもかも話してくれるんですから」

「そうだな」父は言った。「それで、その亡くなった旅の人の埋葬はいつなの？」

母がたずねた。

〝旅の人〟という言葉を使うのは、〝流浪人〟とか〝浮浪者〟よりもそのほうがおもいやりがあるからだと母は言っていた。だからわたしたちは死んだ男の話をするときは全員がその言葉を使いはじめていた。

「月曜だ」

「わたしの歌をお望み？」

「埋葬に立ち会うのはわたしとガスとヴァンデル・ワールだけだ。音楽はいらないだろう。

ふさわしい短い言葉があればいい」

リノリウムの床の上で両親の椅子がきしみ、テーブルから離れる気配がして、話し声が聞こえなくなった。

わたしは死んだ男のことを考え、埋葬に立ち会いたいと思いながら、寝返りを打って目をつぶった。棺の中のボビー・コールのことを考え、やはり棺に入る死んだ男のことを考えているうちに暗くて不穏な眠りに落ちた。

深夜、家の前の通りで車のドアがしまる音で目がさめた。アリエルの笑い声がした。ややあって、廊下をはさんだ両親の寝室からぼんやりした明かりが漏れた。車が走りさってすぐに玄関のスクリーンドアの蝶番《ちょうつがい》がちいさくきしむのが聞こえた。両親の部屋の明かりがまたたいて消え、ドアが静かなため息とともに閉じた。アリエルが階段をあがってきた。わたしはいつのまにか眠っていた。

しばらくして雷鳴で目がさめた。窓に近づくと、激しい雷雨が谷を北へ移動中で、わが家のあたりは雨をまぬがれていたが、巨大な入道雲の鉄床で鍛えられた銀色の稲妻がはっきりと見えた。わたしはそっと下へおりて玄関から外に出、ポーチの階段にすわった。しばらくぶりのひんやりした風に顔をくすぐられながら、獰猛《どうもう》な美しい動物でも見るようにわたしは嵐が去っていくのを見守った。

遠くの雷鳴は大砲のとどろきのようで、父のこと、父がジェイクとわたしに語った戦争のことが思い出された。父があんなにしゃべったのははじめてだった。訊きたいことが山のよかったのに、なぜやめてしまったのか自分でもよくわからない。でも、顔には出さなかったものの、父がわたしたちの沈黙に傷ついたのはあきらかだった。気まずいほどの父の率直さを前にして、わたしたちは黙るしかなかったのだ。死について訊きたかった。死ぬのは痛いのかどうか、死後わたしや他のみんなを待ち受けているのは何なのか。真珠の門だ、なんて言わないでよ、父さん。死はわたしにとって真面目な問題であり、誰かとそのことを話し合いたかった。埃っぽいガレージに父と弟と一緒に立っていたあの瞬間こそ絶好のチャンスだったのに、わたしはそれを逃がしてしまっていた。

階段にすわっていたとき、誰かが家の裏から庭を全速力で横切って、タイラー通りからザ・ハイツへ向かっていくのが見えた。ザ・フラッツに街灯はなかったが、明かりはなくてもこそこそと遠ざかっていく者の正体はわかった。

寝室に戻ろうと立ちあがったとき、最後にまた稲妻がわたしたちの谷を縁取り孤立させている大地に突き刺さるのが見えた。

その夏はすでにふたつの死があった。わたしには知る由もなかったが、さらに三つの死が行く手に待っていた。

そして、次の死はもっとも堪えがたいものとなった。

5

父には三つの受けもち教区があった。つまり、三つの教会の信徒の精神的要求に応える責任を負っていたということだ。だから、毎週日曜には三つの礼拝をおこなった。家族として、わたしたちはそのすべての礼拝に出席することを求められた。

午前八時、キャドベリーの教会の礼拝式がはじまる。キャドベリーはニューブレーメンの南東十五マイルにあるちいさな町だった。多数の信者の中に異なる宗派のプロテスタントがたくさんいるのは、気軽に行ける距離に同じ宗派の教会がないためと、ミネソタではブタクサ並みに数の多い厳格なルーテル派よりもくだけたメソジスト派が好まれているせいでもあった。母は聖歌隊を指導監督しており、その仕事を大変誇りにしていた。毎週母がキャドベリー教会聖歌隊の男女から引きだす歌声は豊かで美しく、耳を喜ばせた。この活動において、母には助っ人がいた。男性のひとりにみごとなバリトンの持ち主がいて、母の指導のもとですばらしい聖歌隊員になっていたことと、ひとりの女性の力強いアルトと母の美しいソプラノが互いをひきたてあっていたことだ。この三つの歌声の力を念頭に母が聖歌隊のために構成した楽曲を聞くだけでも、教会に足を運ぶ価値があった。さらに花を添えるのがアリエルだった。彼女の熟練した指先は、質素な小型オルガンのパイプから、ちっぽけな田舎の教会の会衆がいまだかつて聞いたことのない音楽を紡ぎだした。毎週、ジェイクとわたしはすべての礼拝に参列し、せいぜいおとなしくすわっているよう努力した。キャドベリーの礼拝は一番めだから、さほど苦痛ではなかった。三番めの礼拝の頃にはお尻が痛くなり、わたしたちの我慢は限界ぎりぎりに達する。だから、キャドベリーの礼拝が一番好きだった。

父は田舎の教会で大いに好感を持たれていた。父の説教の特徴は、福音派の熱狂とは異なり、神のかぎりない恵みについての物静かな訓戒が多いことで、普段の生活における感情の発露が一山の干し草と大差ない、実用一辺倒の農家の家族が圧倒的多数を占める信徒には受けがよかった。父はまた、メソジスト派信徒につきものの教会の委員たちの琴線をふるわせる才能にも長けていた。平日の夜はほとんど家におらず、キャドベリーかニューブレーメンか、三つめの教区にあるフォスバーグの委員会会議に出席していた。自分の義務と心得るものを実行することにおいては不断の努力を惜しまなかったし、父親としては留守がちだったが、それもまた天職の代償なのだった。

キャドベリーはミネソタ・リバーの支流であるスー・クリーク沿いの盆地に横たわっている。のぼり坂をずっとのぼっていって頂上に立つと、一気にくだった先にキャドベリーの町があって、鬱蒼たる緑の木立の上に三つの尖塔が突き出た眺めに迎えられる。キャドベリー・メソジスト教会は、一番手前にある尖塔だ。教会の正面からは大通りを見通すことができた。大通りといっても二ブロックしかない商店街で、そこが最高の賑わいを見せたのは第二次世界大戦後の数年間だった。数本ののっぽのニレの木の木陰にある教会は、わたしたちが到着する夏の朝は涼しくて静かだった。父は教会の鍵をあけて事務所へ直行し、アリエルはオルガンへ、母は聖歌隊室へ向かった。ジェイクとわたしは座席案内係のための献金皿を用意し、内陣の空気が澱《よど》んでいれば窓をあける役目を仰せつかっていた。それがすむとうしろの列にすわって、信徒が集まり、聖歌隊が集合するのを待った。

その朝は、礼拝がはじまるすこし前に母が聖歌隊室から出てきて、祭壇のそばに立ち、気づかわしげにあたりをざっと見まわした。

母はわたしのところまでやってくると、言った。「ミセス・クレメントを見かけた？」

いいえ、とわたしは言った。

「外へ出て彼女がこないかどうか見ていてちょうだい。くるのが見えたら、すぐに知らせて」

「はい」

わたしが外に出るとジェイクがついてきて、わたしたちは通りの左右に目を配った。力強いアルトの持ち主がミセス・クレメントだった。母と同年齢で、ピーターという十二歳の息子がいた。ピーターは母親が聖歌隊でうたっているので、礼拝のあいだはひとりになり、たいていジェイクとわたしと一緒にすわっていた。父親は教会にきたことがなく、小耳にはさんだ会話からすると、あまり宗教には関心がなく、乱暴で望ましからぬ人物らしかった。教会にくれば、メソジストの頼れる規律からたくさん得るものがあっただろう。

わたしたちがミセス・クレメントの到着に目を光らせているあいだにも、大勢の信徒が教会にやってきて、陽気に親しみをこめて挨拶してくれた。サディアス・ポーターという男性は、町の銀行家でやもめだったが、堂々たる足取りで大股に近づいてくると、わたしたちの前で立ちどまり、両手をうしろで組んで、将軍が自分の部隊を検分するみたいにわたしたちを見おろした。

「きみたちは死体を発見したそうだが」彼は言った。

「はいそうです」わたしは答えた。

「まったくおどろくべき発見だったな」

「はい、そのとおりです」

「すっかり立ち直ったように見える」

「実は、ぼくはへっちゃらだったんです」

「そうか」彼はへっちゃらなのは悪いことではないというようにうなずいた。「鉄の神経というわけだな、え？　それじゃ中で会おう」彼は測ったように正確な歩幅で教会への階段をのぼっていった。

その日曜の朝はミセス・クレメントもピーターもあらわれなかった。聖歌も賛美歌も彼女がいないせいで精彩を欠いていた、と母があとで言った。礼拝のあと、教会の懇談室でのお茶会にちょっとだけ顔を出すと、ジェイクとふたりで発見した例の死んだ男について質問ぜめにあった。話すたびに、ちょっとずつ尾ひれをつけたので、ジェイクの非難がましいしかめつらを誘うことになった。相当すねているようだったので、最後はジェイクを物語の脚注よりもちょっとだけましな存在にしてやった。

その日の最後の礼拝は正午にニューブレーメンの北十二マイルのフォスバーグの教会でおこなわれた。父はそれをすませると、わたしたち全員を車で家に連れ帰った。いつものことだが、わたしは地獄で長時間過ごしたあげく、ついに神のゆるしを得たような気分だった。寝室に急行し、服を着替えて、残りの時間を楽しむ用意をした。下におりると、母が台所で冷蔵庫から食べ物を取り出していた。昨夜のうちに用意してあったツナ・キャセロールとジェロー・サラダ（ゼラチンでかためたサラダ）で、わたしはてっきりそれが今夜の夕食だと思っていた。わたしのあとから台所に入ってきた父も同じことを考えたようだった。「夕食の支度かね？」父は言った。

「わたしたちのじゃないの」母が答えた。「アメリア・クレメントのためよ。聖歌隊のご婦人方の話だと、アメリアはずいぶん具合が悪くて、それで今日、教会にこなかったらしいの」母は父を押しのけると、ツナ・キャセロールの鍋を片手にカウンターに歩みよった。「アメリアの人生はトラヴィス・クレメントが支配する牢獄も同然なのよ。世界最低の夫ではないとしても、あの男が候補にあがっているのはまちがいないわ。アメリアから数えきれないほど何度も聞かされていたのよ。一週間で一番の楽しみは水曜の聖歌隊の練習と日曜の教会だけだって。今日、こなかったとすると、よっぽど具合が悪いにちがいないわ。せめて食事の支度の心配ぐらいしないですむようにしてあげたいの。このキャセロールができあがったら、持っていってあげるつもりよ。あなたも一緒にきて」

「ぼくたちの夕飯はどうなるの？」しまったと思ったときにはすでに遅かった。

母が冷ややかにわたしを見た。「一食抜いたって飢え死にしやしないわ。なにか用意するわよ」

実をいうと、わたしにとっては好都合だった。ツナ・キャセロールは全然好きじゃなかった。母と父がピーター・クレメントの家に行くなら、自分も同乗してピーターに死んだ男のことを話してやろうと思った。話を聞いた人たちの反応にわたしはすっかり気をよくしていた。

アリエルがカントリークラブのアルバイト用の服を着て、台所に入ってきた。

母がたずねた。「出かける前にサンドイッチでも食べる？」

「いらないわ。向こうについたらなにかちょっと食べるから」アリエルはすぐには出ていかず、カウンターに寄りかかって、言った。「この秋、わたしがジュリアードに行かなかったらどうする？」

冷蔵庫の上にあったバナナの房から一本むしりとっていた父が、皮をむきながら言った。

「代わりに岩塩坑へ出稼ぎにやるだろうね」

「だって」アリエルが言った。「マンカート州立大のほうがお金がかからないでしょう」

「おまえには奨学金が出る」父は指摘して、バナナの三分の一を口に押し込んだ。

「そうだけど、それでもやっぱりパパもママも大金を払わなくちゃならないわ」

「おまえは心配しなくていい」父は言った。

「マンカートならエミール・ブラントのところでひきつづき勉強できるのよ。彼ならジュリアードの教授に負けないぐらい優秀だわ」

エミール・ブラントはわたしたちが五年前にニューブレーメンに引っ越してきて以来、アリエルを指導していた。実際、わたしたちがここへきた最たる理由はエミール・ブラントだった。ミネソタで最高の作曲家兼ピアニストのもとで学んでほしい、というのが母の願いであり、それがブラントだったのだ。たまたま彼は子供の頃から母の仲のいい友達でもあった。

母とエミール・ブラントとのかかわりについては、この歳まで生きてきてすこしずつわかってきた。一九六一年当時にも多少は知っていたが、あとは大人になって知った。あの頃わたしが理解していたのは、娘時代の母が数歳年上のブラントと短期間婚約していたということだった。ニューブレーメンの保守的なドイツ系住民の平均からすると、エミール・ブラントが型破りな人間だったことは、当時も薄々感じていた。桁外れの才能に恵まれた音楽家であると同時に上流階級のブラント一族の人間でもあって、将来大物になることをあらかじめ運命づけられていた。ところが母に求婚してからほどなくブラントは突然母のもとを去り、身勝手にも、出世を求めてニューヨーク市へ発った。とはいえ、一九六一年の夏にはそういったことはみな過去の話で、母はエミール・ブラントをもっとも親愛なる友人のひとりにかぞえていた。すべてを癒やす時の特性がもたらす結果ともいえるが、ようやくニューブレーメンに帰ってきたときのブラントがひどい傷を負っていたことに母が心から同情したせいでもあったと思う。

母は料理の手をとめて、娘に厳しい視線を向けた。「カールのせいなの？　ボーイフレンドのそばを離れたくないのね？」

「おかどちがいよ、ママ」

「じゃ何なの？　だってお金のせいではないんだから。その問題はとっくに解決ずみなのよ。あなたのおじいさまが必要なものはなんでも援助すると約束してくださったわ」

父が口いっぱいにほおばったバナナをのみこんで、言った。「お義父さんからの援助は必要ない」

母は父を無視して、アリエルをじっと見ていた。

アリエルがまた口を開いた。「家族から遠く離れたところへ行きたいのかどうか自分でもわからないのよ」

「説得力のない言い訳ね、アリエル・ルイーズ、自分でもわかってるはずよ。いったいどういうことなの？」

「わたしはただ……なんでもない」アリエルはドアに駆け寄ると家を出ていった。

父はアリエルが出ていったあとを見ていた。「いったいどういうことだ？」

「カールよ」母が言った。「だいたいわたしは気に入らなかったのよ、あのふたりがつきあっていることが。カールのせいでアリエルの勉強がおろそかになるのはわかっていたわ」

「近頃の若者はみんな交際をするものだよ、ルース」

「あのふたりは真剣すぎるわ、ネイサン。暇なときはいつも一緒なのよ」

「昨夜アリエルは他の友達と出かけたじゃないか」

わたしはアリエルがドライヴイン・シアターから帰ってきたあと、こっそり出ていったことを考え、会いにいった相手はカールだったのだろうかといぶかった。

母は流しの上の窓台からひったくるように煙草の箱をつかむと、いらだたしげに一本ふりだしてマッチをすり、たちのぼる煙のうしろから言った。「カレッジに進む代わりに結婚しようと思っているのなら、喜んで今すぐアリエルの性根をたたき直してやるわ」

「ルース」父がたしなめた。「決めつけるのはよくない。あの子と膝をまじえて話し合い、理由をつきとめてはどうだろう。落ち着いて話し合うんだ」

「落ち着いてお尻をひっぱたくわ」母が言った。

父は微笑した。「子供をたたいたこともないきみがか、ルース」

「アリエルは子供じゃないわ」

「だったらなおさら大人と接するように話すことだよ。アルバイトから帰ってきたら今夜にでも話し合おう」

両親がクレメント家に行く用意ができると、わたしはピーターに会いに一緒に行ってもいいかどうかたずねた。必然的にジェイクもくることになる。父はわたしたちを置いていく理由を思いつかなかった。ジェイクとわたしが父の許可なく庭から先へ行ってはならないという制約を科せられた観点からすると、なおさらだった。ジェイクは同行することにやぶさかではなかった。彼は車の中で読むための『アクアマン』と『グリーン・ランタン』の最新号を持ってきた。わたしたちはパッカードに乗り込んでキャドベリーに向かった。

ミスター・クレメントは自宅の隣にある納屋を改造した店でちいさなエンジン修理業を営んでいた。町の外に二百エーカーの土地を所有していたおじいさんが死んでそれを引き継いだのだが、ミスター・クレメントには農夫になる意志も性向もなかった。そこで耕作地だけを売り、家と納屋は残してそこで商売をはじめたのだ。

わたしたちが着いたのは午後の半ばで、じりじりと太陽が大地に照りつけていた。砂利敷きの車廻しに入り、大きなクルミの木の陰に車をとめた。母がキャセロールを父がジェロー・サラダのボウルを持って正面の階段をのぼり、ぐらぐらのポーチに立ってスクリーンドアをノックした。ジェイクとわたしは後方でためらっていた。庭からは、きっかり四分の一マイル北にあるキャドベリーの尖塔が見えた。クレメント家と町の中間あたりでスー・クリークが道路を横切って流れていた。退屈な教会の会合から抜け出せるとき、わたしたちはピーターと一緒に細長い橋の下へ行ってザリガニをつかまえた。一度はキツネの親子が小川《クリーク》の土手の茂みにさっと逃げ込むのを目撃したこともあった。

ピーターがスクリーンドアの奥にあらわれた。父が声をかけた。「こんにちは、ピーター。お母さんはいるかな？」

「ちょっと待ってください」ピーターは、両親の後方の庭にいるジェイクとわたしのほうを見てから、暗い家の奥に姿を消した。すぐに彼のお母さんが出てきた。ミセス・クレメントは平凡な顔立ちの女性だったが、長い金髪を三つ編みにして絹のロープみたいに背中の中ほどまで垂らしており、いつも思っていたことだが、そのせいで平凡そのものといった印象をまぬがれていた。袖なしの地味な黄色い服は、母がシフトと呼ぶシンプルなワンピースだった。ミセス・クレメントはドアを閉めたまま、両親をまっすぐに見ようとはせずに、暗いスクリーンドアの背後にたたずんでペンキを塗っていない板張りのポーチに魅了されたかのように顔をうつむけていた。しゃべったときも、ひどく低い声で、わたしには聞き取れなかった。牧師とその家族にたいするふるまいとしては、妙だった。たいていの人はわたしたちを中へ招きいれてくれた。わたしはぶらぶらとポーチにあがって、大人たちの話し声が聞こえる距離に立った。

「今朝はあなたがいなくてとても残念だったわ、アメリア」母が言っていた。「あなたがいるといないとでは音楽がまるでちがうものになってしまうのよ」

ミセス・クレメントが言った。「すみません、ルース」

「もちろんなんとかできたけれど、でも、アメリア、水曜日にはあなたが回復して練習に参加できるよう願っているわ」

「きっと参ります」ミセス・クレメントは言った。

「よかった、とにかく食事の心配をせずにあなたがゆっくり休めるようにと、すこし食べ物を持ってきたのよ。ネイサン？」

父がジェロー・サラダのボウルを差し出し、母はツナ・キャセロールを渡そうとした。ミセス・クレメントは受け取るべきかどうか迷っているようだった。ようやく決心がついたのかピーターを呼び、彼がくると、ミセス・クレメントは料理がかろうじて通るぐらいにスクリーンドアをあけた。それからすばやくうしろにさがってドアが閉じるにまかせた。

「思っていたんだけれど」母が言った。「次の日曜日のデュエットね、あなたとわたしでやったらどうかしら、アメリア。きっとすてきな曲になるわ」

わたしはすこしずつあとずさりして、しゃべっている大人たちを置いて階段をおりた。古い農家のわきへまわりこんだ。庭の草はほとんどがすでに枯れて脆《もろ》くなっており、それを踏み砕いてあけっぱなしの納屋のドアのほうへ歩いていった。ジェイクがすぐうしろからついてきた。わたしたちは戸口から中をのぞきこみ、中身のなくなった芝刈り機や冷蔵庫のコンデンサーや土間に散らばるモーターのパーツを見つめた。敗者が内臓をえぐりだされて倒れている闘技場のようだった。少年の目には魅力的に映ったが、その乱雑ぶりにはなんとなく不安をかきたてるものがあった。

背後で砂利を踏みしめる音がしてふりかえるとピーターが近づいてくるところだった。容赦ない日差しから顔をかばうかのように、野球帽を深くかぶっていた。

「近づかないほうがいいよ」ピーターは言った。「父さんがかんかんになる」

わたしは身をかがめて、野球帽のつばの影の中をのぞきこんだ。「その黒痣《あざ》、どうしたんだ?」

ピーターは目もとにふれると、ぱっと回れ右をした。「行かなくちゃ。きみらもだよ」それは本当だった。両親が車に引き返しながら、帰りの合図をしているのが見えた。ピーターは家の裏口へ向かっており、一言もいわず、ふりかえりもせずに中に消えた。

帰宅途中の車内は静まりかえっていた。家に着くと、母が言った。「あなたたちはしばらく外で遊んでいらっしゃい。戻ってきたら、クールエイドとサンドイッチを用意するわ」

うちの横手の庭に大きなニレの木があり、その枝にロープで吊ったタイヤのブランコがある。わたしたちが足を向けたのはそこだった。ジェイクはそのブランコが大好きだった。何時間でも独り言を言いながら漕いでいられるのだ。ジェイクはタイヤによじのぼった。「まわしてよ」わたしは弟の肩をつかんでロープが固くよじれるまで何度も回転させてから手を放し、うしろにさがった。ジェイクはコマみたいにくるくるまわった。

後方の台所の窓から、両親の会話がとぎれとぎれに聞こえてきた。

「嘘だったんだわ、ネイサン。聖歌隊の女性たちは口をそろえて、アメリアは病気だと言ったの。どうして気づかなかったのかしら」

「アメリアの友人や隣人はそう言うしかなかったんだ。亭主に殴られて、痣《あざ》を人前にさらしたくないからこない、とは言えないからな」

「彼女だけじゃないわ、ネイサン。あの男はピーターも殴ったのよ」

ジェイクがブランコからおり、目がまわってよろよろと歩きだしたのに気を取られて、わたしは束の間台所の会話を聞きそびれた。ジェイクがひっくりかえり、また母の声が聞こえた。怒りを秘めた硬い声だった。

「アメリアたちがわたしに本当のことを話してくれるとは思わないわ、ネイサン。きっと他人に口出しされる筋合いはないと考えているにちがいないもの。でも、あなたには話すべきだわ」

「わたしが彼らの牧師だからか？」

「アメリアの牧師でもあるからよ。他の誰にも打ち明けられなくても、あなたには打ち明けるはずだわ。みんなあなたには秘密を打ち明けるのよ、ネイサン。わたしにはわかるの。あなたが彼らの牧師だからというだけじゃないわ」

ジェイクがようやく起きあがって、タイヤに戻っていった。またまわしてやろうとしたが、彼は手をふってわたしを追い払い、普通に漕ぎはじめた。

流しで水の流れる音がし、コップが満たされて、父が言った。「トラヴィスは北朝鮮の捕虜収容所にいたんだ。知っていたかね、ルース？　彼はいまだに悪夢にうなされている。酒を飲むのは悪夢がまぎれると思うからなんだ」

「あなただって悪夢にうなされるわ。でもお酒は飲まない」

「戦争の傷を癒やす方法は人それぞれだ」

「戦争の記憶をあっさり葬ることができる人もいるのにね。戦時中が人生最高の時だったと誰かが言うのを聞いたことがあるわ」

「だとしたら、そういう連中はわたしやトラヴィス・クレメントとはちがう戦争で戦ったにちがいない」

ブランコからジェイクが呼びかけた。「キャッチボールしない？」

いいよと答えて、ボールとグローブを取りに家に向かいかけた。父が勝手口から出てきて、教会のほうへ歩きだした。わたしはすぐさま追いついて、どこへ行くのかたずねた。

「ガスに会う」父は言った。

「どうして？」

返事はすでに見当がついた。ガスはミネソタ・リバーの谷にある酒場の常連で、父はそうではなかった。ミスター・クレメントがどこで酒を飲んでいるのかわかる者がいるとしたら、ガスだろう。

「彼の助けが必要なんだよ」父は答えた。

「ぼくも行っていい？」

「だめだ」

「お願い」

「だめだと言ったろう」父が声を荒らげることはめったになかったが、この問題については口ごたえはゆるさないというはっきりした意志が声にあった。わたしは立ちどまり、父はひとりで教会へ歩いていった。

ジェイクとわたしが家に入ると、母が上の空で食事の支度をはじめていた。二階にあがると、弟は床にあったグローブをつかんだ。わたしは自分のグローブをさがしてクローゼットをひっかきまわした。

ジェイクはベッドにすわり、古い革のいいにおいを吸い込むようにグローブを鼻に押しあてて、言った。「父さんは絶対戦争の話をしないね」

わたしはびっくりした。ジェイクはタイヤのブランコに夢中で台所の会話など耳に入っていないと思っていたからだ。ジェイクはいつもこんなふうにわたしをおどろかせた。わたしは自分のグローブ、ローリングス社の一塁手用ミットを見つけ、固めたげんこつでやわらかな掌革をたたいた。

「いつか話してくれるかもしれない」わたしは言った。

「うん、いつかね」ジェイクは同意したが、そう信じていたからというわけでもない。弟はときどき、ただそうするのが好きというだけでわたしに同意した。

6

カールはアクセル・ブラントとその妻ジュリアのあいだに生まれた一人っ子だった。アクセル・ブラントがニューブレーメンで経営するビール醸造所は、彼の曾祖父によって建てられたもので、町の創立とともに誕生した最初の事業のひとつだった。百年以上にわたってビール事業は栄えていた。醸造所はすくなからぬ労働人口を雇用しており、ニューブレーメンの経済的活力源の一部だった。いってみれば町の至宝であって、ブラント一族は中西部の名家だった。いうまでもなく一族はザ・ハイツに暮らしており、白い円柱のある広大な邸宅は裏手に広い大理石のパティオがあり、そこから眼下の町と、ザ・フラッツと、その向こうを這うように流れる広い川が見渡せた。

カール・ブラントとアリエルの交際は一年近くに及んでおり、母はあまりいい顔をしなかったが、そもそもふたりを結びつけたのは母だった。ニューブレーメンに引っ越してきてから、毎年夏になると母は町の若者たちの才能を引きだすミュージカル作品を陣頭指揮して、八月最初の週末にルター公園の野外音楽堂で披露した。その催しにはニューブレーメンの住民がおどろくほど大勢集まった。千秋楽の幕がおりたあとも毎年町はしばらく鼻高々だった。

若者たちが才能を開花させたからというだけではない。地域と国の両方にとって有益な価値観を町が若い世代に植え付けているという生きた証拠がそこにあったからだ。アリエルとカールは十七歳の夏に、母によって『ボーイフレンド』というミュージカルの主役に抜擢された。それが終わる頃には、主役のこのカップルは離れられない仲になっていた。しばらくのあいだ母はその関係をふたりのティーンエイジャーがミュージカルに注ぎ込んだ時間と情熱の自然な流れと見て、秋の紅葉を迎える頃には冷めるだろうと予測していた。ところが、ミネソタ・リバーの谷に次の夏がきてもカールとアリエルの関係はまだ続いていた。その結びつきの強さを警戒したのは母だけでなく、ジュリア・ブラントも同じだった。たまたま顔を合わせようものなら、母はきまって彼女のことをニューヨークの有名な作家養成学校も感心したであろう言葉でこう表現した——〝その冷たさは北極の冬のよう〟。

自分の娘との一途な関係に眉をひそめているくせに、母はカールのことが好きで、よく彼を夕食に呼んだ。だがアリエルがブラント家で食事をしたことは一度もなくて、その事実を母は片時も忘れなかった。カールは礼儀正しく、おもしろくて、アメリカンフットボールとバスケットボールと野球でレター表彰（高校や大学で、スポーツで優秀な成績をおさめた学生にたいし、学校の頭文字を上着などにつける権利を与えるもの）されたスポーツマンだった。ミネソタ州ノースフィールドにあるセント・オラフ大学への進学が決まっていて、フットボール選手として活躍し、学位を取得したらニューブレーメンに戻ってきて醸造所を経営する父親を助けることになっていた。町から丘を見あげ、緑一色の中の白い邸宅の外壁を見ると、カール・ブラントの未来は洋々たるものに思えた。

その日曜の夜、カールとアリエルはセーリングに出かけることになっていた。カールの家族はヨットとモーターボートを所有しており、どちらもレイク・シングルトンのマリーナに係留していた。アリエルはセーリングが好きだった。水の上で風をうける感覚や頭上に澄んだ青空が見えること、葦の浅瀬をシラサギやアオサギが竹馬みたいに細い脚で歩いているのがすてきなの、と言った。うんざりするような地面の固さから解放されるのがなんともいえないのよ、と。

夕食後、彼女はポーチの階段にすわってカールを待っていた。わたしは外に出て隣にすわった。アリエルはわたしを相手にするのをいつも楽しんでいるようだった。それだけで、わたしがアリエルを愛する理由には充分だった。父はトラヴィス・クレメントを捜しに行ってまだ帰っていなかったので、わたしはパッカードを求めてタイラー通りを眺めていた。

アリエルは白いショートパンツに赤と白の横縞のトップを着て、白いキャンバス地のスリッポンを履いていた。髪は赤いリボンでゆわえていた。

「きれいだよ」わたしは言った。

「ありがと、フランキー。わたしをほめるといいことあるわよ」アリエルは腰を軽くわたしの腰にぶつけた。

「どんなふうなの？」わたしは聞いた。

「なにが？」

「恋をしてる気分のことだよ。甘くてべたついてる感じ？」

アリエルは笑った。「最初はすてきなの。やがてこわくなる。それから……」彼女は町の丘陵、ザ・ハイツのほうへ目を向けた。「複雑なのよ」

「彼と結婚するの？」

「カール？」アリエルは首をふった。

「母さんは姉さんがそうするんじゃないかと心配してる」

「ママが知らないこともあるのよ」

「姉さんを愛してるから心配なんだってさ」

「ママが心配なのはね、フランキー、あたしが結局ママみたいになるんじゃないかと思ってるからよ」

よく意味がわからなかったが、母が牧師の妻としての人生をあまり喜んでいないことはわたしたちみんなが知っていた。母はなにかにつけてそう言っていた。母の言葉はたいていこんなふうだった。「ネイサン、あなたと結婚したとき、わたしは弁護士と結婚するのだと思っていたのよ。こうなるとわかっていたら承諾しなかったわ。たいていは酒を飲んだあとの発言で、飲酒は牧師の妻がすべきことではなかったが、とにかく母は酒を飲んだ。お気に入りはマティーニで、夜になると自分で二、三杯作り、夕食の鍋がコンロの上でぐつぐついっているあいだ居間でひとりでグラスをすすった。

「母さんが父さんにミスター・クレメントを捜しに行かせたんだ」わたしは言った。「ミスター・クレメントは奥さんとピーターを殴ったんだよ」

「そうですってね」

「ぼくは殴られてもしかたないようなことをいっぱいやるけど、殴られたことはないな。怒鳴られるだけだ。当然だよね。最高にいい子じゃないし」

アリエルはわたしのほうを向き、真剣にわたしの顔をじっと見た。「フランキー、実際以上に自分を悪く言っちゃだめよ。あなたにはすごい長所があるんだから」

「もっと信頼されるようにならないとだめなんだ」

「信頼されるようになるまで、この先時間はたくさんあるわ。それにね、信頼されるって、人が言うほどいいことじゃないのよ」アリエルの重い口調がずしりときて、わたしは姉に寄りかかった。「姉さんが家を出ていかなければいいのに」

「行かないかもしれないわ、フランキー」アリエルは言った。「行かないかも」

さらに追及しようかと思ったとき、カールが小型スポーツカーでやってきた。彼は十八歳の誕生日に両親から赤のトライアンフTR3を与えられ、どこへでもそれを運転していった。カールは勢いよく車をおりると跳ねるような足取りでアリエルとわたしがすわっている階段のほうへやってきた。背が高くて、金髪で、ほほえんでいた。カールはわたしの髪をくしゃくしゃにして、わたしのことを〝きみ《スポート》〟と呼び、アリエルに言った。「じゃ、行こうか?」

「真夜中までには帰ってらっしゃいよ」母が背後からスクリーンドア越しに呼びかけてから、「こんばんは、カール」と挨拶した。

「どうも、ミセス・ドラム。美しい晩だと思いませんか? 真夜中にならないうちにアリエルを帰しますよ、約束します」

「楽しんでらっしゃい」母は言ったが、心からの言葉ではなさそうだった。

アリエルとカールは車に乗り込むとタイラー通りをみるみる遠ざかって見えなくなった。背後で母のため息が聞こえた。

父は夕食になっても戻らず、わたしたちは父抜きで食べた。母は焦がし気味のハンバーグに、大きな缶入りのフランコアメリカン・スパゲティを添えたものをすでに用意していたが、父のぶんは帰宅にそなえて冷めないようにコンロに載せた。ジェイクとわたしはテレビトレイに皿を載せて食べ、ウォルト・ディズニーの『ワンダフル・ワールド・オブ・カラー』を見たが、わが家のテレビは白黒だったから、古いRCAの二十四インチで見る世界は、あまりすばらしくなかった。太陽が沈み、遠くの丘陵が黄昏の青味を帯びた色に染まった頃、ドアをたたく音がした。ドアをあけるとダニー・オキーフがポーチに立っていて、蚊に食われた腕を掻きながら頼みごとがあるんだと言った。

名前が与える印象とちがって、ダニー・オキーフはインディアンだった。厳密に言えばダコタ族だったが、当時ダコタ族はスー族として知られていた。ダニーはインディアンと呼ばれるのを嫌っていたが、白人のアメリカ人の意識に愚弄と憎悪を持って浸透していたイメージを考えれば、それも当然だった。ミネソタ・リバーの谷では——いや、当時はどこででも——インディアンであることは危険だった。一八六二年、ミネソタ人なら誰もがスー族の大暴動として知っている事件が起きた。その地域のスー族が白人定住者たちにたいして一時期反乱を起こしたのである。ニューブレーメンは包囲され、たくさんの建物が焼かれた。結局、白人による長年の虐待と詐欺行為に耐えていたスー族に、さらなる不当な死と苦しみがふりかかった。にもかかわらず、学校の授業では暴動は例によってねじまげられて教えられ、スー族は犯罪的な恩知らずということになっていた。もっと幼かった頃、わたしたちはカウボーイとインディアンごっこをしたが、ダニーは彼の遺伝的特徴が示す役割を果たすことを拒んだ。

外を見ると、うちの芝生にザ・フラッツの子供たちがたくさん集まっていて、ジェイクとわたしが死人に遭遇したいきさつを聞きたがっていた。わたしが代表でしゃべった。その頃にはだいぶ脚色してしゃべっていたから、相当刺激的で、危険とサスペンスにあふれる話になっていた。ぼくたち、人の声を聞いたように思ったんだよ。口論だったのかもしれないけどさ。他にも誰かがあそこにいたのは絶対まちがいない。男の死が犯罪がらみだったとしたら、ぼくたちも危険だったんじゃないかな。だって、死体を発見したんだからね。ジェイクがあきれたようにわたしをにらんだが、わたしがしゃべる内容をひっくりかえすようなことはなにも言わなかった。わたしはみんなの目に羨望と尊敬が浮かんでいるのを見て、いい気分だった。

そのあと、家の裏の牧草地で球が見えなくなるまでソフトボールをしてみんなと遊び、子供たちがそれぞれの家に三々五々ひきあげていくと、ジェイクとわたしも家に入った。父はトラヴィス・クレメント捜しからまだ戻っていなかった。母は台所の流しで煙草を吸いながらら、タイラー通りのほうを窓ごしに見つめていた。ベッドに入る前のおやつをねだると、アイスクリームを食べてもいいという返事だったので、わたしたちは『エド・サリヴァン・ショー』を見ながら食べた。寝る段になり、わたしたちは母におやすみなさいのキスをした。母はわたしたちのほうに頬を向けたが、目はタイラー通りに向けられたままで、気もそぞろなのはあきらかだった。なにを心配することがあるのかわからなかった。というのも、父は電話を受けて信徒の家に出かけることが多く、なんらかの辛苦と折り合いをつける助けをしているうちに滞在が長引いたり、あるいは病気や死の床での寝ずの番をすることになったりすることがよくあったからだ。

二階の寝室にひきあげると、ジェイクが言った。「あの話、もうやめたほうがいいよ」

「どの話?」

「自分が死んだ男を見つけたすごいヒーローだって話」

「まるっきりの嘘じゃない」

「ぼくだってあそこにいたんだよ」

「そんなことはみんな知ってる」

「いなかったみたいな口ぶりじゃないか」

「じゃ、次はおまえがしゃべれよ」

ジェイクはその一言で黙りこんだが、部屋の向こう側で相変わらずぷりぷりしているのを感じることができた。

わたしたちはクリスマスに時計付きのラジオをもらっていた。タイマー機能があって、一時間ラジオを聴くと自動的に切れる仕組みだった。日曜の夜はいつも『アンシャックルド！』という、シカゴのオールド・ライトハウスという場所から放送される宗教番組を聴いた。想像しうるかぎり最低の奈落にむかって人生がくるくると螺旋を描いて落ちていく人びとの身の上話のドラマ化で、神の光だけが彼らに届き、彼らを救い出すという内容だった。宗教臭いのはあまり好みでなかったが、ラジオドラマはめずらしく、語りを聴くのは楽しかった。たいてい途中で寝入ってしまうジェイクは、今夜も例外ではなかった。

ラジオがかちっと切れるまで聴いて、うとうとしはじめたとき、パッカードが戻ってくる音がしてわたしは目をさました。階下でスクリーンドアが開き、母が父を出迎えるためにポーチに出ていったのがわかった。わたしは窓に近づいて父がガスと並んでガレージから出てくるのを見守った。

「ありがとう、ガス」父が言った。

「お疲れさん、キャプテン。いい結果になるといいね。おやすみ」

ガスは教会へ向かっていった。父が母のいるポーチにあがり、ふたりは台所に入った。母が温め直したスパゲティを出すのだろう。わたしはベッドに横になった。火格子を通して両親がテーブルについたことを示す椅子のきしみがきこえて、静かになった。父が食事をしているのだ。

「やっと見つけたよ、マンカートのバーで飲んでいた」父が言った。「ぐでんぐでんだった。

なんとか酔いを醒ますことができた。食べさせたんだ。話し合って、一緒に祈るよう説得したが、トラヴィスは拒絶した。だが、最後には多少まともになり、自宅に帰る気になったよ。アメリアとピーターを殴ったことをひどく恥じていた。最近は仕事がうまくいっていなかったようだ。あんなことは二度としないと誓ってくれた」

「それで、彼を信じたの？」

最後の一口ぶんを集めるために父がフォークを皿の上で動かす音がした。「ルース、主の力が万人に届くのかどうかわたしにはわからない。というより、万人を主のもとへ届ける方法をわたしが知らないだけかもしれん。トラヴィスは困難を脱しきれていないんだ。彼のことも、家族のことも気がかりだが、彼らのために祈ること以外、さしあたってなにができるか、わたしにもわからない」

流しで水の流れる音が聞こえ、母が皿とフォークを流しにがちゃんと置く音がした。その後の静寂の中で、わたしはテーブルについている父に母が向きなおる場面を想像した。その夜最後に聞いたのは、母の静かな声だった。「ありがとう、ネイサン。努力してくれてありがとう」

7

月曜日は父の休日だった。朝食をすませると、健康運動と称するものをするのが父の習慣だった。ザ・フラッツからエミール・ブラントの家まで散歩するのだ。ブラントにはリーゼという妹がいて、リーゼはジェイクと昔から仲がよかったから、弟はしばしば父に同行した。他でもないその月曜、許可が出るまでは庭から外に出るのを父に禁じられていたわたしは、彼らと一緒に出かけるのも悪くないと思った。父のお供は刑務所の外出許可証のようなものだった。アリエルも一緒だったが、いずれにしろ彼女はしょっちゅうエミール・ブラントの家に行っていた。ピアノとオルガンと作曲の指導を受けるためだけでなく、一年以上前からエミールが口述している回想録の完成を手伝うためでもあった。

エミール・ブラントと妹のリーゼ――彼らはアクセル・ブラントの兄と妹であり、カールの伯父と叔母にあたる――はブラント一族という特権階級の一員だったが、川を見おろすニューブレーメンの西端に建つ美しく改修された農家に、なかば追いやられたように暮らしていた。名前と富においてはブラント一族でも、彼らは他のブラントたちとはちがっていた。

エミールはピアノの名演奏家で、高名な作曲家で、若い頃は有名な遊び人だった。わたしの母に求婚して母を捨てたあと、ニューヨーク市へ音楽の勉強に行き、アーロン・コープランド（二十世紀アメリカを代表する作曲家のひとり）と友達になった。コープランドはスタインベックの『二十日鼠と人間』をもとにした映画の音楽で一躍有名になり、ハリウッドから帰ってきたところだった。この作曲家はもがいていたエミールを励まし、西海岸で運を試してみたらと助言を与えた。助言に従ったエミールはたちまち成功をおさめ、映画産業の音楽面で割のいい仕事を見つけ、娯楽を求めるハリウッドの観客に迎合した。隠遁に近い暮らしをしていた晩年のスコット・フィッツジェラルドや、ミネソタ出身のアンドリュー・シスターズ、やはりミネソタ出身のジュディ・ガーランド、本名フランシス・ガムと親しくつきあった。戦争がスターたちとの華やかな暮らしを断ち切るまで、若いエミールにはふたつの選択肢があった。映画音楽の作曲を続行するという魅惑的な道と、故郷の土地と黒土と強い風と深くはった根から生まれた音楽に還る道だった。これはみんな、エミールの口述する回想録をタイプしているアリエルが教えてくれたことだった。

リーゼ・ブラントはまた別の話だった。エミールより十年あとに生まれたリーゼは生まれつき耳が聴こえず、きむずかしかった。ブラント一族の人びとは沈痛な口調で彼女のことを話した——リーゼを話題にすることが仮にもあるとしてだが。学校には通わず、住み込みの特別な家庭教師から教育を受けた。リーゼは些細なことで癇癪《かんしゃく》を起こし、怒りの発作にとらわれやすく、エミールだけが彼女の感情の激発に寛大で、リーゼのほうもエミールを敬愛していた。エミールが視力を失い、顔に損傷を負って第二次世界大戦から帰還し、鬱々たる孤独にこもったとき、一族は町はずれにほど近い場所に一軒の農家を購入して丸ごと作り変えた。そして当時十代半ばで、将来の展望がないリーゼを同居人として一緒に住まわせた。この組み合わせはともに障害を背負ったふたりのブラントにプラスに働いた。リーゼは兄の世話を焼き、兄は、孤独な音のない未来にリーゼが目的と保護を得られる場所を提供した。

これもアリエルが話してくれたことだったが、こうしたことの重要性をわたしが理解できるようになったのはしばらく先の話である。

白い杭垣にわたしたちが近づいていくと、すでにリーゼ・ブラントが泥だらけの手袋をして菜園の畝のあいだに立ち、鋭い鍬の刃で湿った土を掘り返していた。エミール・ブラントはポーチで籐椅子にすわっていて、その隣には白い籐のテーブルと椅子がもう一脚あり、テーブルの上に載せたチェス盤には駒が並べられて勝負するばかりとなっていた。

「コーヒーはどうだい、ネイサン？」わたしたちが門をくぐると、ブラントが呼びかけてきた。

彼はわたしたちがくるのを知っていた。おそらく蝶番のきしむ音が到着を知らせたのだろう。でも、柵の支柱と同じぐらい目は見えなくても、エミールは目が見えるような印象を与えることを好んだ。わたしたちが歩道を近づいていくと、エミールは微笑して言った。「一緒にいるのはアリエルと、きみが息子たちだと主張するあのふたりのギャングかい？」父の随行団の正確な構成がどうやってわかるのかわたしには謎だったが、父はエミールのことを知り合いの中でもっとも知的能力の高い人物として話していたから、あきらかにエミール・

ブラントには彼なりの方法があったのだろう。リーゼが鍬をふるうのをやめ、侵入者を見張る案山子のように、ぴんと背筋をのばし、身じろぎもせずこっちを見ていた。唯一侵入者と見なされないジェイクは、わたしたちから離れてリーゼのところへ走っていき、身振り手振りで意思を通わせた。ジェイクはリーゼについて道具小屋に行き、熊手を持って出てくると、菜園でふたたび作業を開始したリーゼと一緒になって働きだした。

父は階段をのぼって、言った。「コーヒーのご相伴にあずかるよ、エミール」

目の見えない男が言った。「用意してもらっていいかな、アリエル？　なにがどこにあるか全部知っているだろう。きみも好きなものを飲んだらいい。机の上にテープレコーダーを置いてあるし、タイプ用の紙もたくさんある」

「わかったわ」アリエルはそう言って中に入っていった。まるで自分の家のように慣れた様子に見えた。

わたしはポーチの階段に腰をおろした。父がふたつめの籐椅子にすわった。「回想録はどうだね？」

「言葉は楽譜とはちがうからね、ネイサン。じつに骨の折れる作業で、ぼくがあまり得意じゃないのはまちがいないな。そうは言っても、この計画については楽しんでいるよ」

エミールとリーゼの住む土地はニューブレーメン全体でもっとも美しい場所にかぞえられる。杭垣に沿ってリーゼは、夏じゅう赤と黄色の花を咲かせるブッドレアを植えていた。芝生のあちこちにも、小島のように赤煉瓦で囲った花の飛び地を作っていて、色も形もさまざまな花が今を盛りと咲き誇っていた。リーゼの菜園はわが家の基礎部分と同じぐらいの広さがあって、毎年夏が終わるまでにトマトやキャベツ、人参、トウモロコシ、カボチャなどの野菜が茎や蔓《つる》が折れそうに大きく実った。リーゼは人間の世界とはうまく意思を通わせることができなかったが、植物とは完璧に理解しあっているようだった。

アリエルが父にコーヒーを運んできた。「わたしはそろそろはじめるわ」

「頼むよ」ブラントが言って、微笑した。右頰の正常な肉はなめらかに皺を寄せたが、左頰は無惨な瘢痕《はんこん》組織が縮んだだけだった。

アリエルが中にひっこむと、ものの数分としないうちに家の角部屋の窓からテープレコーダーに録音されたブラントの声と、それにかぶさるように猛スピードでタイプライターのキーを叩く音が聞こえてきた。父とエミール・ブラントが談笑しながら毎週のチェスゲームをはじめると、わたしはアリエルの指がタイプライターのキーボードの上を飛ぶように動く音に耳を傾けた。父は姉にビジネス・コースを取ってタイプと速記を習うよう主張していたが、それは、アリエルの夢と意志は別にして、そういう訓練が女性にとって大いに役に立つと考えていたからだった。

「e4」ブラントが初手だった。

父はブラントのポーンを進めた。目で盤を見ることができないブラントに代わって、駒を動かすのは全部父がやったが、ゲームの進行状況を脳裏に浮かべるブラントの能力は驚異的だった。

父はダルースという荒っぽい港町で育った。父の父は長期の航海に出ることが多い船乗りだったが、それは悪いことではなかったらしい。というのも、家にいるときは飲んだくれて妻と息子に怒りのげんこつをふるう傾向があったからだ。わたしはこの祖父には一度も会ったことがなかった。ノヴァスコシア沖の強風で、祖父が乗り込んでいた石炭運搬船が転覆し、二十九人の乗組員とともに海の藻くずと消えたためだ。父は大学に行ったドラム家初の人間であり、卒業後は弁護士、事実審弁護士になるつもりだった。母から聞いたところによれば、はじめて会ったときの父は颯爽たる自信に満ちており、母はこの人ならきっとジリス州（ミネソタ州の俗称）で一番の弁護士になると確信したらしい。ミネソタ大学で音楽と演劇を専攻していた母は、三年生の終わりに父と結婚した。女子学生クラブの仲間も、悪くない結婚相手だと賛成した。父はロースクールの最終学年を終えたばかりだった。これが一九四二年のことである。父はすでに入隊していて、戦争に行く覚悟を決めていた。故国を離れて戦地へ赴いたときには――はじめが北アフリカで、そのあと無数の戦役をへてバルジの戦いに至った――母はアリエルを身籠もっていた。戦争はネイサン・ドラムを変えた。彼は劇的に変貌し、人生設計も根底から一変した。帰還したときにはもう法廷で戦う意欲は失せていた。代わりに父は神学校へ行き、牧師に叙任された。父がザ・フラッツにある三番街メソジスト教会に着任したときには、わたしたち家族はミネソタの四つの町を転々としていた。牧師の家族は一カ所に長くとどまらない。これは職業上の厄介な一面で、家族は不平をいわずに受け入れるのが当然とみなされた。もっとも、母がニューブレーメン育ちだったから、わたしたちは頻繁に祖父母を訪ねる機会があり、よって、この町にはとっくになじんでいた。父とエミール・ブラントは知り合いだったが、ふたりの距離を縮めたのは毎週のチェスだった。ゲームの展開はのんびりしており、年齢も同じなら、同じ戦争で傷を負った経験も似ている父とブラントというふたりの男にとって、チェスはいわば母の存在を必要としない関係を築くきっかけだったようにわたしには思えた。ブラントは母を愛して捨てた男だが、それは問題にはならないようだった。というか、当時のわたしはそう思っていた。

「e5」父がそう言って、自分のポーンを動かした。「すばらしいとアリエルが言っている。きみの回想録のことだ」

「アリエルはまだ若いし、若い女性はすぐにうっとりするものだよ、ネイサン。きみの娘は多くの才能に恵まれているが、より広い世界についてはまだまだ学ぶことがたくさんあるよ。Nf3」

父はブラントのナイトを持ちあげて、しかるべき升目に移動させた。「ルースはアリエルが偉大な音楽家になれると信じているんだよ。きみはどう思う、エミール？　d6」

「d4。アリエルはいい音楽家だ、それは疑いの余地がない。あの年齢の誰にも劣らない才能がある。ジュリアードを出たらオーディションを受けてすぐれた交響楽団に席を確保できるだろう。作曲家としての才能もある。学ぶべきことはまだ多いが、それは時と成熟にともなってついてくるだろう。当人が望めば、優秀な教師にもなれるだろう。つまりだね、ネイサン、アリエルは多くの方面においてはかりしれない可能性を持っているということだ。だが偉大な音楽家となると？ 誰にもわからないよ。それはわれわれ自身の努力というより運や環境の問題なんじゃないかな」

「ルースはアリエルに大きな期待を寄せているんだ。Bg4」父はそう言って、自分のビショップを動かした。

「親というのはみんなそうしたもんだよ、そうだろう？ それともちがうのかな。ぼくには子供がいないからわからない。dがe5を取る」

「Bがf3を取る。それは議論の余地ありだね。アリエルはジュリアードに行かないと言いだしているんだ」

「なんだって？」視力のないブラントの目に驚愕があふれたように見えた。

「わざとぐずぐずしているだけだとは思うがね。土壇場で気の迷いが出たんだろう」

「なるほど」ブラントは納得したようにうなずいた。「当然だな。ぼくだって正直なところアリエルがいなくなったらさびしいよ。他の誰かに回想録をまかせられるとは思えない。Qがf3を取る」

アリエルがブラントのためにしているタイプ書きは、ピアノやオルガンの稽古をつけ、作曲の指導をしてくれたことへの恩返しのようなものだった。逆立ちしても両親にはそのような教育に金を払う余裕はなかった。ブラントのような者にとってはわずかな金額なのだろうが、彼が好意による無償の援助をしてくれたのは、わたしの母への愛情と父との友情があったからだ。

「アリエルがその爆弾を落としたとき、ルースはなんと言った？」

「かんかんになった」

ブラントは笑った。「訊くまでもなかったな。で、きみは？」

父はチェス盤をじっと見つめた。「わたしはアリエルに幸せでいてほしいだけだ。dがe5を取る」

「Bc4。幸せとはなんだ、ネイサン？ ぼくの経験では、幸せは長く困難な道のあちこちにある一瞬の間《ま》にすぎない。ずっと幸福でいられる人間などいないんだ。アリエルが良識という堅実な美徳を発揮するのを祈るしかないな」

「Nf6」父はためらいがちに言った。

「Qb3」ブラントはたちどころに答えた。

父はしばしチェス盤をにらんでから言った。「Qe7。トラヴィス・クレメントを知っているかね、エミール？」

「いや。Nc3」

「キャドベリーに住んでいるんだ。奥さんがわたしの信徒のひとりでね。トラヴィスは退役軍人だ。朝鮮にいた。戦地で苛酷な時期を過ごしたんだ。それが彼をむしばんでいるのだと思う。飲んだくれて、家族につらくあたるんだ。c6」

「ときどきぼくは思うんだよ、ネイサン、戦争の影響なんてそうたいしたものじゃないんじゃないかとね。戦争がこじあけたひびは、実は最初からそこにあって、戦争がなければ内側に閉じ込めておけたものが外にこぼれだしただけなんだ。たとえばきみときみの人生哲学。きみは戦争が終わったらやり手の弁護士になるつもりで戦争に行ったのかもしれない。だが、心の奥底には牧師の種がずっとあったんだとぼくは思う」

「で、きみの心には？」

「目の見えない男がいた」ブラントはにやりとした。

「どうやってトラヴィスを助けたらいいのか困っている」

「きみが手を差し伸べる全員を助けることができるかどうか、ぼくにはわからないな、ネイサン。しょいこみすぎのように思えるけどね。Bg5」

父はくつろいだ様子で頬をなでた。「b5」と言ったものの、あまり自信はなさそうだった。

「父さん」ジェイクが叫んで庭から走ってきた。片手に熊手を持ち、反対の手で身をくねらせているガーターヘビをつかんでいた。

「いためつけるんじゃないぞ」父は言った。

「しないよ。ほら、すごいだろ、フランク」

「そいつが？　すごいすごい」わたしは皮肉った。「ガラガラヘビを見つけたら知らせてくれよ」

ジェイクの興奮はわたしの嫌味にもしぼまなかった。彼はリーゼの待つ庭へうれしそうに引き返していった。彼らは身振りで会話し、ジェイクがヘビを地面におろして、ふたりは立ったまま、ヘビがトウモロコシの列のあいだにするりと入っていくのを見ていた。

ジェイクとリーゼの関係はなんだか現実ばなれしていた。思うにそれはふたりがそろって世間と簡単に意思を通わせられないせいだったのだろう。耳は不自由でも、リーゼはしゃべる訓練を受けたことがあった。でも言葉を発するのをすごくいやがっていて、わたしたちには彼女の口から出る言葉が異様に間延びして聞こえた。ジェイクも明瞭に言葉を発音することができなかった。彼らは身振り手振りと、顔の表情と、おそらくは物理面に取ってかわる精神的レベルで、意思の疎通をはかっていたのだろう。リーゼは兄であるエミールとジェイクをのぞくと、誰とも良好な関係を築くことができなかった。今から思うと、自閉症の一種だったのかもしれないが、当時はすこしおかしいと言われていた。のろまとか頭が弱いとか思われていたのは、しゃべるときにまっすぐ相手を見なかったり、ほんのたまにだが、庭という安全地帯を出て町に行かざるをえなくなったとき、歩道で向こうから誰かがくると、接触を避けようと通りの反対側へ行ってしまったりするせいだった。リーゼは白い杭垣の外には滅多に出ていかず、花と庭と兄の世話をして過ごしていた。

「ジェイクのような友達がいて、リーゼは幸運だ」ブラントが言った。「Nがb5を取る」

「ジェイクも彼女と一緒にいるのが心からうれしそうだ。cがb5を取る」

「リーゼはほかに友達がいないんだよ。実際、ぼく以外ひとりもいないんだ。そしてぼくは彼女にすっかり頼りきっている。ぼくがいなくなったら、リーゼはどうなるのかとときどき不安になるよ。Bがb5を取る。チェック」

「それはずっと先の話だ、エミール。それにリーゼにはきみの他にも家族がいる」

「彼らはリーゼを無視してる。生まれてからずっとだ。ときどき思うよ、ぼくが視力を失って帰還したとき、彼らは小躍りして喜んだのだろうとね。身内のはみだし者ふたりを紐付きでくっつけてしまう願ってもないチャンスが訪れたわけだから。ぼくたちが住むこの杭垣の内側が、ぼくたちの世界なんだ。だけど、おかしなこともあるものでね、わかるかい、ネイサン？　ぼくたちは幸せなんだ。ぼくには音楽がありリーゼがいる。リーゼには庭がありぼくがいる」

「幸せははかないものだと言ったばかりじゃなかったか」

ブラントは笑った。「自分で自分の言葉の罠にはまってしまったな。だが、チェス盤を注意深く見てみろよ、ネイサン、ぼくが罠をしかけたことがわかるはずだ」

父はしばらく考えこんでいたが、やがて言った。「ああ、なるほど。たいしたものだ、エミール。降参だ」

彼らはそのあともひきつづき談笑し、わたしは庭にいるジェイクとリーゼを眺め、書斎でアリエルがタイプを打つ音に耳をすませた。杭垣の内側の世界は悪くない場所に思えた。すべての傷ついたピースがうまく嚙み合っている場所だった。

午後も早々に父は、わたしたちがただ旅の人と呼ぶようになった男の埋葬の準備をはじめた。わたしは同行を願い出た。理由を問われてなんとか口実をひねりだそうとしたが、本当は自分でもよくわからなかった。ただ、それが正しいことに思えたのだ。死体の存在をあきらかにしたのはわたしなのだから、それが永遠の闇に葬られるときはその場にいることがふさわしく思えた。そう言おうとしたが、しゃべりながらまるで見当はずれのことを言っていると思った。結局父は長々とわたしの顔を観察したあと、拒む理由もなかったために、許可した。父の唯一の要求は、知っている人の葬儀であるかのように身なりを整えろということで、いきおいそれは日曜の一張羅を着ることを意味した。

死んだ男に関するジェイクの態度は妙だった。埋葬にはいっさい関わりたがらず、一部始終をまるごと自分の手柄にしているとわたしを非難することまでした。「フランクは人気者になりたいだけなんだ」ジェイクは顔をあげて、そう言った。ジェイクは居間に持ってきた折り畳み式テーブルでペイント・バイ・ナンバー（当時米国で人気だった絵画キット。番号順に絵の具を塗っていくと絵が完成する）に取りかかっていた。箱の表にはメイン州あたりののどかな場所に広がる岩だらけの海辺の一見魅力的な絵が描かれていたが、線や番号の指示にもかかわらず、完成品が、低能やサルならともかく、弟が望む出来映えからはほど遠いものになるのはあきらかだった。

「ふん」わたしは答えて、ひとりで着替えた。

父がパッカードを運転して行った先は、町の東側の丘の上にある墓地だった。すでに穴が掘られていて、ガスが待機しており、なぜかグレガー保安官までいた。わたしたちが着いてまもなくミスター・ヴァンデル・ワールが霊柩車でやってきて、父とガスと保安官と葬儀屋が協力しあってうしろから棺をおろした。マツ材にやすりをかけてなめらかにした簡素な箱には把手もついていなかった。男たちはそれを肩にかつぎあげて墓へ運んだ。穴の上にガスが渡しておいた2×4インチの角材と、棺を最後に地中におろすときに使う丈夫な紐の上に、男たちは棺を置いた。男たちがうしろへさがり、わたしは彼らの横に立った。父が聖書を開いた。

死者にはいい日に思えた。誤解のないように説明すると、もしも死者が生前背負っていた心配事にもう悩まされることなく横たわり、神が創造した最善のものを享受できるのだとしたら、まさしくこんな日が好ましいと思えたということだ。空気は暑く、ガスが水やりと刈り取りを怠らないおかげで墓地の芝はやわらかな緑に輝き、空を映している川は青い絹の長いリボンのようだった。自分が死んだらこういう場所に眠りたい、ここそいつまでも見ていたい場所だとわたしは思った。さらに、無一文で名前すらわからない男に、こんなすばらしい安住の地が与えられたのが奇妙にも思えた。わけがわからなかったし、いまだに真相はわからないのだが、おそらく父がそう手配したのではないかと思う。父と、父の慈しみの心がしたことではないだろうか。

父は詩編二十三節を読み、しめくくりにローマ人への手紙からの一節を読んだ。われ確信すればなり。死も、生も、天使も、支配者も、現在のものも、将来のものも、権力も、高きも、深きも、その他のいかなる造物も、われらの主イエス・キリストにおける神の愛かられらを引き離すにあたわずと（ローマ人への手紙八章三十八節）。

父は聖書を閉じて、言った。「道を歩く自分たちはひとりだ、とわたしたちは思いがちです。それは真実ではありません。見知らぬこの男のことすら神はごぞんじでした。神は常に彼に寄り添っておられたのです。神はわたしたちに安楽な生を約束なさらなかった。わたしたちが苦しむことはないとは、絶望や孤独や混乱を感じることはないとは約束なさらなかった。神が約束なさったのは、苦しみにあってもわたしたちがけっしてひとりではないということです。ときにわたしたちが神の存在に目や耳をふさいでも、神はわたしたちのそばにおられ、わたしたちの心の中に常におられます。わたしたちが神の愛から引き離されることはありません。神は他にも約束されました。なによりも重要な約束を。終わりがあるという約束です。わたしたちの苦しみ、悩み、さびしさには終わりがある。そのときわたしたちは神とともにあり、神を知り、それが天国であると知るのです。この男、人生でまったき孤独を感じたかもしれないこの男は、もう孤独を感じないのです。この男、夜も昼も待つだけの人生であったかもしれないこの男は、もう待たなくてもよいのです。彼は今、神がずっと知っておられた彼の居場所にいるのです。そのことを喜びましょう」

父に導かれてわたしたちは主の祈りを捧げ、しばらく無言で穴の黒と対照的な淡い黄色の簡素な棺を見おろした。すると父がわたしをびっくりさせることを言った。「死者にはよい日です」わたしが頭の中で考えていたのとほとんど同じ言葉だった。父は付け加えた。「この男がこの美しい場所で永久にやすらかな眠りにつきますように」それもわたしが考えていたことと似ていた。父が他の三人にうなずき、彼らはめいめいで紐の端を握った。

葬儀屋が言った。「フランク、われわれが持ちあげたら、その角材をはずしてくれないか？」

彼らが持ちあげ、わたしはかがみこんで角材を下からはずした。彼らはゆっくりと棺をおろした。棺が安定すると、紐をひきあげ、父が訊いた。「ガス、手伝いが必要か？」

「いや、キャプテン」ガスは答えた。「今日はなんの予定もないし、時間をかけてやるつもりなんだ」

父が保安官と葬儀屋とそれぞれ握手をし、わたしたちは穴を埋め戻すために残ったガスを置いて車にひきあげた。

家に着くと父は言った。「町へ出かけてくる。グレガー保安官やミスター・ヴァンデル・ワールとこまごまと相談しなければならないことがある」父はふたたびパッカードで走り去った。ジェイクは姿が見えなかった。通りの向こうの教会からアリエルのオルガンの演奏と、母の歌声が聞こえてきた。わたしは服を着替えてから教会に行き、ジェイクのことをたずねた。

「ダニー・オキーフの大おじさんがどこかへ行っちゃったらしいのよ」母が言った。「ジェイクはダニーを手伝って大おじさんを見つけに行ったわ。お父さんはどこ？」

ニューブレーメンにダニーの大おじさんがいると聞いてわたしはおどろいた。親戚の大部分はグラニット・フォールズにいるとダニーから聞いていたからだ。「用事でまた町へ戻っていったよ」それから言った。「ジェイクを庭から出ていかせたの？　ぼくと一緒であいつも外に行くのを禁じられてるんだよ」

母は両手に持った楽譜をじっと見ていて、上の空だった。母とアリエルはあと一週間後に迫った七月四日の祝賀会のためにアリエルが作曲した聖歌に取り組んでいるところだった。

「友達が助けを求めていたのよ」母が言った。「わたしが許可したわ」

「ぼくも助けていい？」

「そうねえ」母は楽譜のある箇所を見て眉をひそめていた。

オルガンの椅子にすわっていたアリエルが共犯者めいた笑みをわたしに向けた。「フランクにも許可を出すべきよ、ママ。ふたりのほうが捜索は速く進むわ」

「ええ、ええ」母は手をふってわたしを追い払った。「行きなさい」

わたしはアリエルのほうを見てたずねた。「ジェイクとダニーはどこへ行ったの？」

「ダニーの家。十五分前よ」

わたしは母の気が変わらないうちにさっさとその場を立ち去った。

ザ・フラッツの西端の川の近くに建つダニー・オキーフの家めざして走った。裏庭でダニーのお母さんが洗濯物を干していた。わたしと背丈があまり変わらない小柄な女性で、髪は黒く、目は釣り気味で、スー族らしい浅黒い肌と骨格をしていた。ダニーは血筋の話を一度もしなかったが、噂によれば彼のお母さんはミネソタ・リバーのずっと西沿いにあるアッパー・スー族のコミュニティー出身だった。彼女は淡黄色の七分丈のズボンに袖なしの緑色の上着を着て、白いスニーカーを履いていた。彼女は教師だった。わたしの五年生のときの担任で、わたしは彼女が好きだった。わたしは彼女が洗濯籠にかがみこんでいる庭へ入っていった。

「こんちは、オキーフ先生」わたしは元気よく言った。「ダニーを捜してるんです」

先生は青いタオルを手にとって物干紐に洗濯バサミでとめた。それから言った。「大おじさんを捜しにやったわ」

「知ってます。手伝いにきたんです」

「それはご親切に、フランク、でも、ダニーが見つけられるはずよ」

「ぼくの弟が一緒なんです」

そのときの彼女のびっくりした表情から、なぜだか喜んでいないらしいことがわかった。

「どっちへ行ったかわかります?」

先生は額に皺を寄せて言った。「ダニーの大おじさんは釣りが好きでね。川沿いを捜すようにと送りだしたのよ」

「ありがとう。みんなで見つけますよ」

彼女はとりたてて安心したようには見えなかった。

走りだして二分もすると、わたしは川のふちを歩いていた。

釣りはあまり好きではなかったが、釣り好きのやつはいっぱい知っていたから、釣り場はわかっていた。なにを狙うかにもよるが、人気の場所がふたつあった。狙いがナマズなら、古い材木場の裏手を通る長くて深い水路だ。カワカマスなら、四分の一マイル先に川を半ばせきとめている砂州に、そのでかくてでっぷりした魚が好む水たまりがある。そしていうまでもなく町の半マイル外には例の構脚橋があった。ザ・フラッツの反対側の川の北側はどこもみな耕作地で、ハコヤナギやポプラの木陰に農家が身を寄せ合うように建っていた。遠くに谷の町々を四十マイル東の都市マンカートと結ぶ幹線道路が走っていた。幹線道路の向こうには丘陵と切り立った崖がそびえていて、古代の氷河から誕生した川、リバー・ウォレンがそこまで達していたことを示していた。

川の曲がり目をまわりこむと人声と笑い声が聞こえ、群生する丈の高いガマの向こうでジェイクとダニーが小石を飛ばして遊んでいた。小石は濁った水にふれると、銅色の皿をつないだような輪を水面に残して飛んでいった。わたしに気づくと、ダニーとジェイクは遊ぶのをやめ、太陽を背に目をすがめて影になった顔でこっちを見つめた。

「おじさんを見つけたのか？」わたしは訊いた。

「ううん」ダニーが言った。「まだ」

「そこで小石を投げてちゃおじさんは見つからないぞ」

「い、い、いばるな」ジェイクが言った。彼はひらべったい石を拾って、腹立たしげにそれを投げた。石は斜めに水を切り、一度も跳ねることなく水中に沈んだ。

「なんでそんなにぷりぷりしてるんだ？」

「フ、フ、フ……」ジェイクの顔が痛ましいほどゆがんだ。「フ、フ、フ……」彼はぎゅっと目をつぶった。「ランクが嘘つきだからだ」

「なんのことだよ？」

「知ってるくせに」ジェイクは隣に立って石を投げようとせずにいじっているダニーを見た。

「わかったよ、おれは大嘘つきさ。満足か？　おまえのおじさんを見つけないとな、ダニー」わたしはふたりを押しやって、そのまま川下へ歩きつづけた。

　ダニーが追いついてきてぶらぶらと隣に並んだ。ふりかえると、ジェイクは同じ場所にじっと立ったままふてくされて自分の選択肢を考えていた。ようやく歩きだしたが、合流はしないですこしうしろからついてきた。暑さに焼かれてひびわれた砂地と土がむきだしの平地からできるだけ離れずにわたしたちは歩いた。ときどき背の高いアシの茂みや川縁の灌木を抜けなければならなかった。ダニーが読んだばかりの本の話をした。地上で最後の人間となった男が吸血コウモリに嚙まれるという話だ。ダニーはSF小説をいっぱい読んでいて、あらすじを話して聞かせるのが好きだった。話しかたがすごくうまくて、ちょうど話が終わる頃、細長い砂地を覆うガマをかきわけて抜けると、ちいさな空き地があった。空き地のまんなかに差し掛け小屋が建っていた。骨組みになっているのは組み合わせた流木で、屋根と壁はゴミ捨て場から漁ってきたような波形のブリキ板でできていた。差し掛け小屋の深い影に男がひとりすわっていた。あぐらをかき、背筋をまっすぐに伸ばして、空き地の反対側にいるわたしたちを凝視した。

「ぼくのおじさんのウォレンだよ」ダニーが言った。

　わたしがジェイクを見ると、ジェイクもわたしを見た。ダニーのおじさんを見たことがあったからだ。わたしたちは前に会っていた。死んだ男のそばで。

ダニーのおじさんが日陰から呼びかけてきた。「母さんに頼まれて捜しにきたのか？」

ダニーが言った。「うん」

男の両手は曲げた膝にぺたりと置かれていた。彼は考えこむようにうなずいた。「おまえを買収したら、見つからなかったと言ってくれるか？」

ダニーがスニーカーの跡をつけながら砂地を横切りはじめた。わたしがダニーの足跡についていくと、ジェイクはわたしの足跡についてきた。

「買収？」ダニーが言った。真剣にそのことを考えているようだった。その申し出を真剣に考えていたのか、申し出が真剣かどうか考えていたのか、わたしにはわからなかった。いずれにしてもダニーは首をふった。

「やっぱりだめか」ダニーのおじさんは言った。「じゃこれはどうだ？　夕食になったら行くと母さんに伝えるんだ。それまでおれは釣りをしてると」

「でも、してないじゃない」

「釣りってのはな、ダニー、純粋に心の状態なんだ。釣りをしているとき、魚を求めている男たちもいるさ。でもおれは釣り針では釣れないものを求めているんだ」彼はジェイクとわたしを見あげた。「おまえたちを知ってる」

「はい」わたしは言った。

「スキッパーは埋葬されたんだってな」

「はい。今日。ぼくはその場にいました」

「おまえが？　どうして？」

「わからないけど、正しいことのように思えたから」

「正しいこと？」口は笑っていたが、彼の目にユーモアはなかった。「他に誰がいた？」

「ぼくの父です。牧師だから祈りを捧げました。それから家族の友達のガス。ガスが墓を掘ったんです。あとは保安官と葬儀屋」

「おどろくほど手厚く葬ったみたいだな」

「よかったです。すごくいい場所なんです」

「ほんとか？　そりゃよかった。深い情けがかけられたわけだ。だがちょっと遅かったと思わないか？」

「え？」

「おまえたちは〝イトカガタ・イヤイェ〟がなにを意味するか知ってるか？　おまえはどうだ、ダニー？」

「知らないよ」

「ダコタ語だ。魂は南に行った、という意味だ。スキッパーは死んだってことさ。おまえの母ちゃんか父ちゃんはわれわれの言葉をおまえに教えようとしてるか、ダニー？」

「ぼくたちの言葉は英語だ」ダニーが言った。

「そのようだな」ダニーのおじさんは言った。「そのようだ」

「手紙がきてるよ」ダニーは尻ポケットから畳まれた手紙をひっぱりだして、大おじさんに渡した。

男は封筒を受け取って、目をすがめた。シャツのポケットからレンズがぶあつくて縁が金らしき眼鏡を取り出した。それをかけずに、虫眼鏡みたいにレンズを使って差出人住所を苦労して読んだ。次に指をすべりこませて慎重に封を切り、手紙を取り出して、同じように眼鏡をつかってゆっくり読んだ。

居心地が悪くて、わたしは追い払われるのを待った。その場を立ち去りたくてたまらなかった。

「くそっ」ようやくダニーのおじさんはそう吐き捨てると、手紙をくしゃくしゃにして黄色い砂地に投げ捨てた。そしてダニーを見あげた。「母ちゃんになんというか教えただろ？なにをぐずぐずしてる？」

ダニーはあとずさりし、くるっと向きを変えるや、ジェイクとわたしを従えて大急ぎで空き地から逃げ出した。だいぶ遠くまできて、ガマの壁でおじさんの姿が見えなくなると、わたしはたずねた。「おじさん、どうしたんだ？」

ダニーは言った。「おじさんのことはよく知らないんだ。長いこと留守にしていたんだよ。なにか厄介事があって町を出ていかなくちゃならなかったんだ」

「厄介事ってどんな？」ジェイクが訊いた。

ダニーは肩をすくめた。「母さんも父さんもそのことはしゃべらないんだ。ウォレンおじさんは先週ひょっこりあらわれて、母さんが迎え入れた。しかたないじゃないの、って父さんに言ってた。おじさんも家族だから。ほんとはそう悪い人じゃないよ。おもしろいときもあるしね。でも家にいるのが好きじゃないんだ。壁に囲まれてると、刑務所にいるみたいな気がするんだって」

ダニーの家のそばを流れる川のところまで戻ってくると土手をのぼり、ジェイクとわたしは家路をたどり、ダニーはおじさんの伝言をお母さんに伝えに行った。どう言い繕うのだろう、とわたしは思った。

うちに着くと、ジェイクは玄関の階段に足をかけたが、わたしはあとに残った。

ジェイクが言った。「どうしたの？」

「見なかったのか？」

「なにを？」

「ダニーのおじさんが持ってた眼鏡だ」

「それがどうかした？」

「あれはあの人のものじゃないよ、ジェイク」わたしは言った。「あれはボビー・コールのだ」

ジェイクは一瞬ぽかんとわたしを見つめた。やがてその目に理解の色が浮かんだ。

8

その夜、祖父が夕食にきた。奥さんを伴っていたが、彼女はわたしの実の祖母ではなく、はじめは祖父の秘書だったのだが、やがてそれ以上の存在になった人で、エリザベスといった。本当の祖母は、わたしがおぼえていないほどちいさい頃に癌で亡くなったので、リズ——おばあちゃんではなく、リズと呼んでくれと彼女が主張した——がわたしの知るただひとりの祖母だった。わたしはリズが好きだったし、ジェイクもアリエルも彼女が好きだった。父はわたしの祖父を苦手としていたが、リズに違う感情を持っているのはあきらかだった。母だけがリズとうまくいっていなかった。リズにたいして母は丁寧だがよそよそしかった。

母が作ったマティーニを父は例によって断り、わたしたちはそろって居間にすわり、大人たちは会話に専念した。祖父がメキシコ人農業労働者の流入についてしゃべり、いかにそれが谷によからぬ要素をもたらしているかを語ると、父が移民の助けがなかったら農業従事者は困るのではないかと訊いた。リズは町で移民の一家を見かけたとき、彼らが常に清潔で礼儀正しく、子供たちも行儀がよかったと言い、生活のために幼い子供たちも含めて家族が総出で畑で働かなければならないのは気の毒だと言った。祖父が言った。

「連中が英語がしゃ

べれるように勉強していればな」

ジェイクとわたしはこの手の会話がつづくあいだ、ずっと黙っていることを強いられた。母は誰もわたしたちの意見を求めなかったし、こっちも意見を述べようとは思わなかった。チキンは詰め物をしたローストチキンと、マッシュポテトにアスパラガスを用意していた。チキンは焼きすぎてぱさついており、肉汁のソースは塊だらけで、アスパラガスは固くて筋ばかりだったが、祖父は絶賛した。夕食が終わると、祖父は大きなビュイックでリズとともに帰っていった。母とアリエルは、母が二年前に結成した合唱団ニューブレーメン・タウン・シンガーズとの練習に出かけた。アリエルが七月四日の独立記念日のために作曲した聖歌をうたうことになっているのだ。父は教会の事務所へ行き、ジェイクとわたしは後片付けをまかされた。わたしが洗い、ジェイクが拭いた。

「どうする?」ジェイクは洗ったばかりの皿を持ったまま、古いリノリウムの床に水をぽたぽた落としていた。

「なにを?」

「ボビーの眼鏡だよ」ジェイクは言った。

「さあな」

「あの人は眼鏡を見つけたのかもしれない。ほら、ボビーがはねられた線路わきで見つけただけなのかも」

「まあな。さっさとそいつを拭かないと床に湖ができるぞ」

ジェイクは布巾で皿を拭きはじめた。「誰かに話したほうがいいんじゃないかな」

「誰に？」

「さあ。父さんは？」

「だな、で、死体を見つけたいきさつについて嘘をついたことを父さんに言うはめになる。そうしたいのか？」

ジェイクはむくれ顔でわたしをにらんだ。こういう困った立場に追い込まれたのは、わたしの責任だといわんばかりだった。「最初にフランクがほんとのことを言ってたらよかったんだ」

「おい、ダニーのおじさんのことについて一言もいわなかったのはおまえなんだぞ。おれは調子を合わせただけだ。忘れてないよな？」

「ぼくが帰ろうって言ったときに帰ってれば、ぼくだって嘘なんかつかないですんだんだ」

「そうかい、とにかく、おまえは嘘をついた。しかもおかしなことに、全然どもらずに嘘をついた。あれはどういうことなんだ？」

ジェイクは拭き終わった皿をカウンターに置くと、水切り籠から次の皿を取った。「アリエルになら話しても大丈夫かもしれないよ」

わたしは母がチキンを料理するのに使ったロースト鍋の底をSOSパッド（洗剤つきの金たわしのようなもの）でこすった。調理中に母が焦がしたチキンの皮がこびりついていた。「アリエルには心配事がたくさんあるんだ」わたしは言った。

母に話すつもりはなかったし、それはジェイクも同じだった。母は自分の人生に激しい情熱を傾けることで精一杯だったし、お気に入りはアリエルで、ふたりの息子はほとんど夫まかせだった。

ジェイクが言った。「じゃ、ガスは？」

わたしはごしごしこすっていた手をとめた。悪くない提案だった。土曜日に〈ハルダーソンズ・ドラッグストア〉の奥にいたときのガスはなんだか変だったが、あれはビールのせいだったのだし、あの恐ろしい瞬間の奇妙な状況のせいだった。あのときのことは、できるものなら喜んで忘れてしまいたかった。すでに数日は過ぎていたから、ガスは相談にのってくれるだろう。「そうだな」わたしは言った。「急いで片付けて、ガスに会いに行こう」

通りを渡って教会の地下にあるガスが寝起きしている部屋に通じる横手のドアに近づいたときには日が落ちていて、アマガエルやコオロギの陽気な鳴き声が盛大にひびいていた。ガスのインディアン・チーフが、わたしの知らない二台の車とともに教会の駐車場にとまっていた。父の事務所の明かりがついていて、窓からチャイコフスキーのピアノ・コンチェルト一番の美しい調べが流れてきた。父は事務所に蓄音機とレコードの棚を持っていて、仕事中によく音楽を聴いていた。このピアノ・コンチェルトは父の好きな曲のひとつだった。ドアから入ったわたしたちは階段の下で棒立ちになった。地下室の中央、裸電球のぎらぎらした明かりの下にカードテーブルが置かれていて、ガスと三人の男がそれを囲んでいた。テーブルの上にはカードとポーカーのチップがあり、室内には煙草の煙が充満して、男たちのそれぞれのチップの山の横にはブラント・ビールの瓶が立っていた。全員知っている男だった。ドラッグストアのあるじのミスター・ハルダーソン。郵便配達人で父の信徒のひとり、エド・フローリン。巡査のドイル。男たちがわたしたちに気づいた瞬間、ゲームがとまった。ドイルが大きくにやりとした。「見られちまったか」彼は言った。

「入っておいで」ガスが片手で手招きした。

わたしはすぐに近づいていったが、ジェイクは階段のところでぐずぐずしていた。

「友好的なただのポーカー・ゲームだ」ガスがそう言ってわたしに腕をまわし、カードを見せた。ガスはジェイクとわたしにポーカーを教えてくれたことがあったので、ガスのカードがいい手だとわかった。フルハウスで、うちワンペアはクイーンだ。「大騒ぎすることじゃないよ」ガスは言った。「ただ、おまえの父さんが知らないにこしたことはない。いいな？」

ガスの声がちいさいわけがわたしにはわかった。地下室の隅に修理が必要な暖房炉がある。それを修理するのはガスの責任だったが、今は真夏なので彼はのんびりかまえていた。数本あるダクトはすべてはずされて、地下の物音が教会の内陣や懇談室や父の事務所に漏れないようぼろが詰め込まれていた。ぼろとチャイコフスキーがあれば、カード・ゲームの音が父に聞こえることはないだろうが、ガスが危険を冒したくないと思っているのは明白だった。

「うん」わたしは小声で言った。

ガスはジェイクを見た。「そっちはどうだい、ジェイク？」

ジェイクは返事をしなかったが、肩をすくめていやいや同意したことを示した。

ガスが言った。「なにか用があったのか？」

わたしはテーブルを囲んでいる面々を見た。死体を発見した日にドラッグストアにいたのと同じ顔ぶれで、打ち明け話の相手としてはあのときと同じぐらい気がすすまなかった。

「ううん、なんでもない」わたしは言った。

「だったら、ひきあげるのが一番だ。忘れないでくれよ、このゲームのことは内緒だぞ。そうだ、ブラントのぶっとぶビールを一口すすってみないか？」頭韻に気をよくしたらしく、ガスは笑った。

わたしはなまぬるいビールを一口飲んだ。アルコールを飲んだのはそれがはじめてではなく、その魅力がまだわたしには理解できなかった。手の甲で口もとをぬぐうと、ドイルがわたしの背中をぴしゃりとたたいて言った。「男にしてやるぜ、おい」

父の事務所のドアがたたかれる音が聞こえた。地下まで聞こえたのだから大きなノックにちがいなく、チャイコフスキーの旋律にかき消されまいとかなり大胆にノックしたのだろう。レコードが唐突にやんだ。父がドアまで歩いたらしく、床板がきしむのが聞こえた。

ガスが口に指を一本たててテーブルから立ちあがり、父の事務所に通じるダクトからぼろを抜きとった。父が言うのがはっきりと聞こえた。「おや、こんばんは。うれしいおどろきですね」

「お邪魔してよろしいですか、牧師さま？」

その声には聞きおぼえがあった。ボビー・コールが埋葬された日、ジェイクとわたしがうっとり眺めた、裏庭の物干しにひるがえるみごとな下着の持ち主エドナ・スウィーニーだった。

「もちろんですとも」父が言った。「元気かね、エイヴィス？」

「まああってとこで」と答えたものの、エイヴィス・スウィーニーはあまり調子がよくなさそうだった。

「どうぞすわって」

ガスがダクトにぼろを詰め直し、小声で言った。「ちょっと失敬」ガスはトイレに行った。

頭上でむきだしの木の床に椅子がこすれる音がした。ドイルがカードを置いて席を立ち、ダクトからぼろを抜いた。

父が言った。「なにか相談事ですか？」

すこし間があって、やがてエドナ・スウィーニーが言った。「牧師さまは夫婦の悩みにも相談にのってくださるんですよね？」

「状況によっては相談にのりますよ」

「わたしたち、夫婦間のことでご相談したいんです、牧師さま」

「どんな問題でしょう？」

また間があり、エイヴィスの咳払いが聞こえた。

「性的親密さのことなんです」エドナ・スウィーニーが言った。

「なるほど」父は落ち着きはらって言った。まるでエドナが「お祈りのことで」と言ったかのようだった。

なにかしなければ、とわたしは思った。ダクトに近づいてドイルの手からぼろを奪いとり、ダクトに詰め直すべきだと思ったが、まわりにいるのは大人だけで、彼らを怒らせるのが怖かった。

「そのう」エドナ・スウィーニーがつづけた。「わたしたち、性行為のことで助言をいただきたいんです。キリスト教の考えかたで」

「わたしになにができるかうかがいましょうか」父が言った。

「ただこういうことなんです。エイヴィスとわたしは肉体的な関係について必ずしも考えが一致しないんです。実を言うと、牧師さま、わたしはもっと親密でありたいんですけど、エイヴィスにはあまりその気がないらしいんです。それで、エイヴィスはわたしの欲求を異常だと思っているんです。異常だって、そう言いました。まるでわたしが化け物かなにかみたいに」はじめは控えめな口調だったのに、エドナ・スウィーニーの声がみるみる熱を帯び、特にその最後のくだりにさしかかったときはひときわ大きくなった。

ドイルがぼろをダクトに瞬間的に詰め直し、みんなにささやいた。「元女房にあれぐらいやる気があったら、おれはまだ結婚してただろうよ」みんなは笑いを押し殺し、ドイルはふたたびぼろをはずした。

「なるほど」父が言った。「それで、エイヴィス、なにか言いたいことはないかね？」

「はい、牧師さま。おれは一日中穀物倉庫で一生懸命働いて、へとへとになって帰るんですよ。けつをひきずって——すみません——うちにはいると、エドナがうずうずしながら待ってるんだが、おれの頭にあるのはふたつだけ、冷えたビールとくつろぐことだけなんです。エドナはおれが訓練された犬かなんかみたいに義務を果たすのを期待してるんですよ」

楊枝みたいに痩せたエイヴィス・スウィーニーが大きな喉仏をホッピングみたいに上下させながら事務所にすわっているところをわたしは想像した。ちいさく笑って首をふったところを見ると、ドラッグストアのあるじも同じ想像をしたのかもしれない。盗み聞きがよくないことなのはわかっていたし、ガスがここにいたら大人たちをとめることもわかっていた。ガスにその責任がないなら、わたしが責任を果たすべきではないかとも思ったが、男たちを非難するのは気がひけたし、父の事務所でおこなわれている話し合いに興味をひかれてもいたから、わたしは口をつぐんでいた。

「ほんのちょっとの愛情でいいんだから、エイヴィス」エドナ・スウィーニーが言った。

「わたしが求めているのはそれだけよ」

「いいやエドナ、おまえが求めているのは指を鳴らせばポニーが芸をすることさ。おれはごめんだね。ねえ牧師さん、おれだって人並みの関心はあるが、エドナときたらまるでさかりのついた雌熊なんです」

「女のそういう気持ちを大事にしてくれる男だっているわ」エドナが言い返した。

「そうかい、おまえの結婚相手はちがうんだ」

「そういう男と結婚すりゃよかった」

「これこれ」父が穏やかになだめた。数秒間、思慮深く沈黙したのち、父は言った。「男女間の肉体的親密さは要求と気質の微妙なバランスの上に成り立っていて、すべての要素がきちんと嚙み合うのは稀なんだよ。エドナ、あなたはエイヴィスの言い分を聞いているかな？彼は性行為に入る前に、重労働の一日を終えて、すこしくつろぎたいと言っている」

「くつろぎたい？とんでもない、牧師さま、エイヴィスはビールを飲んだら居眠りをはじめて、わたしなんかどうでもいいって態度なんです」

「エイヴィス、ビールではなくアイスティーにしてはどうだね？」

「牧師さん、暑い午後の太陽を浴びてあくせく働いてなんとか一日我慢できるのは、冷蔵庫におれだけの冷えたビールが入ってると思えばこそですよ」

エドナ・スウィーニーは言った。「ベッドで自分を待ってるもののことを考える男だっているわ」

「おれたちは結婚して十三年だぜ、エドナ。正直言って、ベッドでおれを待ってるのは意外なお楽しみでもなんでもないんだ」

「十三年か」父が言った。「それは立派な長さだ。ふたりが出会ったいきさつを話してもらえないかな」

「それがこれとどんな関係があるんで？」エイヴィス・スウィーニーが言った。

「ピクニックで会ったんですよ」エドナが言った。「ルター公園でね。あたしがエイヴィスの同僚の数人と顔見知りだったので、彼らがあたしたちふたりを呼んでくれたんです。お見合いみたいなものだったんですけど、あたしたちはそんなこと知りませんでした」

「エイヴィスのどこに惹かれたのかね？」

「あらやだ。彼はすごくすてきで、なんだか自信にあふれてたんです。他のみんながソフトボールをしてるあいだにふたりでおしゃべりして、日が暮れてみんなが帰り支度をはじめると、エイヴィスがあたしのために車のドアをあけてくれました。本物の紳士みたいに」エドナ・スウィーニーはしゃべるのをやめ、すこししてまたしゃべりだしたとき、彼女が声を詰まらせているのが聞き取れた。「あたしは彼の目をのぞきこみました、牧師さま、そして他の男には見たことのない誠実さを見つけたんです」

「すばらしい話だね、エドナ。エイヴィスはどうして恋に落ちたのかな？」

「へっ、知りませんよ」

「急がなくていい」

「ええと。エドナはまぶしいほどきれいな女でした。くだらない話もあまりしなかった。おぼえているのは、家族、とりわけ病気がちだった母親の話をしたことです。やさしい女なんだとわかりました。そのうち、おれも病気になっちまって、たちの悪い流感にやられたんですよ。そうしたらエドナが毎日自分で作ったスープかなにかを持って見舞いにきてくれたんです。女房はたいした料理上手なんですよ、牧師さん」

「そうらしいね、エイヴィス。きみたちが愛し合っているのはあきらかだ。その愛情があるかぎり、どんなことも乗り越えられる。いいことを教えよう。わたしにはすばらしい友達がいてね。ジェリー・ストウというんだが、彼は肉体的親密さに関して悩んでいる夫婦を専門に助言する聖職者でもあるんだよ。非常に有能だから、きっときみたちの助けになってくれるはずだ。きみたちのことを彼に伝えて、相談にのってくれるよう頼んでみようか？」

エイヴィスが言った。「どうしたもんかな？」

父が言った。「わたしのところへきたんだから、一番の難所はもう越えたも同然だ」

「あたしはやってみたいわ」エドナが言った。「お願い、エイヴィス」

カードテーブルの男たちはすわったまま身じろぎもしなかった。

「わかったよ」ついにエイヴィスが折れた。

ガスのトイレで水が流れる音がして、すぐさまドアがあき、ガスがベルトをしめながら出てきた。顔をあげたガスはたちどころに状況を把握した。

頭上で父の声がした。「明日一番にジェリー・ストウに電話して、面談の時間を決めるよ。エイヴィス、エドナ、深刻な悩みごとをかかえている夫婦をわたしはよく見かける。愛情の基盤を失ってしまった人たちだ。しかし、あきらかにきみたちはちがう。エイヴィス、エドナの手を取りなさい。一緒に祈ろう」

ガスはすばやくドイルに近づくとぼろをもぎとってダクトに突っ込んだ。厳しい口調でガスはささやいた。「なんのつもりだ、ドイル？」

ドイルはひょいと肩をすくめてガスの怒りをやりすごした。「ただの好奇心さ」そう言って、ぶらぶらとカードテーブルに引き返した。

わたしたちは頭上で椅子がこすれる音と、ドアにむかう足音を聞き、まもなくまたチャイコフスキーが流れ出した。

ハルダーソンが首をふった。「牧師なんてなにがおもしろいのかねえ」

ドイルが言った。「おれの言ったことをおぼえておけよ、みんな。エイヴィスがあの女の身体に飛びつかないなら、他の誰かがやるぞ」

ハルダーソンが訊いた。「心当たりでもあるのか？」

「あるさ。ある」ドイルは言った。

ガスはテーブルに戻ったが、すぐにはカードを取らなかった。ドイルにまだ腹を立てているのはあきらかだった。彼はわたしとジェイクを見て、八つ当たりぎみに言った。「まだここにいたのか」

わたしたちはあとずさりをはじめた。

「おい、おまえたち」ドイルがカードを持ちあげた。「さっきも言ったが、これはおまえたちとおれたちだけの秘密だ、いいな？　友好的なゲームをおやじに告げ口したっていいことなんかひとつもない。そうだろ、ガス？」

ガスは答えなかったが、目でそうだと言っていた。

わたしたちは家に戻り、無言で中に入った。ボビー・コールの眼鏡をどうするかという問題は、一歩も前に進んでいなかった。しかし父の教会の地下ではおどろくべきことが起きていた。わたしたちは男たちの共犯となり、違法らしいことを男たちと共有していた。父に申し訳ないとはわかっていたが、わたしはその秘密の一端を担ったことや、彼らの仲間になったことに興奮していた。

ジェイクがようやく口を開いたとき、弟がちがう考えを持っていることがわかった。

「ぼくたち聞いてちゃいけなかったんだ。あれは個人的な話だった」ジェイクはソファにすわって、ついていないテレビ画面をじっと見ていた。

わたしはすこし離れて窓のそばに立ち、スウィーニー夫婦の家の誰もいない牧草地を見つめた。奥の部屋に明かりがついていた。寝室かもしれないと思った。「悪気はなかったんだ。偶然あなっちゃったんだよ」

「帰ればよかったんだ」

「じゃ、なんでおまえは帰らなかった？」

ジェイクは黙りこんだ。スウィーニー家の明かりが消えて、家は真っ暗になった。

ジェイクは言った。「ダニーのおじさんのことはどうする？」

普段から読書をするとき父が使う安楽椅子にわたしはすわりこんだ。

「おれたちだけの秘密にしておこう」わたしは言った。

まもなく父が帰ってきた。テレビを見ていると、父が首だけ居間につっこんで言った。

「アイスクリームを食べようと思ってるんだが、おまえたちもいるか？」

わたしたちは異口同音に肯定し、数分後父がチョコレートアイスを山盛りにしたボウルをひとつずつ渡してくれた。『サーフサイド6』を見ながら、わたしたちは黙ってアイスクリームを食べた。食べ終わると、ジェイクとわたしはボウルを台所ですすぎ、すぐに洗えるように流しのわきにおいて、寝るために階段のほうへ向かった。父はからになったボウルを片付けてテレビを消し、安楽椅子に移動していた。両手に開いた本を持っていたが、わたしたちが居間を抜けて階段に向かおうとすると、顔をあげて不思議そうにわたしたちを見た。

「さっきおまえたちふたりが教会のほうにくるのを見たよ。わたしに話したいことでもあるのかと思っていた」

「そうじゃないんだ」わたしは言った。「ガスに挨拶したかっただけなんだ」

「そうか。で、ガスはどうしてた?」

ジェイクは片手を手すりにかけ、片足を最初の段にのせたまま、不安そうにわたしを見た。

「元気だったよ」わたしは言った。

父は意外なニュースでも聞いたようにうなずいてから、言った。「ガスは勝ってたか?」

その顔は石板のように無表情だった。

わたしがジェイクだったら、激しくどもっていただろう。そうではなかったから、心を落ち着け、驚愕をのみこんで答えた。「うん」

父はまたうなずき、読書に戻った。「おやすみ、ふたりとも」

9

七月四日はわたしが三番めに好きな祝日だった。二番めがクリスマスで、一番がハロウィーンだ。七月四日が特別なのは、どんな子供にとってもとびっきりの楽しみである花火が見られるからだった。現在のミネソタでは本物の爆薬を使った花火の大半は法律で禁じられているが、一九六一年のニューブレーメンでは、金さえあればいくらでも心の欲するままに花火を買うことができた。花火を買うために、わたしは祖父の庭で稼いだ小遣いのすべてをためていた。七月四日の二週間前になると、町中に赤、白、青のリボンを飾ったたくさんの出店が出現し、これみよがしに花火を陳列した。その前を通り、ありとあらゆる可能性がベニヤ板のカウンターの上や、キャンバス地のテントの陰に積まれた箱の中に陳列されているのを見るたびに、わたしは期待でうずうずした。父が同行して、いいと言ってくれなければ何にも買えないし、当日になる前に花火を試してみたい誘惑に負けてしまいそうで、はやばやと買うのもいやだった。そこでわたしは出店を眺めてはほしい花火を頭の中でリストにし、ベッドに寝転がって特別な日を想像しながら、何度もリストに検討を加えた。

花火は両親の悩みの種だった。母はできるものなら息子たちを打ち上げ花火や癇癪玉や筒型花火とかかわらせたくなかっただろう。わたしたちの身の安全をひどく心配し、わたしたちにも、父にも、それをはっきり言葉で表現した。父は穏やかに反論し、ジェイクとわたしがしかるべき監督のもとで花火をするなら、安全が脅かされることはないと取りなした。母が怪しんでいるのはあきらかだったが、断固反対すれば、父の全面的応援なくして、ジェイクとわたしの猛反発をしりぞけられないことも承知していた。とうとう母は父に厳しい警告を与えることで妥協した。「ネイサン、もし子供たちになにかあったら責任を取ってもらいますからね」

七月四日の前の一週間、父は例によって元気がなかった。実は、母以上に父は花火を嫌っていた。四日が近づくにつれて、チェリーボム（サクランボの形をした癇癪玉）の破裂が報告されたり、爆竹がたてつづけに近所の静寂を破ったりすると、父は目に見えて狼狽した。顔に緊張が走り、用心深い顔つきになった。火薬がいきなり破裂したとき、わたしは父の身体ががちがちに固まり、音の出所をつきとめようと死にものぐるいで左右に目を走らせるのを見た。にもかかわらず、父は祝日を祝う息子たちの権利をなにげない態度で守っていた。

七月四日の十日前の土曜日、庭仕事を終わらせてひとり二ドルの駄賃を受け取ると、ジェイクとわたしはルートビアで喉の渇きをいやそうと〈ハルダーソンズ・ドラッグストア〉にむかった。厚板ガラスの上に張り出した日よけの陰に入ったとき、ドアがあいてガスがドイルを従えて出てきた。笑っていた彼らはすんでにわたしたちにぶつかりそうになり、わたしはビールのにおいを嗅ぎとった。

「今から花火を買いに行くんだよ」ガスが言った。「一緒に行かないか？」

外出禁止令の一週間は終わっていたし、わたしはその申し出に飛びついた。だがジェイクはドイルを見て、首をふった。

「そう言うなよ」ガスは言った。「い、い、いいや」「おまえたちひとりひとりになにか買ってやるぞ」

「いらない」ジェイクはポケットに両手を突っ込んで歩道に目を落とした。

「ほっとこう」わたしは言った。

ガスは肩をすくめた。「じゃ、しかたがないな。行こう、フランキー」ガスはきびすを返して、縁石にとめた灰色のスチュードベーカーの運転席のドアをあけて待っているドイルのほうへ歩きだした。

ジェイクがわたしの腕をつかんだ。「い、い、行っちゃだめだよ、フランク」

「なんで？」

「い、い、いやな予感がする」

「なに言ってんだよ。大丈夫さ。おまえはうちに帰れ」わたしは弟の手をふりほどき、スチュードベーカーの後部シートに乗り込んだ。

ドイルが縁石から離れ、ジェイクはドラッグストアの日よけの陰からわたしたちを見送った。前にいるガスがダッシュボードをげんこつでたたいた。「さあ、すばらしい午後が待ってるぞ」

わたしたちが最初に立ち寄ったのは、テキサコガソリンスタンドから通りをはさんだ空き地に設置されたフリーダム・フォース花火店だった。出店の前には大勢の人がたかっていて、ドイルは彼らの名前を呼んでひとわたり握手し、こう言って笑った。「七月四日におまえたちの指がまだ全部そろってることを祈るぜ」ガスとドイルはたくさん花火を買い、店の人が大きな茶色の紙袋に入れた。最後にガスがわたしのほうを向いてたずねた。「おまえはなにがいい、フランキー？」

わたしはM‐80の箱を見た。指が吹っ飛びかねない強力な筒型花火で、父なら絶対に首を縦にふらないだろう。わたしはそれを指さした。「あれ」

ガスが言った。「ネイサンはいい顔をしないぞ」

だがドイルは言った。「へっ、おれが払ってやるよ」彼はその爆発物をひとつかみすると、ベニヤ板のカウンターに金を置いた。そのあとわたしたちはもう一軒の店に寄った。こちらは酒店で、ドイルが缶ビールを買ったあと、車は町はずれの川沿いにあるシブリー公園に向かった。エミール・ブラントの家から数百ヤード向こうにある公園で、家の前を通過したとき、アリエルがブラントとポーチに腰をおろしているのが見えた。両手に紙を持っていたのは、エミールの回想録なのだろう。リーゼは杭垣沿いの花にホースで水を撒《ま》いていた。ダンガリージーンズを穿いて袖なしの緑の服に大きな麦わら帽子をかぶって庭仕事用の手袋をしたリーゼは、きれいといってもいいように見えた。ドイルのスチュードベーカーで飛ぶように通過したから、誰もわたしに注意を払わなかった。公園には野球場と醜い金属の建造物がちらばる遊び場があった――ジャングルジム、長い滑り台、ブランコが三つ、錆の浮いたメリーゴーラウンド。暑い夏の日にそんなところで遊んだら、火のついたマッチみたいに焦げそうだった。だいぶくたびれたピクニックテーブルがいくつか、水不足に陥っている芝生に置かれていた。そこの芝生はいつも七月の末には完全に枯れてしまうのだ。砂利の駐車場にドイルがスチュードベーカーを入れたとき、目にはいる車は他に一台もなく、公園はがらんとしていた。車をおりて、わたしはふたりのあとから手入れされていない芝生を横切った。彼らは川のほうに向かい、公園と平行に走る鉄道線路をわたって、ハコヤナギの木立を抜ける小道をたどった。やがて、ハイスクールの生徒たちがときどき焚き火をしたりビールを飲んだりする細長くて平らな砂地に出た。焚き火の燃え滓《かす》が、黒い病斑のようにぽつぽつと砂地に落ちていた。ハコヤナギの木陰でドイルとガスは花火の詰まった紙袋をおろし、ドイルがポケットから缶切りを取り出して缶ビールに穴をあけ、ガスに渡した。次に自分の缶ビールに穴をあけた。彼らは腰をおろしてビールを飲みながらしゃべりはじめ、わたしはそのそばにすわって、いったいいつになったらおもしろいことがはじまるのだろうといぶかしんだ。

ふたりの話題は野球だった。その年は、去年までワシントン・セネタースだった球団がミネソタ・ツインズと名前を変えてはじめて迎えるシーズンで、誰もかれもがハーモン・キルブリュー、ボブ・アリソン、ジム・レモンの名前を口にした。

ドイルがわたしに話しかけた。「どう思う、フランキー？　ミネソタはいいチームになると思うか？」

大人に意見を求められたことがあまりなかったので、わたしはドイルの問いかけにびっくりした。訳知り顔でしゃべろうと、わたしは言った。「うん。リリーフ陣はいまいちだけど、強力な打者が何人かいるからね」

「そうなんだ」ドイルは言った。「ガスから聞いたが、おまえ自身なかなか野球がうまいんだってな」

「普通だよ。ヒットは結構打つけど」

「チームに入ってるのか？」

「ううん。ザ・フラッツの寄せ集めチームだよ」

「大きくなったら野球選手になりたいのか？」

「べつに」

「なんだって？　おやじみたいな牧師がいいのか？」

牧師であることがなんらかの冗談であるかのような口ぶりで、ドイルは笑った。

ガスが口を開いた。「フランクのおやじさんはりっぱな人間だし、すばらしい牧師だ」

「だが花火をこわがってる」ドイルが言った。

どうして知っているのだろうと思ったが、ガスの顔を見たとき、その情報の出所がわかった。

ガスは言った。「あれは戦争だったんだ。影響をこうむった者はたくさんいる」

「おれやおまえはこうむらなかったぜ」

「人はみんなちがうんだ」

ドイルはビールを飲んだ。「肝っ玉のちいさいやってのがいるんだ」

「キャプテンはちがう」ガスの声には怒りが感じられた。

ドイルはそれに気づくと、にやりとした。「まだキャプテンと呼んでるのか。どうしてだ？」

「最初に知ったときがそうだったからさ。優秀な将校だった」

「へえ？」ドイルは悪がしこそうにガスを見た。「意気地なしだったと聞いたぜ」

ガスがちらりとわたしを見てから言った。「ドイル、おまえは噂話を鵜呑みにしてるんだ」

ドイルは笑った。「そうかもしれないが、おかげでいろんなことを知ってるぜ、ガス。いろんなことを」

ガスが話題を政治に切り替え、彼らはケネディについてしゃべりだした。わたしは興味を失って、紙袋の中の花火、とりわけわたしのあの大きなM‐80のことを考えはじめた。やがて気がつくと、話題はまた気がかりなことに移っていた。

ガスが言っていた。「何度かあの男をザ・フラッツで見たよ。不審に思ってたんだ」

「やつの名前はウォレン・レッドストーンだ」ドイルが言った。「やつが町に姿をあらわしたとたん、署長から命令が出た。目を離すなとね。昔からの厄介者さ。だいぶ前にここの谷でスー族の蜂起みたいなものをやらかそうとしたんだ。連邦政府ともめごとを起こして退去させられた。署長がＦＢＩと連絡を取り合ってるが、向こうはもうあいつに関心がないらしい。前科はあるが、たいしたことはやってないからな。今は姪とその亭主のところにころがりこんでる。オキーフ一家だ。勤務中おれはかなりの頻度でザ・フラッツのほうまでパトカーを走らせてるよ、おれがいることをやつに知らせるためにな」

ガスが言った。「それでか、おまえをよく近所で見かけるのは。エドナ・スウィーニーのせいだとばかり思っていた」

ドイルは頭をのけぞらせて狼の遠吠えみたいな笑い声をあげた。缶ビールを握りつぶして砂地に放り投げた。「よしてくれよ」ドイルは紙袋のひとつに手を伸ばした。「さて、お楽しみといくか」

ドイルが打ち上げ花火を地面に立てて、三本の点火用線香に火をつけた。わたしたちが各自同時に導火線に線香を接触させると、ロケットが威勢よく高々と空に飛びだしたかと思うと黒っぽい煙が噴出して、青い空に泥はねみたいに広がった。次にわたしたちは大量の爆竹に点火した。ドイルがガスのビールの空き缶にチェリーボムを入れると、散弾銃で撃たれたように空き缶がジャンプした。ドイルはM‐80を三個取り出して、わたしたちに一個ずつ渡した。そして自分のに火をつけて空中に投げた。すぐそばで起きた爆発音は、まるで顔めがけて銃弾を受けたような衝撃で、わたしは縮みあがった。でもガスとドイルはへっちゃらだった。ガスが彼のM‐80に点火して投げたので、わたしは衝撃を予期して目をぎゅっとつぶったが、なにも起きなかった。

「不発か」ドイルが言った。「役立たずめ。おまえもときどきそうなんだってな、ガス」ドイルは笑ったが、わたしにはなんのことだかわからなかった。「やれよ、フランキー、おまえの番だぜ」

わたしはM-80を手に持ったまま点火したくなかった。花火はわたしの向こう見ずな性格をある程度かきたてたものの、父の戒めを守るという従順さはまだ失っていなかったのだ。火をつけた花火、とりわけ、指を吹っ飛ばしかねない威力のある花火を手で持つというのは、ぜひともやりたいことではなかった。そこで砂山を作って、誕生日のケーキに飾る蠟燭のようにM-80をそこに立て、導火線に火をつけてうしろにさがった。一瞬ののち、爆風が砂山を跡形もなく消し去り、わたしたちはちくちくする砂粒にまみれた。

ドイルが跳ね上がって飛びすさったので、爆発でなにかが当たって怪我をしたのではないかと不安になった。彼はわたしたちから離れて川のほうへ砂地を突っ切って走りだし、右に左にひらひらと移動していたが、ついに両腕を前にのばしたまま地面に突っ伏した。それから膝立ちになり、両手を胸にひきつけて立ちあがると、間の抜けたにやにや笑いをうかべてわたしたちのところへ戻ってきた。お椀のように合わせた両手をわたしたちに向かって突き出した。ぴったり合わせた親指と親指の隙間から大きなウシガエルが顔をのぞかせていた。

「そのM-80を一個よこせ」ドイルはガスに言った。

ガスは紙袋から大型花火をまたひとつ取り出した。ドイルは片手にウシガエルをつかみ、もう一方の手でカエルの口をこじあけた。

「そいつをここへ突っ込め」ドイルは言った。

ガスが訊いた。「そのカエルを吹っ飛ばすつもりか？」

「きまってんだろう」

「やめておけ」

わたしは痺《しび》れたように立ちすくんだ。信じがたいことに、ドイルがガスからM‐80をひったくった。導火線をたらした状態でそれをカエルの口に押し込み、ズボンのポケットから煙草のライターをひっぱりだした。ライターの蓋をはじいてあけ、炎を導火線につけて、爆発物をカエルの喉の奥へ押し込んだ。次の瞬間、ドイルはカエルを宙に放り投げた。哀れな生き物はわたしたちの顔から五フィートもないところで破裂し、血とはらわたをまきちらした。ドイルはのけぞって空を仰ぎながら笑い、ガスは「なんてこった」と言い、わたしは顔についた内臓を拭きながら吐きそうになった。

「ひゃーはは」ドイルが奇声をあげ、人差し指で頬についたカエルのはらわたのきれっぱしをぬぐった。「みごとに破裂したもんだぜ」

「大丈夫か、フランク？」ガスが伸ばした手をわたしの肩にのせ、顔をのぞきこもうとしたが、わたしは横を向いた。

「もう行くよ」わたしは言った。

「なんだよ。ただのカエルじゃねえか」ドイルが言った。

「どっちみち、帰らなくちゃ」わたしはふりかえらないで言った。

「乗せていくぞ、フランク」ガスが言った。

「いい、歩く」わたしはその場を立ち去った。ハコヤナギのあいだを抜ける小道をたどり、鉄道線路の向こうの公園に向かった。

「フランク」ガスが呼んだ。

「けっ、ほっとけよ」ドイルが言うのが聞こえた。「もう一本ビールをよこせ」

わたしはシブリー公園の乾燥した芝の上を踏みつけて歩いた。シャツにはカエルのはらわたと血がこびりついていた。髪の中にも入りこんで、顎にしたたっていた。顔を拭き、だいなしになった服を見おろし、自分にたいして、ドイルにたいして猛然と腹をたてた。なにもしていないガスにまで腹をたてた。どんな午後になるかと期待していたのに、心ない残酷さのせいでだいなしだった。ガスはなんでドイルをとめなかったのだろう？　自分はなんでとめなかったのだろう？　わたしは泣き出していた。意気地のない自分を嫌悪した。途中でエミール・ブラントの家の前を通らなくてはならないことや、町中を歩かなくてはならないことに気づいた。こんなざまを誰にも見られたくなかったので、鉄道線路まで引き返し、線路づたいにザ・フラッツへむかった。

わたしは用心深く家に近づいていった。もしも両親が死んだウシガエルの乾いて黒ずんだ残骸をくっつけた自分を見たら、このとんでもない不始末をどう説明したらいいのだろう？裏口からそっと台所に入りこみ、耳をそばだてた。家はひんやりしており、最初はしんと静まりかえっているように思えた。だがすぐに、低い途切れがちの泣き声がするのに気づいて、居間をのぞきこんだ。アリエルがわが家の古いアップライト・ピアノのベンチにすわっていた。鍵盤に両腕をのせ、両手に顔をうずめていた。身体がこきざみに揺れ、しゃくりあげながらすすり泣いている。

わたしは声をかけた。「アリエル？」

姉はすばやく身を起こし、背筋を伸ばした。ふりかえってわたしを見た顔はアリエルではなくおびえきった動物を思わせて、わたしは爆発物を喉に押し込まれた瞬間のあのカエルを連想した。やがてアリエルはわたしの汚れたシャツと頬と髪に乾いてくっついた内臓のかけらに気づいて、恐怖に目を見開いた。

「フランキー」アリエルは叫んで、はじかれたようにベンチから立ちあがった。「まあ、フランキー、大丈夫？」

苦悩の原因がなんであるにせよ、姉は束の間それを忘れ、全神経をわたしに注いだ。そしてわたしは、わがままな無邪気さからそれを受け入れた。

わたしは一部始終をアリエルに話した。聞き終わった彼女は同情をこめて首をふり、最後に言った。「その服を脱いで、ママが帰ってこないうちに洗ってしまわないとね。あなたはお風呂に入らなくちゃ」

そして裁くことをしない天使アリエルはわたしを救うことに取りかかった。

その日の夕食のあと、わたしは近所の子供たちと寄せ集めのチームでソフトボールの試合をした。夕暮れの光がやわらかな青に変わって打とうにも守ろうにもボールが見えなくなると、気楽な仲間意識を長引かせるほかの遊びをしようという提案がなされた。だが何人かはうちに帰らなくてはならず、わたしたちの集まりはお開きになって、それぞれが家路についた。ジェイクとわたしは一緒に歩いた。一歩ごとに彼はリズムを刻むかのようにグローブで太ももをたたいた。

「まだ指は全部そろってるんだね」ジェイクが言った。

「え？」

「天国まで自分を吹っ飛ばすつもりかと思った」

何の話かぴんときた。破裂したカエルの話をしようかと思ったが、ガスやドイルと出かけないほうがいいというジェイクの判断が正しかったことを証明するのは癪だった。

わたしは言った。「楽しかったよ。M‐80を何発か打ち上げたんだ」

「M‐80？」暗がりでもジェイクの大きな瞳に羨望と非難が浮かんでいるのが見えた。

家に着くと、父がポーチに立ってパイプをくゆらしていた。父が吸い込むと火皿があかるく光り、チェリーブレンドの甘いにおいが漂った。ガスが一緒だった。ふたりは友人同士らしい静かな会話をつづけていた。

歩道を歩いていくと、父がわたしたちに呼びかけた。「試合はどうだった、おまえたち？」

「まあまあだよ」わたしは答えた。

ガスが訊いた。「勝ったのか？」

「練習試合だよ」わたしは冷たく答えた。「誰も勝たない」

「おい、フランキー」ガスが言った。「ちょっと話さないか？　おまえの父さんに午後のことを話したんだ」

叱責の気配があるかと父の顔色をさぐったが、迫りくる闇の中で窓からの暖かな明かりを背にした父は無関心に見えた。父が言った。「いい考えだ」

「いいよ」わたしは言った。

ジェイクは階段の上で立ちどまったきり、困惑に顔を曇らせてガスと父とわたしを順番にせわしなく見た。

ガスが言った。「ちょっと歩こう」

父が言った。「チェッカーゲームでもするか、ジェイク？」

ガスがポーチからおりてきたので、わたしは家に背を向け、明かりの灯っていない人気《ひとけ》のない通りの上に張り出したニレやカエデの枝の下の薄やみの中へガスと並んで歩きだした。

しばらく行くと、ガスが切り出した。「悪かったな、フランキー。今日起きたことはおれがとめなくちゃならなかった」

「いいよ」わたしは言った。

「いや、よくない。ドイルはああいうやつでね。悪い男じゃないんだが、軽はずみなところがあるんだ。ま、おれも同じだけどな。ドイルとおれが違うのは、おれにはおまえを守る責任があるってことだ。今日、おれはおまえにいやな思いをさせた。二度とあんなことは起きない、約束する」

コオロギやアマガエルが日暮れとともに訪れた静寂に挑んで鳴きたて、葉叢《はむら》の天蓋の切れ目からのぞく空には星がたくさんまたたいていた。通りからひっこんだ家々は濃い灰色で、つまらなそうな黄色い目を思わせる窓が通りすぎるわたしたちを観察していた。

わたしは言った。「ドイルが言ったのはどういう意味なの、ガス、戦争中、父さんが意気地なしだったっていうのは？」

ガスは立ちどまり、空をじっと見てから、夜の訪れとともにはじまった昆虫のコーラスに耳を傾けるかのように小首をかしげた。「これまで父さんと戦争の話をしたことがあるか？」

「話そうとしたことはあるよ。ドイツ人を殺したことがあるのかってずっと質問してるんだ。父さんが言うのは、たくさん撃ったってことだけさ」

「フランク、おまえの父さんが戦場で経験したことについて、おれはとやかく言う立場にはない。しかし、戦争一般についてなら話してやるよ。ドイルみたいな男と話をすると、くだらん話ばかり並べたてる。映画館でジョン・ウェインやオーディー・マーフィーを見ると、人を殺すのはわけないことに思えるもんだ。でも実際に人を殺すときは、相手が敵かどうか、相手がこっちを殺そうとしているかどうか、そんなことは関係ないんだ。命を奪ったその瞬間は、一生死ぬまで脳裏を離れない。骨の髄までしみこんで、どんなに祈ったって、神の手ですらそれをひきずりだすことはできない。むなしい戦闘にこれでもかと思うほど何年もかかわり、想像を絶する恐怖にさらされると、ある感情が増殖するんだ、フランキー。なにも感じなくなって、投げやりな気持ちになってくる。敵はそれなんだ。こっちを撃とうとする敵国の兵士とすこしも変わらない敵だ。そしておまえの父さんのような男たちは将校であるがために、感情の麻痺の設計者にならざるをえない。自分にも部下にも、感情を鈍磨させるという、人間が背負うべきじゃないことを押しつけなくちゃならない。フランキー、いつかおまえの父さんは戦争の話をするかもしれないし、しないかもしれない。しかし、ドイルや他の人間から聞くことは、おまえの父さんの真実とは全然ちがうんだ」

「ガスは花火がこわくないよね」わたしは言った。

「おれにはおれの悪魔がいるんだよ。ドイルにだってドイルの悪魔がいる」

わたしたちはガードレールのある通りを突き当たりまで歩いた。その三十ヤード先には川が流れていた。日は暮れようとしており、淡くてたよりない光の中で川の水はドレスからひきちぎられた濃い藍色《あいいろ》のサテンのリボンのように見えた。幹線道路に沿って遠くのマンカートへ向かうヘッドライトが丘陵の表面をなでるように横切り、木々や納屋や離れ屋にさえぎられるたびに、ホタルのように消えてはまたあらわれた。ガードレールに腰をおろしてザ・フラッツのほうをふりかえると、そこでは家々の明かりが安定した光を放っていた。

「二十七ドルためてたんだ、ガス。花火をいっぱい買うつもりだったんだよ。もう花火はいらないや」

ガスはわたしの隣にすわった。「金の使い道ならそのうち見つかるさ、フランキー。ちぇっ、花火以外になんの使い道も思いつかないなら、いつだっておれに貸してくれていいんだぜ」ガスは笑って、片脚をふざけてわたしの片脚にぶつけ、立ちあがった。彼は川をちらりとふりかえった。ウシガエルたちの鳴き声がやかましくて、声もろくに聞こえないほどだった。「うちに帰ったほうがいいな」ガスは言った。

10

日曜の朝、ジェイクは加減が悪いから家にいてもいいかとたずねた。わたしにとって、教会に行かなくていいのは至福の喜びだった。三つの礼拝を欠席してパジャマのまま家の中をうろつくのかと思っただけで、うらやましくてたまらなかった。要求したのがわたしだったら母はうさんくさく思っただろうが、弟は物事をでっちあげないたちだった。母は手の甲でジェイクのおでこをさわってから、体温をはかった。熱はなかった。腫れていないかと母はジェイクの首をやさしく探ったが、なにも見つからなかった。具体的な症状をたずねる母にジェイクはどんよりした目を向けて、ただだるいんだと答えた。母は父と相談し、ジェイクは寝ていたほうがいいということになった。家族四人でキャドベリーの礼拝に出て、ニューブレーメンの礼拝に戻ったときにジェイクの様子を確かめることに落ち着いた。

キャドベリーでの礼拝のあいだ、わたしはピーター・クレメントと一緒にすわった。ピーターはお母さんと一緒にあらわれ、彼女は聖歌隊で賛美歌をうたった。わたしたち家族が彼の家をたずねた午後は、ピーターの目に黒痣ができていたが、このときはあまり目立たなくなっていて、わたしたちはどちらもそのことにはふれなかった。礼拝後のお茶会のあいだ、ピーターとわたしはマンカートにくるサーカスのポスターが貼られた電柱にふたりで石をぶつけて遊んだり、ミネソタ・ツインズの話をしたりした。やっとアリエルが呼びにきて、わたしは家族と一緒に午前中二度めの礼拝のため、ニューブレーメンに戻った。

家に車をとめたとき、ジェイクが玄関ポーチでガスと一緒に待っていた。急いで階段をおりてくるふたりの様子から、なにかよからぬことがあったのだとわかった。

「急いで病院に行ったほうがいいよ、キャプテン」ガスが言った。「エミール・ブラントが今朝自殺をはかったんだ」


両親とアリエルは車で病院に向かい、あとに残ったわたしはジェイクから詳しい話を聞いた。事の次第はこうだった。

ジェイクはベッドで眠ろうとしていた。わたしたちが出かけてから十五分もしないうちに、玄関を激しくたたく音がした。起きあがって階下におりると、ポーチにリーゼ・ブラントが立っていた。顔がホラー映画の化け物みたいにすごくゆがんでて、こわかった、とジェイクは言った。両手をふりまわして意味不明のことを口走っており、落ち着かせようとなだめたが、ジェイク自身の心臓も早鐘を打ちはじめた。彼女がなにを伝えようとしているにせよ、なにか恐ろしいことが起きたのだとわかったからだった。リーゼが両手でジェイクの頭をつかんで、目玉が飛びだすんじゃないかと思うくらいの勢いでしめつけた。すこし手間取ったものの、ついにジェイクは理解した。エミールが大変だ。死にかけている。

ジェイクはリーゼと一緒に向かいの教会まで通りを走って横切り、地下に駆け下りた。ガスが便器にすわっていた。ガスはふたりにむかって悪態をつき、あわててちいさなトイレのドアをしめたが、ジェイクはドアをたたいてエミール・ブラントが死にかけている、ガスの助けが必要だとわめいた。ガスはすぐさま出てきて、ふたりを率いて家に戻り電話をつかんで消防署にかけ、エミール・ブラントの家に急行しろ、彼が死にかけてるんだ、と告げた。次にオートバイにまたがり、ジェイクをうしろに、リーゼをサイドカーに乗せ、ブラントの家に急いだ。着いたときには家の前に消防署の救急車がとまっていた。

消防士のひとりがガスに、ブラントが睡眠薬を一瓶飲んだようなので、胃の中のものを吐かせているところだ、と告げた。彼らはリーゼを寝室に入れまいとしたが、彼女は入ろうとし、ガスに事情を伝えた消防士がリーゼを引きとめた。そのとたん、リーゼが暴れだした。消防士の両手がまるで火でできていたような騒ぎだった。飛びのいて居間の隅っこで身体をちぢめ、身も世もないように金切り声をあげはじめた。消防士がもう一度リーゼに手をのばしかけたのをジェイクがとめ、彼女にさわらないで、知らない人からさわられることに耐えられないんです、と説明した。待っていれば、そのうち落ち着きますから。リーゼが隅でわめいているあいだに、ブラントが担架に乗せられて運ばれてきた。消防士たちはブラントを救急車に乗せ、猛スピードで病院へ走り去った。ジェイクの予告どおりリーゼはやがて静かになり、ジェイクが事情を彼女に理解させた。リーゼは兄の身を案じて気も狂わんばかりだったが、二度と叫ぶことはなかった。

誰かがアクセル・ブラントに連絡しており、エミールを乗せた救急車が走りさってから数分後にアクセルが家に到着した。ガスがいきさつを説明すると、アクセルは妹に手真似で合図し、これから妹と病院へ行くとガスに告げた。彼らが行ってしまうと、家はがらんとして静かになった。竜巻が家を一掃して空気まで吸い出してしまったかのようで、ガスもジェイクもぐずぐずしていたくなかった。ふたりはオートバイでうちに戻り、ニュースを伝えるべく両親の帰りを待った。

父は執事（牧師の補佐）のアルバート・グリズウォルドに状況を説明する役目をガスに託した。礼拝を手伝うためにいつも早めにくるグリズウォルドは町の議員でもあり、そのしゃべりかたは聞く者を昏睡に陥らせる才能の持ち主だった。ガスが事情を説明し、礼拝はグリズウォルドにしてもらう必要があることを明瞭にしたとき、グリズウォルドはうれしくて舞いあがらんばかりだった。奥さんは聖歌隊員でかなりのオルガン奏者でもあったので、礼拝の音楽はロレイン・グリズウォルドにまかせるようにとの指示を母はガスに残していた。

ジェイクの体調不良がなんのせいだったにせよ、その朝の出来事によってきれいさっぱり治ったらしく、両親が出かけていったあと、彼は日曜の服に着替え、教会に行く支度をした。わたしは礼拝をさぼるという甘美な可能性を束の間、推し量った。これだけの混乱なんだ、誰も気づかないいんじゃないか？　だが状況が状況だけにわたしとジェイクはいたほうが賢明であるような気がしたので、わたしは長い苦行に備えて覚悟を決めた。結果としてジェイクはちょっとした有名人扱いされたが、まったく残念なことに、雨霰《あめあられ》と質問を浴びせられた。

答えようとはするのだが、いつもの吃音癖がジェイク本人を苦しめ、耳を傾ける全員を苦しめ、ついに弟は助けを求めてわたしを見た。わたしは喜んで願いを聞き入れ、語りの中でジェイクを英雄に仕立て、もっとも有名なわれらが市民がみずからの手による死から救われたのは、ひとえにジェイクのすばやい行動のおかげであると主張した。

人びとは心底驚いた顔をした。「みずからの手だって？ 自殺しようとしたのか？」

「まちがいなくそのようです」わたしは言った。「ジェイクの到着が数分遅かったら、ミスター・ブラントは亡くなっていたでしょう」

ブラントの想像を絶する行為とジェイクの勇気ある行動の両方にたいし、みんなの目に驚嘆が浮かんだ。

こうやって弟を英雄にしてやれば、例の死んだ男を発見した話の中でわたしがジェイクを影の薄い脇役扱いしたことへの恨みもすこしは晴れるかもしれないと思ったのだ。そうではなかった。わたしがジェイクの役割の重要さをすこしずつ誇張しながらその朝の出来事を何度もしゃべっているうちに、弟のしかめっ面はどんどんひどくなり、ついにわたしのスーツの上着の袖をつかんで、教会の扉からわたしを引き離し、どもりながら言った。「もうや、や、やめてよ」

「なにを？」わたしは訊いた。

「ほ、ほんとのことだけをしゃ、しゃべれよ」

「しゃべってるさ」

「ちくしょう、このくそ野郎！」

太陽が途中でのぼるのをやめた。地球の回転がとまった。わたしはあっけにとられてジェイクをまじまじと見つめた。教会のまさに階段の上で、彼が明瞭に、力強く、どもりもせずに、中にいた全員に聞こえたであろう声でばちあたりな言葉を吐いたことに仰天した。着席している父の全信徒の視線がわたしたちの立っている教会の階段へと移動してくるのを感じたし、教会の中から非難の波が押し寄せてくるのを感じた。たった今自分のしでかしたことに気づいて、ジェイク自身の目が恐怖と恥に見開かれたままわたしの顔の上で凍りついた。おどろきのあまり静まりかえった中の人たちに顔向けできず、ジェイクがそっちを見られないでいるのがわかった。

次の瞬間、わたしは笑いだした。そう、げらげらと。すべてがあまりにも予想外で突拍子のないことだったので、笑わずにいられなかった。ジェイクはきびすを返して教会から通りの向こうのわが家へ逃げ帰った。わたしは回れ右をして薄暗い教会に入った。口元がまだゆるんだままだったから、信徒からは非難のまなざしを浴びたが、かまわず腰をおろし、青年期に信仰心を持つ必要性をえんえんと説くアルバート・グリズウォルドのいつ果てるともしれぬにわか仕立ての説教が終わると、歩いて家に戻った。ジェイクは二階の寝室にいたので、わたしは謝った。

彼はむっつりと天井をにらみつけていて、返事をしなかった。

「大丈夫だよ、ジェイク。たいしたことじゃないさ」

「全員が聞いてたんだ」

「だから？」

「彼らが父さんに言う」

「父さんが気にするもんか」

「するよ。大変なこと言っちゃったんだ。み、み、みんなフランクのせいだ」

「おれに怒るなよ。助けてやろうとしただけじゃないか」

「フランクの助けなんかい、い、いらない」

部屋のすぐ外の床板がきしむ音がして、ふりかえるとガスが戸口に寄りかかって沈痛な表情でジェイクを見ていた。「ちくしょう、このくそ野郎」彼はジェイクの罪を繰り返した。「ちくしょう、このくそ野郎ときたな、しかも教会の扉のまんまえで」くちびるが左右に伸びてちいさな鞭みたいに細くなり、ガスはもう一度言った。「ちくしょう、このくそ野郎」首をふったあと、大きく破顔して笑いだした。「ジェイキー、教会であんなに楽しかったのははじめてだよ。本当ですよ、ぼっちゃん。おまえさんは連中の敬虔《けいけん》ぶった顔に一発パンチをお見舞いしたんだ。ちくしょう、このくそ野郎」

ジェイクの気分はあまり改善しなかった。「父さんがかんかんになる」

「おまえの父さんにはおれから話してやるさ」ガスは言った。「それにな、ジェイク、世の中にはこの先おまえさんが言わなきゃよかったと思うようなことがごまんと出てくる。後悔するならもっと大事なことのためにしたらどうだい、な？」

ガスはくるりと回れ右をした。踊るような足音が階段をおりていき、笑い声がちいさくなって聞こえなくなったとき、ガスの軽やかな精神の祝福が多少ジェイクの気分をあかるくしたらしく、弟の顔は刑が延期された死刑囚のようだった。

夕方近くになって病院から帰ってきた父がジェイクを捜しにきた。わたしたちは寝室にいた。ジェイクはコミックを読んでいて、わたしはダニー・オキーフが教えてくれた『地球最後の男』という本を読んでいるところだった。だいぶ前のことだが、父は慢性赤字に陥っていた銀行口座に大打撃を与える買い物をした。ブリタニカ社から出版された『西洋世界の名著』という五十四巻本に大枚をはたいたのである。ホメロスやアイスキュロス、ソフォクレス、プラトン、アリストテレス、トマス・アクィナス、ダンテ、チョーサー、シェイクスピア、フロイトの著作が含まれた全集だった。過去二、三千年のもっとも偉大な西洋の知識人たちによるもっとも啓蒙的な思想の多くがそこには詰まっていた。その日の午後わたしたちの部屋に入ってきて、コミックやパルプフィクションを読んでいる子供たちを見たとき、父はたぶん失望したことだろうが、なにも言わなかった。ただジェイクにこう言った。「おまえの助けがいる」

ジェイクはコミックを置いて立ちあがった。「どんな？」

「リーゼ・ブラントだ。エミールを病院に残して帰ろうとしなくてね。病院側はしばらく彼を入院させたがっている。エミールにもアクセルにも耳を貸そうとしないし、説明しても頑として聞き入れない。それでエミールがおまえのいうことなら、特に、彼が退院するまでおまえが一緒にいてくれるなら、リーゼもおとなしく言うことを聞くかもしれないと言うんだよ」

「いいよ」ジェイクは急いでベッドからおりた。

「ぼくも行っていい?」わたしは訊いた。

父はうなずき、手振りで急げとうながした。

ミネソタ・ヴァレー地域病院はニューブレーメンを見おろす丘に建つ、目もさめるような赤煉瓦の新しい建物だった。建設費の大部分はブラント一族の負担によるものだ。エミールの病室は二階で、そのフロアの待合所は混雑していた。ブラントの肉親が集まっていた。弟のアクセル。アクセルの妻ジュリア。エミールの甥のカール。彼はアリエルの肩を抱くようにしてすわっていた。丘の上のちいさな大学からも人びとがきていた。エミールはそこの音楽学科の輝ける教授なのだ。母が窓台に腰かけて、日曜の晴れ着のまま沈痛な表情で煙草を吸っていた。そこにいるものと思っていたのにいないのはリーゼだけだった。

ジェイクがあらわれたとたん、アクセルが大股に近づいてきた。彼は長身でハンサムなスポーツマンで、薄くなりだしたブロンドと、空のかけらを買って作ったのかと思うほど真っ青な目の持ち主だったが、顔立ち全体が与える印象は、いつ見ても悲しそうだった。

「よくきてくれたね、ジェイク」アクセルは誠意をこめて言った。

ジェイクはうなずいただけだった。人が集まっている中でしゃべりたくないのだ。

父が訊いた。「彼女はどこです？」

「エミールの病室ですよ。そばに行けなくてね。誰も行けないんです。ジェイク、リーゼは帰ろうとしないんだよ。だが、帰ってもらわないと困る。エミールには休息が必要なんだ。リーゼと話をしてくれるか？」

ジェイクは無人の廊下の先を見た。

「無理強いすればできないことはないんだが」アクセルはつづけた。「しかしそんなことをすれば、大変な騒ぎになってエミールをさらに動揺させることになる。それだけは避けたいんだよ。リーゼと話をしてくれるね？」

ジェイクはアクセルを見あげてうなずいた。

アリエルがカールのそばを離れてジェイクのそばにしゃがんだ。熱に浮かされたような目をしていた。「ああ、ジェイキー、お願いだからリーゼが騒ぎを起こさないようにあそこから連れ出して。身体を休めてもらわないと」

ジェイクがつぶやくのが聞こえた。「やってみる」

頬にアリエルのキスを受けて、ジェイクは病室のほうへ歩いていった。右には父が、左にはアクセル・ブラントがぴったり付いていた。頭上にそびえるふたりの歩調に遅れまいとする弟を見送りながら、前方に銃殺隊が待っているわけでもないのに、わたしは彼のちいさな肩に重いくびきがのせられているのを感じた。今朝方、わたしは弟を英雄に仕立てようとして、事実に尾ひれをつけてしゃべった。でも、ジェイクがエミール・ブラントの病室に消えたとき、そんなことはするまでもなかったのだと深い愛情とともに悟った。

町の景観を見おろす窓台にすわっていた母の隣に、わたしは腰をおろした。傾斜の急な小高い丘の下方には、日曜の午後のニューブレーメンがのどかに広がっていた。初期に入植したドイツ人たちによって寸分の狂いもなく区画された通りは、今度の月曜におこなわれることはないにしても、父とエミール・ブラントが毎週手合わせしているチェスの盤を連想させた。母がわたしの脚に手を乗せてぎゅっとにぎった。視線をこちらに向けたわけではなかったから、それが言葉によらないなにかの合図なのか、それともその不確かな状態に直面した母を支える役目を自分が果たしているのか、わたしにはわからなかった。

すこしして母がたずねた。「教会での音楽はうまくいった？」

「うん」わたしは答えた。「でも、母さんがいるときほどじゃなかったよ」

母はにこりともせずにうなずいたが、満更でもなさそうだった。

「大丈夫なのかな？　ミスター・ブラントのことだけど」

傍らの四角いガラスの灰皿で煙草をもみ消すと、母はその黒い吸い殻を見つめたままゆっくり答えた。「エミールは複雑な人だわ。でもきっと元気になる」

「なんであんなことをしたんだろう？」他の人たちに聞こえないように、わたしは声をひそめた。「だってさ、有名だし、いろいろすごいだろ。顔の傷のせいなのかな」

「彼はすばらしい人よ、フランキー。顔は重要じゃないわ」

当人にとっては重要かもしれないと思ったが、黙っていた。

ジュリア・ブラントが立ちあがってわたしたちに近づいてきた。黒のパイピングのあるピンクの服を着ていて、ハイヒールもそれに合わせた黒とピンクだった。首には真珠のネックレス、耳にも真珠のイヤリングをしていた。髪は闇夜のような漆黒で、目は冷たい燃え殻のように黒かった。わたしはジュリア・ブラントが嫌いだったし、母もまた彼女を嫌っているのを知っていた。

「ルース」ミセス・ブラントは悲嘆に暮れているように見えた。「なんて恐ろしいことかしら」

「ええ」母は言った。

ミセス・ブラントはバッグから金のシガレットケースを出してぱちんと蓋をあけ、母に差し出した。母は首をふって断った。「結構よ、ジュリア」ミセス・ブラントは煙草を一本抜き、金のケースの蓋の上でとんとんと叩いてからケースをしまって、中央に小粒のサファイアをあしらった金のライターを取り出した。ルビー色に塗られたくちびるのあいだに煙草を差し込み、ライターをはじくようにあけて炎を煙草の先端につけ、今まさに吠えんとする野生動物のように顎をぐっとあげて派手に煙を吐き出した。

「悲劇だわ」そう言ったあと、カールとアリエルが肩を寄せ合っている一角に目をやった。黒い燃え殻の目の底にちいさな炎が宿ったように見えた。彼女は言った。「ある意味、幸運ではあるけれどね」

「幸運ですって？」母の声と顔がひきつった。

「アリエルとカールにとっては、という意味よ。今ならあのふたりは慰めあうことができる。でもあと二、三週間もしたら、ふたりは異なる世界に身を置くようになるわ、離ればなれになって」

「ジュリア」母が言った。「このことで幸運なのは、エミールの試みが失敗に終わったこと、それだけよ」

ミセス・ブラントは煙草を吸いつづけ、うっすらと笑みを浮かべた口からゆっくりと煙が逃げた。「あなたとエミールは昔から親しかったわね。おぼえているわ、わたしたちみんな、あなたはエミールと結婚するんだと思っていた。あなたとわたしは姉妹になっていたかもしれない」彼女はしげしげと母の日曜の晴れ着を眺め、首をふった。「わたしには想像できないわ、牧師と結婚していつもそんな……」ミセス・ブラントはまた煙草を吸いこみ、もうもうたる煙を吐き出してしめくくった。「……そんなぱっとしない服を着ることなんて。もっともあなたはすばらしい生活をしてるんでしょうね、すごく精神的な生活を」

「そしてあなたには百八十度ちがう生活があるにちがいないわね、ジュリア」

「ブラント家の一員でいるのは試練ともいえるわ、ルース、社会への責任があるし」

「大変な重荷ね」母は同意した。

「あなたにはわからないでしょうけど」ミセス・ブラントはためいきを漏らした。

「あら、わかるわ、ジュリア。あなたの顔は苦労の皺でいっぱいですもの。失礼するわ」母はすわっていた窓台から立ちあがった。「きれいな空気を吸ってこないと」

母が待合所から歩き去ると、ミセス・ブラントはもう一度煙草を長々と吸ってから、声を殺して毒づいた。「このあばずれ」そのあと、わたしを見おろすと、薄笑いを浮かべて背中を向けた。

11

ジェイクはリーゼをなだめてエミールの病室から連れ出すことに成功し、父とアクセルと一緒にアクセルのキャディラックでリーゼを自宅に連れ帰った。母はアリエルとわたしを乗せてパッカードでついていった。カールはスポーツカーに母親を乗せて広壮な自宅に帰った。エミールは、誰もが必要だと口をそろえた休息を取るべく、ひとり病院に残った。

アリエルとジェイクはよくエミール・ブラントの家を訪れていたし、協力をいとわなかったから、エミールが帰ってくるまでは彼らがリーゼとともにとどまることが決まった。母はふたりのために一泊分の着替えを詰めてくると言った。全員がひきあげていったあともしばらく、わたしはぶらぶらしてジェイクとアリエルと一緒にいた。

エミール・ブラントの家は、窓にはカーテンがついていたものの、基本的に壁はむきだしだった。目が見えないから、見た目は気にならないのだと思った。リーゼ・ブラントはわたしにはまったくの謎で、どう考えたらいいのかわからなかった。家具は数えるほどしかなくて、しかもかなり離れて置かれていた。アリエルが教えてくれたところによると、ミスター・ブラントが目が見えないから、家具は一度も動かされたことがないとのことだった。本棚はなく、本もなかった。けれども、花があった。たくさんの花が花瓶に美しく活けられてすべての部屋を彩っていた。家の中心はグランドピアノで、かつては食堂だったとおぼしき場所はピアノに占領されていた。エミール・ブラントはここでピアノの練習をし、作曲をするのだとアリエルが教えてくれた。ピアノのそばには高価そうなオープンリール式の録音機が置いてあり、視力を失って楽譜が書けないエミールが作曲するさいに使うのよ、とアリエルが言った。居間には巨大なスピーカーのついたハイファイ装置があって、壁一面の棚にレコードがぎっしり詰まっていた。殺風景な室内にひきかえ、花びらのようにやわらかな椅子のカバーの手触りや、部屋部屋を満たす花の香りや、ステレオのスピーカーから流れて家中にあふれる音楽を考えて、わたしはエミール・ブラントがいまだ失っていない触覚と嗅覚《きゅうかく》による世界を作りあげていることに気づいた。

台所は家の他の部分とは趣を異にしていた。こちらはリーゼの領分だった。広々としてきちんと整えられた台所は色彩にあふれ、奥の壁に設けられた大きなスライド式のドアをあけると、そこは庭と川をみおろす美しいベランダだった。

わたしたちが落ち着いたときには夕方近くになっており、リーゼ・ブラントが夕食の支度に取りかかった。アリエルがリーゼの真正面に立ち、くちびるの動きが読めるように明確な発音で手伝おうかとたずねた。リーゼはかぶりをふって手真似でアリエルを追い出し、ジェイクを手招きして助手にした。わたしたちが台所のテーブルで食べた食事は、母の料理よりおいしかった。フライドチキン、マッシュドポテトとグレイヴィーソース、ニンジンのバター炒め、カボチャの焼いたの、そのすべてがうまかった。目は見えなくてもエミール・ブラントは幸運だと思った。夕食後、アリエルが皿洗いを申し出たが、またもリーゼに追い払われ、ジェイクだけが手伝うことをゆるされた。

日没が近づくとリーゼはつなぎを着て、庭仕事がまだ残っていることをジェイクに知らせた。ジェイクはみるからにやりたくなさそうだったが、承諾した。つづけてジェイクはわたしが手伝うことについてたずね、リーゼはしばしの考慮のすえうなずいた。アリエルは家にとどまり、彼女の弾くグランドピアノの調べが窓から流れてきた。エミール・ブラントの音楽については多少知っていたから、アリエルが彼の作品を弾いているのはまちがいなかった。短調の悲しげで美しい曲だった。リーゼは大きな道具小屋に入って壁からつるはしとシャベルとかなてこをはずし、ジェイクとわたしにひとつずつ渡した。わたしはつるはしを、ジェイクはシャベルを取り、リーゼはかなてこを手に取った。わたしたちが連れていかれたのは、裏の杭垣に沿って新たに土を掘り返した場所だった。庭を広げている途中で障害物にぶつかったのはあきらかで、品評会で特等を取れそうなカボチャぐらいもある岩が新たに広げた場所の真ん中あたりに鎮座していた。それは地中深く埋まっていた。氷河湖の洪水からできた川、リバー・ウォレンがダコタ準州から運んできて以来ずっとそこにあったのだろう。わたしたちはしばらくのあいだあらゆる角度から岩を観察した。

わたしは片手をあげてリーゼの注意をひいた。「これはよけて、そのまわりに植物を植えればいいんじゃないの」くちびるの動きをリーゼが読めるように、注意しながらしゃべった。

リーゼは激しく首をふり、わたしのつるはしを指さして掘るしぐさをした。

「わかったよ」わたしは観念した。「うしろにさがって」

つるはしを持ちあげ、岩のわきの土の上にふりおろした。リーゼとジェイクはさがってわたしのために場所を空けた。地面を砕いて岩のまわりを露出させると、次はジェイクがシャベルでゆるんだ大きな土塊をすくってどけた。わたしたちがこうやって三十分近くがんばっているあいだ、リーゼはそばに立って見ていた。彼女がなにもしないで、わたしたちの努力が期待にそわないとでもいわんばかりに首をふることにわたしはだんだん腹が立ってきた。なにか言ってやろうとしたとき、リーゼがジェイクの肩をたたき、中断の合図をした。リーゼは持っていたかなてこを地面に置いて道具小屋へ行き、東側に積んである石の中からサイズも形もパンの塊そっくりの石を選びだした。それを持って戻ってくると、岩から六インチ離れたところに置いた。かなてこをつかみ、金属の先端部分を岩の下にさしこみ、石を梃《てこ》の支点にして、満身の力をこめて障害物を固い土の抱擁からはずそうとした。強い決意と集中力のせいで、リーゼの顔が激しくゆがんだ。むきだしの両腕の驚異的なたくましさ、皮膚の下で撚《よ》り合わさって浮き出た太く長い血管にわたしは目をみはった。ジェイクとわたしは道具を投げだして岩の両側に膝をつき、渾身の力で岩を動かそうとした。ついに岩が動いた。重すぎて持ちあげるのはとうてい無理だったので、巨大カボチャのような岩をふたりでゆっくりと道具小屋までころがしていき、リーゼ・ブラントが庭作りのためにすでに取り除いておいた他の岩や石に合流させた。作業が終わり、ジェイクは飛びあがって勝利の叫びをあげた。リーゼがかなてこを片手につかみ、勝ち誇ったようにもう片手を空中に突きあげ、およそ人間とは思えないしわがれた長い音を発した。夜ひとりでそれを聞いていたら、ぞっとして足がすくんだことだろう。だがそれが喜びの発露であることは理解できたので、わたしも一緒になって祝った。

そのときだった、わたしがヘマをしたのは。

気分が高揚していたので、わたしはたたえるようにジェイクの肩をぴしゃりとたたき、次いでリーゼ・ブラントにも同じことをやってしまったのだ。手がふれるやいなや、リーゼがかなてこを片手にくるっとふりかえった。すかさず飛びのいていなかったら、あのかなてこに頭蓋骨を砕かれていただろう。赤い夕陽の長い光線がニレの枝の隙間から差し込んで、まがまがしく彼女の顔を照らした。リーゼの目が獰猛な表情を宿し、口が開いたかと思うと、さっき消防士に制止されたときみたいにわめきだした。

わたしはすがる思いでジェイクを見て、絶叫にかき消されないように声をはりあげた。

「どうしよう?」

「どうしようもないよ」ジェイクは言った。リーゼ・ブラントの測りがたい苦痛は自分の苦痛ででもあるというように、ジェイクも苦しんでいるように見えた。「ひとりにしておけば、そのうちやむ」

わたしは必死にリーゼに謝った。「ごめん、リーゼ。悪気はなかったんだ」だが彼女には聞こえていなかった。わたしは両手で耳をふさいであとずさった。

アリエルが家から駆け出してきた。「なにごと?」

「なんでもない」ジェイクが言った。「フランクがリーゼにさわったんだ、それだけさ。またまだったんだ。しばらくしたら落ち着きを取り戻すよ。リーゼは大丈夫だ」

「ここにはいられないよ」わたしは言った。

「行けよ」ジェイクが言った。「行けって」そしてすごい剣幕でわたしを追い払った。

裏の杭垣には門があったので、そこから外に出た。くねくねした小道が丘をくだって、ブラント家の敷地と川のあいだを通る鉄道線路のほうにつづいていた。斜面をくだり、線路を越えて、ハコヤナギの木立を抜けても、絶叫はまだ追いかけてきた。ようやく恐るべき音が聞こえなくなったのは、川の土手をすべりおり、平坦な砂地にたどりついてからだった。心臓の動悸がひどかったのは、走ったせいだけではなく、リーゼのすさまじい絶叫がもたらした恐怖のためでもあって、アクセル・ブラントとその妻ジュリアがリーゼを遠くへ追放したわけが痛いほど理解できた。あそこなら、ニューブレーメンの大部分の住民のところに金切り声は届かない。

ありがたいほど静かな夕闇の中をわたしは川沿いに家路をたどった。川の上でクロアジサシが急カーブを描いて飛んでいた虫をつかまえた。空の雲がフラミンゴの羽の色に染まっていた。ザ・フラッツの一軒めの家にさしかかったとき、ダニー・オキーフや他の子供たちがハコヤナギの木立の向こうで呼びかわしているのが聞こえたが、一緒に遊びたいとは思わなかった。わたしは乾いた干潟を横切ってガマに覆われた砂地に近づいていった。ダニーのおじさんの差し掛け小屋があったところだ。そのとき、丈の高いアシの茂みの奥から誰かが草をかきわけてこっちへむかってくる音がして、わたしはすばやくガマの陰に身を潜め、腹這いになった。まもなく、十フィートほど離れたところを人影が通った。ウォレン・レッドストーンだった。ゆっくりとダニーの家のほうへ歩いていき、川の土手をのぼって見えなくなった。絶対に戻ってこないと確信できるまで様子をうかがってから立ちあがって、あんな大きな音をたてないようにしながらガマをかきわけて歩きだした。あとから思うと、それでよかったのだ。というのは、ウォレン・レッドストーンのちいさな差し掛け小屋がある空き地にたどりついたとき、そのにわかづくりの小屋の前に黒っぽい影がひそんでいるのが見えたからだ。わたしは足音を忍ばせて進み、アシに囲まれた砂地にふたたび腹這いになって、黄昏の薄れだした光の中で目をこらした。

男がひとり四つん這いになっていた。下半身は外に、上半身だけが差し掛け小屋の中に入っていた。中の暗がりでなにかをひっかきまわしていたが、そのまま後ろ向きに出てきて、立ちあがった。暗くなっていたし、ずっとこちらに背中を向けていたので、顔は見えなかった。両手に持ったなにかを調べているようだった。男はふたたび膝をつき、小屋の中に這い戻り、今度は懐中電灯の光線が小屋の闇を貫いた。男がなにをしているのか相変わらず見えなかったが、しばらくするとうしろむきに出てきて立ちあがり、両手とズボンの膝についた砂を払った。男はガマを数本折ると、それを箒《ほうき》のように束ねて自分の痕跡をきれいに消し、地面を掃きながら茂みまであとずさりした。男の手がベルトに伸び、一瞬後に懐中電灯の明かりが砂地を照らした。自分がそこにいた証拠をきちんと消したかどうか確かめているかのようだった。やがて男はきびすを返して町の方角に消えた。

懐中電灯の光の中で、わたしは男の顔を見た。ガスの友達のドイル巡査だった。

わたしが立ちあがったときには、夜の闇が迫っていた。差し掛け小屋に近づき、中をのぞいてみたが、すでに日は落ちたあとで、それがなんであったにせよ、ドイルをああまで夢中にさせたものの正体はわからずじまいだった。ドイルの真似をして自分の痕跡を消すことを考えたが、そんな理由などなかったし、ウシガエルたちのしわがれた求愛の鳴き声が聞こえてきたので、それをしおにわたしは家に向かった。

12

エミール・ブラントが帰ってきたのは次の土曜日、つまり七月四日を三日後に控えた日だった。休養と治療のためツイン・シティーズ（ミネアポリスとセントポールの都市圏全体を指す通称）にある個人病院に移っていたので、そこからアクセルの運転する車で町はずれの農家へ帰ってきた。わたしは父にくっついて、彼らを迎えるために農家へ行った。目が落ちくぼんでやつれた顔をしていたが、エミールは笑顔だった。リーゼはおおはしゃぎでエミールにまとわりつき、さわられるのを忌み嫌うくせに、自分は蝶々のように何度も両手でそっとエミールの両腕や肩にふれた。アリエルはエミールを抱きしめ、長いことしがみついたまま泣いた。

「ぼくなら大丈夫だ」エミールがアリエルに言った。そしてわたしたち全員に言った。「元気になったよ」

アクセルはいったん兄を送りとどけると、すぐに帰った。アリエルとジェイクに手助けの礼を述べ、大きな黒のキャディラックで帰っていった。なんだか、このドラマにおける役目を果たして心底ほっとしているようだった。父もアリエルも休むよう言ったが、エミールはこれまで通りの生活を再開すると言いはって、リーゼにチェス盤を持ってくるよう合図した。

彼と父はゲームの準備をした。

ブラントがアリエルに言った。「今度のことはぼくの回想録の中で興味深い一章になりそうだ、そう思わないか？」

「ふざけるのはやめてください、エミール」アリエルは答えた。

エミールは手を伸ばし、アリエルがその手を握ると、やさしく言った。「事故だったんだよ。とんでもない事故だった、それだけだ。済んだことだよ。さあ、きみは帰らないといけない。充分ここでぼくのためにがんばってくれた」

「いいえ。ここにいたいんです」アリエルは言った。

エミールはうなずいた。視力のない目がアリエルの顔に向けられたその様子は、完全に彼女が見えていると錯覚するほどだった。「そうだね。タイプで起こしてもらわなくちゃならない仕事がある」

アリエルが部屋を出ていって数分としないうちに、書斎の窓から彼女の指がタイプライターの上を踊る音が聞こえてきた。

父とエミールはゲームを開始し、父はわたしに中に入ってリーゼに助けが必要かどうか見てきてはどうかとたずねた。

「ジェイクが手伝ってるよ」わたしは言った。

「おまえにできることがきっとあるはずだ」その口調はわたしの存在が望ましくないことをはっきりと告げていた。

わたしは中に入って台所の入り口に立った。ジェイクとリーゼは棚からものをひっぱりだすのに大わらわだった。手伝おうかと言ってみたがジェイクはいいよと答え、リーゼはわたしを見るなり両手でいらだたしげに追い払う仕草をしたので、その場を離れた。しかたなくぶらぶらと居間に行って、壁に掛けられたきれいな飾り板を眺めた。ウィーンの音楽祭の記念品で、エミール・ブラントの名前が中央に銀で象嵌《ぞうがん》されていた。玄関ポーチが見渡せる窓から駒の動きを伝えるブラントの声と、父がそれに反撃する声が聞こえた。すると父が言った。「ついこのあいだ、きみは幸せだとわたしに言ったぞ、エミール。何があったんだ？」

「何があったかって？　スコッチを飲みすぎて、大量の睡眠薬を摂取した。事故だったんだよ、嘘じゃない」

「信じないね。そんなことは誰も信じないよ、エミール」

「きみやみんなが信じてくれなくてもぼくはかまわないよ、ネイサン」

「われわれはきみのことを心配しているんだ」

「それが本当なら、この話題はこれっきりにしてもらいたいな」

「そしてもしまたきみがうっかり大量の睡眠薬を摂取したら？」

ブラントは長いこと無言だった。わたしに聞こえたのは台所でジェイクが笑う声と、アリエルの指がタイプライターのキーを叩く音、遠くで列車が川沿いの線路をやってくる低い轟《とどろ》きだけだった。列車の通過にともなって家がほんのかすかに揺れ、やがて静かになるとエミール・ブラントが口を開いた。「もういっぺんやる勇気はないよ、ネイサン」

「だがなぜなんだ、エミール？　どうしてあんなことを？」

ブラントが苦々しげな笑い声をあげた。「きみは実に満ち足りた人生を送っている。わかるはずがない」

「きみにはきみの豊かさがあるじゃないか、エミール。たとえばきみの音楽だ。それはすばらしい恵みじゃないのか？」

「秤《はかり》にかければ音楽の持つ重みなんてたかがしれてる」

「それじゃ秤の反対側にずっしり載っているものとは何なんだ？」

ブラントは答えなかった。代わりに彼は言った。「今日はチェスはもうたくさんだ。そろそろ休みたい」

「エミール、話してくれ」

「たくさんだと言ったろう」

ブラントが立ちあがってドアのほうへ歩きだすのが聞こえた。

あわてて台所に移動すると、ジェイクが粉まみれになっていて、リーゼが大きなこね台で生地を伸ばしているところだった。居間から父の呼びかける声がした。「おまえたち、そろそろ帰る時間だぞ」

ジェイクが身振りで知らせると、リーゼはがっかりした顔をしたが、あきらめてうなずいた。ジェイクは服についた粉をはたき落として、台所の入り口に立っていたわたしのほうにやってきた。

エミール・ブラントは胸の上で腕組みをして居間に立っており、早くわたしたち全員から自由になりたがっているように見えた。ジェイクとわたしが別れを告げると、そっけなくうなずき返しただけだった。わたしたちはスクリーンドアを押さえて待っていた父のそばに急いだ。

「きみのために祈るよ、エミール」父が言った。

「一ペニーを願いの井戸に投げ込むぐらいの効果しかないさ、ネイサン」

わたしたちは重い足取りでパッカードに向かい、車のそばまできたときわたしは言った。

「父さん、ジェイクとぼくは歩いて帰ってもいい？」

ジェイクがすばやく物問いたげな目でわたしを見たが、なにも言わなかった。

「かまわないよ」父の返事は上の空だった。ブラントの家をじっとふりかえっていて、わたしは父がいましがた友人と交わした会話に心を乱しているのがわかった。「道草を食うんじゃないぞ」父は車に乗り込み、走り去った。

「なんで歩いて帰るんだよ？」ジェイクが不平を言った。

「川のそばにずっと見たいと思ってたものがあるんだ。こいよ」

早くも気温があがって蒸し蒸ししており、草むらを蹴るように線路へ斜面をくだっていくと、バッタたちが不満げなうなりをあげてわたしたちの前で跳ねた。ジェイクも不満げな声をあげた。「どこへ行くんだよ、フランク？」

「すぐにわかる」

「つまらなかったら怒るからな」

わたしたちは線路を越えてハコヤナギの木立を抜け、川にぶつかるとザ・フラッツのほうへ歩きだした。

「どこに行くんだよ？」

「言っただろう、すぐにわかるって」

ジェイクは突然わたしの目的地に気づき、必死に首をふった。「フランク、あそこへ行っちゃだめだよ」

わたしは人差し指を口にあてて弟を黙らせ、一面のガマの中をできるだけ音をたてずに進みはじめた。ジェイクはためらい、土手のほうへ歩きだしたが、また立ちどまり、あきらめたようにわたしのあとについてきた。空き地のそばまでくると、わたしは四つん這いになって獲物を狙う動物のようにそっと前進した。ジェイクがわたしの行動を真似た。空き地は人《ひと》気《け》がなく、差し掛け小屋は無人だった。たっぷり一分間様子をうかがっているあいだ、トンボがじっとりした朝の空気を切ってわたしたちのまわりを飛び交った。ようやくわたしは立ちあがった。

ジェイクが言った。「やめたほうがいいよ」

「静かに」わたしは命令した。

差し掛け小屋の前まで行って膝をつき、薄暗い中に這いこんだ。自分がなにを捜しているのかよくわからなかったし、最初は見るべきものなどなにもなさそうに思えた。そのとき、片隅の砂がちょっと盛りあがっているのに気づいた。すこし掘ってみると、すぐに高さが一フィート、直径が八インチぐらいのおおきなブリキ缶があらわれた。白いぼろ布をかぶせて輪ゴムで留めてある。缶を砂から掘り出して、ジェイクが不安そうに立って見ている日差しの中へ持ち出した。輪ゴムをはずし、ぼろ布を取りはらって中をのぞきこんだ。いろいろなものが入っていた。最初にわたしが取り出したのは丸めた雑誌だった。《プレイボーイ》だ。この雑誌のことは知っていたが、実物を見たのははじめてだった。口をぽかんとあけたまま数分間かけてそれをめくった。ジェイクも肩ごしにのぞきこんできた。名残惜しかったが、それを脇に置いてふたたび缶の中をあさった。ミッキーマウスの腕時計があったが、ミッキーの片手がなくなっていた。わたしの親指ほどの陶製のカエルがあった。バックスキンの服を着たちいさなインディアン人形、貝殻の飾りがついた象牙の櫛、パープルハート勲章。こうした雑多な品物の中にかつてはボビー・コールのものだった眼鏡と、死んだ男が持っていた写真がまじっていた。大部分はがらくただったが、ダニーのおじさんにとってはあきらかに価値のあるものだった。ドイルは缶の中身にどんな関心があるのだろうといぶかしんだ。

「一体なんなの？」ジェイクがたずねた。

「さあわからない」

「ダニーのおじさんが見つけたものなのかな、どう思う？」

「それか、盗んだのかもな。あれを何本か取ってこい」わたしはガマのほうに顎をしゃくった。

「なんのために？」

「いいから」

ジェイクが言われたとおりにしているあいだ、わたしはすべてのものを缶に戻し、《プレイボーイ》をしぶしぶ戻して、ぼろ布で蓋をし輪ゴムをはめて差し掛け小屋の隅の穴に入れて、見つけたときのように砂をかぶせた。ジェイクがガマを六本ばかり持ってきたので、ふさふさした穂先が箒になるようにひとつに束ねた。数日前にドイルが作るのを目撃したあの箒だ。

わたしはジェイクに言った。「ぼくたちがきた道をたどって引き返すんだ」きた道を戻るジェイクのあとを追いながら、わたしは自分たちがそこにいた痕跡を砂から消すことに努めた。

13

ジェイクとわたしが祖父の家で土曜日の庭仕事を終えて帰宅すると、ダニー・オキーフが電話をかけてきた。彼の家でリスク（戦略ボードゲームの一種で、世界地図を舞台に世界征服をめざして競いあう）をやらないかという。参加者はダニーと、もうひとりリー・ケリーという子だった。いいやつだが歯を磨かないので息が腐ったキャベツみたいにくさい。いつもとちがってわたしたちは食卓でゲームをした。普段は地下室だった。リスクをやるとき、ジェイクはいつも静かな熱意を持って行動した。オーストラリアに潜伏して、インドネシアに軍勢をエヴェレストみたいに高く積み上げ、彼の大陸を占領しようとするまぬけを陥れた。つまりわたしのことだ。わたしはアジアに軍勢を展開させてから、意地悪くジェイクの要塞の破壊を狙った。狙いは失敗し、ジェイクは次の番がまわってくると、わたしの軍勢をさんざんやっつけてから、ちいさなオーストラリアの安全地帯に退却した。そのあと、ダニーとリーがアメリカとアフリカからわたしを攻撃し、ものの三十分足らずでわたしは降伏し、カードは全部ジェイクにとられた。総じてわたしはやりかたが性急で作戦がずさんだったが、内心ではすこしぐらい無茶をやってなにが悪いんだ、と思っていた。くだらないボードゲームなら、なおさらじゃないか。

あとの三人がゲームをつづけるのをしばらくぶらぶらしながら見ていたが、退屈だったので、冷蔵庫から葡萄味のネヒをもらっていいかとダニーにたずねた。炭酸飲料の瓶を取り出したとき、地下の階段のほうからツインズの試合の放送が聞こえてきたので、なんとなくそっちへ近づいていった。オキーフ家の地下室は黒っぽい羽目板仕上げだった。ソファがひとつと、ぽんこつの荷車の車輪を再利用したみたいなサイドテーブルがいくつかと、スタンドがふたつあった。スタンドには回るシェードがついていて、面積のちいさい服を着た美人の絵が描かれており、わたしたちがリスクや他のゲームを地下室でやるのが好きな理由のひとつだった。ソファにすわってテレビで野球を見ていたのは、ダニーの大おじさんだった。髪にはきちんと櫛目が通り、清潔な格子縞のシャツとチノパンツ、それにローファーという格好だった。死んだ男のそばにすわっていた日とはまるで別人だった。

わたしが階段をおりきったとき、彼は画面からちょっと目を離してわたしに言った。「ツインズがこてんぱんにやられてる」黒い目にはなんの感情もなく、わたしに気づいた様子もなかった。

「何回？」わたしは訊いた。

「八回の裏だ。奇蹟でも起きなけりゃ終わりだよ」ブラント印の缶ビールを持っていて、一口すすった。わたしがあらわれてひとりの楽しみを邪魔されたことをなんとも思っていないらしかった。「名前はなんだ？」

「フランク・ドラム」

「ドラム」彼はまた一口ビールを飲んだ。「ドラムとはどういうたぐいの名前だ？　インディアンでもおかしくない響きじゃないか」

「スコットランド系だよ」

うなずいたとき、キルブリューがホームランを放ち、ダニーの大おじさんはわたしのことを忘れたようだった。

球場の興奮がおさまるまで待ってから、訊いた。「あの写真、どうなったの？」

「写真？」彼はいぶかしげに目を細めてわたしを見た。

「ぼくたちが死んだ男の服から見つけた写真」

「それがおまえとどんな関係がある？」

「ちょっと思っただけさ。ぼくたちが男を埋葬したとき、誰も名前を知らなかったんだ。だからあの写真があれば助けになるかもしれないと思ったんだよ」

大おじさんはビールを置いた。「そのことを誰かにしゃべったか？　おれのことを？」

「しゃべってません」

「どうして？」

「わからないけど」

「おれがあの死んだ男となにか関係があったと思うか？」

「ううん」

彼はわたしを凝視し、わたしはぬるくなっていく葡萄味のネヒを持ったまま、その場に立っていた。ようやく彼は言った。「写真がほしいのか？」

「たぶん」

「それをどうする？　警察に渡すのか？」

「たぶん」

「どこで見つけたと訊かれたら、なんと答える？」

「ぼくが見つけたって。構脚橋のそばで」

「行っちゃいけないはずの場所でか」

「行ったっていいんだ」

「ダニーからおれが聞いたこととちがう」

ダニーがわたしの行動を大おじさんに報告しているのかと思って、背筋がひやっとした。

「刑務所に入ってたと聞いたけど」わたしは言った。

「誰に聞いた」

「ただ聞いただけだよ。本当なの」

「真実の一部にすぎん」

「じゃ、他の真実って」

「おれが刑務所にいた理由を聞いたか」

「ううん」

「それが他の真実だ」

「ふうん」

「ウォ・イョキヒ」

「どういう意味？」

「責任という意味だ。おれたちスー族には、過去が嘘によってねじまげられないようにする責任がある。白人同士が口裏を合わせておれたちにつく嘘によってな。おまえ、一八六二年にダコタ族がここの白人と戦った戦争のことを知ってるか」

「うん。おじさんたちの側がニューブレーメンを襲撃してたくさんの入植者を殺したんだ」

「なぜおれたちがそんなことをしたか知ってるか」

実は知らなかった。それがインディアンのすることだと信じていたが、そうは言わなかった。

「おれたちの民は餓死寸前だった」レッドストーンは言った。「白人がおれたちの土地に勝手に入りこみ、おれたちの牧草を彼らの動物に食わせ、おれたちの木々を切り倒して家を建て、おれたちがまだ持っていた数すくない鳥獣を撃った。作物は実らず、冬は厳しかった、とても。おれたちは双方が署名した協定にのっとって、白人が約束した食べ物を求めた。飢えているおれたちに連中がなんて言ったかわかるか。こう言ったんだ。『草を食ってろ』あ、おれたちは戦ったさ。食べ物を求めて戦った。約束が守られなかったから戦ったんだ。白人のブーツで踏みつぶされまいと戦った。草を食えとおれたちに言った男、そいつは殺されたよ。おれたちの戦士がそいつの口に草を突っ込んだ。おれたちがやろうとしたのは所詮見込みのないことだった。なぜなら、白人には兵隊と銃と金、それにすべての嘘を繰り返す新聞がついていたからだ。結局、おれたちはすべてを失って、ここから追い払われた。おれたちの戦士のうち三十八人は一日のうちに木から吊り下げられ、それを見た白人たちは歓呼の声をあげた」

なにを信じたらよいのか、わたしにはわからなかった。学校で習った蜂起事件は、それとは異なる解釈だったが、わたしは教室で与えられるものについてはいつも割り引いて考えるようにしていた。学校が好きな場所であったことは一度もなかったし、教師からかわいがられる生徒だったことはいっぺんもなく、彼らの多くはわたしが質問をしすぎる、それもときどき生意気な口調で質問をすると批判的だった。保護者面談は冷や汗ものだった。アリエルとジェイクはちがった。彼らは褒められてばかりいた。

「それがおじさんと刑務所とどんな関係があるの」わたしは訊いた。

レッドストーンはビールを飲み干すと立ちあがって隅の小型冷蔵庫に近づき、ブラント印のビールをもう一缶取り出し、缶切りで穴をあけた。そして長々と缶を傾けた。そのときはじめてわたしはまっすぐに立った彼を間近で見、その背の高いこと、六十にはなっているであろう年齢の割にたくましいことに気づいた。彼は色褪せた赤煉瓦色のばかでかい手の甲で口をぬぐった。

「おれは真実を話したんだ。そのせいで、厄介者のレッテルを貼られて刑務所にぶちこまれた」

「アメリカでは厄介者だってだけで刑務所に入れたりしないよ」わたしは言い返した。

彼はわたしをじっと見おろした。怒れるスー族の戦士と対決して殺された入植者の恐怖がわかる気がした。感情を抜き去った声でレッドストーンは言った。「白人が処罰を免れるときの、それが決まり文句だ」

ダニーが階段の上から呼びかけてきた。「ねえ！　ゲームは終わったよ。泳ぎに行かないか」

ウォレン・レッドストーンは怒りに満ちた暗い目で、一瞬わたしを金縛りにしたが、やがて言った。「行って遊んでこい、白人の子供」彼はわたしに背を向けた。

14

ニューブレーメンに泳ぐところは三カ所あった。ひとつは公営プールだ。混んでいて、やかましくて、監視員がいつも笛を吹いている。ふたつめはカントリークラブだったが、金がないと話にならないし、さもなければ友達が金持ちである必要があった。三つめは町の南にある古い石切り場だった。何年も前に地下からの湧水が巨大な穴を満たしたときに閉鎖されていたが、水の噴出があまりに速かったため、掘削機械の大部分はそのまま置き去りになった。深くもぐれば、今でも水底で眠る怪物のような機械の形がぼんやりと見わけられると噂されていた。石切り場はフェンスで囲われていて、立入禁止の立て札が立っていたが、誰も気にとめなかった。親たちは近づかないよう警告していたが、暑い夏の日は、そこがわたしたちのお気に入りの目的地のひとつだった。従順なジェイクですら、両親の警告を無視していつもわたしたちにくっついてきた。

ジェイク、ダニー、リー、そしてわたしの四人は自転車でニューブレーメンを抜け、町の境界を越えたあと、西へ方角を変えて、雑草の生い茂る土の轍《わだち》の上をさらに一マイル走った。石切り場は一列に並んだカバノキの向こう側にあり、そのせいでいっそう他から孤立した雰囲気を漂わせていた。切り出されていたのは赤い花崗岩で、石切り場の周囲一帯には建設に向かない赤い屑石が乱雑に散らばっていた。今もあの石切り場を思い浮かべるたびに、心なくも深く傷つけられた場所だったと感じる。自転車をとめたとき、石切り場に入るのにみんなが使う金網のフェンスの破れ目の近くに、三十二年型の黒のデュース・クーペを見つけて、わたしは落胆した。砕かれたヘッドライトとテールライトは新しくなっていた。

「モリス・エングダールの車だ」ダニーが言った。

「アヒルでもいじめてるんだろ、ここで」わたしは言った。

がっかりしたジェイクは回れ右をした。「帰ろう」

ダニーとリーも自転車の向きを変えた。

「おれは帰らないぞ」わたしは言った。「ここには泳ぎにきたんだからな」わたしは金網まで自転車を押していき、スタンドをおろした。

ジェイクが口をぱくぱくさせたが、言葉は出てこなかった。空気を吸おうとしている魚そっくりだった。

「どうしよう」ダニーは自転車にまたがったまま、どっちつかずの様子であとのふたりを見た。

リーが言った。「ほんとに行くのか？」

「まあ見てろって」わたしは金網の破れ目をくぐって、踏みしだかれた草の小道をゆっくりと歩きだした。すぐに、あとの三人が追いかけてくるのが聞こえた。

石切り場の西端に大きくてひらべったいテーブル状の赤い花崗岩がある。高さは水面から六フィート、まわりをぐるりと囲むヤナギの木が視界をさえぎっている。真下の水は深くて、飛びこんでもなにかにぶつかる心配はないし、水からあがりたくなったら岩の表面に天然の階段があって足場になるので、泳ぐには絶好の場所だ。ヤナギのほうから音楽が聞こえてきた。ロイ・オービソンがうたう『ランニング・スケアード』がトランジスター・ラジオからキンキン響いてくる。わたしたちは一列縦隊になり、無言で歩を進めた。ヤナギのあたりにさしかかると、わたしは片手をあげてとまれの合図をし、自分だけそろそろ前進した。

その平らな岩棚の上に広げた大きな毛布の上に、彼らが寝そべっていた。白い水泳パンツをはいたモリス・エングダールが赤い水着にブロンドの長い髪の女の子に身体をへばりつかせていた。クーラーボックスの上に瓶ビールが二本とトランジスター・ラジオが載っていて、今度はデル・シャノンの『悲しき街角』が流れてきた。ヤナギの木陰からじっと見守るうちに、モリス・エングダールの左手が女の子の右の乳房の上を大きな白い蜘蛛みたいに這って水着の生地をもみはじめた。それに応えて彼女が背中を弓なりにそらし、エングダールに強く身体を押し付けた。

音をたてないようにしていたのだが、なにか聞きつけたにちがいなく、エングダールがわたしたちのほうに頭をめぐらせた。「くそっ、屁こきのフランクじゃないか。それにハウディ・ド、ド、ド、ドゥーディと仲良しのふたりか。たっぷり拝んだかよ？」

「ぼくたちは泳ぎにきただけだ」わたしは言った。

モリスは女の子の上にのしかかったままだった。「おれたちのほうが先にきたんだ。だから消えな」

「場所ならいっぱいあるじゃないか」

「い、い、い、行こうよ」ジェイクが言った。

「そ、そ、そ、それがいいぜ」エングダールが笑った。

「行こう、フランク」ダニーが言った。

「いやだ。ぼくたちだってここで泳げる。場所はいくらだってあるんだ」

エングダールが首をふり、やっと女の子からころがって離れた。「おれが見るかぎりじゃふさがってる」

わたしはみんなについてくるよう身振りした。「向こう側へ行こう」

「あの子たちがいるんじゃいやよ、モリー」女の子が言った。起き上がったところを見ると、赤い水着に包まれた乳房が円錐形の道路工事のコーンみたいに大きく突き出していた。赤く塗られたくちびるが不服そうにとがっていた。彼女はクーラーボックスに載ったビールの一本に手を伸ばした。

「聞いただろう」エングダールが言った。「うせろ」

「そっちこそうせろよ」わたしは言った。「ここは自由の国だ」

「このがきども、誰なのよ、モリー」

「あいつはアリエル・ドラムの弟さ」

「アリエル・ドラム？」牛の糞で作ったサンドイッチにかぶりついたみたいな表情が、女の顔に浮かんだ。「へぇ、あのすべたの」

「姉さんはすべたじゃない」わたしは利口ぶって言い返したが、その言葉がどういう意味なのかさっぱりわからなかった。

「よく聞け、このクソちび野郎」エングダールが言った。「てめえの姉ちゃんがやらせてるのが金持ちのぼんぼんだからって、姉ちゃんがすべたじゃないってことにはならないんだよ」

「誰にもやらせてなんかいない」わたしはこぶしを固めてエングダールのほうに一歩踏みだした。そして女に吐き捨てた。「すべたはそっちじゃないか」

「あたしがあんなこと言われて、黙ってるつもり、モリー？」

エングダールが裸足のまま立ちあがった。やせっぽちでビスケットの生地みたいに生っ白かったが、背は頭ひとつ分わたしより高くて、喧嘩も場数を踏んでいただろうし、わたしの顔を殴ってこてんぱんにするのをすこしもためらっていないように見えた。怖くなってわたしはとっさにふたつの道を考えた。ひとつは逃げること。もうひとつが、わたしのやったこと、つまりは攻撃だった。腰を落として、わたしはモリス・エングダールに頭から突っこんだ。百三十ポンドの全体重をかけ、ありったけの力をこめて腹に体当たりした。エングダールは不意をつかれ、わたしたちはもつれあって水に落ちた。飲んだ水を吐きながら水面に浮かんだわたしは急いで岩に泳ぎつき、エングダールに飛びかかられないうちに岩をよじのぼった。仲間が立っているところへもがくように戻り、エングダールがすぐうしろに迫っているものと思ってぱっとふりかえった。彼はいなかった。まだ水中で死にものぐるいで水をばしゃばしゃやっていた。

「彼、泳げないのよ」女がわたしたちに向かって叫んだ。彼女は膝立ちになり、水面のほうへ身を乗り出した。乳房があらかた丸見えになり、一瞬、その光景のほうがモリス・エングダールの運命うんぬんよりもはるかに魅惑的だった。次の瞬間ジェイクが八フィートはあろうかという枯れたヤナギの枝をわたしの目の前でふった。わたしはそれをつかんで岩のはじに駆け寄り、エングダールのほうへ伸ばした。

大声で叫んだ。「つかめ！」

彼は白目をむいていた。両腕がたたく周囲の水からダイヤモンドのようなしぶきが飛び散った。激しく咳き込んでいて、助かろうという意識すらなくしているのではないかと不安になった。だが、エングダールはどうにか枝の先端をつかんだ。わたしがひっぱると、女も枝をつかんで一緒にひっぱり、わたしたちは力をあわせてエングダールを岩まで引き戻した。

彼は長いこと水中につかったまま岩にしがみついていたが、息が正常に戻るとのろのろと岩をよじのぼりはじめた。半ズボンとTシャツとスニーカーから水をしたたらせてわたしが立っている岩のてっぺんまでたどりついた。わたしたちはみな黙ったまま、じっとエングダールを見つめた。息づかいは深く耳障りで、目は血走っていた。彼は顔の前に垂れた長くて黒い髪を払いのけた。

そしてわたしに飛びかかってきた。大きな手でわたしのTシャツをつかみ、薄い綿の生地から水がしたたるほど激しくしぼりあげた。口はきつく結ばれていて、その口でしゃべれることにわたしはびっくりしたが、彼はこう言った。「殺してやる」

わたしはエングダールの顔と青い目をのぞきこんだ。脅しと敵意に満ちた目に理性のきらめきはかけらもなく、わたしはもうだめだと観念した。

「フランクをは、は、放せ！」ジェイクがわめいた。

するとわたしの仲間が声をそろえた。「放せ！」

悩殺的な乳房の女が叫んだ。「モリー、やめて！」エングダールが答えずにいると、女がそばにきてわたしたちに身体を押し付けた。エングダールの両手をわたしのシャツから離すために、ふたりの間に割ってはいろうとしたのだろう。それは妙に現実離れした一瞬だった。死がのぞきこんでいるのに、わたしが感じたのは、乳房が肩に押し付けられる温かな圧迫感だけだった。死ぬ前に天国を垣間見るのを許可されたみたいで、もうどうなってもいいような気持ちになった。「モリー」彼女が喉の奥から発した甘い声がその場にいた男全員の中に潜むなにか性的な原始の本能に語りかけた。「モリー、ベイビー、彼を放してやって」

エングダールはいろんなものの寄せ集めだった。冷酷。無知。無神経。自己陶酔。そしてそのときは当惑し、憤っていた。だが、まだ十九歳でもあって、他のあらゆる要素の頂点に立つひとつを、ブロンドは押さえこんだ。わたしはエングダールのこぶしがゆるんでTシャツを放すのを感じた。馬の鼻息のような深い息を吐くと、彼はうしろにさがった。女もうしろにさがり、モリス・エングダールが目をそらせなくなるようなセクシーなポーズをとった。それがきっかけだった。わたしはふたたび容赦なく彼にどんと突き当たった。エングダールはうしろへよろめき、またも岩から水中に落下した。岩の端から見おろすと、もがきながら水をはねかえしていたが、今回は自分で岩をつかむことに成功し、身体をひきあげはじめた。

わたしは叫んだ。「逃げろ！」そして回れ右をするとみんなを従えて石切り場から逃げ出した。悪魔に追いかけられているかのように、わたしたちは猛スピードで走った。踏みしだかれた小道までくるとフェンスめざして突っ走り、破れ目から外にもがき出て、自転車に飛び乗り、がむしゃらにペダルを漕いで町までの道に出る轍を進んだ。

「つかまっちゃうよ！」ダニーが必死にペダルを漕ぎながら叫んだ。「ひき殺されるよ！」

本当にそうなりかねなかった。デュース・クーペでなら、ものの数分で追いつくだろう。「ついてこい！」わたしはそう怒鳴ると轍をはずれて、石切り場と道路のあいだの草ぼうぼうの空き地に突っ込んだ。無人の空き地に積まれた屑石の山のひとつめざして死にものぐるいでペダルを漕ぎ、その背後に飛びこんで自転車を草むらに倒して隠した。あとからきたダニーとリーとジェイクも同じようにし、わたしたちは飛びだしそうな心臓をかかえて積み上げられた石山のうしろにうずくまった。一分もしないうちにカバノキの列のうしろからフォードのエンジンのうなりが聞こえてきた。エングダールがハンドルを握り、ブロンドを助手席に乗せたデュース・クーペが飛ぶように通りすぎた。車体の長さいっぱいに炎を描いた黒の改造車は舗道を叩き、けたたましい音をたてて町のほうへ左折して見えなくなった。四人の少年を追跡するエングダールの復讐はその日は実現しそうになかった。

わたしたちは顔を見合わせて、ようやくとめていた息を吐き出し、笑いながら草むらに仰向けに倒れこむと安堵と勝利の雄叫びをあげた。寄せ集めのモリス・エングダールをわたしたちは出し抜いたのだった。乱暴。卑劣。執念深い。そしてあの夏の午後のわたしたちにとってなによりも重要な要素は、ありがたくて涙が出そうなぐらいのまぬけ、だった。

15

その晩、母とアリエルは聖歌の最後のリハーサルのためパッカードで出かけた。アリエルが作曲した聖歌はルター公園でおこなわれる独立記念日のお祝いのハイライトになる予定だった。父は午後、町の聖職者仲間でカトリックのピーター・ドリスコル神父とテニスをしていた。父は彼をピートと呼び、わたしたち家族はピーター神父と呼んでいた。試合後、父はピーター神父を食事に招いたが、母とアリエルが留守だったので、〈ワゴン・ホイール・ドライブイン〉で焙り焼きのチキンと、フレンチフライと、コールスローを買ってきて、家族の男全員がピーター神父と一緒に台所のテーブルで気取らない晩ご飯を囲んだ。

わたしはピーター神父が好きだった。若くて、冗談好きで、ハンサムで、赤毛の神父は、《ライフ》の表紙で見たことのあるケネディ大統領を思い出させた。ノートルダム大学の野球チームでショートを守っていたから、野球の試合の話になると饒舌《じょうぜつ》になり、ツインズの話では大いに盛りあがった。食事がすむと、ジェイクとわたしは皿洗いをやらされ、そのあいだ父とピーター神父は白いテニスウェアのまま玄関ポーチに出て、腰をおろしてパイプをくゆらした。

後片付けが終わると、ジェイクが言った。「なんかやりたいことある？」

「さあな」わたしは言った。「ないよ」

ジェイクは作りかけの飛行機の模型のつづきをやろうと二階にあがった。わたしはガスのところへ行ってダニーのおじさんのことか、モリス・エングダールのことをしゃべろうかと思った。他にも誰かにしゃべりたいことがあった。石切り場での出来事以来、気になっていることがあったが、ガスが話し相手としてふさわしいのかどうかよくわからなかった。どのみち気にすることはなかった。正面の窓から外を見たら、ガスのオートバイが教会の駐車場になかったからだ。スクリーンドアを通して父とピーター神父の話し声が聞こえてきた。神父は言っていた。「ぼくは耳にしたことをお伝えしているだけなんですよ、ネイサン。ニューブレーメンは小さな町だし、住民はおしゃべりですからね」

「カトリックのきみの信徒がメソジストの牧師の妻の噂をするのか？」父はちょっとおもしろがっているようだった。

「ぼくの教区民はどんなことでも、誰のことでもしゃべりますよ、ネイサン。何人かはルースの幼なじみですから、彼女が牧師と結婚していると知って意外だったんでしょう。ぼくの理解するところ、若い頃はかなり情熱的で大胆な女性だったみたいですね」

「今でもだよ、ピート。だが、結婚したとき、わたしは牧師じゃなかった。彼女が結婚したのは、法廷を湧かせ、何百万ドルも稼ぎだす気でいたうぬぼれ屋の法学生だったんだ。戦争が、まあ、状況を変えたわけだ。ルースは今の生活に同意したわけではなかった。だが、精一杯やっているよ」

「しかし飲酒をしますね、ネイサン」

「自宅にいるときだけだ」

「煙草も吸う」

「これまで見たどの映画でも出てくる女性は全員煙草を吸ったよ。わたしの信徒の女性の多くがこっそり煙草を吸っている。ルースは隠さないだけさ」

「一番まずいのはWSCSの活動を避けているという噂です」

WSCS、キリスト教婦人奉仕団は教会の重要な組織で、父の信徒の女性たちはみずからの奉仕活動に大きな誇りを持っていた。

「ルースは三つの教会の音楽プログラムに全精力を傾けている」父は言った。「家内の心はそこにあるんだ」

「ぼくを納得させる必要はありませんよ、ネイサン。ぼくはルースが好きだし、彼女の意気を愛していますからね。この地域社会のため、あなたが勤める教会のために、彼女が音楽面で達成したことはまさに奇蹟にほかならないと思ってます。でもぼくはあなたの信徒のひとりじゃないし、あなたの担当地区の監督者の耳にゴシップを吹き込んでいる本人でもありません」

ポーチがしんと静まり返った。そのとき列車の警笛が聞こえ、ここから一ブロック離れた線路を貨物列車がたっぷり一分かけて騒々しく通過していった。列車が行ってしまうと、父が言った。「ルースは絶対に変わらないよ。わたしも変わってくれと頼むつもりはない」

「彼女を諭すべきだと言ってるわけじゃありません。町民がどんな噂をしているか知りたいかもしれないと思っただけです」

「それなら知っているよ、ピート」

「ああ、ネイサン、女性より教会と結婚するほうがはるかに気楽ですよ」

「しかし教会はむずむずする背中を掻いてくれないし、寒い夜にきみに寄り添ってもくれないぞ」

ふたりはそろって笑い声をあげ、ピーター神父が言った。「そろそろおいとましましょう。夕食をごちそうさまでした」

それからすこしたってから、わたしは父にザ・ハイツへ行ってくると告げたが、理由は言わなかった。父は読んでいた本から目をあげた。「暗くなる前に帰っておいで」

家を出てタイラー通りを歩きだすと、ほどなく後方の舗道をスニーカーが叩く音が聞こえて、ジェイクが走ってきた。

「どこに行くの？」弟はちょっと息を切らしていた。

「中心部。ガスを捜しに行く」

「ぼくも行っていい？」

「好きにしろ」

ジェイクはわたしの隣に並んだ。「モリス・エングダールのことをガスに話すの？」

「たぶん」

「ぼく考えてたんだよ、フランク。彼にあやまったほうがいいんじゃないかって」

「エングダールにか。ふざけるなよ」

「あいつに見つかったら、ひどいめにあわされるかもしれないよ」ジェイクは一瞬言葉を切ってから、付け加えた。「ぼくだって」

「おまえは心配しないでいい」わたしは言った。「あいつを水中に突き落としたのはおれなんだ」

線路を渡るとき、ジェイクは石を拾って踏切の標識めがけて投げた。石はちいさな銃声のような小気味のいい音をたてて命中した。「あいつにハウディ・ドゥーディって呼ばれると頭にくる」

そのあとわたしたちは黙りこみ、それぞれの考えにひたった。わたしが考えていたのはジェイクの身の安全だった。さっきは一蹴したものの、ジェイクが怖がるのも無理はなかった。モリス・エングダールは誰かに恨みを持ったら、そいつの弟を嬉々としてぶちのめす男に思えた。わたしたちはタイラー通りから大通りに入り、町の商店街へ向かった。あと数分で八時という時間帯で、太陽は木々の枝にひっかかり、斜めに芝生に差し込む黄色っぽいオレンジ色の光は弱々しかった。わたしたちが横切った通りの先からときどき花火のあがる音がして、打ち上げ花火やロケット花火がパンパンと鳴っていたが、それをのぞくとあたりはひっそりしていた。わたしが考えていたのはモリス・エングダールのことだけではなかった。彼とそのガールフレンドが言ったアリエルはすべただという悪口についても考えていた。その言葉が気に食わなかった。ひびきがいやだったし、それが自分の舌先から飛びでたときの感じも、その言葉によって自分の頭の中のある場所が封印を解かれたことも気に入らなかった。わたしの推測がおよぶかぎりでは、〝すべた〟は男たちと寝る女、それも特にモリス・エングダールみたいな気味の悪い男と寝る女のことだった。その行為をその方法でアリエルに結びつけようとするだけで、気持ちが悪くなった。

わたしはセックスに無知ではなかった。だが、単純にセックスは結婚した夫婦のすることで、結婚もしていないのに性行為にふける男女は多くの点で破滅する運命だと思っていたし、いかなる点においてもアリエルがそういう運命だとは思えなかった。にもかかわらず、新たに生じた思考の暗い隅には、わたしが無造作にしまいこんでおいたことがいくつかあった。アリエルの夜更けのあいびき。突然ニューブレーメンを離れて、長年の夢だったジュリアードへ行くのを渋りだしたこと。つい最近ひとりでいるところを見つけたときの、謎の涙。石切り場をあとにしてから数時間のうちにわたしは、アリエルがカール・ブラントを愛しているだけではなく、ことによると彼と寝てもいるのかもしれないと思いはじめていた。十三歳のわたしはその思いをどうしたらいいのかさっぱりわからなかった。

そのとき、わたしの物思いから悪魔が呪文で呼びだしたかのように、カール・ブラントがルーフをさげた赤いトライアンフをわたしたちに横付けした。

「やあ、ボンクラくんたち」カールは親しみをこめて呼びかけてきた。「どこへ行くんだい?」

わたしはカールを見つめ、自分の家族の生活にカールが存在するという新たな地図を描こうとしてみた。疑いの余地もなくあきらかなのは、わたしがカール・ブラントを好きだということだった。その感情は変わらなかった。彼には傲慢さが全然なかった。えらぶっていると感じたことは一度もないし、何度もわが家に招いたときも、アリエルにたいするカールの気持ちに純粋な愛情以外のものを感じたことはまったくなかった。だが、わたしになにがわかるだろう?

「ガスを捜してるんだ」ジェイクが言った。

「見かけなかったな」カールは言った。「でも今からリハーサルがすんだアリエルを拾いに大学へ行くんだ。ふたりとも、このかわいい赤い悪魔でひとっ走りしてみないか」

「うん!」ジェイクが言った。

カールは身を乗り出してドアを勢いよくあけた。

ふたり乗りの車だったから、ジェイクとわたしは助手席に折り重なるようにすわった。

カールが言った。「用意はいいかい」

車が縁石から飛びだすのとほぼ同時にわたしたちのまわりで猛烈な風が渦巻いた。

大学はルター公園を見おろす病院からあまり遠くない丘の上にあるのだが、わたしたちはまっすぐそこへは行かなかった。カールはしばらくニューブレーメン中を疾走したあと、町の境界の外の裏道をアクセルを目一杯踏んで突っ走った。風が咆哮《ほうこう》し、ジェイクも一緒になって狂ったようにわめき、カールは竜巻に飲まれたトウモロコシの穂先みたいに金髪をくしゃくしゃにして楽しくてたまらないように笑ったが、わたしは自分が冷静にカールを見ていることに気づいた。彼の安楽な生活にあきれる一方でこれまで感じたことのない怒りがじわじわと心に侵入してくるのを意識した。

町に戻ってカールがブレーキをかけてスピードを落とし、風のうなりがおさまったところで、わたしはたずねた。「アリエルと結婚するの？」

カールはすぐにわたしを見ようとはしなかった。その一瞬のためらいに、わたしは慎重な運転とは関係のない、わたしの目を見るのがはばかられるなにかがあることを感じ取った。

「結婚の話はしたことがないんだ、フランキー」

「アリエルと結婚したくないの？」

「今のところはふたりとも別の計画があるからね」

「大学？」

「そう、大学だ」

「アリエルはジュリアードに行きたくないんだ」

「知ってる。彼女が話してくれた」

「なぜだか知ってる？」

「なあ、フランキー、これはきみと話し合う問題じゃないよ。アリエルとぼくのあいだの問題だ」

「アリエルを愛してる?」

カールは道路を見た。わたしを見られないからだとわかった。

「アリエルはあなたを愛してるよ」わたしは言った。

「フランキー、きみは自分がなにを言ってるのかわかってないんだ」

「アリエルが愛は複雑だと言ってた。ぼくにはすごく簡単に思える。愛し合ってるなら結婚する、そういうものでしょう?」

「必ずしもそうじゃないよ、フランキー。必ずしもそうじゃない」なにかに押しつぶされたような重い口ぶりでカールは言った。

大学はこぢんまりしており、その主たる目的はルター派の牧師を輩出することだった。すばらしい音楽講座と立派な講堂があり、講堂には母とアリエルと、思いがけないことに、エミール・ブラントがいた。わたしたちが着いたのはちょうどリハーサルが終わろうというときで、大学生と町民の混成合唱団が帰り支度をしていた。母とアリエルとブラントの三人は舞台に置かれた小型のグランドピアノのそばに立っていた。ブラントが聖歌の伴奏をすることになったのは知っていたし、彼の参加がその催しの大きな宣伝になったことも知っていたが、彼が死の淵から生還した出来事を考慮してその企画は流れたのだろうと思っていた。そうではなかったらしい。

カールは階段を駆け上がって伯父とわたしの母に挨拶し、アリエルの頰に軽くキスしてから訊いた。「全部すんだの？」

「あなたたちふたりはお行きなさい」母が言った。「わたしはエミールを自宅まで送って行くわ」

カールはアリエルの手を取って舞台から連れ出した。通路に立っていたわたしたちの前を通りしな、彼は言った。「きみらには歩いて帰ってもらうしかないな」

舞台には母とブラントが並んで立っていて、わたしは母がブラントとふたりきりになれるよう息子たちが立ち去るのを待っているような印象を受けた。母はダンガリーのズボンに白いTシャツを着て、上にはおった青いデニムのシャツの裾をゆるく結んでいた。ショービジネスの世界の人びとを扱った映画の中で、ジュディ・ガーランドがそんな着こなしをしているのを見たおぼえがあった。

「フランク」母が芝居がかった口調でわたしに呼びかけた。「暗くならないうちに家に着くつもりなら、ジェイクとふたりですぐ帰ったほうがいいわ」

ジェイクは一言もいわずにおとなしく回れ右をして講堂から出ていった。照明がまたたいて消え、座席が闇に沈んだ。なにかが終わっていないような気がして、わたしはすこしぐずぐずしていた。

舞台から母が言った。「行きなさい、フランク」

ジェイクのあとからロビーに出ると、今では薄暗い天井光がいくつかついているだけだった。弟が言った。「ぼく、トイレに行きたい」

わたしは廊下の先を指さした。「あっちだ。ここで待ってる」

講堂のドアはあけっぱなしになっており、中の音響効果は抜群だった。母とエミール・ブラントは舞台上で熱心に話しこんでいて、ロビーでジェイクを待っているわたしのところにまで声が筒抜けだった。

ブラントが言った。「彼女が作曲した作品はすばらしいね、ルース」

「あなたからたくさんのことを学んだんですもの、エミール」

「アリエルには生まれついての才能がある。きみの血をひいているんだな」

「その才能でわたし以上のことを今に成し遂げてくれるわ」

シンプルなメロディがピアノから流れ出て、ブラントがたずねた。「おぼえてる?」

「もちろんよ。わたしのためにあなたが作ってくれた曲」

「きみの十六歳の誕生日プレゼントだった」

「その二日後、あなたはさよならも言わずにニューヨークへ行ってしまった」

「今知っていることをあのとき知っていたら、ぼくはちがう判断をしていたかもしれないな。こんな顔にはなっていなくて、まだ目が見えて、きみの子供たちのような子供がいただろう。彼女はきみそっくりだよ、ルース。彼女の声にきみが聞こえる、彼女の手の感覚にきみを感じる」

「あの子はあなたを敬愛しているのよ、エミール。そしてわたしはいつもあなたを愛しているわ」

「いや、きみはネイサンを愛しているんだ」

「そしてあなたを」

「同じ愛情じゃない」

「ええ。今はね」

「ネイサンは幸運な男だ」

「エミール、あなただってとても恵まれた人だわ。それがわからないの？」

「ふと深い暗闇に落ちる瞬間があってね、ルース。きみには想像もつかない暗闇だ」

「そういうときは電話してちょうだい、エミール。暗闇がやってきたら、わたしを呼んで。すぐに飛んでいくと約束するわ」

会話の途中からわたしはゆっくりと講堂のドアのほうへ移動していたので、舞台にいるふたりが見えた。彼らはピアノのベンチに一緒にすわっていた。母の手がブラントのぶあつい瘢痕組織で盛りあがった左の頰に押し付けられた。見守っているうちに、ブラントの手が持ちあがって母の手を覆った。

「愛している」ブラントが言った。

「ずいぶん疲れた顔をしているわ」母はそう答えたあと、ブラントの手を取ってやさしくキスした。「あなたを自宅へ送りとどけたほうがよさそうね」

母が腰をあげた。エミール・ブラントは実際以上に年をとった男のように、母と一緒に立ちあがった。

「どういう意味？　すべたって」

ジェイクは電気を消した寝室の彼の側でベッドに横になっていた。

「意味はない」わたしはさっきから両手を頭のうしろで組んでベッドに寝そべり、天井をにらみながら、赤い水着のブロンドのことを考え、あの日の午後岩の上から身を乗り出したときの彼女の乳房のイメージを正確に思い出そうとやっきになっていた。

「なんか悪いこと？」

「別に」

「石切り場にいたあの女の子がそう言ったときの感じだと悪いことだったよ」

わたしはジェイクがそれを持ち出したことにおどろいた。石切り場での出来事についてしゃべることといえば、モリス・エングダールがもくろんでいそうな仕返しが心配だということばかりだったからだ。ある意味、わたしはほっとしていた。すべた発言がジェイクの耳を素通りしていることを願っていたのだ。でもそうではなかった。

ごまかすことを考えたが、一度食らいついたら満足するまでジェイクがあきらめないたちなのはわかっていたし、両親から答えを聞き出そうとでもしようものなら壊滅的大惨事になるのはあきらかだったから、とうとう本当のことを教えることにした。というより、わたしが考える本当のことを。

「身持ちがゆるい女のことだ」わたしは努めてヴィクトリア朝風の表現にはめこもうとしな

がら言った。そのほうがあけすけな感じにならない。

「身持ちがゆるい」ジェイクはしばらく黙っていたが、やがて質問した。「金持ちのぼんぼんにやらせてるってエングダールが言ったのは、どういう意味？」

その言葉がわたしの脳裏に浮かびあがらせたのは、その年の春に目撃した出来事だった。わたしは父に同行して、カチャマレクという信徒のひとりを訪ねた。彼は家畜をたくさん飼っている大農場の経営者だった。父がカチャマレクと庭先で立ち話をしているあいだ、わたしは馬たちが草を食む牧草地へぶらぶらと歩いていった。眺めていると、葦毛《あしげ》の種馬が黒い牝馬に近づいてのしかかった。種馬のペニスはわたしの肘から先ほどもあり、それが牝馬の中にすっぽりと見えなくなった。交尾が終わると、種馬はするりと牝馬から抜けて、何事もなかったかのようにまた草を食みはじめた。

わたしはそのイメージを頭からふりはらおうとした。

「あいつが言ったのはいちゃつくって意味だ」わたしは言った。「キスとかそういったことさ」

「キスは悪いことじゃないよね？」

「そうだ。悪いことじゃない」

「女の子にキスしたことある？」

「ああ。いや、あるとはいえない。向こうからキスしてきたんだ」

「誰？」

「ロリー・ディードリッチ」

「どんな感じだった？」

「あっという間だった。あんまりなにも感じなかった」

「キスを返さなかったの？」

「去年のお祭りでのことだったんだ」わたしは説明した。「ロリーはリコリス風味のアイスクリームをなめてたから、口のまわりに黒い口ひげが生えてるみたいだったんだ。グルーチョ・マルクスそっくりさ」

一階で母が七月四日に発表するアリエル作曲の聖歌をピアノで繰り返し弾いているのが聞こえた。母は自分が監督する演奏会の前はいつも神経質になり、ピアノを弾くといくらか心が落ち着くらしかった。

「あの女の子」ジェイクが言った。「モリス・エングダールと一緒にいたあの女の子、きれいだったね。あいつら狂ったみたいにキスしてたよ。あの子はすべた？」

母が演奏を終えると、家は静寂に吸い込まれ、聞こえるのは外のコオロギの合唱だけになった。あれもたぶん虫たちの交尾の儀式の一部なんだろう。

「そうさ」乳房のイメージを頭から追い払おうとしながら、わたしは言った。「すべただ」

16

戦闘の火蓋が切られたような早朝のつづけさまの花火とともに、独立記念日がやってきた。わたしが起きたとき、父はとっくに朝食をすませて教会の事務所へ行ったあとで、花火のとどろきや破裂音を遮断するように、窓をしめきって蓄音機の音量をあげていた。母はいつもより早起きだったが、それは晩におこなわれる聖歌の発表に気をもんでいるからだった。煙草を指にはさんで煙をうしろにたなびかせながら、何度も居間を行ったりきたりしていた。

わたしが階段をおりていくと、母は足をとめ、青い目でひたとわたしを見据えた。

「フランキー、エミール・ブラントの家に行ってもらいたいのよ。アリエルが行ってるの。今すぐわたしが話をしたがっているとアリエルに伝えてちょうだい」

「電話じゃだめなの」

「かけてみたのよ。誰も出ないの。あなたに行ってもらう必要があるわ」

「最初になにか食べてもいい？」

「ええ、でも急いでね」

頭上で階段がきしむ音がして、ふりかえるとパジャマ姿のジェイクがおりてくるのが見えた。「ぼくも行く」

「だめよ、あなたには他にしてもらいたいことがあるの、ジェイク」母は食卓に近づくと一束の紙を持ちあげた。「これをボブ・ハートウィグの家に持っていって。彼が待ってるから」

ハートウィグは〈ニューブレーメン・クーリエ〉紙の編集長だった。

「今夜の参加者全員の名前が書いてあるのよ。作品とアリエルについての短い説明、それに、とにかく、全部ここに書いてあるの。昨日渡すことになっていたのに、うっかり忘れてしまったのよ。今日の祝賀行事の記事を書くにはこれがないとはじまらないわ」

「アリエルを迎えに行くほうがいいな」

「ママが頼んだことをやりなさい」

指示を与えるとき、母は反抗を断固ゆるさなかった。三つの教会の聖歌隊や公園の夏の音楽劇に関する母の貢献はほとんど伝説化していたが、それらが達成されたのは有無を言わさぬ支配によるものだった。ジェイクが命令に口を尖《とが》らせると、母は恐ろしい目つきでジェイクをにらみつけた。

ジェイクが頭にきているのはあきらかだった。あとで母の陰口を叩き、わたしに恨みをぶちまけるにちがいないが、母にたいしてはただこう答えた。「わ、わ、わかりました」

わたしたちは勝手にシリアルを用意し、ジェイクはむっつりと食べながらわたしをにらんだが、わたしはどこ吹く風だった。どこかでジェイクの不運をおもしろがっていた。

わたしたちは着替えてザ・ハイツに向かった。七月四日にふさわしい好天で、晴れた空はそのままもちそうだったし、早くも暑くなっていた。旧シブリー街道でわたしは右に折れ、ジェイクと別れて半マイル先のブラントの家をめざした。ジェイクはザ・ハイツのほうへむかって坂をのぼり、ミスター・ハートウィグの住むオースティン通りへとぼとぼ歩いていった。ふりかえると、ぷりぷりしながら電柱に石をぶつけているのが見えて、電柱を母に見立てているのだと思った。

アリエルはパッカードに乗っていったのだが、ブラント家に着いてみると車は影も形もなかった。ガレージに近づいて窓から中をのぞきこんだが、中にあったのは、誰も運転しそうにない黒のクライスラーだけだった。わたしは玄関ポーチの階段をあがってドアをノックした。誰も出てこなかったので声をはりあげた。「アリエル！　ミスター・ブラント！」返事はなく、どうしたものかと思案しながらポーチにたたずんだ。母の様子を考えるに、アリエルを連れずに帰ったら生きたまま食われそうだった。もう一度ノックして呼びかけたあと、たとえ聞こえなくてもリーゼなら彼女の兄とわたしの姉の居所を知っているだろうと考えた。そして遅ればせながら、わたしではなくジェイクがきたほうがよかったのにと思った。リーゼは弟となら楽に意思を通わせることができる。でも、いるのは自分だったから、スクリーンドアをあけてブラント家に入り、人生でもっとも奇妙な瞬間のひとつに足を踏み入れた。

勝手がよくわからなかったので、気がつくと泥棒のようにうろついていた。こっそり入った台所は、母が支配するわが家の台所より格段に清潔できちんとしていた。スクリーンドアごしに裏手の広々とした美しい庭を見たが、誰もいなかった。居間に引き返してしばしためらった。アリエルがエミール・ブラントの伝記をタイプで書き写す奥の部屋をのぞいたほうがいいのはわかっていたが、自分がけしからぬやりかたで不法侵入しているような気分がだんだん高まってきた。うちに帰り、母とは出たとこ勝負でぶつかる決心をほぼ固めたとき、廊下のずっと先の部屋から妙な声が聞こえた。甘くやさしいしわがれ声で、ブラント兄妹はどこかに鳥籠でも置いているのかと思った。

「誰かいますか?」わたしは呼びかけた。

鳴き声がすこしだけつづいてぴたりとやんだので、誰かが答えてくれるのかと思ったがそうではなく、やさしいハトのような歌声がふたたびはじまった。

鳥の声にたとえたが、実を言えば、そんな鳥の鳴き声はこれまで聞いたことがなく、といって、動物の声ともちがっていた。いったん謎をつきつけられると、わたしは探求者だった。つきとめずにはいられなかった。

絶対に音を立てないように一度に一歩ずつわたしは廊下を歩きだした。ブラント兄妹の農家は改修されたとはいっても、わたしたちが住む牧師館のような古びた建築物であり、いつなんどきわたしの足がゆるんだ床板を踏んで蹴とばされた猫みたいな叫びをあげないともかぎらなかった。床には見事な絨毯が敷かれていて、木々から伸びる黒くて細い裸の枝と、そこにとまる青い鳥たちが織り込まれたオリエンタルな模様の上を、わたしは足音を忍ばせ、暗い廊下のつきあたりのわずかにあいているドアのほうへ進んでいった。戸口の隙間から片目で中をのぞくと、きちんと整えられたベッドの半分と、向こうの壁際の窓に朝日をさえぎる薄手のカーテンがさがっているのが見えたが、音の源はわからなかった。わたしはドアをもうすこし押しあけた。

それまでわたしは生身の素っ裸の女性を見たことがなかった。数日前に目を丸くして眺めた《プレイボーイ》の写真ですら、一九六一年の独立記念日にリーゼ・ブラントの寝室で見たものへの免疫にはなっていなかった。その部屋はリーゼの庭から切ってきた花の御殿だった。平らな表面という表面に置かれた花瓶から花があふれて、かぐわしい香りがまったりと立ちこめていた。彼女はわたしに背を向けていた。髪をおろしており、それが長い褐色の滝となって肩にかかっていた。リーゼはアイロン台に向かって前かがみになり、片手に熱いアイロンを持って、足元の籠から取り出した洗い立てのエミールの服にアイロンをかけていた。ハトのような声を出していたのは、彼女だった。今従事しているその暑くて退屈な労働が想像できるかぎり最高に楽しい暇つぶしであるかのような、満ち足りた声だった。アイロンを動かすたびに、まるで自分だけに聞こえる音楽にあわせるように、リーゼはドラマチックに身体を揺らした。肩や背中やお尻の逞しい筋肉がひきしまってはゆるむのをわたしは見守った。ひとつの肉体というより、身体のあらゆるパーツが生きて呼吸をしているように思えた。

度肝を抜かれたものの、わたしは分別を失ったわけではなく、いつなんどき見つかるかもしれないことは忘れなかった。ほんの数日前、庭でうっかり彼女にふれたときに起きた惨事すれすれの出来事は記憶に新しかった。わたしは部屋からあとずさり、大声でわめいてもなんの変化もなかっただろうが、足音をたてないように廊下をひきかえした。玄関ポーチに出て腰をおろし、両手を膝に置き、アリエルが帰ってくるのを待った。

二十分後、スクリーンドアに姿をあらわしたリーゼ・ブラントはきちんと服を着ていた。髪はポニーテールにしてあった。うさんくさそうにわたしを見て、自分でも嫌っているにちがいないあの声を使ってたずねた。「なに、よう？」

「アリエルを連れにきたんだ」くちびるの動きが読めるように、わたしは彼女と向き合った。

「いない。エミールと車で」自分には聞こえない抑揚を欠いた声と不明瞭な言葉で、彼女は言った。

「どこに行ったか知ってる？」

リーゼはかぶりをふった。

「いつ帰ってくるかわかる？」

またかぶりをふった。リーゼが訊いた。「ジェイクはどこ？」

「母さんの用事をしてる」

リーゼがわたしをじっと見た。そして言った。「レモネード、のむ？」

「いいんだ。もう行かなくちゃ」

リーゼはうなずき、わたしとのやりとりにけりをつけて回れ右をした。

歩きながら、リーゼ・ブラントが裸だったことや、アイロン台にむかって恍惚としていたことなど、そのすべての詳細を心の底にしまいこもうと努めた。わたしの母の場合、家でアイロンをかけるときはさもいやそうで、判で押したように不機嫌だった。でも母はちゃんと服を着てアイロンがけをした。このちがいは、そのせいだろうかと思わずにいられなかった。

アリエルはエミール・ブラントの要望で、彼と一緒にドライヴに出かけていたのだった。夏の一日をエミールが思う存分味わえるようにと、パッカードの窓をおろして、谷一帯を長時間走った。インスピレーションがそろそろ湧きそうだよ、とエミールはアリエルに言った。田園の空気を顔に感じ、土地の匂いを鼻孔に嗅ぎ、小鳥のさえずりとトウモロコシ畑のざわめきを耳で聞く必要が彼にはあった。長らく曲作りから遠ざかっていたエミールだったが、ミネソタ・リバーの谷をたたえるすばらしい曲を作る準備がととのってきたと言った。九死に一生を得た経験が将来の展望を変えてくれた、とアリエルに語った。ここ何年もなかったほど彼はやる気になっていた。精力的に曲作りに取り組む意欲を燃やしていた。

アリエルは台所のテーブルを囲んでわたしたちと炒めたボローニャソーセージのサンドイッチとポテトチップス、サクランボ味のクールエイドというランチを食べながら、こうしたいきさつを教えてくれた。父が言った。「すばらしいことだ」

だが母は疑わしげだった。「そんなものかしらね」

父はコップを置いて肩をすくめた。「本人が言っているように、あやうく命を落とすところだったんだよ、ルース。そういうことは人間を劇的に変えるものだ」

「最後にその話をしたとき、エミールがまだ闇と戦っているのはあきらかだったのよ」

「作曲は彼がまた幸せになるのに欠くことのできないものだわ」アリエルが口を開いた。

母はアリエルを見た。「それはあなたの意見?」

「エミールがそう言ってるの」

「サンドイッチもうひとつ食べていい?」わたしはたずねた。

「自分でソーセージを炒めなさい」母は言った。

「ぼくも食べる」ジェイクが言った。

わたしはソーセージのスライスを二枚、まだコンロの上にあったフライパンにほうりこんで点火した。

「わからないわ」母が言った。

「ママは彼をわかってないのよ」アリエルが言った。

母がすばやくアリエルに向けた目つきには、わたしが見たことのない敵意がのぞいていた。

「あなたはわかってるの?」

「ときどき思うの、彼を理解できるのはわたしひとりだって」アリエルは言った。「彼は天才よ」

「それに異議を唱えるつもりはないわ。でも、エミールはそれだけじゃない。ママは昔から彼とは知りあいなのよ、アリエル。彼はとても複雑な人なの」

「そうかしら」

母は言った。「あら?」出た。むきだしの肌に押し付けた氷の塊のような一言。わたしはちらりとアリエルを見たが、姉にひきさがるつもりがないのはあきらかだった。

「わたしはエミールの自伝を紙に起こしてるのよ。だから彼のことがわかるの」

母はテーブルに両肘をついて顎の下で両手を組み、アリエルをじっと見た。「じゃ、教えてちょうだい、エミール・ブラントはどんな人なの？」

「傷ついた人よ」アリエルは躊躇なく答えた。

母は笑ったが、声は冷ややかだった。「アリエル、ねえいいこと、エミールはいつだって傷ついた人だったわ。さんざん誤解され、まるで評価されず、この田舎の偏狭さにがんじがらめにされ、すべてがよってたかって、彼自身のしばしばわがままな心が望むもの、必要とするものを潰してしまったんだから」

ジェイクがテーブルを離れてコンロのところにきた。避難してきたのだろうとわたしは思った。

「偉大であるにはわがままも必要だってママも前にわたしに言ったじゃない」アリエルはやりかえした。「それにどっちみちエミールはわがままじゃないわ」

「偉大なだけ？」母はまた笑った。「まあまあ、あなたは若すぎるのよ。まだまだ学ぶことが山ほどあるわ」

「わたしの若さがなにかのハンディみたいな言い方をするのね」

「ある意味ではそうよ。いつかあなたにもわかるわ」

父がその場をおさめようとするかのように両手をあげたが、父が口を開くより先にアリエルが母に食ってかかった。「ママはエミールの友達だとばかり思ってた」

「友達よ。ずっと友達だったわ。でも、だからといって彼を見る目が曇るということにはならないわ。エミールは欠点の多い人なのよ、アリエル」

「欠点のない人なんていやしないわ」

「絶望のどんぞこにいるエミールを見たことがあるわ。二度と光の中へ出てこないのではないかと思ったものよ。もっと前に自殺をはからなかったのが不思議なほどだった」

「はかったわ」アリエルが言った。

母はおどろいたようにアリエルを見た。「どうして知ってるの」

「彼の回想録に出てくる」

「わたしにはそんなこと一言もいわなかった」

「それには理由があるのかもね」アリエルの目は鉄道用の犬釘みたいに鋭く険しかった。姉は椅子をうしろに押してテーブルを離れようとした。

母が言った。「どこへ行くの」

「さあ。歩いてくる」

「そうね。頭を冷やしたほうがいいわ。今夜は大事な演奏が控えているんですから」

「演奏なんてクソくらえよ」アリエルは吐き捨てるとくるりと背を向けて大股に出ていった。

アリエルがよりによってその言葉を使って悪態をついたことははじめてで、わたしたち全員が凍りついた。聞こえるのはフライパンの中でボローニャソーセージがじゅうじゅういう音だけだった。

するとは母がいきなり椅子から立ちあがり、アリエルを追いかけるようなそぶりを見せた。「やめるんだ、ルース」父が母の腕に手を置いた。「ひとりで行かせてやろう」

「あんな無礼な発言、ゆるせないわ、ネイサン」

「しかるべきときがきたら、アリエルは謝るよ、ルース。きみにもわかっているだろう。今日のあの子は、いや、きみたちふたりとも、気が張ってぴりぴりしているんだよ」

母はスクリーンドアを見て立っていた。口が顔を横切って縫い付けられた一本の線のようだった。ややあって、母の緊張がほぐれるのがわかった。「そうね」母は父を見おろした。「あなたの言うとおりだわ」そして信じられないようにささやいた。「エミールが前にも自殺をはかっていたなんて」

母はテーブルを離れて居間へ行き、やがてピアノの音が家中を満たした。

17

午後は七月四日恒例のパレードがあった。ハイスクールのブラスバンド部が組紐のついたユニフォーム姿で行進し、海外戦争復員兵協会《VFW》のメンバーも、その多くが従軍当時と同じ軍服姿で練り歩いた。消防士たちは消防車のハンドルを握り、町長をはじめとする議員たちが車から手をふり、この日のために洗車してワックスをかけたピックアップトラックは山車に仕立てられたトレーラーを牽引し、四輪馬車は飾りたてた馬を歩かせた。子供たちまでパレードにくわわり、赤、白、青の薄葉紙の花をそこらじゅうにつけたラジオフライヤー社のワゴンにペットや幼い弟妹を乗せてひっぱっていた。行列は歓呼の嵐の中、大通りを進んでルター・アヴェニューで向きを変え、綿飴やホットドッグ、焼きソーセージ《ブラートヴルスト》やミニドーナツ、ヘリウム風船の屋台で賑わう四分の一マイル先のルター公園へ進んでいった。公園には町じゅうの商店や会社がテーブルを出して、自家製ピクルスや焼き菓子、見事なかぎ針編みのカバーや鍋つかみを声をはりあげて売っていた。賞品付きのゲームやポルカのバンド、草地の上に作られた仮設のダンスフロアもあった。野外音楽堂では地元の音楽家や語り部やさまざまな妙技を披露する人たちによるショーがおこなわれていた。そしてブラント醸造所のビールの無料サービスがあった。

ジェイクとわたしはパレードを見物し、祖父の家の芝刈りで稼いだ小遣いで食べ物を買ったり、本心ではほしいと思っていないくせに、輪投げの景品のぬいぐるみを獲ろうとして、牛乳瓶を倒したりした。途中でばったりダニー・オキーフに会って、三人で公園をぶらついた。太陽が沈んで公園が薄やみに包まれる頃、群衆が野外音楽堂へ移動しはじめた。音楽堂のうしろには、アリエルの聖歌演奏につづいてその日の最後を盛大に彩る花火が用意されていた。ジェイクとダニーとわたしが音楽堂に着いたとき、折り畳み椅子はもう全部ふさがっていたので、わたしたちは周辺の大きなニレの幹に寄りかかったが、舞台はよく見えた。舞台に照明がつき、町長の短いスピーチのあと、シンディー・ウェストロムという女の子がVFWがスポンサーのコンテストで二十五ドルを獲得した自由についての作文を読みあげた。トイレに行きたくなったので、わたしはビールのテントのそばに設けられた簡易トイレに向かった。

短い列に並んで待っていると、モリス・エングダールがテントから出てくるのが見えた。ひとりで、ビールをすすりながら紙コップごしに群衆を見る目つきは、群衆全員との喧嘩を期待しているように見えた。わたしはあわてて背を向けた。すぐにトイレがあいたのでそそくさとそこへ飛びこみ、用を足したあとも、猛烈な悪臭を我慢してさらに数分間、エングダールがいなくなるのを祈って中にこもっていた。外に出ると、必死に股ぐらをおさえている五歳ぐらいの子供の手をひいた男がわたしを押しのけてトイレに飛びこんだ。用心深く周囲を見まわしたが、モリス・エングダールは見当たらず、ほっと安堵の胸をなでおろした。ニレの木に戻ると、ウォレン・レッドストーンがジェイクとダニーに加わっていた。彼らはしゃべるでもなく、ただ野外音楽堂の舞台をじっと見ていて、そこではバトントワラーの衣裳を着た女性が両端に火がついたバトンをくるくる回していた。すごい曲芸で、わたしも一緒に見物した。なにも言わなくてもいい雰囲気だった。炎のバトンのあとに出てきたのはバンジョー奏者で、その熱のはいった『ヤンキー・ドゥードゥル』の演奏に合わせてもうひとりの男が狂ったみたいにタップダンスを踊った。わたしたちはやんやの喝采を送った。ハイスクールで演劇を教えている女性が立ちあがって独立宣言の全文を朗読しているとき、誰かがわたしの腕をつかんで手荒にひっぱった。むりやりうしろ向きにさせられたわたしは、モリス・エングダールの怒りに燃える目をのぞきこんでいた。

「いると思ったぜ、このクソ野郎」モリスはすごんで、人ごみから離れた闇の中へわたしをひっぱっていこうとした。

そのとき、ばかでかい手がさっと伸びて、わたしの腕をつかんでいるエングダールの手をもぎはなした。ウォレン・レッドストーンがわたしたちのあいだに割って入った。「おまえは子供としか喧嘩できないのか？　それとも大人との喧嘩もやってみたいか？」

ダニーの大おじさんは年寄りかもしれないが、長身で堂々たる体軀で、エングダールを見おろす目つきは岩をもまっぷたつにしそうなぐらい固く尖っていた。エングダールは早くも一発くらったかのように一歩あとずさり、レッドストーンのまばたきひとつしない黒い目をじっと見あげた。老人の気概に匹敵する肝っ玉がないのはあきらかだった。エングダールは言った。「おれとそのガキのあいだの問題だ」

「いいや、おまえとこの子のあいだにはおれがいる。この子に手を出したいなら、まずおれを相手にしろ」

一瞬わたしはエングダールがなにか愚かなことをするのではないかと思った。すくなくとも、ウォレン・レッドストーンに立ち向かうのは愚かなことに思えた。だが、エングダールは愚かである以上に臆病者だった。さらに数歩さがって、わたしに指をつきつけた。「てめえは終わりだ。覚悟しとけよ」そう吐き捨てるなり、わたしをひきずりこもうとした闇の中にまぎれこんだ。

レッドストーンはそれを見ていた。「友達か？」

「石切り場でぼくたちを泳がせてくれなかったんだ」わたしは答えた。「だから、あいつを突き落としたんだ。それですっかり頭にきてるんだよ」

「突き落としたって？」レッドストーンはダニーに視線を移した。「おまえも一緒だったのか」

「はい」ダニーは答えた。

レッドストーンは今度はちがう目つきで改めてわたしをしげしげと見た。「ドラムといったな」まるでその名前に喜んでいるようだった。「おまえにスー族の血が流れていないのは確かか？」

五十ヤード向こうで合唱隊のメンバーたちが舞台にあがり、ひな壇に立ちはじめた。正確にかぞえたわけではないが、優に四十人ぐらいはいた。群衆のざわめきがおさまりはじめ、やがて母がエミール・ブラントの手を引いて階段をあがり、彼のために設置されたグランドピアノへと導いた。エミール・ブラントが観衆の前で演奏するのはきわめて稀なことで、割れんばかりの拍手が沸き起こった。ブラントは顔の傷ついた側を聴衆からそむけて腰をおろした。母が舞台中央に進みでると、水を打ったように聴衆が静まりかえった。食べ物の屋台のあたりでかすかな笑い声がしたし、ルター・アヴェニューで誰かが叫んでいたし、遠くのザ・フラッツからタイラー通りの踏切に接近中の列車の警笛が聞こえはしたが、母の声はそのすべてを圧倒した。

「今日はわたしたちの国の誕生を祝うためにおいでくださってありがとうございます。この国の歴史は愛国者の血と、農民や労働者、そして今宵ここに集《つど》ったわたしたちと同じ男女の汗によって築かれてきました。その歴史はわたしたちの先祖が描いた夢とともにはじまったのです。当時の勇敢な愛国者たちが思い描いた夢は、百八十五年後の今もすこしも変わることなく息づいており、明るい期待に満ちています。その夢と、それを礎とした国家を祝うために、わたしの娘アリエルが『自由の道』という聖歌を作曲しました。今宵、わが町が生んだ世界的に有名な作曲家でありピアノの名演奏家であるエミール・ブラントの伴奏により、ニューブレーメン合唱団が誇りを持って、みなさまのためにどこよりも先にここでその聖歌を披露いたします」

合唱団のほうを向いた母は両手を持ちあげ、そこでちょっと静止してからブラントに呼びかけた。「さ、エミール」聖歌は、ブラントの指が鍵盤の上をゆるやかに動くのと同時にはじまり、動きが次第にテンポをあげて飛ぶような速さに達したとき、合唱団の切迫した歌声がそこに加わった。「武器をとれ、武器をとれ！」アリエルの聖歌は独立戦争から朝鮮戦争にいたるアメリカの歴史を表現していて、開拓者と、兵士と、合唱団のために彼女が作った歌詞によれば、神の想像の土くれから国を築いた先見者を祝福する内容だった。母の指揮は芝居じみて華やかで、音楽はしびれるような刺激に満ち、ブラントの演奏はすばらしく、野外音楽堂のお椀型の白い天井からふりそそぐ聖歌隊の声が一切を酩酊《めいてい》させた。聖歌は十二分間つづき、終わったとたんに聴衆が熱狂した。総立ちで拍手喝采し、歓呼の叫びや口笛がひびき、渓谷の壁に雷がとどろいたようだった。父とカールとともに音楽堂の階段の下に立っていたアリエルに母が合図を送った。アリエルは階段をのぼってエミール・ブラントの手を取り、舞台中央へ導こうとしたが、彼はそれをしりぞけて、なめらかな頬を聴衆に向けたままピアノの前から動かず、アリエルに何事か耳打ちした。アリエルはひとりで舞台中央に進み、母と並んで深々とお辞儀した。その夜のアリエルは美しい赤のドレスを着ていた。胸にさげた真珠母を埋めこんだ金のハート形のロケットと、真珠母の髪留めは、どちらもわが家に古くから伝わるものだった。金の腕時計は両親からのハイスクールの卒業祝いだった。姉は地球上でもっとも特別な人間だとわたしは思ったし、名声を得ることを運命づけられているのだと信じて疑わなかった。

ウォレン・レッドストーンがわたしの腕にふれた。「あの娘の名前もドラムだ。親戚か」

「ぼくの姉さんさ」わたしはどよめきにかき消されまいと声をはりあげた。

レッドストーンはじっとアリエルを見ていたが、やがてうなずいた。「スー族にしてもいいくらいの美人だ」

花火が終わったあと、ジェイクとわたしはぶらぶらと家に帰った。ニューブレーメン中で祝祭はつづいており、色彩の花で空は活気づき、交差する道の先の暗がりからは爆竹のけたたましい音が聞こえていた。ガスのオートバイは見当たらず、きっと独立記念日のお祝いをバーでしめくくるのだろうと思った。父の教会の事務所には明かりがともり、窓はしめきられて、チャイコフスキーの音楽がガラス越しに漏れていた。パッカードはガレージになかった。聖歌の披露を終えたあと、母がアリエルやブラントやニューブレーメン合唱団の人たちと祝杯をあげ、遅くまで帰宅しないのはわかっていた。

就寝時刻を指示されていたので、わたしたちはパジャマに着替えて十時半にはベッドに入った。寝室の窓から聞こえる喧噪《けんそう》が静まって、ときおり遠くで花火があがるだけになり、父が教会から帰ってくるのが聞こえた。さらに時間がたち、寝入っていたわたしはぼんやりとパッカードがわが家の車廻しの砂利を踏む音と、車のドアがばたんと閉じる音を夢の中で聞いたように思った。

それよりもっとあと、ふと目がさめると父が電話に出ていて、母の不安げな声が父をせかしていくのが聞こえた。外の闇はタールのように濃く、コオロギすら鳴いていなかった。起きあがって階下へおりていくと、疲労にやつれた顔の両親がすわっていた。どうしたのと聞くと、父がアリエルがまだ帰っていない、おまえはベッドに戻りなさいと言った。

父の職業柄、深夜の緊急事態に慣れていたことと、その夏はアリエルが闇にまぎれてこっそり出かけ明け方前に無事に戻ってくるのを目撃していたこと、さらに、幻想の快い毛布にくるまっている子供にすぎなかったことから、わたしは母と父が一緒ならどんなことにも対処できると考えて寝室に引き返し、両親の不安そうな声を遠くに聞きながら身勝手にも眠ってしまったが、彼らは電話をかけつづけ、娘からの知らせを心細い気持ちで待っていたのだった。

18

翌朝、目をさますと雨が降り出しそうな気配だった。下におりてみると、台所にカール・ブラントとグレガー保安官とゾリー・ハウプトマンという名の保安官補がいた。保安官はジーンズに半袖の青いワークシャツ姿で、頬がたった今剃刀をあてたかのように赤くてらてらしていた。保安官補は制服を着ていた。全員がテーブルでコーヒーを飲んでおり、グレガーはちいさなノートを広げ、両親が話すことを書き留めていた。わたしが食堂の戸口に立っても、誰も目もくれなかった。

耳を傾けるうちに、昨夜アリエルがカール・ブラントやその他の友達と一緒にシブリー公園の川縁に集まって焚き火をしていたことがわかった。ドイルがM‐80でカエルを吹っ飛ばしたあの砂地だ。アルコールがあり、全員が飲んでいて、いつしか彼らはアリエルを見失い、いつどこへ彼女が行ったのか、誰も、カールさえも、知らなかった。アリエルは忽然と消えていた。

グレガーが他の友達の名前をたずね、カールが十二人近い名前をあげた。

「アリエルも飲んでいたのかね？」グレガーは訊いた。

カールが答えた。「はい」

「きみが彼女をそこへ連れていったのか？　川へ？」

「パーティーのあとに」

「ニューブレーメン合唱団とのパーティーだね？」

「はい、そうです」

「ところがきみは川縁でのどんちゃん騒ぎのあと、アリエルを自宅に送りとどけなかった。どうしてだね？」

「送ろうとしたときには、姿が見えなかったんです」

「心配したか？」

「はい。でも、他の誰かの車に乗せてもらったんだろうと思いました。その頃にはぼくは相当酔っていましたから」

「きみは酒が飲める年齢じゃなかろう」グレガーは言った。

「そうなんだけど、今そんなこと言われても」

「きみが昨夜酔っていなかったら、アリエルの居所がわかったかもしれんのだぞ」

カールはうしろめたそうな顔をして黙りこんだ。

「他にもアリエルの不在に気づいた友達はいないか？」

カールは考えてから、肩をすくめた。「一晩中入れ替わり立ち替わり人が出入りしてましたから」

「アリエルは立ち去る前にきみになにも言わなかったんだな？」

「ええ。特にはなにも」

「きみは何時に川縁をあとにした？」

「正確にはわかりません。二時か二時半ごろです」

「まっすぐ帰宅したのか？」

「はい」

グレガーはカールから聞き取った名前をリストにした紙をノートから破り取ってハウプトマンに渡した。「聞き込みをはじめてくれ、ゾリー」

ハウプトマンはスクリーンドアから出ていき、パトカーのエンジンがかかって走り去る音がした。グレガーが両親に言った。「昨夜娘さんが泊まった可能性のある特別な友達に心当たりは？」

「ええ、全員に電話しました」母が言った。「誰も娘に会ってはいませんでした」

「その人たちの名前を教えてもらえますか？　直接聞いてみたいのです」

「もちろんです」母が早口に名前をあげ、グレガーはそれを書き留めた。

父が席を立ち、コンロの上のコーヒーポットから自分にもう一杯注いだ。戸口にいたわたしを見て、父は言った。「二階へ戻って着替えてきたらどうだ、フランク」

「アリエルはどこにいるの？」

「わからない」

「やあ、フランク」グレガー保安官が親しい仲であるかのようにわたしに言った。本気でそう思っているみたいだった。

「どうも」わたしは答えた。

「アリエルがゆうべ帰ってこなかったんだ」保安官は言った。「ご両親は少々心配している。帰ってこないなら、姉さんがいそうなところはどこだろう？」

「ミスター・ブラントの家」わたしは考えるまでもなく言った。

「エミール！」たった今思い当たったかのように、母は椅子から飛びあがってわたしの前を通過して居間の電話に飛びついた。

「どうしてミスター・ブラントなんだね？」保安官はわたしを見てから、父を見た。

「アリエルと彼はいい友人同士なんです」父は言った。「それにエミールはシブリー公園のすぐそばに住んでいる」

父の声に希望があった。父はコーヒーカップを手にわたしのほうへやってくると、わたしの背後の居間に視線を向け、母がエミール・ブラントと交わしている電話の会話に耳をすませた。

「アリエルが昨夜うちに帰ってこなかったのよ、エミール」母は言っていた。「ひょっとしてあなたのところに泊まったのではないかと思って」母は耳をかたむけ、床に目を落とした。「いいえ、それがカールも知らないの。シブリー公園の川沿いで焚き火をしていたのよ。アリエルがそこからいなくなったのがいつなのか、誰と一緒だったのか、わからないの」母はさらに耳をかたむけたが今度は目を閉じたままで、ふたたび口を開いたときは声がふるえていた。今にも泣きそうだった。「ええ、エミール。なにかわかったら連絡するわ」受話器をおろした母は父が見ているのに気づくと首をふり、父のそばまでやってきて肩に頬を押し付け、泣き出した。

グレガー保安官が立ちあがってノートをシャツのポケットにすべりこませた。「今からふたりほど連れてシブリー公園へ行き、周辺を見てきます。カール、われわれに同行して、どのあたりでパーティーをやっていたのか教えてもらいたい。アリエルの友達にもじかに話をして、あなたがたに言ったことと食い違いが出てこないか調べてみましょう。それからですね、わたしの経験からすると、子供というのはひょっこり帰ってくるものなんですよ。なにか恥ずかしいことや愚かなことをしたり、あるいはふとした気まぐれでツイン・シティーズまでドライヴしたりして、帰ってくる。いやはや、けろっとした顔で帰ってくるもんです」保安官は安心させるような笑みをわたしたちに向けた。

「ありがとう」父が礼を述べ、言った。「わたしも捜索に参加したらまずいだろうか」

「かまいませんよ。最初に事務所に立ち寄る予定ですから、三十分後にシブリー公園で落ち合いましょう。きみもだ、カール」

保安官が出ていくと、カールが両親に言った。「ごめんなさい。本当にごめんなさい。ぼくがもっと、その、責任を持たなくちゃいけなかったんです。アリエルがどこへ行ったのか見当もつきません」

「いいだろう」父は言った。

わたしは台所に一歩進みでた。「ぼくも行っていい？」

父はその問いをじっと考慮していたが、どこか上の空で、意外にも承諾した。「いいだろう」

母は涙を拭いながら、途方に暮れているようだった。「どうしたらいいのかしら」

「祈りなさい」父が助言した。「そしてアリエルから電話があった場合のために、ここにいるんだ」

二階へあがると、ジェイクは目をさましていたがまだベッドにいた。「なにがあったの？」

わたしはパジャマを脱いだ。「アリエルがいなくなった」

「どこへ行ったの？」

「誰も知らないんだ」昨日床に脱ぎすてたままになっていた服をわたしは身につけはじめた。

ジェイクが起きあがった。「どこへ行くの？」

「シブリー公園。昨日の夜、アリエルはそこにいたんだ」

ジェイクはベッドからすべりでるとパジャマを脱いで服を着はじめた。「ぼくも行く」

太陽は出ておらず、出そうな気配もなかった。ぶあつい灰色の雲が垂れこめた空は、まるで谷に押し付けられた平べったい岩のようだった。わたしたちは保安官より先にシブリー公園に着いて、アリエルが最後に目撃された川縁に立った。多数の古い焚き火の跡が黒く点々と砂地に残っていた。昨夜の焚き火はまだくすぶっていた。周囲の砂地が若者たちがすわっていた証拠にあちこちでくぼんでおり、ビールの空き缶や空き瓶がちらばって、浮かれたばか騒ぎの現場のように見えた。

「たいしたパーティーだ」父がつぶやいた。

カール・ブラントは両手をポケットに突っ込んだままうなだれて、答えなかった。

わたしはというと、アリエルがこれっきり帰ってこないかもしれないとは夢にも思わなかった。子供らしい気楽さで、自分たちは冒険のワンシーンに立ち会っているだけで、最後にはアリエルがたちこめた靄《もや》のうしろからあらわれてわたしたちのもとに戻ってくるとまだ思っていた。わたしは低い空の下に立ち、踏み荒らされた砂地とくすぶる燃え滓を見て、きっと自分たちを答えへ導いてくれるなにかが見つかると思った。それは絶対の確信だったから、早く行動を開始したくてうずうずした。焚き火の跡のほうへ歩いていくと、ジェイクがついてきてたずねた。「なにを捜したらいいの？」

「とまれ、おまえたち」父が言った。「捜すのはまだ早い。保安官を待とう」

時間がもったいない気がしたが、ジェイクとわたしは父の命令に従った。

十分後、保安官がふたりの男とともに到着した。ひとりは保安官補の制服を着ていた。もうひとりは町の巡査だった。ドイルだ。彼らはハコヤナギの木立を抜ける小道を大股に歩いてきて、砂地にいたわたしたちに合流し、現場を見渡した。

「たまげたな、なんて散らかりようだ」保安官はそう言うと、カール・ブラントに厳しくとがめる視線を送った。「きみたちは一体なにを考えてたんだ？」

カールは肩をすくめた。「パーティーだったんです」

「パーティーどころか狼藉《ろうぜき》の跡だ。捜査が終わったら、これは片付けてもらうぞ。きみと友人たちとでだ、いいな？」

「わかりました」

「よし。まず焚き火のまわりから調べて、範囲を広げ、周辺地域でなにが見つかるかやってみよう。なにも動かすな。手がかりになりそうなものを発見したら、大声で叫べ。だが手をふれてはならん。わかったか？」

わたしとジェイクを含めた全員がうなずいた。

「きみたち」保安官は言った。「きみたちはお父さんのそばを離れるんじゃないぞ。お父さんに言われるとおりにするんだ」

「はい」わたしは言った。ジェイクの頭がバネ仕掛けみたいに上下した。

燃えつきた焚き火を中心とした周囲三十フィートは基本的にどこも同じだった。砂に埋まったたくさんの吸い殻、足をひきずった跡、ある一カ所の砂だけがぐちゃぐちゃに乱れていて、喧嘩のあとみたいに見えた。

「モリス・エングダールとハンス・ホイルです」保安官がたずねると、カールが言った。「車のことでそのふたりが殴りあいの喧嘩をしたんです」

カールは肩をすくめた。「彼らにとっては大事なことなんです、たぶん。どっちも怪我はしませんでした」

モリス・エングダールの名前を聞いて、ジェイクが射るような視線をわたしに向けた。

「話せよ、フランク」

「なにをだね？」保安官が訊いた。

わたしはなにも言いたくなかった。石切り場の出来事までさかのぼって、行ってはいけない場所に行ったことを父に話さなくてはならないからだ。だがジェイクに肩を小突かれ、父とドイルと他のふたりにじっと見つめられるにおよんで、もうごまかせないと観念し、ほとんどすべてを話した。石切り場のこと、エングダールに追いかけられたこと、ルター公園での祝賀行事でエングダールがわたしを暗がりへひきずりこもうとしたこと。そして説明できない理由から、こう言った。「あいつはアリエルが嫌いだったんです」

「どうしてそうとわかるんだね？」保安官はたずねた。

「アリエルの悪口を言ったから」

「なんて？」

「すべた」

「他にもあるのか？」

「兎唇」

「わかった」保安官は言った。

焚き火の跡の反対側にいた父がわたしに話しかけた。「フランク、彼はおまえにそういうことを言ったのか？」

「うん。ぼくとジェイクに」

「エングダールはクズだ」ドイルが吐き捨てた。

保安官が言った。「まずここを終わらせよう、モリス・エングダールはあとまわしだ」

わたしたちは扇形に広がって、ゆるい弧を描きながら川につきあたるまで不審なものはないかと目を光らせ、そこから土手沿いに左右に百ヤード捜索の輪を広げたが、保安官が重要だと考えるものはなにも見つからなかった。全員がふたたび焚き火跡に戻ると、保安官は言った。「よし。わたしはモリス・エングダールを連行し二、三質問をしてみる。ミスター・ドラム、同席してもらえますか」

「もちろんです」父は答えた。

「息子さんたちにも頼みます」保安官は付け加えた。「あなたがかまわなければですが。息子さんたちとエングダールのいさかいについて、全員の話を漏れなく聞きたいんですよ。エングダールがどんな言い訳をするか、みなさんも聞きたいでしょう。まあ、知らぬ存ぜぬを通すでしょうがね」

わたしたちはハコヤナギの木立を抜ける小道を歩きだしたが、ドイルはついてこなかった。その朝最後に見たとき、ドイルはザ・フラッツをめざして川下へ向かっていた。

19

うちに帰ると、妙なことに、ガスが母と一緒にいた。母は彼の存在を大目に見ていたものの、ガスにあまり好意を持っていなかった。父にむかって、あなたの友人はがさつで下品だ、いまに家族みんなが後悔するような影響を息子たちに与える、というのが母の口癖だった。父は母のいうことはおおむね真実だと認めたが、最後はいつもガスの肩を持った。わたしが生きているのはガスのおかげなんだ、ルース。父はよくそう言ったが、理由を言うのは聞いたためしがなかった。

彼らは台所のテーブルについてそろって煙草を吸っており、わたしたちが入っていくと母は立ちあがって期待をこめた目で父を見た。父は首をふった。「なにも見つからなかった」

「警察はモリス・エングダールを捜してる」わたしは言った。

「エングダール？」ガスが勢いよくふりかえってわたしを見つめた。「どうしてエングダールを？」

「石切り場のことや、ルター公園のことをぼくが話したから」

母は片手を口にあて、指の隙間から言った。「彼がアリエルになにかしたかもしれないということ？」

「まだなにもわかっていないんだよ」父が言った。「警察はあの若者と話をしたがっているだけだ」

わたしたちは朝食を食べた。バナナの薄切りをいれたシリアルを、恐ろしいような静寂の中で噛み、飲みこんだ。食べ終わろうというとき、居間の電話が鳴り、父が飛びあがって受話器を取った。

「ああ、どうも、ヘクター」父は下を向いて目をつぶり、相手の言葉に耳を傾けてから言った。「ちょっとごたごたしていてね、ヘクター、会合には出られないんだ。みんなで決めたことなら、わたしはかまわない」受話器を置くと、父は台所に戻ってきて言った。「ヘクター・パディッラだ。今朝、季節労働者の宿舎のことで話し合いがあるんだよ」

電話がまた鳴り、今度は執事のグリズウォルドが、アリエルのことを聞いたがなにか自分にできることがあるなら言ってほしいと言ってきた。数分後、また電話が鳴って、グラディス・ラインゴールドがルースさえよければ喜んでそばに付き添うと言った。そのあと次から次に電話が鳴ったが、どれもみなアリエルのことを知った町の人たちや隣人たちからの助けの申し出だった。ようやく保安官から電話があり、モリス・エングダールが事務所にいるから、父とわたしたちにきてもらいたいと言ってきた。

「おれも行ってかまわないか？」ガスが訊いた。

「別段害はないだろう」父は答えたあと、母にたずねた。「グラディスに電話をして、きてもらおうか？」

「いいえ。わたしなら大丈夫よ」

だが、大丈夫でないことは一目でわかった。顔がやつれて土気色になり、たてつづけに煙草を吸いながら指先でテーブルをたたいていた。

「わかった。フランク、ジェイク、行こう」

母をのぞく全員が出発した。母は台所の食器棚に目を据えたままで、頭上に煙草の煙がたちこめた光景は母自身が燃えているかのようだった。

保安官は腕組みをしてテーブルについていた。エングダールは不敵な態度で、正面の椅子にだらしなくすわっていた。計算した上で退屈を装っているように見えた。

保安官が言った。「この少年たちを脅したのは本当か」

「ああ、ぶっとばしてやるって言ったよ」

「昨夜、フランクを襲ったそうだな」

「襲った？　へっ、おれはそのクソちびの腕をつかんだだけだぜ」

「その場にウォレン・レッドストーンがいなかったら、それ以上のことをしたんじゃないのか」

「レッドストーン？　誰だよそいつ」

「でかいインディアンだ」

「そうか、あいつか。ちょっとしゃべって、おれは立ち去った。それだけさ」

「どこへ行った」

「おぼえてねえな。ぶらついてた」

「ひとりでか」

「ばったりジュディ・クラインシュミットに会った。夜通し楽しんだぜ」

「シブリー公園へ行って、そこにいた若者たちとばか騒ぎをしたか」

「ああ」

「アリエル・ドラムを見たか」

「見た、ああ」

「話しかけたか」

「なんか言ったかもしれねえな。あそこじゃいろんな連中に話しかけたからな」

「ハンス・ホイルと取っ組み合いの喧嘩をしたそうだな」

「そうさ。二発ばかり殴ってやったが、たいしたもんじゃない。あいつがおれの車をクソ呼ばわりしやがったんだ」

「口に気をつけろ、モリス。パーティーを離れたのは何時だ」

「おぼえてねえよ」

「ひとりだったのか」

「いんや。ジュディが一緒だった」

保安官が部下に顎をしゃくると、保安官補が出ていった。

「まっすぐうちに帰ったのか」

「いや」

「どこへ行った」

「言いたくねえよ」

「言ったほうが身のためだぞ」

エングダールはちょっと考えてから、どうでもよさそうに肩をすくめた。「ドーン街道にあるミューラーじいさんのうちに行った」

「理由は」

「人が住んでないしよ、納屋にはでかい干し草の山があって、おれの車には毛布が積んであるんだ。わかるよな？」

保安官がしかるべき結論を導きだすまで少しかかった。「おまえとクラインシュミットの娘とでか」

「そうさ、おれとジュディでだ」

「どのくらいそこにいた」

「じゅうぶんな時間だよ」エングダールは歯をみせてにやりとした。

「それからどうした」

「ジュディを送っていった。そしてうちに帰った」

「それは何時だった」

「知らねえよ。日がのぼりかけてたな」

「おまえの帰宅を誰かが見たか」

エングダールはすばやく首を横にふった。「おやじは昨夜はしこたま飲んでソファでいびきをかいてた。爆弾が破裂したって聞こえなかったろう」

保安官は椅子に背をあずけ、胸の前で腕組みをして、たっぷり一分間無言でモリス・エングダールを値踏みした。そのあいだにエングダールはだらしない姿勢から身を起こし、背筋を伸ばしたあと、神経質に肩をそびやかし、ついに言った。「なあ、全部しゃべったぜ。アリエル・ドラムのことはなにも知らねえよ。川縁のパーティーで見かけた、それだけさ。クソ、一言だって声はかけてない。焚き火の向こう側にすわって、じっと火を見つめてたよ。他のやつとしゃべったら口が穢《けが》れるみたいな感じでな。いつもそうなのさ。兎唇なんて屁のカッパなんだ」エングダールはしゃべるのをやめて、ばつが悪そうに父を見た。

保安官は待ったが、一度黙りこんだエングダールはそれっきりしゃべらなかった。

「ようしモリス。われわれがジュディを見つけて話をするまでここにいろ」

「ここにいろ？　交替勤務時間の四時には缶詰工場にいないとまずいんだよ」

「遅れないように最善を尽くす」

「ちぇっ、ほんとかよ」

「おい、ルー」保安官は、さっきわたしたちと一緒に川縁に行った保安官補に声をかけた。

「モリスが横になれるように房に入れてやれ。寝足りないような顔をしてるからな」

「おれをぶちこもうってのか？　なにもしちゃいねえぞ。逮捕する権利はないはずだ」

「逮捕するわけじゃないさ、モリス。しばらくのあいだ手厚くもてなしてやるだけだ。われわれがジュディ・クラインシュミットと話をするまでな」

「ちっくしょう」エングダールは悪態をついた。

「言葉に気をつけろ」保安官は一喝した。「影響されやすい年頃の子たちがいるんだぞ」

エングダールはわたしを見た。視線で人が殺せるなら、わたしはもう何度も死んでいるだろう。

わたしたちは自宅にむかった。ニューブレーメン警察署のパトカーが砂利敷きの車廻しにとまっていた。父はそのとなりの草むらにパッカードをとめた。家にはいると、ドイルが母と並んで台所のテーブルにすわっていた。

「ネイサン」父を見あげた母の顔は途方にくれ、怯えていた。

ドイルが立ちあがり、父のほうを向いて左手を差し出した。「ミスター・ドラム、見てほしいものがあるんですよ。娘さんのものですか」

ドイルの大きな手のひらに、きれいなハンカチにくるまれたなにかが載っていた。ドイルは右手でハンカチの隅をめくり、真珠母が埋め込まれたハート形の金のロケットをあらわにした。

「そうです」父が答えた。「娘は昨夜それをつけていました。どこでそれを？」

ドイルの顔は冬のコンクリートみたいに冷たかった。「ウォレン・レッドストーンの所有物の中にあったんです」

20

ガスは父やドイルと一緒にロケットについて話し合おうと、保安官事務所へ出かけていった。ジェイクとわたしは母のもとに残ったが、一緒にいるのは苦しかった。黙りこんででたらめに動きまわることで、母は恐怖を伝えてきた。台所のテーブルについて煙草を吸ったかと思うと、立ちあがって行ったりきたりし、どこかへ電話をするように居間で受話器を持ちあげては、また戻し、腕を組んで窓の外をじっと見つめる。そのあいだずっと、指のあいだでは煙草がくすぶりつづけているのだ。台所から見守っていると、恐ろしい考えか推測にじっとふける母の指先へと、煙草の赤い部分がじわじわと這っていった。

「母さん」それ以上見ていられず、このままでは火傷すると思って、わたしは声をかけた。

母は窓からふりかえらなかった。

「お母さん！　煙草！」

母は動かなかったし、わたしの言葉に気づいたようにも見えなかった。わたしが部屋を突っ切って母の腕にふれると、ぼんやりと下を見て指が焦げそうになっていることに急に気づき、煙草を払いおとして踏みつけ、蜂蜜色の床板に黒い焦げ跡をつけた。

ちらりと台所をふりかえると、ジェイクが怯えた表情を浮かべていた。母がいる家は絶望と不安に押しつぶされた場所だったが、かといって、それをどうしたらいいのか、どうすれば助けになるのかわからなくて、わたしは途方に暮れた。

やがて、車廻しの砂利を踏む音がした。台所の窓から外をのぞくと、カールが小型トライアンフの助手席にエミールを乗せてやってきたのだとわかった。彼らの頭上には暗い空がのしかかっていた。カールは伯父に手を貸して車からおろし、勝手口に近づいた。

「ミスター・ブラントがきたよ！」わたしは声をはりあげた。

「ああ、エミール」母が台所に飛びこんできて、ミスター・ブラントを両腕に抱きしめた。「ああ、エミール。よくきてくださったわね」

「ひとりでじっと待っているのに耐えられなかったんだ、ルース。こないではいられなかった」

「ええ、ええ。一緒にすわりましょう」

母はエミールを居間へ連れていき、ソファに並んで腰をおろした。

カールはわたしやジェイクと一緒に台所でぐずぐずしていたが、たずねた。「なにか知らせは？」

「アリエルのロケットが見つかった」わたしは言った。

「誰が見つけた？」

「ドイル巡査だよ。ウォレン・レッドストーンが持ってたんだ」

「ウォレン・レッドストーンって?」

「ダニー・オキーフの大おじさん」ジェイクが答えた。

「どうやってロケットを手にいれたのかな」

「わからない」わたしは言った。「父さんとガスとドイル巡査がロケットを持って保安官事務所へ行った」

「どのくらい前?」

「三十分ぐらいかな」

カールは台所から居間の戸口に進みでて、言った。「ちょっと出てきます、エミールおじさん。迎えに戻ってきますから」

カールは急いで出ていった。赤いスポーツカーに飛び乗ると、車廻しから飛びだしてタイラー通りを町の方角へ走りさった。母とブラントは居間にいたし、父やほかのみんなは保安官事務所に出払って、ジェイクとわたしだけが不安をかかえて取り残された。

「腹へったか?」わたしは訊いた。

「ううん」

「ぼくもだ」テーブルについて、なめらかなフォーマイカの表面に手を走らせた。「どうやって手にいれたんだろう」

「なんのこと?」

「アリエルのロケットだよ」

「わかんない」ジェイクも腰をおろした。「アリエルがあげたのかもしれないよ」

「なんで」

「わかんない」

「見つけたのかもしれない」

「どこで」

「さあ」

「まさかアリエルに怪我をさせたんじゃないよね」

わたしはウォレン・レッドストーンのことを考え、構脚橋の下で死んだ男のそばにいたウォレンとはじめて会ったとき、ジェイクの身を案じたことを考えた。川沿いの差し掛け小屋で偶然会ったこと、一緒にいたダニーが逃げ出したことを考えた。わたしたちが石切り場に行く直前、ダニーの家の地下室でウォレンが冷たくわたしを追い払ったことを考えた。そして昨夜、ウォレンがわたしのために仲裁に入ったさい、モリス・エングダールをも怖がらせた何かがウォレンにあることを考えた。

わたしは立ちあがって言った。「外に行かないと息が詰まりそうだ」

ジェイクも立ちあがった。「どこに行くの？」

「川だ」

「ぼくも行く」

居間をのぞくと、母とブラントは差し迫った様子で話しこんでいた。「ジェイクとふたりでちょっと出かけてくる」わたしは彼らに声をかけた。

母はちらりとこちらを見ただけで、ブラントとの会話に戻った。ジェイクとわたしは勝手口から外に出た。

空が変化していた。薄墨色が濃い灰色になって、雲がもくもくとわきはじめていた。ときおり強い風が吹きつけ、突風にともなって西からかすかな雷鳴がとどろいてきた。わたしたちは裏庭を横切り、雑草やヒナギクがさざ波立って、まるで地面が生きているように見える牧草地を突っ切った。スウィーニー夫婦の家を迂回するとき、紐にぶらさがった洗濯物のシーツが風にあおられてはじけるような音をたてた。四番通りを渡り、柵のない二軒の家のあいだを通り抜けて五番通りを横断した。向こう側の地面が川にむかって急勾配で落ち込んでいた。斜面はイバラが生い茂っていたが、そのトゲのある蔓植物のなかを通る踏みしめられた小道をたどって濁った川のきわの乾燥した干潟におりた。西へ二百ヤード行けば、ウォレン・レッドストーンの差し掛け小屋のあるアシにおおわれた細長い砂地に出る。

「ぼくたち、なにをしてるの」ジェイクが訊いた。

「探してるんだ」

「何を」

「わからない」

「レッドストーンがいたらどうするんだよ」

「どうもしない。こわいのか」

「ううん」

「じゃ行こうぜ」雨がぽつぽつふりはじめたのを感じて、わたしは足を速めた。

わたしたちは足音をごまかそうともしないで、大人の頭より高いアシの茂みに大胆に突っ込んだ。そこを抜けてみると、空き地はがらんとしていた。まっしぐらに差し掛け小屋に近づいて首を突っ込んでみると、埋められていた缶はなくなっていた。からっぽの穴のわきにちいさな砂の山が残っていた。

「なくなってる」つぶやいてあとずさりし、腰を伸ばしてふりかえると、ジェイクがウォレン・レッドストーンにつかまって、声も出せずにすくみあがっていた。

「ちびの泥棒たちめ」男は言った。

「ぼくたちは泥棒じゃない」わたしは言い返した。「泥棒はそっちだ。ぼくの姉さんのロケットを盗ったじゃないか」

「おれの缶はどこにある？」レッドストーンは問いつめた。

「ぼくたちは持ってない。警察が持ってるんだ。アリエルのロケットを見つけたから、警察はあんたを逮捕しにくるぞ」

レッドストーンが言った。「なんのためだ」

「ジェイクを放せ」

レッドストーンはわたしの要求どおりジェイクを放して、手荒にわたしのほうへ押しやった。弟はよろめきながらわたしのそばにくると、ふたりでダニーの大おじに向き合った。

「アリエルはどこだ」わたしは訊いた。

レッドストーンはわたしを見た。読めない表情だった。「おまえの姉さんか？」

「どこにいる」

「おれは見てない」

「嘘だ。アリエルのロケットを持ってたくせに」

「あのロケットは見つけたんだ」

「どこで」

「川の上流で」

「信じるもんか」

「おまえが信じようと信じまいと、痛くも痒《かゆ》くもない。おれはおれの缶がほしいだけだ」

「警察が持ってるし、アリエルになにをしたかしゃべるまで、警察はあんたを刑務所に入れる」

「なんだと、こぞう、あの缶に入ってるのはおれの人生のがらくただけだ。おれ以外の人間にはどうでもいいものばかりだ。あそこに入ってるのは、おれがどこかで見つけたものや、人からもらったものだ。おれは泥棒じゃない。それにおまえの姉さんのことなどこれっぽっちも知らん」

レッドストーンはわたしを見つめ、わたしは見つめかえした。わたしの中に多少の恐怖があったとしても、それは煮えたぎる怒りの奥底に押し込められていたからすこしも怖くはなかった。もしもあのときレッドストーンが襲いかかってきたら、死にものぐるいで戦ったことだろう。

大粒の雨がふりだして、砂地にくぼみをつけた。荒々しい風が吹き、遠くで鳴っていた雷が町の上空に移動してきて、稲光は見えなかったものの、わたしは嵐の到来を空中に嗅ぎとった。雨が岩肌をつたうようにレッドストーンの顔を流れおちたが、彼はわたしから目をそらさず、動きもしなかった。わたしも負けずにじっと立っていたが、そのばかでかい両手によってすぐにでも息の根をとめられることを覚悟した。

そのとき、サイレンが近づいてくるのが聞こえた。

レッドストーンは小首をかしげて耳をすませた。五番通りの斜面の方角から車のドアがしまって男たちが叫ぶのが聞こえた。

わたしは大声をあげた。「こっちだよ！　ここにいる！」

レッドストーンはその黒い目をわたしの顔に据えた。そこには、やっとわたしが理解することができた、そして今日にいたるまでわたしを恥じ入らせる表情があった。

彼は静かに、憎悪のかけらもなく、言った。「おまえはたった今おれを殺したんだ、白人の子供」

彼は背を向け、走りだした。

21

ゾウの群れがあばれまわっているかのようにガマが揺れたかと思うと、男たちの一団が空き地に飛びこんできた。父とカールとガス、保安官とドイルとふたりの保安官補だった。差し掛け小屋にいるジェイクとわたしを見ると、彼らは立ちどまった。父だけがまっすぐわたしたちのところへやってきて、混乱と不安のいりまじった目でわたしたちを見た。

「おまえたち、ここでなにをしているんだ」

「ウォレン・レッドストーンを捜しにきたんだ」わたしは言った。

保安官が近づいてきて、父の隣に立った。彼はぶっきらぼうに言った。「やつはどこへ行った？」

わたしはレッドストーンの別れ際の言葉を思い浮かべた。おまえはたった今おれを殺したんだ、白人の子供。昼さがりの〈ハルダーソンズ・ドラッグストア〉の奥で、目に殺意を宿して酔っぱらっていた男たちを思い出した。父の眉から伝い落ちる雨がまるで澄んだ川のように見えた。見あげた父の顔にわたしは懸念と絶望を見た。保安官の顔をのぞきこむと、同情とは無縁の冷たく険しい決意がはねかえってきた。父にも保安官にも殺意はうかがえなかったが、そこに認めたものはわたしを動揺させるに充分で、わたしは口がきけなくなった。

「あっちだ」ドイルが叫んで川下の小道のほうを指さした。ジェイクとわたしがさっき急いでアシをかきわけてきた方角、ウォレン・レッドストーンが身をひるがえして逃げていった方角だった。

「どのくらい前だ？」保安官が問いつめた。

「二、三分」わたしは言った。

全員が追跡を開始する中、父だけが一瞬ためらってから、川の土手の斜面を指さして言った。「あそこの車のところまで行って、そこにいるんだ、いいな」返事を待たずに、父もみんなに加わった。

わたしは雨に打たれながら自分たちが押し倒してできた茂みの道を眺めた。

隣でジェイクが言った。「あれ本当？」

「あれって？」

「あの人は死んだも同然だって。警察が殺すって」

「レッドストーンは本当だと思ってる」わたしは言った。

「あの人がアリエルを傷つけたと思う？」

「わからない」

「ぼくは思わないよ、フランク」

わたしの怒りはその頃には峠を越しており、わたしは静かな後悔に苛《さいな》まれてジェイクの言うとおりだと思った。

「行こう」わたしはレッドストーンと男たちがいなくなった方角へ走りだした。

雷が頭上で何度もとどろき、そのたびに稲妻が灰色の雨のカーテンを白く照らしだした。三十ヤード先も見えない激しいどしゃぶりで、男たちの姿はすでに影も形もなかった。わたしたちはあらんかぎりのスピードで走ったが、大人たちは二倍の長さの脚で二倍の速度で走りさっており、彼らにおいつくのは所詮無理だった。ジェイクははじめは隣を走っていたが、だんだん遅れはじめ、待ってよと呼びかけてきたがわたしはひとりで走りつづけた。ほんの十五分前にザ・フラッツからきたときに通った場所を通過し、五番通りぞいの家々の最後の一軒を通りすぎて、ようやくウォレン・レッドストーンとの関わりがはじまった場所、川にかかる構脚橋にたどりついた。

力がそこで尽きた。構脚橋の下、死んだ男が倒れていて、レッドストーンがそのわきにすわっていたあの場所にわたしは濡れネズミで立っていた。息が切れ、脇腹が痛かった。川の土手は雨ですべりやすく、前を走っていった男たちの足跡がぬかるみについていた。呼びかわす彼らの声が聞こえたようにも思ったが、荒れ狂う風と空から落ちてくる激しい雨音が一切の音をかき消していて、定かではなかった。わたしは顔をあげた。あの最初の出会いのとき、ウォレン・レッドストーンもそんなふうに顔をあげて、構脚橋の枕木のあいだからのぞきこんでいたジェイクとわたしを見つけたのだ。そのとき頭の上の枕木のあいだから、じっとこちらを見おろしているレッドストーンの顔が見えた。

彼は動かなかった。しゃべらなかった。ただ構脚橋に腹這いになって、茶色の老いて疲れた目でわたしを見つめていた。一万年以上昔、氷河湖があふれてできた川を、彼と同じウォレンという名を与えられていた川を流れてきた二個の石のような目だった。

はじめて会ったとき、彼がジェイクに言ったことを思い出した。線路は川に似ている、鋼鉄の川だ、いつもそこにあるがいつも動いている。そしてわたしは悟った。ウォレン・レッドストーンがたどるつもりでいる川は水の川ではないことに。

レッドストーンが立ちあがった。枕木のあいだにちらちら身体が見え隠れし、構脚橋を渡りはじめたことがわかった。わたしは構脚橋の下を出て川の土手からすこし離れ、すばやく、注意深く、踏みそびれて落下しないようにうつむいて枕木の上を移動する姿を見守った。一度だけ、彼はわたしの意図を推し量るようにふりかえったが、また逃げることに注意を戻した。

構脚橋を渡りきるところまでは見えたが、それが最後で、あとは土砂降りにまぎれこんでしまった。

22

保安官たち一行がようやく川の反対側の鉄道線路の捜索にやってきた頃には、ウォレン・レッドストーンはすでにいなくなっていた。彼に会ったことをわたしは誰にも言わなかった。口をつぐんで彼の逃亡に一役買うという、自分でも理解しがたいことをどう説明できただろう？　不可解な心の動きに導かれて、とんでもないことをしてしまったのだ。いまさら後悔しても遅かった。とはいえ、わたしは事実を言いそびれたことを深く悔いた。レッドストーンが逃げきってしまいそうで、罪悪感に押しつぶされそうだった。

その午後、猛烈な雨の中での捜索はシブリー公園から構脚橋まで川の両側に沿っておこなわれた。収穫はなかった。保安官たち一行はウォレン・レッドストーンが滞在していたオキーフ家の地下室も調べた。彼らはレッドストーンとアリエルのつながりをさらに固めるなにか、たとえばロケットとそろいの真珠母の髪留めとか、あの夜はめていた金の腕時計が見つかるのではないかと期待していたが、手ぶらでひきあげた。保安官はわたしたちに、隣接するすべての郡の警察に通知したことを知らせ、レッドストーンはきっとつかまると請け合った。一方でアリエルの捜索はつづけるとも断言した。

ジュディ・クラインシュミットがモリス・エングダールの供述を裏付け、アリバイがあることがわかったので、エングダールは保安官事務所の客として数時間とどまっていた独房から解放された。保安官が父に打ち明けたところによれば、エングダールの言い分や女の供述を必ずしも信じているわけではないが、ロケットがウォレン・レッドストーンの持ち物の中にあった以上、とりあえずは釈放せざるをえなかったということだった。

日が暮れる頃にはわが家の状況はニューブレーメン中に知れ渡っていた。祖父とリズがやってきて、リズが食事の支度を引き受けた。彼女は料理上手だったので、これは喜ばしいことだった。エミール・ブラントはいったん帰ったが、また戻ってきた。彼が母に言ったところによれば、ひとりでひたすら知らせを待つのは耐えられないからだった。エミールを車に乗せてきたカールは、うち沈むわたしたちの前にいることがいたたまれないらしく早々に出ていった。土砂降りはいっこうに降りやまず、はやばやとあたりが暗くなり、夕食後大人たちは居間に、ジェイクとわたしは玄関ポーチに腰をおろして、ほとんど口をきくこともなく、たたきつける雨が木々の葉をひきちぎりそうになっているのを見ていた。

その夜をもって、ドラム家の中で時間が変化した。わたしたちは一秒一秒が失意と、胸をしめつける最悪の恐怖によって支配された時間の中へ入りこんでいった。それにたいする父の反応はひっきりなしに、熱に浮かされたように、祈ることだった。ひとりで祈り、家族の前で祈った。ジェイクとわたしはときどきそれに加わったが、母はそうはせず、混乱とも憤怒ともつかぬまなざしでじっと前をにらんでいるばかりだった。

木曜の朝になると訪問者があらわれはじめた。隣近所の人たちや父の信徒が家に立ち寄り、母を台所仕事から解放するために、キャセロールや手作りのパンやパイを善意の言葉とともに差し出し、すぐに帰っていった。祖父とリズは早朝からやってきて、リズが持ち寄られた食べ物を食卓に並べ、祖父が両親に代わって玄関先で訪問者に挨拶して謝意を伝えた。訪問者が途切れると、ふたりは母や、ずっと自宅に帰っていないエミールと一緒にすわって待った。コンラッド・スティーブンズというメソジスト派の地区最高責任者がマンカートから車でやってきて、父の教区である三つの教会での礼拝の代役をつとめると申し出た。父は礼を述べ、考えてみると言った。

ガスは出たり入ったりしていた。きては去っていくオートバイのうなりが聞こえた。ガスはアリエルの居所をつきとめるべく奔走していたドイルと連絡を取り合っており、よく家に入ってきては声をひそめて父と言葉をかわし、残りのわたしたちには声をかけることなく帰っていった。あとになって知ったのだが、ガスは保安官の部下や町の警察署長がアリエルの失踪に関して得た情報を父に伝えていたのだった。アリエルの人相に合致する少女が〈ブルー・アース〉で数人の少年たちと一緒にいるのを目撃されていたり、モートン近辺の道路を歩いているところを見かけられたり、レッドウッド・フォールズのトラックの停車場で姿を見られたりしていた。

それはいてもたってもいられぬ時間で、ジェイクとわたしは自分たちの部屋に安らぎを求めた。ジェイクは愛読書であるコミックの一冊を持ってベッドに寝転がったが、読むよりは黙って天井をじっと見あげていることのほうが多かった。ちいさな作業台に腰かけて、飛行機のプラモデルに意識を集中しようとすることもあり、そんなときは部屋中に接着剤の強烈なにおいがたちこめた。わたしはほとんどの時間を窓際の床にすわって過ごし、通りの向こうの教会を眺めて、父の信じる神について思いをめぐらせた。父は説教の中でたびたび神への信頼について説き、どんなに孤独を感じようと、神は常にわれらとともにあることを信じようと語った。だが、胸のつぶれる思いで知らせを待ちつづけたあいだ、わたしは神の存在を爪の先ほども感じなかった。祈りはしたが、声が聞き届けられると信じているらしい父とはちがって、空気に話しかけているようなむなしさをおぼえた。なにも返ってはこなかった。アリエルも、アリエルの身を案じる恐怖からの解放も。

雨は終日ふりやまず、濃い霧のような恐怖のなかでひたすら待つだけの時間が過ぎていった。アリエルが行方不明になってから、両親はろくに寝ておらず、やつれきっていた。その夜、ジェイクとわたしがベッドにいると、保安官から父に電話がかかってきた。わたしたちの寝室の外の廊下で父が電話に出る気配を聞きつけ、わたしは起き上がってドアをあけ聞き耳をたてた。父の表情は険しく、動揺があらわだった。話が終わると、父はベッドに戻れとわたしに命じてから、母とエミール・ブラントと祖父とリズのいる居間におりていった。わたしはなるべく足音をたてずに階段の上に忍びよって、耳をすませた。

アリエルが失踪して苦しんでいるのはわれわれ家族だけではない、と父が言っていた。ウォレン・レッドストーンのせいで、ダニー・オキーフの家族がいやがらせを受けていた。脅迫の電話が何件もかかってきて、家族は電話に出るのをやめていた。まさにその夜も、居間の窓に外の暗がりから岩が投げ込まれてガラスがこなごなになった。父はオキーフの家に行って謝罪してくる、と言った。

「なにを謝るんだね」祖父がたずねた。

「他の人びとの無知をです」父は答えた。

「無知だと？」祖父が言葉尻をとらえた。「あの家族はレッドストーンを住まわせ、食べさせたんだぞ。なあいいかね、ネイサン、レッドストーンがどんな人間か彼らが知らなかったとでも思うのか」

「では、どんな人間だというんです、オスカー」

祖父はどもった。「やつは……やつは……やつはトラブルメーカーだ」

「どんなたぐいのトラブルです？」

「いや、昔のことではあるがな」

「オスカー、ウォレン・レッドストーンについてわたしが知っている確かなことは、モリス・エングダールがフランクを痛い目にあわせようとしたとき、彼が割って入ってくれたことだけです」

「彼はアリエルのロケットを持っていたわ」母が石のように冷たい声で言った。

「そうとも」祖父は同意した。「それはどうなんだ」

「フランクの話では、レッドストーンはロケットは見つけたものだと主張したそうです」

「で、きみはインディアンなんかの嘘を信じるのか」祖父が反撃した。

「インディアンなんか、ですか」父の声は厳しかったが冷たくはなかった。「ではお答えしますよ、オスカー、それがこのいやがらせの本質なんです。アリエルとは何の関係もない。アリエルは、一部の偏見のある人びとがうっぷんを晴らすのに利用している口実にすぎません。だからわたしはオキーフ家に行って、彼らがいやな目にあわされていることを詫びてくるんです」

祖父は苦々しげに言った。「ミスター・レッドストーンがアリエルの失踪に関与していたらどうなんだ」

「アリエルがいなくなったことにはれっきとした理由があるはずです」父は答えた。「わたしは心からそう信じている。そして、あの子がわたしたちのところへ戻ってくると信じています。オキーフ一家が苦しまねばならない理由はどこにもありません」

父が部屋を横切る足音がして、身をひそめていた階段の上の暗がりから玄関を出ていく父の姿がちらりと見えた。

「ばかなやつだ」祖父が言った。

「ええ、でも偉大なばかです」エミール・ブラントが答えた。

喪失は、いったん確実になれば、手につかんだ石と同じだ。重さがあり、大きさがあり、手触りがある。実態があって、値踏みしたり、処理したりすることができる。それで自分を殴ることもできるし、投げ捨てることもできる。だがアリエルの失踪の不確実さは、それとは正反対だった。それはわたしたちを包囲し、わたしたちにへばりついた。わたしたちはそれを呼吸しているのに、それが何でできているかさっぱりわからなかった。怖れる理由はむろんあったが、アリエルになにが起きたのか、起きているのか、皆目見当がつかないだけに、希望を持つ理由もあった。希望は父がすがりついているものだった。母は絶望を選んだ。エミール・ブラントは、いまや常にわが家にいて、母にとっての大きな慰めであり、ときには父にはできないやりかたで、暗い可能性を母と話し合うことができた。ジェイクは無口になったが、吃音症のせいもあって、口をきかないことは弟にとっては慣れ親しんだ避難法だった。ガスはずっと暗い顔をしていた。

わたしはといえば、最良のシナリオを夢想していた。わたしの想像の中のアリエルは、谷の生活に嫌気がさして外の世界を冒険したがっていた。気のいいトラック運転手の隣にすわって高原を走っているアリエルの視線の先には、黄金色の麦畑から濃紺の波のようにそびえたつロッキー山脈があり、その向こうのどこかにはハリウッドと名声が待っていた。あるいは、シカゴかニューオーリンズを――そこでも名声は得られるだろうから――めざしているのかもしれなかった。出奔したのを後悔し怯えている姉の姿が瞼に浮かぶこともあったが、ある意味それは希望の持てる想像だった。なぜなら、どこかへんぴな場所の電話ボックスから電話をかけてきて、父に迎えにきてと頼んでくるかもしれないからだ。いずれにしろ、わたしは今にきっと連絡があって、アリエルが帰ってくると信じていた。心の底から信じていたし、祈るときはそうなるようにと祈った。

保安官事務所と町の警察署は二日間にわたって、川縁のパーティーに参加した数十人の若い男女やアリエルの友人たちに話を聞いたが、謎の失踪の解明に役立つ証言はまったく得られなかった。

三日めの午後になると、わが家の雰囲気はおそろしく陰鬱になり、わたしはこのままでは窒息するか発狂するぞと思いはじめた。父は町へ出かけていたが、その目的は聖職者たちとの会合でオキーフ一家のみならず近隣のスー族の数家族に暴力が加えられるおそれについて話し合うためだった。スー族の人びとはアリエルとは何の関係もないのに、露骨な脅しを受けていた。ザ・フラッツの子供たちがダニーを避けていると聞いたときは、まちがったことだと思ったし、わたしに関するかぎり、ダニーとの友情はすこしも変わっておらず、そのことをダニーに伝えたかった。ダニーの家に行くとジェイクに言うと、ジェイクも一緒に行きたがった。いいよ、とわたしは言った。母がブラントとひきこもっている居間はカーテンがおりていて、わたしはひんやりする居間の薄暗がりにむかって声をかけた。「ジェイクとふたりでダニー・オキーフのうちに行ってくる。辛い思いをしてるって聞いたんだ」

「お父さんみたいね」母は言った。顔は見えなかったが、声は苦々しげだった。

「行っていい？」

母はすぐには答えなかったが、エミール・ブラントが何事かささやくと、言った。「ええ、でも気をつけなさいよ」

雨は夜半にあがっていて、暑くて風のない夏の一日だった。すべてが濡れそぼっており、地面はびしょびしょで、湿気のせいで吸い込む空気が胸に重くたまった。ザ・フラッツではすべてが静止していた。熱をしめだすカーテンがひかれ、子供たちの遊ぶ声も聞こえなかった。アリエルの失踪の謎が解決するまでは、親が警戒して子供たちを外に出さないのだ、と父が言っていた。なんだか『トワイライト・ゾーン』の一場面みたいで、ジェイクとわたし以外の全員が世界から消えてしまったかのようだった。

ダニーのお母さんがドアに出てきた。いぶかしげにわたしたちを見たが、迷惑そうでもなかった。わたしたちの背後の通りに視線を走らせるのを見て、怖がっているのだとわかった。

「ダニーはいますか？」わたしはたずねた。

「どうしたの？」

「ダニーと外で遊べないかと思って」

「あの子は二、三日グラニット・フォールズの親戚のところへ行ってるの」

わたしはうなずいてから、言った。「すみません、ミセス・オキーフ」

「なぜあなたがあやまるの、フランク」

「あなたがたに迷惑をかけてるから」

「あなたたちこそお気の毒に」

「どうも。じゃ、さよなら」

「さよなら、フランク」彼女がジェイクに目を向けたので、ジェイクにもさよならと言うつもりだと思ったが、言わなかった。たぶん名前を思い出せなかったんだろう。人前では黙りがちなジェイクはよくそういう目に遭うのだ。

玄関ポーチをあとにすると、ジェイクが言った。「どうする?」

「川に行こう」

あの当時、ザ・フラッツはオキーフ家のところまでだった。そこから先は未開の湿地帯だった。ザ・フラッツの子供なら誰でも知っている踏み分け道があり、わたしたちは丈の高いガマのあいだを縫うようにして川の土手に出た。二日間ふりつづいた雨で川は増水しており、数週間ぶりに水位も水量もあがっていた。これといった目的もなく、わたしたちはわが家があるザ・フラッツの下流にむかって歩きだした。川縁はいつも変化していて、砂だったり、ぬかるみだったり、またときには楽隊が通れそうなほど広かったり、子供ふたりの足幅もないぐらい狭かったりした。ダニーの大おじさんの差し掛け小屋があったあのアシの茂る砂の空き地はいまや完全に水に囲まれており、流砂についてはさんざん警告されていたので、そこには近づかなかった。うちに帰るには一番の近道である場所にさしかかった。そこの土手をのぼればすぐなのだが、そのときは気が滅入る雰囲気の漂う家に戻るのはまっぴらだった。すこし離れたところでジェイクが腕の長さほどもある流木を拾いあげて、言った。「ボート競争しない?」

わたしは同じぐらいの大きさの木のかたまりを見つけた。「行くぞ!」ボートに見立てた木をわたしたちが川に投げ込むと、流れが木をさらい、わたしたちは走って追いかけた。ボートはくるくるまわり、向きをかえ、水没した木の枝が水の獣の指のようにつかまえてやると突き出ているそばをすりぬけた。

「ぼくのが勝ってる」ジェイクが叫んで、数日ぶりに声をあげて笑った。

わたしたちはその夏の悲劇的出来事の多くが起きた場所、構脚橋まで大急ぎで走った。水かさを増した急流によって運ばれてきた瓦礫《がれき》のちいさなダムのまわりで水が渦を巻き、わたしたちのボートは枝などの残骸にひっかかって動かなくなり、競争はそこでおしまいとなった。構脚橋の下の陰になった土手に立って、わたしたちは息をはずませ、おびただしい汗をかいていた。スニーカーは泥まみれになり、服はイガやトゲでかぎ裂きになっていたが、心はアリエルがいなくなってからはじめてすこし軽くなっていた。

「すわろう」わたしは言った。

「どこに」ジェイクがぬかるんだ川の土手を見た。

「あそこだ」わたしは頭上の構脚橋を指さした。

ジェイクは抗議しはじめたが、わたしはさっさと土手をのぼっていたから、弟はついてくるしかなかった。

シャツが汗で背中にへばりついていたので、脱いで肩にひっかけると、ジェイクも真似をした。夏の太陽のもと戸外で過ごした数週間がわたしたちの肌をペカンの実そっくりの薄茶色に変えていた。ちょっと行ったところで構脚橋にすわり、脚をだらんと下に垂らした。ジェイクは線路の先をこわごわ見やり、注意深く耳をすましたあとようやくわたしのとなりに腰をおろした。わたしは路床から石をひとつかみすくって、川を流れてくる枝やその他の瓦礫めがけて投げはじめた。それを見たジェイクも石をひとつかみつかんだ。

こうやって、七月のうだるような午後の数分間、わたしたちはほぼ無言ですわっていた。青い空は雲一つなく、川の反対側のトウモロコシ畑は濃い緑色、遠くの丘陵はカメの甲羅みたいなまだらの緑で、ミネソタ・リバーの水は濁ったリンゴ酒の色をしていた。谷の肥沃なにおいを嗅ぎなれていたので、太陽の熱によって湿った黒い土からたちのぼるむっとするにおいにはほとんど気づかなかった。わたしが意識したのは、今この瞬間、ふたたび正常が戻ってきたように感じられるということだった。ああ、あの瞬間が永遠につづいたらどんなによかっただろう。アリエルが戻ってきてくれることを願いながら、それ以上にもとのような単純な生活を求めている自分に気づいて、うしろめたさでいっぱいになった。

ジェイクが石を投げて、言った。「ぼく、アリエルのことを考えるたびに誰かにおなかを殴られたような気持ちになるんだ。ほんとに帰ってくるのかな、フランク？」

「わからない」

「最初は帰ってくると思ってたけど、今は帰ってこない気がする」

「どうして」

「ただそんな気がするんだ」

「そんな考え、捨てちまえ」わたしは石を投げた。

「アリエルの夢を見るんだ」

「うん?」

「天国にいる夢だよ」

もうひとつ石を投げようとしてわたしは動きをとめ、弟を見た。「どんな夢だよ」

「アリエルは幸せなんだ。だから目がさめたとき、気分がいいんだ」

「くそ、おれもそんな夢が見たいよ」

「くそって――」例によってわたしの言葉づかいに文句をつけようとしたジェイクの声が途切れた。弟はわたしではなく下を見ていた。「あれ、なんだろう、フランク」

ジェイクの指の先をわたしは目で追った。流れに運ばれ構脚橋の杭によってせきとめられた瓦礫のちいさなダム。折れた小枝や雑草がぶあつく溜まった茶色と黒ばかりのごみのなかに、ひときわあざやかで場違いな赤が見え隠れしていた。土手からでは見えないが上からだとはっきりそれが見えた。わたしは立ちあがると、ジェイクが二の足を踏んでいるのをよそに、構脚橋をさらにゆっくり進んでその残骸の真上にたどりついた。目をこらしても、茶色いリンゴ酒色の水が勢いよく流れ、水中のすべてがぼやけてよく見えなかった。一拍置いて自分の見ているものの正体に気づいたとき、息ができなくなった。

「なんだった、フランク?」

わたしは顔をあげることができなかった。目をそらすことができなかった。口がきけなかった。

「フランク?」

「父さんを呼んでこい」やっとのことで言葉を押し出した。

「なんだったんだよ？」ジェイクはしつこかった。

「いいから父さんを呼んでこい。さっさとしろ、ジェイク。行け。ここで待ってる」

ジェイクは立ちあがって構脚橋をこちらに近づいてこようとしたが、わたしは怒鳴りつけた。「こっちにくるな。一歩だってくるな。今すぐ父さんを呼んでくるんだ、ばかやろう」

ジェイクは危なっかしくあとずさり、すんでに構脚橋からころげおちそうになってバランスを保つと、回れ右をして線路づたいにザ・フラッツの方角へ走りさった。

身体中の力がぬけ、わたしはくずれるようにへたりこむと、枕木のあいだから見え隠れしているゆらめく赤をじっと見おろした。それは水中でなびいているドレスの生地だった。その横、川の暗い深みから水面に浮かびでてゆらゆらとしている濃い色のちいさな流れは、アリエルの赤褐色の長い髪だった。

その日は暑く、無風で、空は硬い青磁の色をしていて、わたしは構脚橋にひとり横たわり、誰もいない川の上で胸が張り裂けんばかりに泣いた。

23

知ることは知らないことより何倍も悪かった。

知らなければ希望があった。なにか見過ごしていたことがあるかもしれないという希望。奇蹟がおきるかもしれないという希望。ある日電話が鳴り、日の出にさえずる小鳥のようなアリエルの声が聞こえるという希望。

知ることがもたらすのは死だけだった。アリエルの死、希望の死、そしてはじめはわからなかったなにかの死。ときがたつにつれて、喪失は徐々にその正体を見せはじめた。

ニューブレーメンはスー郡にあり、基本的にのどかな多数の郡と同じで選挙で選ばれる検視官がいる。彼らの義務は死因をあきらかにすることだ。わたしたちの郡の検視官は葬儀屋のヴァンデル・ワールだった。わたしぐらいの年齢の子供のほとんどはそんなことは知らなかっただろうが、職業柄、死の床に呼ばれることの多い父を持っていたせいで、わたしはヴァンデル・ワールの検視結果について父が母に話しているのを聞いたことがあった。ボビー・コールと旅の人が地中に葬られたその夏、ヴァンデル・ワールはわたしにとっていやでも身近な存在になっていた。

彼は背が高く、ごま塩頭で、白髪混じりの口ひげをたくわえており、しゃべりながら無意識にそれをなでる癖があった。配慮に配慮を重ねて選んだ言葉で、ゆっくりと話し、不気味な職業にはちがいないが、親切な人だとわたしは思っていた。

保安官の部下たちがアリエルの遺体を川からひきあげ、〈ヴァンデル・ワール葬儀社〉に運ぶとき、わたしはそこにいることをゆるされなかった。父はその場に立ち会ったが、今日にいたるまで、そのことについては一言もしゃべっていない。わたしはというと、あの夏、何百回もそのことを想像した。頭にこびりついて離れなかった。相変わらず謎だったアリエルの死そのもののことではない。アリエルが父やほかの人たちの手で川からひきあげられたこと、ヴァンデル・ワールのところでサテンの内張りをした棺の清潔で柔らかなベッドで永久の眠りについていることが、頭を離れなかったのだ。当時のわたしは今のように水死体の詳細を知らなかったし、三日間水中にあった死体がどんな状態になるかも、解剖中に発生する肉体の崩壊についても無知だった。そういった事柄をここで話すつもりはない。わたしが想像したアリエルは最後に見たときのままのアリエルだった。赤いドレスを着て、シルクのつような長い赤褐色の髪を真珠母の髪留めでひとつにまとめ、首にはハート形のロケットのついた金のネックレスをさげ、手首には金の時計をはめて、ルター公園で七月四日の夜、作曲作品への拍手を浴びて幸せの涙を浮かべていた。

構脚橋の下の澱んだ水中にわたしが発見し、ジェイクに断固見せなかったものについてジェイクに聞かれたときは、アリエルはまるで夏の強風に吹かれてたたずんでいるかのように髪をなびかせ、服を波立たせていた、と説明したし、彼はその答えに満足し、安堵したようだった。アリエルの遺体のおぞましい真実について、今は理解しているのかどうか、たずねたことは一度もないし、わたし自身、想像しないよう必死に努めてきた。

怖いような静けさがわが家を覆っていた。母はめったに口をきかなくなり、口から漏れる音は泣き声だけになった。カーテンを閉めたままにしているため、永遠に夜のとばりがおりているかのようだった。もともと家事全般に関心が薄かったが、料理も掃除も一切やめてしまい、ひっそりと暗い居間に何時間もすわりこんでいた。母は魂の抜けた肉体であり、見ることをやめた目だった。わたしは姉だけでなく母まで失ったように思った。

毎日祖父とリズがやってきて、半日以上とどまった。リズは台所に立ち、頻繁にかかってくるお悔やみの電話に出、弔問にくる人びとに挨拶し、キャセロールを受け取った。わが家の台所は中西部のキャセロール料理のすばらしいビュッフェと化した。エミール・ブラントはひきつづき母に付き添っていたが、彼の存在ですら母が落ちた闇から母をひきあげることはできなかった。

構脚橋に立つわたしの隣に立って下を見おろし、わたしが見たものを見た瞬間から、父は知らない人間になった。父はわたしのほうを向くと、「さあ行こう、フランク」と言った。まるでわたしたちが見たのは不愉快な、あるいは無作法なものだから、知らんぷりするのが一番いいというように。うちに帰るまで父は話しかけてこなかった。いったんうちに着いて二階の寝室までわたしに付き添ってきたあとは、廊下の電話を使って保安官に電話をかけた。

それがすむと、ベッドにすわりこんでいるわたしのところへやってきて、言った。「お母さんには一言も言うんじゃないよ、フランク。確かだとわかるまでは黙っていなさい」その顔は蜜蠟を彫ったように青ざめてこわばっており、水中に見たものについて、父がわたしと同じ確信を抱いているのがわかった。父が階段をおりていって祖父と言葉を交わすのが聞こえたが、すぐにスクリーンドアがあいてしまる音がした。窓に近づいて、ひとりで構脚橋へ歩いて行く父のうしろ姿を見たとき、アリエルのためにすでに張り裂けていたわたしの心は、ずたずたになった。

それからの数日間、ジェイクは不機嫌になってほとんど寝室にこもっていた。アリエルの死がわたしを打ちのめし、しばしば涙ぐませたのにたいし、ジェイクの反応は怒りだった。彼はベッドに寝そべってじっと考えこみ、わたしが話しかけると食ってかかることが多くなった。声をあげて泣きもしたが、それは熱い怒りの涙で、こぶしでぬぐった涙をいらだたしげにはねとばした。彼の怒りは誰にたいしても、なににたいしてもあふれだしたが、とりわけ神に向けられているようだった。夜のお祈りは生まれてからの習慣だったが、アリエルの死後、ジェイクは祈るのを拒むようになった。食前の祈りにも頭をさげようとしなくなった。父はなにも言わなかった。父はすでに過剰な重荷を背負っていたから、おそらく、ジェイクと神のあいだのもめ事には関与しないことに決めたのだろう。だが、ある夜わたしは二階の寝室で弟に態度をあらためるよう意見した。ジェイクはほ、ほ、ほっといてくれ、と言った。わたしはかちんときて言い返した。「おまえなんかクソくらえだ。なんでぼくに突っかかるんだよ。アリエルをこ、こ、殺したのはぼくじゃないぞ」するとジェイクはベッドからわたしを見あげて、脅しを含んだ声で言った。「誰かが殺したんだ」

それはわたしが考えないことに決めていた可能性だった。アリエルはパーティーで飲みすぎて足をすべらせて川に落ち、溺れ死んだのだと思うようにしていた。アリエルは泳ぎが大の苦手だった。アリエルの死は信じがたい悪夢だが、あれは事故だったのだし、事故はどんな善良な人にもしばしばふりかかる。そう自分にいい聞かせていた。今ふりかえってみると、自分が本当はなにを怖れていたのかよくわかる。それは、アリエルの死が事故でないのなら、もっとも犯人の可能性が強い男を自分はみすみす逃がしてしまったのではないか、という恐怖だった。ああ、どうしたらいいんだ、と思った。

だから、ジェイクにその可能性を投げつけられたあとも目をつぶりつづけた。ガスとドイルがわたしの目を開かせるまで。

アリエルの死の余波がつづくあいだ、ガスはいつも静かにそこにいた。家に入ってきても、母がこもっている洞窟のような居間には絶対に近づかなかった。もっぱら台所で父と話をし、リズが皿に盛る友人や隣人や父の信徒からの差し入れを食べた。わたしはガスが父の重荷を軽くするために、メッセンジャーと腹心と走り使いの役を果たしているのだと感じた。

土曜の昼下がり、前庭にひとりしゃがんで、木の棒でアリの集団をいじめているところへガスがやってきた。彼はわたしの横に立つと、注意深くこしらえたちいさな蟻塚をめちゃくちゃにされたアリたちが怒りにたえぬように動き回る様子を眺めた。

「元気か、フランク」

ガスは訊いた。

わたしはしばらく、狂ったように右往左往するアリたちを見てから、返事をした。「まあまあだよ」

「外にいるところをあまり見かけなかったな」

「暑すぎるから」わたしは言ったが、本当は誰にも会いたくなかったし、姿を見られたくなかったのだ。アリエルが恋しくてたまらず、虚脱感と悲しみのあまりいつなんどき自制心が切れて泣き出してしまうか不安だったし、そんなざまを誰にも見られたくなかった。

「うんと冷えたでかいジョッキでルートビアを飲んだら、涼しくなること請け合いだぞ。おれのオートバイで〈ハルダーソンズ・ドラッグストア〉へ行かないか」

ガスのインディアン・チーフに乗るのは常に変わらぬ特別な楽しみだったし、家にも、中の暗さにも、ジェイクの不機嫌にも、いまではすっかりなじんでしまった不穏で異様な雰囲気にもあきあきしていたから、わたしは同意した。「うん」

「ジェイクも行くかな」

わたしはかぶりをふった。「あいつは二階でぷりぷりしていたいんだ」

「おれが訊いてみてもかまわないか」

わたしは肩をすくめて、またアリの集団をつつきはじめた。

数分後、ガスはひとりで戻ってきた。ジェイクはきっとガスにむかってう、う、うせろと言ったにちがいないが、今はひとりでいたいらしいとしかガスは言わなかった。ガスはわたしの腕に軽いパンチを入れて言った。「さあ、フランキー。行こう」

わたしたちはまっすぐハルダーソンの店に向かったわけではなかった。ガスは町を出ると、裏道を走りだした。両側にはわたしの腰ぐらいまであるトウモロコシ畑が地平線の先まで伸び、暑い銀色の日差しを浴びた葉が緑色の果てしない海の水のようにきらめいていた。道をくだって、涼しい日陰に入ると、こんもり茂ったハコヤナギやエノキやカバの葉の天蓋の下を小川が流れていた。谷の南端と境を接する分水嶺をてっぺんまでのぼると、眼下には実りの秋を約束する大地が広がり、そのあいだを川が流れていた。高台の豊かな生活の理由がわかった気がした。アリエルの死を招いた川をずっと恨んでいたわたしだったが、川にはなんの罪もないのだと思った。

ちいさなサイドカーにすわっているあいだじゅう、わたしは風と太陽と美しい風景に身をゆだねていた。そして、アリエルが行方不明になった当初よりさっぱりして晴ればれした気分になった。帰りたくなかった。大きなオートバイとこの先も離れずに、一緒にニューブレーメンから出ていってしまいたかった。でも、ついにガスは町に引き返して〈ハルダーソンズ・ドラッグストア〉の前にインディアン・チーフをとめ、エンジンを切った。わたしはサイドカーから飛びおり、ふたりで中に入った。

ソーダファウンテンのカウンターのうしろにいたのは、コーデリア・ランドグレンだった。彼女のことは見知っている程度だった。アリエルの友達のひとりだ。がっしりした身体つきで血色が悪く、わたしを見るとうろたえた表情になった。どう声をかければいいのかわからないかのようだった。だから彼女はなにも言わなかった。ガスが注文した。「よく冷えたジョッキにしてくれよ」

「ルートビアをふたつ」スツールに腰かけると、ガスが注文した。「よく冷えたジョッキに

ハルダーソンが調剤所から出てきてカウンターに寄りかかった。「そのルートビアの勘定は店につけといてくれ」と、コーデリアに言ったあと、わたしを見た。「フランク、お姉さんは気の毒だった。まったく残念だよ」

「はい」わたしは答えて、ルートビアがくるのを待った。

「なにか知らせは、ガス？」

「ない」ガスは答えたが、わたしは目の隅で、ガスがドラッグストアのあるじにそれ以上は何も訊くなと身振りで知らせたのに気づいた。

「いや、フランクにお悔やみを言いたかったんだ」

わたしはソーダファウンテンの調合スペースに沿ってずらりと並んだこまごましたものを観察した――炭酸水用のチェリーとライムのシロップ、サンデー用のチョコレートとバタースカッチとイチゴ、砕いたナッツや輪切りのバナナや生クリーム――そしてハルダーソンを見ないまま、言った。「はい。ありがとうございます」

「きみやきみのご家族になにか必要なものがあったら、わたしに知らせてくれ」

「そうします」

死に鼻面をひきまわされるぎごちないダンスみたいな会話で、単純に親切であろうとして

いるハルダーソンがなんだか気の毒になった。コーデリアがルートビアを持ってきたのをしおにハルダーソンが調剤所に戻ったときはほっとした。

十分後、ドイルが入ってきた。制服姿で、まっすぐガスとわたしに近づいてきた。

「おまえのオートバイが正面にとめてあるのを見たんだ」

「ああ、フランキーとふたりでたったいま田園地帯をひとまわりしてきたところさ」

「姉さんのことは心からお悔やみを言うよ、フランク。彼女を殺した野郎はおれたちが捕まえると約束する」

「そりゃどういう意味だ？　川で溺れたんじゃなかったのか」そう言ったのはハルダーソンだった。ドイルがくると同時に、薬剤師はまた調剤所から出てきていた。

「検視官の仮報告書によれば、それだけじゃないらしい」ドイルはガスの隣のスツールに腰をおろした。

「今はよせ」ガスがたしなめて、わたしのほうに顎をしゃくった。

「知りたいよ」わたしは言った。

「よしたほうがいい」

ドイルが言った。「その子には知る権利があるんじゃないのか」

「それはおまえが言うことじゃない」ガスが答えた。

「へっ、どうせいずれは知るんだ」

「教えて」わたしは頼んだ。

ドイルはガスの険しい目つきを無視した。「検視官が言うには、おまえの姉さんは溺れはしたが、ただの水死じゃないらしい。頭部を殴られ、意識を失った状態で川に投げ込まれたと彼は考えている。マンカートから腕ききの監察医を呼び、徹底した解剖をすべきだと思っているんだ」

ああ、神様、まさかそんな、とわたしは思った。

「誰がやったのか見当はついてるのか」薬剤師が訊いた。

「あのインディアンに決まってるさ」ドイルは言った。「レッドストーンだ。やつは彼女のネックレスを持っていた」

罪悪感の波がわたしをさらい、ふりまわし、めまいを生じさせた。ああどうしようどうしようどうしよう。ぼくがあいつを逃がしたんだ。

罪悪感に耐えられなくなったわたしは、レッドストーンはみんなが思っているような人間ではないという、今では薄れはじめている直感にしがみつき、せきこんで言った。「あのロケットは見つけたものだと言ってた」

「で、おまえはあいつの言うことを信じたのか？　インディアンを？」ドイルは哀れみの目でわたしを見た。

ドイルの関心は警察官の関心だった。彼の関心は事実にしかない。ウォレン・レッドストーンについてのわたしの直感がドイルに理解できるはずもない。わたしは死にものぐるいだった。「なんで彼がアリエルを傷つけるの？　アリエルを知りもしなかったんだよ」

「解剖がきっとそのわけを教えてくれるはずだ」ドイルの言い方は謎めかしていて、わたしはドイルがガスに訳知りげな一瞥《いちべつ》をくれるのを見た。

「あの人がやったんじゃないよ」わたしは子供っぽく、論理もへったくれもなく主張した。

それ以上わたしに愚かしい発言をさせないためなのか、それとも、解剖があきらかにするというドイルのもってまわった表現からわたしの注意をそらすためだったのか、ガスが友人に言った。「もしあのインディアンじゃなかったら？」

ドイルは肩をすくめた。「そのときはエングダールだろうな」

その発言に大きな安堵をおぼえて、わたしはその可能性に飛びついた。「エングダールが一緒にいたあの女、すべたなんだ」わたしは言った。「あの夜のことで彼女が言ったことはきっと全部でたらめだよ」

「すべた？」ドイルはおもしろがっているように、にやりとした。「保安官があのふたりを見つけたら、忘れずにそう言っとくよ、フランキー」

「あのふたりを見つけるというと？」ハルダーソンが口をはさんだ。

「今、保安官が捜してるところさ。ふたりとも姿をくらましやがったんだ、エングダールもやつの女も」

「だからといってなんの証拠になるわけでもないだろう」ハルダーソンが指摘した。

「そうかもしれないが、うさんくさいのは確かだ」ドイルがわたしを見た。「おまえのおやじはこのことをみんな知ってるはずだぜ。保安官がずっと連絡を取っているからな。へっ、ガスだってもう知ってることだ」

わたしはガスを見た。知っていると顔に書いてあった。

わたしはスツールをおりて、ドラッグストアを出た。ガスが追いかけてきた。

「待てよ、フランク」

「歩いて帰る」肩越しにそう言って、歩きつづけた。

ガスが追いついてきて、隣に並んだ。「おれだってどうしようもなかったんだよ、フランク。おまえの父さんからなにも言わないよう釘をさされていたんだ」

「父さんがぼくに話してくれたらよかったんだ」

「おまえを今以上に傷つけたくなかったのさ」

わたしたちは床屋の前を通過した。あけっぱなしのドアからハーブ・カーニールの声がラジオでツインズの試合を大声で報じていた。「どうせそのうち知ることなのに」わたしは言った。

「遅いほうがいいんだ、フランク。おまえはもう充分悪い知らせを聞いてきたんだから」

わたしは同意しなかった。どんなに悪くても事実を知りたかった。話してくれなかった父に腹が立った。

「父さんはぼくに話すべきだったんだ」

ガスが立ちどまったので、わたしも立ちどまった。ふりむくと、ガスはコンクリートの地面に落ちたわたしの影の上に立って、いかめしい顔でわたしを見ていた。「おまえの母さんにこういうことを聞く心構えができてると思うか？　いいかげんにしろ、フランキー、頭を使えよ。おまえの父さんは今、大変な重荷を背負ってるんだぞ。すこしは気をつかったらどうなんだ。そりゃ、おまえは傷ついただろうさ。だが、父さんが傷ついていないと思うか？　ちくしょう」ガスは愛想がつきたように言った。「歩いて帰りたいんだろ、行けよ」

彼はオートバイのほうへ引き返していき、わたしは家の方角に向き直った。両手をポケットに突っ込み、遅い午後の長く傾いた日差しを受けて、メインストリートを歩いた。見慣れているはずの通りが知らない場所に感じられた。シーダー通りにさしかかった。九月から六月まで平日は毎日ジェイクとふたりで学校まで歩いていく通りだ。アッシュ通りとの交差路には、グッテンバーグの家があり、ジェイクとダニー・オキーフとわたしは去年の冬、スキップ・グッテンバーグと一緒に大きな雪の要塞をそこに作り、通りの向こうに住むブラッドリー兄弟と戦った。次はサンドストーン通りで、一ブロック北には〈ロージー〉の駐車場があって、あそこでジェイクとふたりでモリス・エングダールのデュース・クーペのライトをぶちこわした。こうした通りとその思い出が別次元にいる別人の記憶のように思えた。アリエルの死によって見知らぬ世界へ突き落とされたような気分だった。ガスが田舎道からわたしを町へ連れ戻さなければよかったのにと思った。それほど心細くてさびしくなったのは、生まれてはじめてだった。

インディアン・チーフの排気音がしたかと思うと、ガスがわたしの横でオートバイをとめた。

「乗れよ」エンジンのとどろきに負けまいとガスが声をはりあげ、サイドカーに顎をしゃくった。「送ってやる」

わたしは逆らわなかった。

その晩、エミール・ブラントと祖父とリズがそろって帰ったあと、眠っているジェイクをよそにわたしは目をさましたまま窓の外の木々をゆする風の音を聴いていた。葉をゆさぶり枝をたわませる猛々しい風は、まるでなにかに怒っているようだった。嵐を予想したが雷鳴は聞こえず、起き上がって窓の外を見ると、おどろいたことに空は澄み、満天の星がまたたいて、今しも月がのぼろうとしていた。

ウォレン・レッドストーンのことが頭を離れなかった。ウォレンを行かせてしまったことへの罪悪感に押しつぶされそうだった。祈ろうとしたが、なにをどう祈ればいいのかわからず、わかっているのは自分がこれまで経験したことのない後悔にさいなまれているということだけだった。アリエルの髪が川の流れに揺れていたことや赤いドレスが揺らめいていたこと、そして構脚橋の上をレッドストーンがこっそり遠ざかっていったことが絶えず瞼に浮かんだ。頭からそうしたイメージを追い出そうと、わたしはこぶしを固めて目にぐっと押し付けた。

廊下の明かりがついて、父の重い憔悴《しょうすい》した足音が階段をおりていくのが聞こえた。廊下に出てみると、遅い時間なのに、両親のベッドがからっぽなのが見えた。わたしは踊り場に近づいた。階下の居間はよく見えなかったが、ひとつだけあるスタンドの光でぼんやりと照らされていた。父が話すのが聞こえた。

「わたしも一緒にいようか?」

父の問いに返事はなかった。

「窓はしめたほうがよさそうだよ、ルース。嵐になりそうだ」

「このままが好きなの」

「そこに一緒にすわって、読書をしてもかまわないか」

「お好きなように」

静かになった。やがて母が言った。「聖書?」

「読むと慰められる」

「わたしはちがうわ」

「声に出しては読まないよ」

「どうしてもそれを読むのなら、どこかよそで読んで」

「きみが怒っている相手は神なのかね、ルース?」

「わたしにその口調はやめて」

「どんな口調だ?」

「わたしがあなたの信徒のひとりであるような口調よ。あなたの助けはいらないわ、ネイサン。その本からあなたが差し出すつもりでいる助けは」

「どんな助けならいい?」

「わからないわ、ネイサン。でもそれではないの」

「わかった。ではただすわっていよう」

緊迫した沈黙がつづき、やがて母が言った。「わたしは休むわ」その口調は、父に、父の存在にいらだっているように聞こえたが、母を怒らせるなにを父がしたのか、わたしにはわからなかった。母の体重を受けて床板がきしみ、わたしは急いで寝室に戻りドアをあけっぱなしにしたままベッドに入った。母が階段をあがってきてバスルームにはいった。流しで水の流れる音がし、歯を磨く音と短いうがいの音が聞こえた。母は廊下を横切って自分の寝室に入りドアをしめた。父は階段をあがってこなかった。

わたしは長いあいだベッドに横になったまま木々をつかんでゆさぶる風の音に耳をすませていた。相変わらず目はさえざえとしていた。そのとき、玄関のドアがあいてしまるのが聞こえた。勢いよくベッドから足をおろして窓に急ぐと、父が通りを横切って教会へ歩いていくのが見えた。父は聖域の暗闇にまぎれこんだ。

パジャマで裸足のまま階下におりて玄関から外に出ると、父のあとを追った。夜になっても相変わらずの暑さで、顔にあたる風が熱を持っているように感じられた。教会への階段をのぼってみると、扉は完全にはしまっておらず、風でわたしひとりがちょうど入れるぐらいにあいていたので、音もたてずに忍びこむことができた。目はもう夜に慣れていたから、薄闇のなかで祭壇にむかっている父の黒い姿が見えた。わたしに背中を向けていた。父はマッチをすり、祭壇の十字架の両脇にある燭台に火をともした。マッチを吹き消し、祭壇の前にひざまずいて、額が床にふれるかと思うほど深く頭をさげた。そのままの姿勢で一言も発せずじっとしているので、気を失ったのではないかと不安になった。

「キャプテン？」

ガスが地下室の階段に通じる戸口から入ってきた。父はゆらゆらと身を起こし背筋をのばした。「どうした、ガス？」

「別に。ここで音がしたんで、あんたかもしれないと思ったんだ。誰かに一緒にいてほしいんじゃないかと思ったんだよ。おれの勘違いだったか？」

「いや、ガス。きてくれ」

わたしはあわてて床に伏せ、正面扉付近の暗がりに身体をちぢめた。父は祭壇に背中をもたせかけ、ガスもくつろいだ慣れた様子でその隣で背中をあずけた。

父が言った。「たしかに相手を求めてきたんだよ、ガス。神がなにか言ってくださるのを期待したんだ」

「どんなことを、キャプテン？」

父は黙りこんだ。祭壇の蠟燭が背後にあるために顔が影になり、表情は読めなかった。だいぶたってから父は口を開いた。「繰り返し神に同じ問いかけをしているんだ。なぜアリエルなのです？　なぜわたしではないのです？　罪を犯したのはわたしです。なぜ彼女を罰するのですか？　あるいはルースを？　今度のことでルースは相当参っているんだ、ガス。息子たちもだ。理解はできなくても、傷ついている。これはわたしのせいだ。すべてわたしのせいなんだ」

ガスが言った。「神がそんなことをすると思うのかい、キャプテン？　ちぇっ、ずっとあんたに聞かされつづけてきたこととちがうぜ。それにあんたの罪にしたって、戦争のことを言ってるんだと思うけど、いつもおれに言ってるじゃないか、あんたもおれもほかのやつらもゆるしを得られるって。毎朝太陽がのぼるのを信じているのと同じぐらい、自信を持ってそう信じていると言っただろう。いいかい、キャプテン、あんたが確信してるから、おれだって信じているんだよ」ガスは前かがみになって、蠟燭の火明かりを受けて青白くなっている両手を見つめた。「あんたがおれや他のみんなに滔々と語った神が、アリエルにあんなことをするわけがないだろ。あんたを罰するために、神があのきれいな子をあんな目にあわせるわけがない。そうとも、おれは一瞬だって信じないよ」

ガスの口からそんな言葉が出てくることが不思議な気がした。たいていは父のしゃべることに片っ端からけちをつけるのがいつものガスだったからだ。

「なんだかちょっとふらふらしているみたいだな、キャプテン。顔にパンチでもくらったみたいだ。気分がしゃんとしたら、また自信が戻ってくるさ。おれが不信心で気をもませてるのはわかってるが、あんたが神のゆるしを信じていてよかったとほんとに思ってるんだ。そうじゃなくちゃやっていけないもんな。おれたちみんなのために、そうじゃなくちゃならないんだよ、キャプテン」

ガスがしゃべるのをやめると、わたしは次第に大きくなってくる、奇妙な心を乱す音に気づいた。最初はそれが何で、どこから聞こえてくるのか、わからなかったが、やがて父が泣いているのだと気づいた。大きくしゃくりあげる声が父の口からほとばしって壁に反響した。父は腰を折って両手で顔を覆って泣いており、ガスが身を乗り出してやさしく父を抱きかかえていた。

わたしはできるかぎり音をたてずに、こっそり夜風の中へ出た。

24

アリエルの死に配慮して、地区最高責任者はその日曜日、父の管轄下にあるすべての教会での礼拝の代行を申し出ていた。父はキャドベリーの早朝礼拝とフォスバーグの午後の礼拝については同意したが、ニューブレーメンの三番街メソジスト教会での礼拝は自分がおこなうと言って譲らなかった。

昨夜荒れ狂った風が湿気を吹き散らし雲を追い払ったおかげで、日曜はよく晴れて、すがすがしかった。キャドベリーとフォスバーグの礼拝はきっと参加者もまばらだったにちがいない。なぜならその両方の教会の信徒が父の説教を聞こうと三番街教会の会衆席を埋め尽くしていたからだ。ミセス・クレメントがピーターと一緒にきていた。おどろいたことに、夫のトラヴィスもいて、しわくちゃのスーツ姿で妻のとなりで居心地悪そうにしていた。みんなと同じで、彼らもきっとこの苦悩する人である父がなんと言って神をたたえるのか興味があったのだろう。母とジェイクは参列を拒否していたが、父のことだから、無理強いはしなかった。でも、ルーテル派の祖父とリズはわたしとともに参列した。ガスもいたから、わたしたちは全員一緒に最前列の会衆席に腰をおろした。あれから四十年が過ぎたが、今なお、あの礼拝は鮮明に記憶に残っている。行列聖歌はわたしの好きな聖歌のひとつ『神はわが砦』で、指揮をとり、澄んだソプラノを響かせる母はいなかったが、聖歌隊の歌声はみごとだった。オルガンを弾くロレイン・グリズウォルドは一音もまちがえなかった。聖句は伝道の書とルカによる福音書からの引用だった。バド・ソーレンソンは平信徒の読師で、しょっちゅうつかえるのに、その朝はすらすらと読んだ。みんながこうも完璧なのは、母と父とアリエルの思い出のために最善を尽くしたいと思っているからではないかとわたしは想像した。

父が説教を述べる時間になると、わたしは不安になった。準備している様子がまったくなかったからだ。説教壇にあがった父は、ことごとく埋まった会衆席をほんの一瞬見まわした。そして話しはじめた。

「今は復活祭の時期ではありませんが」と父は切り出した。「今週わたしは復活の物語について深く考えさせられました。といっても、復活祭の日曜にわれわれが祝う栄えある復活ではなく、それ以前の暗闇のことを考えたのです。聖書のなかで、十字架にかけられたイエスが苦悩のうちに〝主よ、なぜわたしを見捨てたのですか？〟と叫ぶ瞬間ほど悲痛な瞬間はありません。そのあとまもなく訪れる死のほうがむしろ救いがあるのです。なぜならば、死によって、イエスは神の聖なる意思にみずからを完全にゆだねることができたからです。しかし、あの苦い言葉を吐いたとき、彼は無二の愛情を注いでくれていると信じてきた主によって裏切られ、見捨てられたと感じたにちがいありません。それがどんなにか恐ろしかったか、彼がどんなにか深い孤独をおぼえたかは想像に難くありません。死んだことにより、イエスは啓示を得ました。しかし、わたしたちのような普通の人間であったとき、イエスは人間の目で物事を見、人間の肉体の苦痛を感じて、不完全な理解がもたらす混乱を味わっていたのです。

わたしは人間の目で見ます。今朝、わたしの人間の心は張り裂けています。そしてわたしには理解できません。

告白しますが、わたしは神にむかって叫びました。〝なぜわたしを見捨てたのですか？〟と」

ここで父は黙りこみ、これ以上つづけられないのだとわたしは思った。だが、長い沈黙を経て落ち着きを取り戻したのか、父はふたたび話しだした。

「見捨てられたと感じ、迷子のような心細さを感じるとき、わたしたちに残されているのは何でしょうか？　神を恨み、暗い夜へ自分を導いた神を非難し、知らん顔をしていると神を攻撃すること以外、わたしに、あなたがたに、わたしたちみなに残されているのは何でしょう？　愛してやまぬものが奪われたとき、わたしたちに残されているのは何でしょうか？

なにが残されているか、みなさんにお教えしましょう。それは三つの深い恵みです。コリント人への一通めの手紙のなかで、聖パウロはその三つをはっきりとわたしたちに教えています。信仰、希望、愛。これらの贈物は永遠の礎であり、神がわたしたちに与えたものであり、神はそれらを完全につかさどる力をわたしたちにお与えになったのです。どんなに暗い夜にも、わたしたちは信仰を持ちつづけることができます。わたしたちは希望を抱くことができるのです。そして愛されていないと感じても、他者と神への愛において、わたしたちはまだしっかりと立つことができるのです。わたしたちはこの三つをつかさどることができるのです。神はわたしたちにこれらの贈物をくださった。それをとりあげてはいないのです。それを捨てることを選ぶのはわたしたちなのです。

暗い夜にあっても、どうか信仰を持ちつづけ、希望を抱き、燃える蠟燭のように愛をかざしてください。それがみなさんの道を照らしてくれることをわたしは約束します。

奇蹟を信じていようといまいと、いつかきっとみなさんがそれを経験することをわたしは断言します。みなさんが求めた奇蹟とはちがうかもしれません。一度おこなわれたことを神が元に戻すことはおそらくありません。みなさんが朝に起き、新たな一日の驚くような美しさをふたたび見ることができる、それこそが奇蹟なのです。

イエスは暗い夜と死を味わい、三日めにふたたび愛する主によって甦りました。わたしたちひとりひとりのために、太陽は沈み、また昇り、主の恵みによってわたしたちはみずからの暗い夜を耐え、新たな夜明けに目覚めて喜ぶことができるのです。

兄弟姉妹よ、わたしとともに主の聖なる恵みを喜んでください、そして主がわたしたちに与えた今朝の美しさを尊んでください」

父の目が、タンポポのように顔を上向けて静まりかえった会衆席を埋める信徒を見まわした。父は微笑し、そして言った。「アーメン」

一瞬ののち、わたしの隣にいたガスが大声をあげた。「アーメン」それはおよそメソジスト教徒らしからぬ行為だった。すると、もうひとつ声が聞こえた。「アーメン」ふりかえると、口を開いたのはトラヴィス・クレメントで、おかみさんがいとおしげにトラヴィスの腕に手を置くのが見えた。

その朝、わたしはひとつの奇蹟を経験した思いで、今もそれは変わらないが、教会をあとにした。それは深く単純な真実を語った父によって約束された奇蹟だった。通りを渡ってうちに帰ると、母がエミール・ブラントとともにカーテンをひいて朝日を閉め出した居間にすわっていた。二階の寝室に行くと、ジェイクがまだパジャマのままベッドに寝転がっていた。

わたしは自分のベッドにすわって言った。「おまえに言ってないことがあるんだ。重要なことだ」

「へえ?」どうでもよさそうにジェイクは言った。

「おまえはぼくの一番の友達だ、ジェイク。世界一の友達だ。ずっとそうだったし、これからもそうだろう」

表で信徒たちが別れの挨拶を交わしあい、ドアがあちこちでしまる音、車が教会の駐車場の砂利を踏んで走りさる音がした。ジェイクは両手を頭のうしろで組んで天井をじっと見あげていた。ぴくりとも動かなかった。ようやく通りの向こうのざわめきがすっかり消えて、ジェイクとわたしと静寂だけが残った。

「心配なんだ、フランクまで死ぬんじゃないかって」ジェイクはついに言った。

「死ぬもんか、約束する」

彼の目が天井からわたしの顔へ移動した。「みんな死ぬんだよ」

「ぼくはちがう。死なない最初の人間になるんだ。二番めがおまえだ」

せめて微笑ぐらいするかと思ったが、ジェイクはにこりともしなかった。真剣に考えこんでいる顔だった。「ぼくは死んでもいいんだ。フランクに死んでほしくないだけだよ」

「誓うよ、ジェイク、ぼくは死なない。絶対におまえを置いていかない」

弟はゆっくりと起きあがって、脚をベッドからふりおろした。「絶対だね」そう言ったあと、言葉をついだ。「全部が正しくない気がするんだ、フランク」

「全部？」

「昼も。夜も。食べてるときも。ここに寝転がって考えごとをしているときも。正しいことがひとつもない。ぼくはアリエルが階段をあがってきてこの部屋に首をつっこんで、そして、ぼくたちと一緒に、ほら、ふざけてくれるのをずっと待ってるんだ」

「わかるよ」

「ぼくたち、どうしたらいいのかな、フランク」

「進みつづけるんだ。いつもしてることをしつづけるんだ。そうすればいつかまた正しいと感じるようになれる」

「そうなの？　本当に？」

「うん、そう思う」

ジェイクはうなずいてから、言った。「今日はなにする？」

「ひとつ考えがあるんだ。でもおまえはいやがるかもしれないな」

祖父とリズは教会から自宅に帰った。しばらく休んでくるわ、とリズはわたしたちに言った。あとで食事の支度に戻ってくる、とリズは約束した。今思うと、祖父たちはアリエルが最初にいなくなったときからずっとわが家にいたからわたしたちの世話でくたくたになり、文句ひとつ言わなかったものの、やはり傷ついていたのだろう。

ジェイクとわたしが出かけていくと、祖父とリズは自宅の細長い玄関ポーチの日陰にすわっていた。ふたりともわたしたちを見てびっくりし、心配そうな顔になったが、わたしが来訪の理由を説明すると愁眉《しゅうび》を開いた。

「今日は安息日だぞ」祖父が言った。「休息の日だというのに」

「ほんとのこと言うと、一日中うちにいるよりこのほうがほっとできるんだよ」わたしは言った。

ジェイクとわたしは、普段なら昨日やったはずの庭仕事に取りかかり、わたしは働きながらしばしばポーチの日陰のほうを見た。アリエルの失踪と死が、祖父とリズにたいするわたしの見方を変えていた。リズのことはもともと好きだったが、もっと好きになった。そして祖父については、自分の判断がまちがっていたことに気づいた。これまでわたしはいたって主観的に祖父を見ていた。それは広大な闇のなかのマッチの炎にも似たちっぽけな判断だった。確かに祖父には欠点があった。祖父は口うるさかった。尊大だった。了簡が狭いといってよかった。贈物として自分が与えるものが大げさな反応をもって受け取られることを期待した。だが、祖父は家族を愛していた。それだけはまちがいなかった。

芝刈りが終わって道具を片付け、ポーチに行くと、リズが大きな水差しとコップを用意していて、レモネードを出してくれた。

祖父は午後の日差しを浴びてバターを塗ったみたいに光っている緑の芝生を眺め、刈りたての芝のにおいを嗅ぎ、言った。「おまえたちの仕事にどれだけわたしが感謝しているか伝えたことがなかったな。美しい地所だと、しょっちゅう人から感心されるんだよ」

たしかに祖父はわたしたちを褒めたためしがなかった。祖父がよく言うのは、おまえたちには小遣いをはずんでやっている、だからしっかり働くんだぞ、というようなことばかりだった。わたしたちは祖父の油断のない視線のもとで、ひっきりなしに飛んでくる指示に従い一生懸命働いたが、思い出せるかぎり、祖父がわたしたちの努力に好意的発言をしたことはただの一度もなかった。

「さあ、ボーナスだ。それだけの働きをしたわけだからな」

普通は庭仕事のお駄賃はひとり二ドルだったが、その日祖父がくれたのは二枚の十ドル札だった。かつて両親が激しい議論をしたことを思い出す。父が言ったのは、祖父は愛をふくめて人生のすべては金で買えると信じている人間だ、ということだった。本気で考えてみたことはなかったが、わたしは父の意見に諸手をあげて賛成していた。だがあの日曜の午後、わたしは別のことに気がついた。アリエルの死がわたしの目を開かせたのか、それとも祖父のふるまいや考えが変わったのかわからないが、ポーチの日陰で片手に冷えたレモネードのコップを持ち、わたしはいまだかつて感じたことのない感謝と愛情を持って祖父を見つめた。

そうこうするうちリズがそろそろ帰ったほうがいいんじゃないかしら、と言った。彼女としてはその夜の食事の支度が頭にあったのだろう。祖父が言った。「じゃ、行くか？」

「ぼくは歩いて帰りたいんだ」わたしは祖父に言った。

「そうなのか？　おまえはどうだ、ジェイク？」

「フランクが歩くなら、ぼくも歩くよ」

「じゃ、大丈夫だな」祖父は揺り椅子から立ちあがった。

家まで歩いていても、前日とは感覚がちがった。どういうわけかすこし楽になっていた。ジェイクがとなりにいるといつもの自分に戻れた気がしたし、通りが身近に感じられた。だが、すべてがこれまでどおりでないことだけは確かだった。

ジェイクがいきなり足をとめ、急に空気が身体から抜けてしまったかのように、しょんぼりとたたずんだ。

「どうした？」

弟は喉を詰まらせて言った。「どんなにアリエルに帰ってきてほしいか、そのことばかり考えちゃうんだ」

「そのうち楽になるよ」

「いつだよ、フランク？」

わたしは死についてなにも知らなかった。死んだペットがいたことすらなかった。だが、ボビーを失ってなにもかもなくしたボビー・コールの両親のことを考えた。ほんの一週間前の夕方の光景を思い出した。ダニー・オキーフと遊んだ帰り道、コール家の前を通りすぎると、ミスター・コールが庭に立って夕暮れの空を見あげていた。彼はわたしが通りすぎるのに気づくと、ほほえんで声をかけてきた。「きれいな夕暮れじゃないか、なあ、フランク？」すべてをなくした人が夕陽の美しさを感じることができるなら、いずれ事態は上向いてジェイクもわたしも両親も元気になる、そう思った。

わたしは弟の肩に腕をまわした。「わからない。でも、きっと楽になる」

うちに着くと、父はいなかった。ガスが教会の駐車場でインディアン・チーフにまたがり、ドイルのパトカーのあけた窓ごしにしゃべっていた。ジェイクとわたしはぶらぶらと近づいていった。

「よお」ドイルが言った。

その頃にはドイルのいろんな面を知るようになっていたから、わたしは彼にたいして妙な親近感をおぼえた。

「ここにいるガスに言ってたんだが、モリス・エングダールとクラインシュミットの娘が見つかったそうだ」

「どこで？」

「スー・フォールズのモーテルにしけこんでた。娘はまだ十七歳だったんで、向こうの保安官がマン法（猥褻などの目的で女性をひとつの州から他の州へ移送することを禁じた法律）違反でエングダールを拘束してるが、尋問のためにこっちへ連行してくるはずだ」

マン法がなんだか知らなかったし、気にもしなかった。モリス・エングダールがアリエルの死についてなにを知っているのかそれだけを聞きたかった。エングダールがアリエルを殺しても不思議ではない最低の人間であることをわたしは信じて疑わなかったし、他のみんなもそう信じているにちがいなかった。

ところが翌日マンカートから監察医がニューブレーメンに到着し、綿密な解剖をおこなった結果、わたしたち全員の考えを一変させるあることが判明した。

25

毎週月曜日、ジェイクはマンカートで吃音を克服するための言語セラピーを受けていた。弟がどうしてどもるのか、わたしにはわからなかった。わかっているのは、いつもどもるということだった。ジェイクを担当するセラピストたちはいい人たちで、忍耐強く、好意的だった。ジェイクは彼らが好きだと言っていた。でもわたしに判断できるかぎり、セラピストたちの長年の努力はあまり実を結んでいなかった。神経質になったり腹をたてたりすると弟は相変わらずどもったし、人前でなにか言わなければならないと思っただけでものすごく動揺した。先生たちが教室でめったにジェイクを指名しないのは、つっかえながらの答えを待つことがジェイクをふくめ、クラス全員にとっての責め苦だったからだ。だからジェイクはいつも教室のうしろのほうにすわっていた。セラピーはたいてい午後の早い時間にはじまるので、母がランチタイムにジェイクを拾い、その日は学校へ戻らなかった。どもりでいいのはそれだけだよ、とジェイクはわたしに言った。

常日頃ジェイクと接していないと、弟の人となりを判断するのはむずかしいだろう。まったく口をきかずに目だけ動かして状況を観察するという独特の流儀は人をこわがらせた。観察するのに長けていたのだろう、ジェイクは他の誰よりも正確に状況をとらえ、人びとの気持ちを見抜くことがよくあった。夜になるとわたしは寝室でその日の出来事をあれこれしゃべったが、ジェイクはベッドからじっと聴いていて、わたしがしゃべり終わると、わたしが見過ごした重要なポイントを指摘したり、それについて質問したりした。

通常ジェイクを言語セラピーに連れていくのは母だったが、アリエルが死んだあとのその月曜はちがっていた。その朝、母はわたしたちを置いて出ていった。わたしがオレンジジュースをほしがったあと、朝食のテーブルからただ立ちあがって、こんな家にはもう一分だって我慢できないからエミール・ブラントの家に行くと宣言したのだ。母は部屋を飛びだし、スクリーンドアが背後でばたんと閉まるにまかせて庭を横切り、タイラー通りで鉄道の踏切のほうへ向かっていった。そのあいだ父は台所の窓の前に立って、歩き去る母を見ていた。

「母さんは何に怒ってるの？」わたしはたずねた。

窓からふりかえらずに父は答えた。「今はすべてにだろう、フランク」父は台所から二階へあがっていった。

アルファビッツのシリアルで文章を作ろうとしていたジェイクが、文字をかきまわしてぐちゃぐちゃにしながら言った。「母さんは父さんに怒ってるんだ」

「父さんがなにをしたんだい？」

「なんにも。でも父さんは神なんだ」

「神？　父さんが？　ばか言うな」

「母さんにとってはという意味だよ」ジェイクはさもあたりまえのことのようにそう言うと、文章作りに戻った。

なんのことだかさっぱりわからなかったが、以来そのことを考えつづけ、やっとわかったような気がしている。神に直接暴言を吐くわけにはいかなかったから、代わりに母は父に腹をたてたのだ。またしてもジェイクはわたしには理解のおよばなかったことを見抜いていた。

父が台所に戻ってくると、ジェイクは力なくたずねた。「ぼく、今日マンカートに行かなくちゃだめ？」

この問いに父は不意をつかれたようだった。すこし考えてから、父は言った。「ああ。わたしが連れていくよ」

そんなわけで、その日の午後、保安官が父を捜しにあらわれたとき、うちにいたのはわたしだけだった。彼は玄関のスクリーンドアを軽く叩いた。ラジオでツインズの試合を放送中で、わたしは居間のソファにだらしなくすわって試合を聴いたり、ジェイクのコミックを読んだりしていた。保安官はカーキ色の制服を着ていた。帽子を脱いだが、それは両親が応対するさい、人びとがへりくだってする動作だった。わたしにそんなことをした人はこれまでひとりもいなかったから、わたしは胸騒ぎをおぼえた。

「お父さんはいるかい、フランク？　教会へ行ってみたんだが、誰も出なかった」保安官は言った。

「いません。弟を連れてマンカートに行ってるんです」

保安官はうなずいたあと、わたしの背後の薄暗がりをのぞきこんだ。嘘だと思っているのか、それとも、それも仕事上の癖なんだろうか、とわたしはいぶかしんだ。

「頼まれてくれないか。お父さんが帰ったら、わたしに電話をするよう伝えてほしいんだ。重要なことだ」

「母ならエミール・ブラントの家にいます。母と話をしたいなら、ですけど」

「お父さんと話し合ったほうがよさそうなんでね。忘れないでくれるね？」

「はい。まちがいなく伝えます」

保安官は回れ右をして帽子をかぶり、二、三歩あるいたところで立ちどまり、ふりかえった。「ちょっとここへきてくれないか、フランク。ふたつほどたずねたいことがあるんだ」

保安官が聞きたがっているようなどんな答えをわたしが持っているのだろう、と首をひねりながらわたしはポーチに出た。

「すわろうか」保安官がうながした。

わたしたちは一番上の段に腰かけて、庭や、通りをはさんだ教会や、その向こうの線路わきに無言で控える穀物倉庫を眺めた。ザ・フラッツは静かだった。保安官は背の高い人ではなかったから、腰かけているとわたしたちの座高はさほど変わらなかった。彼はまた脱いだ帽子を両手でくるくるまわしながら、内側の汗とりバンドをいじった。

「きみの姉さんだが、彼女はブラント少年に首ったけだった、そうなのかな？」

ブラント少年？　カール・ブラントはわたしにとって、常に洗練されて大人びた存在だった。だが保安官はカールのことを、みんながわたしを呼ぶように少年と呼んだ。

わたしはアリエルとカールのことを考え、ふたりの仲が順調そうだったことを考えた。アリエルが夜間、こっそり家を出て数時間後の夜明け前に忍び足で帰ってきたことを考えた。だが、ジェイクとふたりで彼の小型のスポーツカーに乗せてもらった日、カール・ブラントにつきつけた質問のことも考えた。姉さんと結婚するの？　そして彼が逃げ腰になったことを。

わたしはようやく言った。「ふたりの関係は複雑だったんです」

それはかつて映画の中で聞いたせりふだった。

「どう複雑なんだ？」

「姉さんはカールが大好きだったけど、カールのほうはそれほどでもなかったと思います」

「どうしてそう思うんだね？」

「姉さんと結婚する気がなかったから」

保安官は帽子をまわす手をとめ、ゆっくりとわたしのほうを向いた。「アリエルは彼と結婚したがっていたのか？」

「二カ月もしたらジュリアードへ行く予定で、それはずっとアリエルが望んでいたことだったのに、最近になって様子が変わったんです。ぼくは姉さんがカールと一緒にここにいたがってるんだと思いました」

「しかしブラント少年はセント・オラフへ行くことになっている」

「はい。そうなんです」

保安官は口を閉じたまま喉の奥で音をたてると、ふたたび帽子をまわしはじめた。

「彼をどう思うね、フランク？」

車に乗せてもらったことや、カールがアリエルとの結婚を拒んだ印象についてもう一度考えたが、わたしは答える代わりに、肩をすくめるにとどめた。

「最近、姉さんについてなにかいつもとちがうことに気づかなかったか？」

「うん。わけもなく悲しんでました。ときにはかんかんに怒ることもあったし」

「理由を姉さんは言ったかね？」

「いいえ」

「カールのせいだったかもしれないと思うか？」

「そうかもしれません。アリエルはカールを本当に愛してたんです」

最後の部分を口にしたのは、それが事実だと知っていたからではなく、事実だと感じていたからだった。あるいは、事実であるべきだと思っていたせいかもしれない。

「姉さんはよくカールに会っていたのか？」

「しょっちゅう」

「ふたりが喧嘩するのを見たことは？」

返事はたちどころに浮かんだが、わたしは一生懸命考えるふりをした。「ありません」

それは保安官が求めていた返事ではなかったらしい。

「一度だけ」わたしは急いでいった。「アリエルがかんかんになってデートから帰ってきたことがありました」

「かんかんになった相手はカールだったのか？」

「たぶん。だって、アリエルがデートしていたのはカールでしたから」

「最近のことか？」

「二週間ぐらい前です」

「姉さんはきみとよく話をしたのか、フランク。ご両親には言わないようなことを？」

「姉とはとても親しかったんです」わたしは大人びて聞こえるように言った。

「どんな話をした？」

事実とはいえない状況をほのめかしたことで、わたしは突然自分が仕掛けた罠にはまったことに気づいた。保安官が期待している返事、アリエルの打ち明け話など、わたしは知らなかった。

「姉は夜、ときどき外出したんです」わたしはやけくそで言った。「みんなが寝静まったあとで。そして明け方まで帰ってきませんでした」

「外出？　カール・ブラントとかね？」

「そう思います」

「こっそり出ていったのか」

「はい」

「きみは知っていたんだな。ご両親には話したのかね？」

事態は悪くなる一方だった。

「密告したくなかったんです」その言葉がころがりでたとき、自分の言わんとすることを表現するには褒められた言い方ではなかったことに気づいた。ジェイムズ・キャグニーそっくりの言い回しだったし、まさしく自分が『民衆の敵』（キャグニー主演のハリウッド映画）になった気がした。

保安官は長々とわたしを見つめた。その表情をはっきりと読むことはできなかったが、おそらくけしからん子供だと思っていたのではなかろうか。

「つまり」わたしは口ごもった。「姉はすっかり大人でしたし」

「大人？　どんな点で？」

「よくわからないけど、一人前だったんです。ぼくはほんの子供だけど」

ほんの子供なんだから大目にみてもらいたいとがむしゃらに念じながら、そう言った。なにを大目にみてもらいたいにせよ。よくわからなくなっていた。はっきりしていたのは、自分が処理不能な状況に陥っているということだった。

「大人か」保安官は悲しげにくりかえした。「確かにそうだったよ、フランク」ゆっくりと階段から立ちあがると、彼は頭に帽子をのせた。「忘れずにわたしに電話するようお父さんに伝えてくれよ、いいね？」

「忘れません」

「よし、それじゃ」

保安官は階段を降りて、うちのガレージの前の砂利の車廻しにとめておいたパトカーに乗り込み、バックで出て、タイラー通りを遠ざかっていった。その直後に列車が轟音をあげて近づいてきた。ポーチの床板が震動して汽笛が耳をつんざき、階段にすわっていたわたしは自分までふるえているのに気づいたが、それは列車が通過したからではなかった。

ポーチにすわったままパッカードの帰りを待っていると、夕方近くになって線路をそれが跳ねながら越えてくるのが見えた。父が車をとめるなりジェイクが助手席から飛びだしてきて、全速力でこっちへむかってきたかと思うと、わたしの前を素通りして家に飛びこんだ。階段をかけあがる足音がして、二階のトイレのドアが勢いよく閉まるのが聞こえた。ジェイクは膀胱がちいさいことでわが家で有名だった。父はゆっくり近づいてきた。

「保安官がきてたんだよ」わたしは告げた。

古いポーチの階段を見下ろしてのぼってきた父が、それを聞いて目をあげた。「なんの用だった？」

「はっきり言わなかった。ぼくにちょっと質問してから、帰ったらお父さんに電話をくれるよう伝えてくれって」

「どんな質問だね？」

「アリエルとカールのことだよ」

「カール？」

「うん。カールにずいぶん関心を持ってた」

「ありがとう、フランク」父はそう言って家に入っていった。

わたしも中に入り、居間のソファにだらりと腰をおろして、保安官がきたときに読んでいたコミックを手に取った。階段下の電話台の近くにいたので、父の会話が聞こえた。

「ネイサン・ドラムです。あなたが立ち寄ったと息子から聞きましたが」

二階でトイレの水が流れる音がして、壁の中を通る配管に水が流れこんだ。

「わかりました」父の重々しい口調で、よくない話だとわかった。「そちらの都合がつくようなら、数分後に教会の事務所でお会いできます」

二階のトイレのドアがあいて、ジェイクが騒々しく廊下に出てきた。

「ええ。待っています」

父が受話器を置いた。

「なんだったの？」

部屋は暗かった。母は朝からずっといなかったのに、わたしがカーテンをしめっぱなしにしていたからだ。玄関の戸口から差し込む長方形の光のなかに父のシルエットが浮かびあがっていた。わたしに背を向けていたので、顔は見えなかった。

「検視が終わったんだ、フランク。そのことで保安官が話をしたがっている」

「悪いこと？」

「わからん。お母さんに会ったか？」

「うん」

「お母さんから電話があったら、わたしは事務所にいるから」

父は出ていった。わたしはスクリーンドアまで追いかけて、教会へ歩いていく後ろ姿を見守った。途中で父は立ちどまり、通りのまんなかでじっと動かなくなった。なんだかぼんやりしているようで、車がきても気づきそうになく、轢かれてしまうのではないかと思った。声をかけたほうがいいと思いながらドアを押しあけたが、父はわれに返り、そのまま歩いていった。

ジェイクが階段を駆け下りてきて、わたしににじり寄った。

「ミルクシェイクを飲んだんだよ」弟は自慢した。「父さんとぼくとで。マンカートの〈デイリークイーン〉で」

ジェイクがわたしをあおっているのはわかっていたが、それどころではなかった。返事をする気にもならなかった。

ジェイクがたずねた。「父さんは？」

わたしは教会のほうを顎で示した。「保安官が戻ってくるのを待ってる」

わたしはポーチに出た。

ジェイクもわたしにくっついて出てきた。「保安官がきてたの？　何の用で」

「父さんに会いにきたんだ。でもカールとアリエルのことでいろいろ訊かれた」

「どんなことを」

「なんだっていいだろ」

わたしはぶっきらぼうに言った。気になることがほかにあったので、弟の穿鑿がわずらわしかったのだ。アリエルの死の余波のなか、自然現象が不思議に重なって起きていると気づくことが多くなり、わたしはそれをなにかのサインだと考えるようになっていた。必ずしも神からのというわけではないが、あきらかに、自分の幼い理解力がおよばぬ力からのサインだ。昨夜はふたつの流れ星の軌跡が東の空で交差するのを目撃した。それが普通でないことは確かだったが、なんなのかはわからなかった。父とジェイクがマンカートに出かけたあとも、ラジオでツインズの試合を聴いていたら、数秒間放送がとまり、ちがう放送源からの声がしゃべりだし、不明瞭ながらふたつの単語が聞き取れたように思った。答え《ジ・アンサー》、と。何にたいする答えだろう、といぶかしんだ。

そして今も、ポーチに立っていると、太陽が教会の塔のうしろに沈み、塔の影が通りにさして、長い指で糾弾するようにまっすぐわたしを指さしたのだ。

「フランク、大丈夫？」

保安官の車がタイラー通りからあらわれて三番街にはいり、教会の駐車場にとまった。保安官がおりてきて教会の正面扉からなかに入った。

ジェイクがわたしの腕をひっぱった。「フランク！」

わたしは腕を引き抜くと、急いでポーチの階段をおりはじめた。

「どこに行くの」

すぐに弟はついてきた。言い争いをしたくなかったので、ほうっておいた。地下室の階段に通じる教会の横手のドアまで走った。ガスのオートバイは一日中見当たらなかったから、教会の地下のひんやりした部屋へおりてもわたしをとめる人間はいないはずだった。父の事務所につながる暖房炉のはずされたダクトに近づき、音の流れを遮断しているぼろ布をひっぱりだした。ジェイクの目が、大罪を犯す人間を見る目でわたしを見た。

「どこにも」

「フランク」弟はささやいた。

わたしは目だけで弟を黙らせた。

事務所のドアにノックの音がして、頭上の床板がきしみ、父が訪問者を迎えるために部屋を横切ったのがわかった。

「きてくれてありがとう」父が言った。

「すわりませんか、ミスター・ドラム」

「もちろんです」

彼らが父の机まで歩いていき、椅子が床をこすった。

父がたずねた。「監察医はなにを見つけたんです？」

保安官が言った。「ヴァンデル・ワールの初期診断が裏付けられました。お嬢さんは細長い凶器、タイヤレバーのようなものによる頭部外傷を負っていましたが、直接の死因は溺死でした。肺に水が入っていた。ミネソタ・リバーで見つかるような沈泥もたまっていました。

しかし、それだけではないんです。ミスター・ドラム、亡くなったのはお嬢さんだけではありませんでした」

「どういうことですか」

「このことがあかるみに出ないようにできたらどんなにいいか知れないが、ここはちいさな町です。いずれ誰もが知ることになるでしょう。だから、まっさきにあなたに知ってほしかったんです。アリエルは死亡時、妊娠していました」

頭上の物音が消えた。ダクトは沈黙していたが、隣にいたジェイクがおどろいて息を吸い込み、わたしは彼をつかんで片手で口に蓋をし、声をあげさせないようにした。

「知っておられましたか、ミスター・ドラム」

「まったく知らなかった」父が答えた。その声に驚愕が聞き取れた。

「監察医の推定では、アリエルは妊娠五、六週間だったようです」

「赤ん坊が」父がつぶやいた。「ああ神よ、なんという悲劇だ」

「まったくお気の毒です、ミスター・ドラム。申し訳ないが、いくつかおたずねしなければなりません」

苦渋に満ちた沈黙がつづき、やがて父が言った。「どうぞ」

「お嬢さんがカール・ブラントとつきあうようになってどれぐらいですか」

「一年ほどです」

「いずれ彼らは結婚すると思っておられた？」

「結婚？　まさか。彼らには他の将来設計がありました」

「今日の午後、息子さんから聞いたのですが、アリエルは家を離れることについて気を変えたそうですね」

「出ていくことに神経質になっていただけだと思います」

「今もそうお考えですか？　監察医が発見したことを考慮しても？」

「わかりません」

「アリエルはときどき夜間こっそり家を出て、明け方近くまで帰ってこなかったとも息子さんは言っていました」

「事実とは思えない」

「息子さんはわたしにそう言った。事実とすれば、彼女がどこへ行ったのか見当はつきますか」

「いや」

「ブラント少年と会うために出ていった可能性は？」

「それはありうるでしょう。なぜそこまでカールに関心があるんです？」

「いや、こういうことなんですよ、ミスター・ドラム。これまでわたしはお嬢さんに起きたことはウォレン・レッドストーンかモリス・エングダールに責任があるという考えに大きく傾いていました。ところが、レッドストーンの過去を洗った結果、あの男は刑務所の常連ではあったが、暴力沙汰は一度も起こしていなかったんです。ドイル巡査が川沿いのレッドストーンのねぐらで発見した品物にしても、とりたててどうというものではなく、鉄道の線路や川の土手や路地に落ちているがらくたにすぎません。したがって現時点ではレッドストーンがアリエルの死に関係があるとは思えなくなってきた。今朝一番に、わたしはスー・フォールズまで行ってモリス・エングダールとジュディ・クラインシュミットと話をしてきました。お嬢さんが行方不明になった夜、ミューラー家の納屋で一緒だったという供述はゆるがなかった。息子さんとの些細な言い争いを別にすると、いつもトラブルと握手しているような若者ではあるが、エングダールを疑う理由は実のところないんです。マン法違反で拘束し締め上げることになるだろうから、まだなにか出てくるかもしれませんがね」

父が言った。「アリエルが妊娠していてカールとつきあっていた、だからカールがアリエルの死に関わっていたのではないか、そう思っているんですか」

「あのですね、ミスター・ドラム、これはわたしにとってははじめての殺人捜査なんです。こんなことはスー郡では起きませんからね。目下わたしはただ質問をして、自分の考えと一致するものを見つけようとしているところなんです」

「カールがアリエルに危害を加えるとは想像できない」

「お嬢さんが行方不明になる前日、彼らがはでな口喧嘩をしたことをごぞんじでしたか」

「いいえ」

「それを目撃したアリエルの数人の友人と話をしました。両人とも腹を立てていたようです。だが、原因がなんだったのかは彼らにもわかりませんでした。あなたはどうです」

「見当もつきません」

「赤ん坊のことだったのかもしれない。子供がいたらふたりの人生はとてつもなく複雑になったと思いませんか」

「わかりません、保安官」

「息子さんの話だと、アリエルはカールが大好きだったが、カールのほうはそれほどでもなかったようです」

「息子がどうしてそんなことを知っているのかわかりません」

「奥さんは知っていると思いますか」

父はすぐには答えなかった。わたしはちらりとジェイクを見た。暗闇のなかでも顔が紅潮し、全速力で走りだそうとする馬でもおさえるように、暖房炉のダクトを力いっぱい握りしめているのがわかった。

「家内にはわたしから話します」ようやく父が言った。

「まっさきにあなたのところへきたんです、ミスター・ドラム。これからカール・ブラントに事情を聞かなければなりません。そのあと、奥さんと話がしたい。むろんわたしの話の内容をあなたが奥さんに伝えてからのことです。いずれここに帰っておいでですか」

「必ず自宅にいるようにさせます」

「感謝します」

椅子が床をこすり、まもなく床板が事務所を出る男たちの体重で大きく鳴った。頭上はひっそり静かになり、呆然自失の沈黙が支配する地下室で、ジェイクが驚愕と怒りにどもりながら言った。

「カ、カ、カ、カール」

26

父は教会から家に戻り、わたしたちがいなかったので、玄関ポーチに引き返した。南西からの風が煤《すす》の色をしたぶあつい雲を運んできた。重苦しい空の下、教会の駐車場からやってくるわたしたちを見つけると、父の目に懸念が浮かんだ。

「ガスを捜してたんだ」おどろくほどすらすらと嘘が口をついて出た。ジェイクは反論の気配すら見せなかった。

「これからエミール・ブラントの家へ行ってくる」父は言った。

「ぼくたちも行っていい？」

「おまえたちはここにいなさい」口答えはゆるさない口調だった。「リズを待つんだ。おっつけやってきてなにか食事を作ってくれるだろう。おじいさんもたぶん一緒にくる」

「晩ご飯には帰ってくる？　母さんも一緒に？」わたしは訊いた。

「わからんよ、どうなるか」父はぶっきらぼうに答えた。

せかせかとパッカードに乗り込むと、父は砂利敷きの車廻しからバックで出てタイラー通りをスピードをあげて走り去った。父が行ってしまうと、わたしはポーチから飛びおりて川に向かった。どこへ行くのとも訊かずに、ジェイクがうしろから走ってきた。

空は鋳鉄のように黒々とした色に変わり、その下を流れるミネソタ・リバーは鮮度の落ちた血のようだった。わたしは川沿いに走った。キイチゴの茂みをかきわけ、靴底に吸い付くぬかるみは無視して、可能なかぎり平坦な砂地を選んで足を速めた。背後でジェイクがぜいぜいと喘いでいるのが聞こえ、わたしに遅れまいと必死になっているのはわかっていたが、かまってはいられなかった。わたしにはもっと大事なことがあったのだ。ジェイクも文句ひとつ言わなかった。

ハコヤナギの木立を抜ける細い小道をたどった。小道は線路を越え、エミールとリーゼの兄妹の古い農家を改良した家への斜面につづいていた。ブラント家の地所を囲む杭垣の門までたどりつくと、わたしたちは足をとめた。ジェイクが身体をくの字にしてもがくように息をついており、吐くんじゃないかと心配になった。ジェイクの呼吸が正常に戻ったとき、父のいいつけにそむいたわたしをいつものようにとがめるのだろうと思った。ところが意外にも弟はこう言った。「次は、なに？」

これまでに起きたことについて、わたしが多くの情報を仕入れることができたのは、ひとえに悪賢いからだった。火格子と、暖房炉と、わたしの自身の知りたがりの性格、それに壁際の影とかスクリーンドアの外をうろつくハエに徹する能力のためだった。わたしは大人たちが知っていることのすべて、大人たちが考えていることのすべてを知りたかったし、子供扱いされて蚊帳の外に置かれるのは絶対にまちがっていると思っていた。わたしは子供ではなかったし、ジェイクだってもう子供ではなかった。

リーゼ・ブラントがわたしたちの協力を得て拡大した菜園の向こうにわたしは目をやった。細長くて広々とした庭の奥に農家が建っていた。そこまで突っ走って近くに身を潜め、開いた居間の窓の下に陣取ろうと思った。そうすれば、なかの声を楽に聞き取ることができる。素早く、慎重に行動すれば、きっとうまくいく。

門の掛け金をはずし、敷地内に入ろうとしたとき、農家の勝手口がいきなり開いてリーゼ・ブラントが飛びだしてきた。オーバーオールにTシャツという格好で、両手を宙に投げだし、いらだたしげな仕草をした。足早に庭をつっきり庭の道具小屋へ向かってきたが、よほど頭にきているらしく、わたしたちに気づかないまま道具小屋に姿を消した。

ジェイクがまたささやいた。「どうするんだよ」

わたしは家を見て考えた。今すぐ駆け出せば、リーゼが道具小屋から出てくる前に家までたどりつけるだろう。

「行こう」そう言うなり飛びだした。

それはわたしが考案したなかで最高の計画にはならなかった。

菜園のそばを何歩も行かないうちに、バンシーみたいな金切り声が背後で聞こえたのだ。なんともすさまじい声だったから、そのまま逃げだしたかったのだが、ジェイクがぴたりと足をとめてふりかえった。見つかったからにはしかたがない。リーゼ・ブラントという憤怒に向き合うのを覚悟して、わたしもおじけづきながらふりむいた。リーゼは右手に湾曲した熊手みたいな庭仕事の道具をつかんでいて、それでわたしたちをひっ掻くような動作をした。八つ裂きにする気だ、と思った。

だがジェイクを見たとたん、態度がころりと変わった。ジェイクに駆け寄り、身振りをまじえて、わたしには未完成の言葉のように聞こえる音で早口にしゃべりだした。家にむかって熊手をゆする動作からは、家にあるなにかを襲おうというのか、それとも泣き出しそうになっているのか、見当がつかなかった。

しまいに彼女は泣き出した。リーゼ・ブラントが泣くのを見たのは、あとにも先にもそれがはじめてだった。そして他にも、あとにも先にもはじめてのことをわたしは目の当たりにした。軽くふれただけで烈火のごとく怒るリーゼ・ブラントが、弟の両腕に抱かれるままになってしくしくと涙を流したのだ。

ジェイクがわたしに言った。「アリエルが死んでからエミールに無視されていて、リーゼはつらいんだ。エミールはいつもぼくたちの家にきてたし、今は母さんが一日中ここにいるだろ。リーゼにとってはお兄さんと自分の家を取られたような気持ちなんだ」

リーゼの激しい訴えはわたしにはちんぷんかんぷんだったのに、なぜかジェイクはあますところなく理解していた。

突然自分がゆるした状況に気づいたかのようにリーゼが身を離すと、ジェイクは彼女に話しかけた。「庭で働くつもりだったんだね。手伝おうか」

リーゼは熊手みたいな道具をジェイクに渡した。微笑こそ浮かべなかったが、さっきよりはうれしそうだった。

わたしは低く垂れこめた空の下に立ったまま家のほうを眺めやり、中でどんなことが起きていようと、盗み聞きのチャンスがすでに絶たれたことを悟った。リーゼのあとから道具小屋に行くと、彼女は壁から選び取った鍬をジェイクに渡し、ジェイクがそれをわたしに回した。リーゼは自分用に移植ごてを選び、わたしたちはぞろぞろと庭に向かった。

作業をはじめていくらもたたないうちに、農家の正面のドアがあく音がした。まもなく両親が家のわきに姿をあらわし、庭に出てきた。

「家にいろと言ったはずだが」父が言った。憮然としていたが、怒っている口調ではなかった。

とっさに嘘を思いつくことができなかったので、わたしは本当のことを言った。「なにが起きてるのか知りたかったんだ」

リーゼ・ブラントは膝をつき移植ごてでものすごい勢いで土を掘っており、あきらかに両親を無視していた。

「帰ろう」父は言った。「うちで話そう」

ジェイクがリーゼのそばへ行ったが、彼女は弟を見ようとしなかった。ジェイクはリーゼのそばの泥の上に熊手を置き、わたしは鍬をおろして、正門の外にとめてあるパッカードにむかう両親についていった。エミール・ブラントがポーチに立っていた。目が見えないのに、わたしたちが通りすぎるときは、まるでわたしたちのすべての動きを追っているかのように首を動かした。その顔つきも顔色も今にもふりそうな空そっくりで、彼が一切を知らされたことがわかった。エミールを憎らしく思った。父がジェイクやわたしには話してくれなかったことをエミールは知っているのだ。なぜだか裏切られた気分だった。

家までの車中、わたしたちは一言もしゃべらなかった。着くと、祖父のビュイックが正面にとまっていた。祖父はリズと一緒に玄関ポーチに出てきたが、ふたりとも不安そうな顔つきだった。

「誰もいないから心配していたんだ」祖父は言った。

「中に入りましょう」父が祖父たちに言った。「話さなければならないことがあるんです」

「ブラントのやつらは大嫌いだ」その晩、ベッドに横になってわたしは言った。

雲がまたひとつ夏の嵐を解き放っていた。閉め切った窓の外は雨で、寝室にむっとした空気がこもり、暑くて息が詰まりそうだった。ジェイクは夕方からろくにしゃべっていなかった。祖父はアリエルが妊娠していたことを聞かされると、さんざん怒鳴りちらし、カール・ブラントの首ねっこをつかまえることができるなら、この手で首をねじきってやるといきまいた。腹をたてたときのいつもの癖で卑猥な罵り言葉を使い、父が子供たちの前ではよしてくださいと注意すると言い返した。「ふん、その子たちはもう子供じゃないぞ、ネイサン、男というものがどんなしゃべりかたをするか、このさいしっかり聞いておくべきだ」そのあとさらに激烈な言葉を使ってカール・ブラントへの脅しを繰り返した。リズが祖父の腕に手をかけたが、それをふりはらって立ちあがり、床板をすりへらさんばかりに同じところを行ったりきたりした。

リズが静かにたずねた。「誰かがもうカールと話をしたんでしょうか」

「保安官がしました」父は言った。

「それでカールはなんと？」

「わかりません」

「カールを犯人だと決めつける前に、彼の話も聞くべきじゃないかしら」リズは穏やかに提案した。

母が言った。「ブラント家の人間は昔からほしいものを手に入れてきたわ。そしていらないものは投げ捨てたのよ。カールだけがちがう理由がどこにあって？」

父が言った。「わたしはカールと彼の両親と話をするつもりだ」

「わたしたちは、でしょう」母が訂正した。

「おい、わたしも行くぞ」祖父が叫んだ。

「いけません」父が答えた。「これはブラント家とルースとわたしのあいだのことです」

「そのあいだのどこかに保安官もいるんだよね」わたしは口をはさんだ。

みんながいっせいにわたしを見た。まるでわたしがシベリアから帰ってきてロシア語をしゃべったみたいに。そのあとわたしは一言もしゃべらなかったが、黙っているのは死にそうに辛かった。

わたしたちが寝支度をすませたあと、父が二階へあがってきて、わたしたちと話をした。

「もしかするとカールがアリエルに強要したのかもしれないよ」どこで聞きかじったのか自分でもわからない言葉をわたしは使った。

「そんなことが起きなかったことだけは絶対に確かだ、フランク。愛し合っている人間はときどき判断をあやまる、それだけだ」

「だからカールはアリエルを殺したの？　判断をあやまって？」

「カールがアリエルの死に関わっているかどうか、われわれは知らないんだ」

「知らないもんか。赤ん坊はカールの人生をすごく複雑にしたはずだよ」午後に保安官が父の事務所で使ったのとほとんど同じ言葉をわたしは口にした。

「フランク、おまえはカールを知ってるだろう。アリエルをあんな目に遭わせることが彼にできると思うか」

「アリエルをはらませるってこと？」

「二度とその言葉を使うんじゃない。わかったな」

「ちぇっ《ジーザス》、わからないよ」

主の名前をみだりにつかったことでわたしを怒鳴りつけてもおかしくなかったが、父は静かにわたしのベッドに腰をおろし、静かに道理を説いてわたしの激しい怒りをしずめようとした。

「人を殺すということはな、フランク、めったなことではできない。とても信じられないほど困難なことだ」

「父さんは殺したよ」

あれは戦争だから状況がちがうと言うだろうと思ったのに、父は言わなかった。「できることなら、あんなことをする前に戻りたい」その口調にこめられた深い悲しみと強い説得力ゆえにわたしはひっこむしかなかったが、いつか追及したいと強く思った。一度ガスが酔っぱらってほのめかしたこと、つい数日前にも暗い教会のなかで口にした、あの謎めいた殺人の話だ。

「おまえは前からカールが好きだっただろう」父の声で、われに返った。「われわれみんながカールに好意を持っていた。いつも礼儀正しい若者だった」

「いつもってわけじゃなかったみたいだけど」わたしは言った。一階で母と口論していたとき、父は今とほぼ同じことを言い、母はそれにたいして、今わたしが拝借したのと同じ発言をしたのだった。

「これだけは言っておく。おまえたちふたりにだ」父は黙っているジェイクのほうを見ながら言った。「お母さんとわたしがカールや彼の両親と話をする機会があるまでは、なにも決めつけてはならない。たとえ強制されても、誰にも、なにも言うんじゃない。心ない噂はさらなる悲劇を生む。わかったな？」

ジェイクはすぐに答えた。「はい」

「フランク？」

「わかった」

「わたしが言ったとおりにするな？」

すぐには従えなかったが、結局わたしは同意した。「はい」

父は立ちあがったものの、出ていく前に言った。「なあおまえたち、わたしたちはみな今、闇の中を歩いているんだよ。正直なところ、わたしもおまえたち同様、なにが正しいのかわからない。ひとつだけ確かなのは、神を信頼しなければならないということだ。これを突破する道があり、神がわたしたちをそこへ導いてくださる。わたしはそれを露ほども疑っていない。おまえたちもそうであってほしい」

父が出ていったあと、わたしは天井にむかって言った。「ブラントのやつらは大嫌いだ」

ジェイクは反応しなかった。わたしは窓ガラスを打つ雨の音を聞きながら、人を殺すのはそんなに困難なのだろうかと思っていた。その瞬間、自分にはできそうに思えたから。

27

ちいさな町ではなにごとも秘密にしておけない。噂は不思議な魔法のように疫病の速さで広がる。アリエルが妊娠していたことや、保安官がカール・ブラントを疑っていることをニューブレーメンのほとんどの住民が知るのに時間はかからなかった。

カールの友達が事情聴取を受け、カールが最近アリエルと寝たと思わせる発言をしていたことを明かした。

アリエルの友達が断言したのは、アリエルが動揺していたこと、その悩みの原因については固く口を閉ざしていたことだった。彼女たちはこぞって、カールと関係のあることではないかと疑っており、うちふたりは妊娠の可能性を案じていたとほのめかした。

カール・ブラントの両親アクセルとジュリアは沈黙を保ち、息子を人目から守るためにザ・ハイツの邸宅から出さなかった。父は状況を理解するためにはそれが不可欠だとの信念にもとづいて、話し合いの場を設けようと最善を尽くしたが、屋敷にかかってくるすべての電話をふるいにかける役割をおおせつかった使用人、サイモン・ガイガーを突破することはできなかった。父はより直接的なアプローチを試みんと、母とともにブラント家の屋敷に車で乗りつけたが、中へ通してもらえなかった。神の良き導きに絶対の信頼を置いていた父は協力を拒絶されたことであきらかに動転していた。

保安官はもっと積極的だった。彼はカール・ブラントへの事情聴取で判明したことを両親に教えてくれた。もっとも、常に弁護士同席のもとでおこなわれたせいで、情報は多くなかった。カールはアリエルの妊娠についての関与を肯定も否定もせず、ふたりとも結婚する意志はなかったとの主張をかたくなに押し通した。そして、アリエルがいなくなった夜は酒を飲みすぎていたために川縁のパーティーで彼女を見失ってしまったという最初の供述を変えなかった。保安官はカールがまるで記憶した台本を繰り返しているようだったという感想を両親に伝えた。

エミール・ブラントはわたしたちの生活から抜け落ちてしまったようだった。アリエルが消えた瞬間から影のごとく母のかたわらに寄り添っていたのに、ひとたびアリエルの妊娠が発覚し、ブラント家の名が事件のまっただなかにひきずりだされて一族が世間から距離を置くと、母の愛情はブラントと名のつくものすべてから遠ざかった。ある意味、母は港を失った舟になった。四六時中、腹をたてているようだった。父にたいして。ブラント一族にたいして。たまたま母の不興を買った、わたしとジェイクにたいして。そして当時の常態として、神にたいして。わたしたちはせいぜい母に近づかないようにするしかなかった。

水曜日の午後、父は土曜日に予定されているアリエルの埋葬式の準備を整えるためにヴァンデル・ワールのところへ出かけて行った。ジェイクとわたしは母とともに家に残った。母は玄関ポーチの揺り椅子にすわり、通りがかる人がいたら丸見えのその場所で煙草をふかし、通りの向こうの教会を険しい目で見ていた。櫛の入っていない髪はぐしゃぐしゃで、スリッパに部屋着姿だった。出かける前に父は母に服を着替えるよういい聞かせていたが、しまいには匙《さじ》を投げた。

ガスが教会の駐車場にはいってきてオートバイをとめたとき、わたしはガレージで自転車をさかさまにしてパンクしたタイヤのチューブをはずしていた。ガスが通りを渡ってきたが、母に視線を向けていたから、わたしが見えていなかった。ガレージの窓には蜘蛛の巣がはり、ガラスは洗う必要があったが、それでも玄関ポーチはよく見えたし、そこで交わされた会話も聞こえた。

ガスは階段の下で足をとめた。「ネイサンはいるかい、ルース？」

「いないわ」母はそう言って、煙を盛大に吐いた。

「いつ戻ってくるかな」

「さあ。アリエルの埋葬の準備に忙しいのよ。お友達のドイルからなにか聞いてる？ネイサンを捜しているのはそのためなんでしょう」

「直接ネイサンに話したいんだ」

「なにか知っているなら、わたしに話してほしいわ」

ガスはポーチの木陰でゆっくりと揺り椅子を動かしている女を見あげた。「わかった」階段をのぼって、母と向き合った。「ドイルによると、保安官はアリエルが川に投げ込まれる前に、彼女の頭蓋骨を割るのに使われた凶器を見つけようとしている。タイヤレバーの可能性を考えていて、カールがどこかにまだそれを隠し持っているのではないかと思っている。ところが郡検事が起訴を拒否した。証拠が不充分だと言ってね。郡検事の根性がすわっていないからだと保安官は思っているよ」

鼻孔から煙の筋を出しながら母はしゃべった。「アーサー・メンデルソーンは昔からいやなやつだったわ。子供の頃もいやなやつだったし、大人になってもいやなやつ。アクセル・ブラントには絶対さからわないのよ」

煙草をくわえて、母はガスの顔にじっと目を据えた。「タイヤレバーのこと、あなたはどう思う」

ガスは返事を推し量っているように見えた。あるいは、どんな返事なら妥当なのか考えていただけかもしれない。「手頃だし、効果はあるだろうね」

「タイヤレバーを武器として扱ったことは？」

「ない。だが相当な危害を加えることができるだろう」

「人を殺したことがあるんでしょう、ガス。戦争で」

彼は答えずに、母をまじまじと見た。

「むずかしいもの？」

「おれが殺したのは遠くにいる人間だ。おれにとっては形でしかなかった、顔はなかった。顔が見える距離にいる人間を殺すのとはわけがちがう」

「冷酷でなくてはだめね、そう思わない？」

「ああ、そうだろうね」

「人間って平気で人を騙すものね、ガス」

「だろうね」

「他にネイサンに言いたかったことはある？」

「いや、今のでだいたい全部だ」

「わたしから知らせておくわ」

父の友人はポーチをおりて教会に戻り、地下室に通じる横手のドアに姿を消した。煙草を吸い終わった母が、次の一本に火をつけた。

一時間もしないうちに、父がヴァンデル・ワールのところから帰ってきた。すでに昼食の時間になっており、父は食事を作るためにまっすぐ台所に向かった。母がそのあとから家に入り、わたしはぶらぶらとふたりのあとについていった。母が一切関わりを拒否した葬儀の最終プランについて、父が話をしていた。わたしは母が社会とのつながりを絶ちつつあることに気づいていた――たぶん、わたしたちみんなが気づいていた。母の世界は日に日にサイズをちぢめていた。母はテーブルに両肘をつき、片手に煙草をはさんで、冷蔵庫から食べ物を取り出し、詳細を伝える父の説明を聞いていた。わたしが入ってきたのに父は気づいていたが、母はまったく無関心だった。

充分に聞いたと思ったのだろう、母がだしぬけに言った。「保安官がブラント家の家宅捜索をする令状を取ろうとしたわ。カールがアリエルの頭蓋骨を砕くのに使った凶器を捜すためよ。でも郡検事が協力を拒否した」

父が半ガロン入りのミルク瓶を手に冷蔵庫からふりかえった。「どうしてそれを知ってるんだ？」

「あなたの留守中にガスがきたのよ」

「ドイルからの情報かね？」

「ええ」

父はミルクをテーブルに置いた。「ルース、カールがアリエルの死に関与しているかどうか、われわれはなにも知らないんだよ」

母は父とのあいだの空中に煙のカーテンをひいた。「あらそう、でもわたしにはわかるわ」

「いいか、いまから保安官に電話してくる」

「どうぞ」

父が部屋を出ていくと、ようやく母はスクリーンドアの脇に立っていたわたしを見た。そして片方の眉を持ちあげて、言った。「知ってる、フランキー？　これにふさわしい旧約聖書の文句を」

わたしは母を見つめたが、答えなかった。

母は言った。「地に喊声《かんせい》を聞かせよ、大いなる破壊の叫びを」（エレミア書五十章二十二節）

母は煙草を吸い、煙を吐き出した。

28

夕食後、そろそろ暗くなろうというとき、母が姿を消した。散歩に行くと言っていた。リズとともに定期的にわたしたちと食事をするようになっていた祖父が、どこへ行くのかとたずねたらそう答えたのだ。両親とリズと祖父は日が暮れるとともに吹きはじめた涼しい風の恩恵にすこしでもあずかろうと、そろって玄関ポーチにすわっていた。わたしは庭の芝生に寝転がって、谷の上空から光が溶けてなくなっていくのを眺めていた。母はこう言った。「このへんをぶらぶらしてくるわ」そして立ちあがると、誰にも反論や同行のすきを与えずに行ってしまった。そのあと祖父母と父は、母のことを話した。彼らは心配していた。そう、わたしたち全員が心配していた。

すっかり暗くなっても母が帰ってこなかったとき、父はパッカードで、祖父は大型のビュイックで母を捜しに出かけた。リズはわたしたちと残った。誰かから電話がかかってきた場合に備えて、リズは電話のそばを離れなかった。ジェイクは夕方からずっと二階でプラモデルの飛行機作りにいそしんでいたが、男ふたりが車でいなくなると、階下におりてきた。わたしが事情を話すと、ジェイクはお母さんが線路沿いに町はずれの構脚橋のほうへ歩いていくのを見た、と言った。

「なんで黙ってた？」

ジェイクは肩をすくめると、悔やんでいる顔になって答えた。「ただ歩いていただけだったから」

「線路づたいにか？　おまえは母さんが線路づたいに歩くのをこれまで見たことがあるか？　くそっ」

わたしは台所に駆け戻ってリズに話し、自分も母を捜しに行くと言った。

「だめよ」リズが答えた。「夜にあの線路へ行ってはだめ」

「懐中電灯を持っていくし、注意するから」

「ぼくも一緒にい、い、行く」ジェイクがどもり、わたしは弟が恐怖にちぢみあがっているにちがいないと思った。

リズはあきらかに不安がっていたが、誰かがすぐにでも追いつかないとなにが起きるかわからないとわたしが指摘すると、結局、折れた。

わたしたちはふたりそろって懐中電灯を持っていったが、いったんザ・フラッツを出るとそれはほとんど無用になった。満月に近い丸い月が昇っていて、線路づたいの道を煌々と照らしていたからだ。

「お母さんはだ、だ、大丈夫だよね」ジェイクは言いつづけた。「大丈夫。大丈夫だ」

わたしもジェイクにむかって繰り返した。

こうやってわたしたちがみずからに母の無事をいい聞かせたのは、アリエルの死によって正常な感覚、未来は予測できるものだというゆるぎない感覚が根底からくつがえされてしまったからだった。神がアリエルを死なせることができるなら――幼いボビー・コールにあんなにも無惨な死に方をさせるなら――全能の主と険悪な関係の母はまっすぐ危険な状況へ突き進んでいくんじゃないか、と怖かった。

月光を浴びた線路の表面が銀色に光っており、闇の中を線路づたいに構脚橋までずっと歩いていくと、母がミネソタ・リバーの流れを真下に見てぽつんとすわっているのが見えた。母を見つけるが早いかわたしはふりむいてジェイクに命じた。「帰って、リズにここにいるって伝えるんだ。おれが母さんをひきとめて絶対に危ない真似をさせないようにするから」

ジェイクはわたしたちと町のあいだに横たわる、長くて暗い夜のトンネルをふりかえった。

「ひとりで？」

「ばかだな、決まってるだろ。おれたちのひとりが助けを呼ばなくちゃならないんだから、おれがここに残る」

「なんで残るのがぼくじゃいけないの」

「母さんが飛びおりるかなにかしようとしたらどうなる？　おまえもあとから飛びおりるのか？　さあ行け。急げよ」

もっとなにか言いたそうにしたが、ジェイクは結局自分の義務を受け入れて、懐中電灯のおののく指のような光線をたよりに引き返していった。

一番心配だったのは、今にも列車が轟音をたててこちらへむかってくるのではないかということだった。そんなことになったら、どんな精神状態かもわからない、構脚橋のどまんなかにいる母を間一髪で助けるのは不可能に思えた。幸い、今は夜だから列車が川に達するよりずっと前に前照灯が見えるだろう。わたしは構脚橋の上をそっと歩いていった。母はこちらを見なかったので、わたしがいることに気づいているかどうかもわからなかった。ところが、あと数歩でたどりつくというとき、母が言った。「ここがあの場所なのね、フランキー？」

わたしは母の隣に立ち、母の視線の先を見おろした。下方を流れる川はすみずみまで月光に照らされていた。「そうだよ」

「おまえはなにを見たの？」

「アリエルのドレス。髪。それだけ」

母がわたしを見あげ、その頬を細い虹色がつたうのを見て、母がずっと泣いていたこと、いまも泣いていることに気づいた。

「昔はこの川で泳いだものよ」母は言った。「子供の頃にね。ここから二マイルほど下流に、コットンウッド・クリークが流れこむ深くて澄んだ淵があるの。行ったことある？」

「うん」

「すわって。ここに」母は自分がすわっている枕木の隣を軽くたたき、わたしは言われたとおりにした。

「川を危険だと思ったことはなかったわ、フランキー。でもおまえはほかにも誰かがここで死んでいるのを見つけたんだったわね」

「うん、旅の人を」

「旅の人」母はかすかに首をふった。「人の一生はひとつの言葉になってしまうのね。ちいさなボビー・コール、彼が亡くなったのもこのあたり……？」

「うん。そうだよ」

「ここはきれいですもの」母は言った。「死ぬなんて思いもよらない場所よ、そうでしょう？　あなたもジェイクもよくここにくるの？」

「前はね。もうこないよ。うちに帰ったほうがいいんじゃないかな、母さん」

「わたしのことを心配してるの、フランキー？　ほかのみんなも心配してるのよね」

「このごろ、ときどき母さんがこわいんだ」

「わたしも自分がこわいわ」

「帰ろうよ、母さん」

「あのね、こういうことなの。あなたのお父さんに話しかけることができないのよ。すごく腹がたつから。みんなにも腹がたつの」

「神にも？」

「フランキー、神なんていやしないわ。わたしは今すぐにでもこの川に飛びこめるけど、手を伸ばして助けてくれる神の手なんてありはしないのよ。飛びこんだら、一巻の終わり、それだけよ」

「ぼくやジェイクや父さんにとってはそうじゃない」

「そこなのよ。わたしたちを気にかけてくれる神などいないわ。わたしたちにあるのはわたしたち自身とお互いだけなの」

母はわたしの肩に腕をまわしてやさしく抱きよせた。わたしがこわがりの子供だったとき、よく同じことをしてくれたのを思い出した。

「でもあなたのお父さんはね、フランキー、彼はわたしたちのことよりも神のほうが大事なのよ。わたしにとってそれは空気のほうが大事だと言っているようなものなの。だからわたしはお父さんが憎いの」

祭壇のそばでガスの腕の中で泣く父を見た夜のことを、母に話したかった。翌日の説教のことを話したかったし、母が非難する大事な空気から父が驚異的な力を得ていることを話したかった。だがそうはせずに、わたしは母に身を寄せて母が泣いているのを感じながら、月を見あげ、川っぷちのカエルたちの声に耳をすませていた。しばらくして、町のほうの闇から人声がして、懐中電灯の光線が路床に沿って近づいてきた。

「やれやれね」母は声をひそめて言った。「聖ネイサンが救出にきたわ」母はわたしを見て、まっすぐ目の中をのぞきこんだ。「頼みたいことがあるのよ、フランキー、お父さんには内緒で」

明かりが線路に近づいてきた。あと二分もしたらわたしたちのところまでくるだろう。急いで決断しなければならなかった。彼女は、わたしの母はどうしようもなくひとりぼっちに見えた。神と父が耳を傾けてくれないのなら、わたしが傾けるしかない、と思った。

わたしは言った。「いいよ」

真夜中、わたしは起きあがった。寝支度のさいに、椅子の上に服をたたんでのせておいた。わたしはきちんとしているほうではなかったから、ジェイクが疑わしげな目を向けてきた。でもその晩はいつもとはちがう晩だったし、あの頃はすべてが普通ではなかったから、ジェイクは何も訊かなかった。

服をつかんで廊下に出た。母の寝室のドアは閉まっていた。目をさましていて、わたしが出ていく音に耳をすましているのだろうか、と思った。居間のソファで寝るようになっていた父にばれないように、きしみをあげる段を避けて、用心深く爪先立って階段をおりた。台所に入ると、月光に照らされて壁の時計の針が二時三十五分を指しているのが見えた。スクリーンドアを抜けて庭におりると、ズボンとシャツをつけ、靴下とスニーカーを履いた。パジャマはたたんでガレージに持っていき、注油器の脇の棚にのせた。自転車を出してまたがり、月光で乳白色になった道を町へ向かった。

ニューブレーメンの前には他の場所にも住んだことがあった。父が牧師をしていた他の町々だ。どの町にもすぐになじみ、その町特有のおもしろいものをすぐに見つけだしたものだが、ニューブレーメンほど親しみをおぼえた町はなかった。だがアリエルの死がそれを変えた。町はよそよそしくなり、とりわけ夜は威嚇《いかく》されているように感じた。わたしは脅威に包囲されているような気持ちで、人気《ひとけ》のない通りでペダルを漕いだ。明かりの消えた家の窓々は監視する黒い目だった。月がつくる暗がりにはおそろしいものが潜んでいた。ザ・ハイツまでの二マイル、わたしは悪鬼に追いかけられているかのように必死にペダルを漕いだ。

カール・ブラントが住む家の敷地はカーペットもかくやと思うほど芝生をたいらに切りそろえたフットボール場のように広く、ペトロフという庭師が世話をする豊かな花の庭がところどころに配されていた。ペトロフの息子のアイヴァンはわたしのクラスメートだった。敷地全体は鋳鉄製の高い塀にかこまれていて、唯一の入り口は、屋敷までつづく長い車廻しに通じる門だった。鋳鉄の門を装飾するのは、これまた鋳鉄製の大きなBの文字だった。入り口の両端には巨大な石柱がそびえており、門の前に近づいていくと、明るい月光を浴びた石柱の片方に黒のスプレーペンキで文字が書かれているのが見えた。人ごろし。

わたしは門の前に立って、その怒れる誤字を見つめた。すこし離れた地面に、スプレーペンキの缶がころがっていた。ぼうっとした月明かりのもと、わたしは無人の通りを眺めた。反対側に建つ家々もまた大きくて、それなりに広々とした敷地に建っていたが、ブラント家の地所にはくらぶべくもなかった。どの家も完全な闇に沈んでいた。

わたしは百ヤードほど先までそのまま進んでいった。塀の外に一本のカエデの大木がそびえており、数本の枝が鋳鉄を越えて塀の内側へ弓なりに垂れていた。その大木の幹に自転車をたてかけてよじのぼり、一番太い枝を伝ってブラント家の庭に飛びおりた。広い湖を思わせる月光だまりを急ぎ足で横切り、ニューブレーメンがまだ若かった時代に建てられた白い石造りの、柱まで白い屋敷へ向かった。途中で、馬車置き場を改装したガレージのほうに曲がった。正面の車廻しにカールの赤い小型スポーツカーがとめてあった。

母に頼まれたことをしてから、大急ぎで塀に駆け戻った。助けてくれる木がないので鋳鉄の塀をよじのぼるのは骨が折れたが、ようやく塀を乗り越えて自転車に飛びのり、懸命に帰りのペダルを漕いだ。

ほどなく町の主要部分にむかう下り坂に通じる急カーブにさしかかったとき、対向車のヘッドライトで目がくらんだ。あわててハンドルを切り、もうちょっとで自転車からころげおちそうになった。自転車をとめると、車もとまった。ドアが開いて閉まる音がした。ヘッドライトがぎらぎらしているので、相手の姿は見えなかった。するとドイルの大きな影がわたしの上に落ちた。万事休すだと思った。

「誰かがブラント家の屋敷のそばをうろついていると通報があったんだ」ドイルは言った。「おまえさんを見て、おれはなんでおどろかないんだろうな。自転車からおりろ、フランク。行くぞ」

わたしはドイルについてパトカーのうしろへまわった。彼はトランクをあけて命じた。「自転車をここにいれろ」言われたとおりにすると、助手席を指さして言った。「乗れよ」

わたしたちがそのままブラント家の屋敷の門まで近づいていくと、ドイルのヘッドライトが落書きを照らしだした。彼はわたしを見たが、なにも言わなかった。ドイルは車をおり、スプレーペンキの缶を拾ってまた車に乗った。パトカーをUターンさせ、わたしたちはゆっくりとザ・ハイツからの坂をくだった。長い間ドイルは無言で、ハンドルに手首をひっかけて運転した。無線がときどきがーがー鳴ったが、マイクをつかもうともしなかった。

わたしは黙って隣にすわったまま、もう破滅だと思っていた。ガスを引き取りにきたときのように、真夜中に留置所にやってくる父が目に浮かんだ。父の表情が想像できた。

大通りの交差点にくると、町の広場と警察署の方角へ曲がる代わりにドイルはザ・フラッツへ向かった。

「ここらの住民の多くがブラント家の連中は思いあがってると感じてるんだよ。おれの言うこと、わかるだろ」

「はい」

「おまえの姉さんに起きたことが、みんなを怒らせたんだ。ブラント少年は、まずまちがいなく無罪放免になるぜ。言いたかないが、フランク、それが世の中ってもんだ。金持ちは竹馬に乗って歩き、残りのおれたちはその下のぬかるみを這いずりまわってる。じゃあどうする？　世間の目にふれるところへスプレーペンキで真実を書く、それもひとつだろう。あいつらにどんなことをやったのか、あいつらが何様なのかを思い知らせてやるのさ、な？」ドイルはにやっとしてから声をたてずに笑った。

わたしはブラント家の人たちを憎んでいるつもりだったが、ドイルのしゃべりかたはいやな感じがした。なんだかわたしとドイルが大きくて暗い陰謀の片棒をかついでいるようで、自分がそれを望んでいるかどうかわからなくなった。それでも、警察へ連れていかれるよりはましだった。

ドイルはわが家の正面で車をとめた。わたしたちは外に出て、ドイルが自転車を取り出せるようトランクをあけた。ブラント家の門のそばにころがっているのを見た、あのスプレーペンキの缶をドイルは持ちあげた。「これはおれがあずかっておくぜ、おまえがかまわなければ」と言った。「誰にも見つからない場所に捨ててやる。フランク、これはここだけの話だぞ、いいな？　おまえが誰かに一言でもしゃべったら、おまえは嘘つきだと言ってやる、わかったか」

「はい」

「よし。すこし寝ろ」

彼の視線の前で、わたしはガレージの壁に自転車をたてかけてから、勝手口からそっと台所に入った。二階に戻る前に正面の窓から見ると、ドイルはいなくなっていた。

29

翌朝早々に保安官がやってきた。わたしたち、つまりまだ寝ている母をのぞく家族全員が朝食を食べているときだった。父が応対に出て、保安官は玄関先に入ってきた。わたしは食卓から立ちあがり、食堂の入り口に立ったままふたりの話し声に耳をすませた。息もできないほど不安だった。

「昨夜ブラント家で破壊行為があったんだよ、ネイサン。誰かが屋敷の正門にスプレーペンキで落書きしたんだ。人殺し、と描いてあった。ただし、やった人間はあまり利口じゃなかった。綴りをまちがえて、人ごるし、になっていたんだ。しかしその意図ははっきりしている」

「恥ずべきことです」父が言った。

「あなたかあなたの家族がそれについて知っているということはないだろうね」

「ありません。どうしてわれわれが知っているんです？」

「深い意味はないが聞かなくちゃならないんだよ。実は、町の人間がやった可能性が高いんだ。近頃、ブラント家にたいする反感が高まっている。ところで、昨夜はあやうくルースを失うところだったと聞いたが」

「そんな大げさな。家内は散歩に出かけただけで、誰にも行き先を告げていなかったんです。遅くなっても戻らなかったので、ちょっと心配しただけですよ」

「そうか」保安官は言った。「きっと聞き間違いだったんだな」そして保安官は二日ほど前にわたしの背後をうかがったように、父の背後に目を向けて家の中をうかがった。台所の入り口にいるわたしを見つけると、わたしをじっと見た。破壊行為の犯人はわかっているとわたしに思わせる目つきだった。

「それだけですか、保安官」

「ああ、そんなところだよ。知らせておくべきだと思ったのでね」

保安官は車に戻って走り去り、わたしが食卓に戻ると、すわっていたジェイクが保安官と同じ目でわたしを見ていた。父が食卓にふたたびついたが、ジェイクはなにも言わず、わたしたちは朝食を終えた。

そのあと寝室でジェイクが言った。「人ごろし？　正しく綴ることもできなかったの？」

「なんのことだ」

「知ってるくせに」

「いや、知らない」

「パジャマを着て寝たはずなのに、起きたらなんで下着とTシャツを着てるのかと思ったんだ。昨夜ブラントの家に行ったんだね、そうなんでしょう？」

「どうかしてるぞ」

「してないよ」ジェイクはベッドにすわってわたしを見あげたが、怒っているようにも心配しているようにも見えなかった。「なんで連れてってくれなかったんだよ」

「おまえに面倒をかけたくなかったのさ。なあ、ジェイク、たしかにあそこに行ったけど、落書きをしたのはおれじゃない」

「じゃ、なにをしたの」

「母さんに頼まれて、カールの車のフロントガラスに封筒をはさんだ」

「封筒にはなにが入ってた？」

「知らない。あけないと約束させられたんだ」

「門に落書きしたのは誰かな」

「さあね。着いたときは、もう描いてあった」

すべてをジェイクに打ち明けようとしたとき、小型の自動車エンジンの威勢のいいうなりが聞こえた。窓の外を見ると、カール・ブラントがスポーツカーでやってくるのが見えた。ジェイクとふたりで階下におりると、やっと起きた母がトーストとコーヒーの食事をしていた。父は教会の事務所に出かけたあとだったが、カールがくるのが見えたのだろう、すぐに帰ってきた。

カールが玄関のスクリーンドアを軽くたたき、わたしがあけた。カールのあとから、父がポーチの階段をかけあがってきた。カールは死人みたいに見えた。肩をすぼめ、うつむいている身体から、絶望が実際の匂いとなって漂ってくるようだった。母が片手にコーヒーを持って台所から出てきた。ちっともおどろいていないように見えた。カールの黒い目がわたしたちひとりひとりを短く見てから、最後に母に注がれた。彼は見おぼえのある封筒を差し出した。母とカールは一言も言葉を交わさなかったが、母は進み出てコーヒーのカップを食卓にのせ、封筒を受け取ると居間へ移動した。カールはついていった。残りのわたしたちは、目の前でくりひろげられる無言劇を観客のように見守った。母がピアノにむかった。封筒をあけ、二ページの楽譜を取り出すと、鍵盤の上の譜面台に置いて弾きながらうたいはじめた。ナット・キング・コールの偉大なスタンダード・ナンバー、『アンフォーゲッタブル』だった。母は流れるようにピアノを弾き、休息をいざなう枕のように、胸のつかえをほぐすように、うたった。カールは春の行事であるシニア・フロリックス（高校三年生が主役の陽気なイベント。演劇、ダンス、歌などを披露する）でアリエルとこの歌をうたい、満場の喝采を浴びたのだった。家族全員がその場にいて、ふたりのデュエットを聞いたあと、わたしは愛というものを理解した気になったのだった。

カール・ブラントは片手をピアノにかけて立っていた。その大きな楽器に寄りかかっていなければ、くずおれてしまいそうに見えた。わたしにとってカールは常に年上で、大人で、洗練されていたが、その瞬間の彼はまるで子供のようで、今にも泣き出しそうだった。

母が演奏を終えると、カールはささやいた。「ぼくはアリエルを殺していません。彼女を傷つけるなんてできるわけがない」

「きみがやったと思ったことは一瞬たりともないよ、カール」父が答えた。

カールはふりむいて言った。「町中のみんながぼくがやったと思ってるんです。ぼくはもう家から出ることもできません。みんなが化け物でも見るようにぼくを見るんです」

母はピアノの椅子にすわったままカールを見あげた。「あなたはわたしの娘を妊娠させた」

「ぼくじゃありません」カールは言った。「誓ってぼくじゃない」

「娘が大勢の男性と関係を持っていたというの」

「いいえ。でも、彼女と寝たことはないんです」

「あなたが友達にしゃべったこととはちがうわね」

「口でそう言っただけなんです、ミセス・ドラム」

「人を傷つける、憎むべき発言だわ」

「わかっています。わかっているんです。あんなこと言わなければよかったと後悔しています。だけど、男子はみんなああいうことを言うんです」

「だったら、すべての男は自分を恥じるべきね」

「ぼくが殺したんじゃありません。神に誓って、彼女にふれたことはないんです」

玄関ポーチの階段を踏みならす音と、かためた拳がドアを叩く音がして、ブラント夫妻がスクリーンドアの網目から暗い顔つきでこちらを見ていた。

父がふたりを中へ通すと、ミセス・ブラントがうちの両親とカールのあいだにさっと割って入り、カールに言った。「あなたはここにいるべきじゃないわ」

「きちんと言わなくちゃならないと思って」カールは言った。

「そんなことする必要はないわ。説明する義務なんかありはしないんだから」

「まあ。義務はあるわ、ジュリア」

ミセス・ブラントは母のほうを向いた。「カールはあなたの娘の死とは関係ないのよ」

「妊娠はどうなの？」

「それに関してもよ」

「カールはふた通りの話をしていたのよ、ジュリア」

母がどうして冷えた鉄みたいに冷静でいられるのか、わたしは信じられなかった。

ミセス・ブラントは息子に向かって言った。「カール、うちに帰って待ってらっしゃい。あとはママたちが引き受けるわ」

「だけど、理解してもらう必要があるんだよ」カールは訴えた。

「言ったでしょう、ママたちが引き受けるって」

「帰りなさい、いいから」アクセル・ブラントが言った。アクセルも疲れているようで、その声にはカールと同じ絶望が聞き取れた。

萎縮したまま、のろのろと部屋を横切るカールを見て、わたしは今の自分が、保安官とドイルがカールをブラント少年と呼んだときと同じ見方をしていることに気づいた。彼は玄関ドアの前でちょっと立ちどまった。戻ってきてなにかもっと言うのではないかと思ったが、結局スクリーンドアを押して朝の日差しの中へ出ていった。まもなく車が遠ざかっていく音が聞こえた。

「さあ」ジュリア・ブラントが母に注意を戻しながら言った。「わたしに言いたいことでもあるの、ルース？」

「ひとつだけあるわ、ジュリア。あなたたちは何を怖れているの？」

「いったいどこからわたしたちが怖れているなんて思いついたのかしら」

「あなたたちがずっと隠れていたからよ。ネイサンとわたしはあなたとアクセルとカールに話をしようとしたのに、あなたたちは会うのを拒否した。どうして？」

「うちの弁護士の助言なんだよ」アクセル・ブラントが口をはさんだ。「誰とも話をしないようにと言われた」

「状況を考慮すれば、わたしたちと会うことに同意ぐらいはできたと思うが」父が言った。

「わたしはそうしたかったんだが……」ミスター・ブラントは口を濁し、妻をとがめるようににらみつけた。

「理由がないんだからしかたないでしょう」ジュリア・ブラントが言った。「カールがお宅の娘さんを傷つけたわけじゃないのよ。妊娠させたわけでもない。おおかたの推測とちがって、カールには彼女と結婚するつもりすらなかったわ」

「で、あなたはどうしてそういうことをみな知ってるの、ジュリア」母はピアノの椅子から立ちあがった。「カールのすべての行動と思考に通じているとでも？」

「息子のことならわかるわ」

「わたしは娘のことならわかると思っていた」

「あなたの娘のことなら、わたしたちみんなが知ってるわよ、でしょ?」

「なんですって?」

「彼女はずっと前からカールに目をつけてたのよ。なぜ彼女が妊娠したと思うの?」

「ジュリア」ミスター・ブラントがぞっとしたように、たしなめた。

「言ってやらないとだめよ、アクセル。カールを結婚せざるをえない立場に追い込むために妊娠したのよ。カールは結婚したくなかったのに。わたしたちは望んでいなかった。本当のことを言うけど、ルース、なにがあろうと、そんな結びつきをゆるすつもりはわたしたちにはなかったわ」

「ジュリア、だまらないか」ミスター・ブラントが言った。

母は静かに言った。「なぜ反対だったの、ジュリア?」

「お宅の娘と一緒になりでもしたら、カールはどんな家族を持つことになるかしら? ちょっと考えてごらんなさいよ」ミセス・ブラントは答えた。「自分の子供たちを見たらどう、ルース。兎唇の娘。どもりの息子。もうひとりの息子はインディアン並みに野蛮。アリエルがどんな子供たちを産んだと思う?」

「ネイサン、ルース、あやまるよ」アクセル・ブラントはそう言うと、大股に近づいて妻の腕をつかんだ。「ジュリア、もう帰るぞ」

「ちょっと待って、アクセル」母がひやりとするような冷静さを見せて、言った。「ジュリア、ずいぶんお高くとまっているのね。だけどわたしはおぼえているのよ。あなたが、人様の車を修理する飲んだくれの娘だった当時のことを。そしてあなたがアクセルに目をつけていることは町じゅうが知っていたわ。あなたがいつ結婚し、いつ息子が生まれたか、みんなで日数を計算したものよ。だから、アリエルのことについてはもう一言でも言わないことね、よりによってあなたにそんなことを言う資格はないわ」

「こんなところに立ってそんなたわごとを聞くのはまっぴら。行きましょ、アクセル」ジュリア・ブラントは言い捨てるなり、母に背を向けた。

「あなたがなにを隠していようと、きっとつきとめるわ」母は女の背中に言い放った。

アクセル・ブラントはさらに謝罪の言葉をつぶやき、妻を追って玄関から出ていった。

彼らがいなくなったあと、深い静けさが部屋を覆った。銃声がやんだあとの戦場はこんなふうなのだろうとわたしは想像した。わたしたちはまだ立ち尽くしたままスクリーンドアを見つめていた。

「さてと」やっと母があかるく言った。「ブラント夫婦を追い立てたのが誰だろうと、わたしたちは感謝すべきじゃない？」

父が母のほうを向いた。「追い立てたって？　ルース、彼らはわれわれが撃ちたがっているウズラじゃないんだよ」

「そうね。でもあのふたりは大人だし、大人は責任を持つべきだわ」

「何にたいする責任だ？　われわれはたしかなことはなにも知らないんだよ」

「あなたは感じないの、ネイサン？　あの人たちには隠していることがあるのよ。知っていて、言えないなにかがあるんだわ」

「わたしが感じるのは、ブラント一家がこの町の人たちから受けているいやがらせにたいする同情だけだ」

「ここで育っていないからそんなことを言うのよ。ブラント家の人たちは自分たちの過ちの責任をうやむやにしつづけてきた。この町の人間なら誰もが知っていることだわ。でも、今度はそうはさせない」

父は心底困った顔をした。「どうしたらその怒りからきみを解放してやれるだろうな、ルース」

「わたしのために祈ればいいんじゃなくて、ネイサン。それがあなたの一番上手なことなんでしょう？」

「ルース、神はそういう――」

「あと一度でもわたしにむかって神という言葉を口にしたら、出ていくわよ、嘘じゃないわ」

母に殴られたような愕然とした顔で、父はむなしく両手を差し伸べた。「そんなことができるはずがないだろう、ルース。わたしにとって神はすべての中心なんだ」

母は父のわきを素通りして受話器を持ちあげ、ダイヤルした。「パパ、ルースよ。しばらくそっちに泊めてもらえないかしら。いいえ、ほんの……しばらくでいいの。ちがうわ、パパ、なにも問題はないわ。ええ、お願い、早いほどいいわ」

母が受話器を置くと、部屋は沈黙に固まった。

30

身の回り品を詰めたスーツケースを持って母は出ていった。母が電話をかけたあと、父は話し合いで決心をくつがえそうとはしなかった。スーツケースを運ぼうとする父を拒絶して、母は自分で祖父の車にスーツケースを放りこんだ。ふたりの男は握手をし、ぎごちなく立ったまま、母が大きなビュイックに乗り込むのを見守った。

ジェイクとわたしはポーチの木陰でうろうろしていたが、母が行ってしまうと、父がそばにきて困ったようにわたしたちを見た。どう言葉をかけたらいいのか途方に暮れているようだったが、ようやく肩をすくめ、こう言った。「お母さんには時間が必要なんだよ。お母さんにとっては辛いことだったんだ」

ぼくたちみんなだって辛かったよ、と思ったが、口には出さなかった。

「わたしは事務所にいる」父はわたしたちを置いて、道に迷ってさまよっている人のようなたよりない足取りで、ゆっくり教会のほうへ歩いていった。

ジェイクがポーチの屋根を支えている柱を所在なげに蹴った。「どうする?」

「ガスを見つけよう」

暑い一日はまだはじまったばかりだったから、わたしはドラッグストアに当たりをつけた。ガスのインディアン・チーフは店の正面にとまっていた。中に入ったが、ガスの姿はなかった。ミスター・ハルダーソンは客としゃべっていたが、こちらに気づくと、客に断ってこっちへやってきた。まるでわたしたちが特別な上客みたいだった。

「やあ、きみたち、今朝はなんの用かな」ミスター・ハルダーソンは言った。

「ガスを捜してるんです」わたしは言った。

「さっきまでここにいたんだが、すこし前に出ていったよ。隣の床屋へ行ったんだろう、きっと。そうそう、昨夜ブラントのところで破壊行為があったってね」

「ぼくらもそれは聞きました」

ミスター・ハルダーソンは昨夜ドイルがわたしに向けたのと同様の、陰謀めかした笑みを浮かべてわたしを見た。犯人を非難する気持ちなどこれっぽっちもないのはあきらかで、誰を犯人と思っているのかもあきらかだった。ドイルが噂を広めているのだろうか、と思った。

ガスの行き先を教えてくれた礼を言って、隣をたずねた。果たして、ガスは白い布をかけて椅子にすわってうつむき、ミスター・バークが電気剃刀で首のうしろを剃っていた。床屋が顔をあげて言った。「おはいりよ、ふたりとも」

ミスター・バークはわたしたちの髪も、父の髪も刈っている。月に一度かそこら、日曜の朝になるとわたしたちはぞろぞろとこの床屋にきて、散髪してもらうのだ。わたしは床屋が好きだった。ヘアオイルやベーラム（化粧品用香料）のにおい、父なら読ませてくれないようなコミックや雑誌がごまんとあるのがうれしかった。男たちが集まっておしゃべりしたり、冗談をとばしたり、互いが顔見知りらしいのも好きだった。それはちょうどジェイクとわたしが練習試合に行った野球場でばったり友達に会い、試合のあとで草むらにすわり、ニューブレーメンともっと狭い範囲での世界のあれやこれやについての情報を仕入れるのに似ていた。

「よお、フランキー、ジェイク」ガスはにっこりした。それがガスを大好きな理由のひとつだった。ガスはわたしたちに会っていやな顔をしたことがなかった。「ふたりともどうした？」

「話したいことがあるんだよ」わたしは言った。

「いいとも、話せ」

わたしは視線をガスのうしろにいるミスター・バークの顔に移動させた。ガスはそれを見てわたしの意図を正確に解釈した。「じゃこうしよう。ちょっとそこへすわってコミックでも読んでてくれ。おれの散髪がすんだら、話をしよう、いいな？」

ジェイクとわたしは腰をおろした。ジェイクが手に取ったのは、コミックの『ホット・スタッフ』だった。ちいさい悪魔が主人公で、その短気な性格のせいでいつも困ったことになるという内容だった。わたしはというと、《アクション・フォー・メン》という雑誌を選んだ。表紙に描かれているのは、サファリルックで片手に威力のありそうなライフルをかかえた男で、そのわきには豊満な金髪の女性がいた。すごくみじかいカーキ色のスカートに破れたブラウスを着ていて、その破れ目から素肌がたくさんとブラジャーがちょっぴりのぞいていた。二人はみるからに腹をすかせたライオンと向き合っていた。女はあきらかにおびえているが、男は冷静そのものに見えた。その状況に置かれたらぼくだってまったく同じ態度をとるさ、とわたしは想像した。ページを開いて見つけた記事は実話という触れ込みで、アマゾンで人を殺す蜘蛛に襲われた男のことが書かれていた。でも、ガスの散髪があっという間に終わったのでほとんど読めなかった。ガスはジェイクとわたしを従えて通りにでると、わたしたちのほうを向いた。

「で、話ってのは？」

「母さんが出てったんだ」わたしは言った。

「出てった？　どういう意味だ？」

「行っちゃったんだよ、おじいちゃんたちのところへ」

ガスは刈りたての頭をなでた。「父さんはどうしてる」

「事務所へ行ったから、わからない」

「そうか」ガスは考えこんだ。「そうか」彼はザ・フラッツの方角に目を向けた。「オートバイで送ってほしいかい」

もちろんだった。

ガスはオートバイにひらりと飛び乗った。わたしはシートの彼のうしろにまたがり、ジェイクはサイドカーに乗り込んだ。数分で教会の駐車場に着き、ガスはインディアン・チーフをとめた。彼は家にむかって顎をしゃくった。「おまえたちは行って昼めしを食べろ。しばらくしたら、おれも行くよ」ガスが教会に向かったので、わたしたちは通りを渡ってうちに入った。

ピーナツバターとジャムのサンドイッチをふたつ急いでこしらえ、台所でそれをポテトチップスとサクランボ味のクールエイドと一緒に食べた。そのあとテレビを見ようと居間に移動した。母がいなくなったので、絶望にどっぷり浸かっている雰囲気はなくなるだろうと思っていたが、室内には煙草の饐えたような匂いがしみこんだままで、その濁った空気を吸うと、鼻孔から死が入ってくるような気がした。嘆き悲しむ母はわたしたちにカーテンをあけさせなかった。父もエミール・ブラントも母に道理を説こうとしたが、母の抵抗は暴力的といってもいいほどだった。実際、夏の猛暑のあいだはしばしばカーテンをしめっぱなしにしていたが、暗闇を求める母の欲求は暑さとは無関係だった。ジェイクがソファに飛びのり、テレビをつけた。わたしは南側の窓に近づいてカーテンのひとつをぐいとひき、つづけてもう片方をあけた。七月の輝きが床にはねかえって壁にあたった。わたしが十戒のひとつを破りでもしたかのように、ジェイクがびくんと立ちあがって顔をひきつらせたが、自由が突然わたしたちのものになったことに気づくと、東側の窓に駆け寄ってカーテンを勢いよくあけた。どっと差し込んできたのは日光だけではなかった。夏のかぐわしい匂いが一緒に入ってきた。家の裏手の牧草地に生える野生のヒナギクの匂い。それと、物干しロープにエドナ・スウィーニーが干した洗い立ての洗濯物の匂い。二軒先のハンソンさんの家の東屋《あずまや》にからまるブドウの匂い。線路脇の穀物倉庫の穀物の甘い匂い。さらには二ブロック離れた川の肥沃なぬかるみの匂いまで、まちがいなく入ってきた。ジェイクは差し込む日光を浴びて立っていたが、やがて身体に電流が走ったみたいなうめきをあげると、にっこりと笑った。左右の頬がぐっと広がってはじけてしまうんじゃないかと思うほどだった。

ガスが玄関ドアから入ってきて、両手を腰にあて、じっとわたしたちを見た。「なにをしてるんだ?」彼は訊いた。

「なにも」カーテンを勝手にあけたから、小言をいわれるのだろうと思った。

「じゃあ出かけるぞ」彼は家族のパッカードのキーを持ちあげた。「乗馬をするんだ」

わたしたちは谷から北へ車を走らせ、ゆるやかにうねる農地に出た。トウモロコシや大豆の畑を抜け、農家の庭沿いにうねうねとつづく見知らぬ裏道をたどり、近隣の町々をまたくまに通過して、ようやく別の谷に入った。ミネソタ・リバーによって形作られた谷よりはるかにちいさいそれは、真っ白な柵に囲まれたエメラルドグリーンのアルファルファの畑に覆われていた。本道をはずれて長い泥道を行くと、大きな納屋といくつかの小屋のある家にたどりついた。すべてが十数本の大きなニレの木の葉陰にやすらいでいた。家のそばの木陰に女性がひとり立って、わたしたちがくるのを見守っていた。ガスが車をとめると、彼女は近づいてきてわたしたちを迎えた。

「紳士諸君」ジェイクとわたしが車をおりると、ガスが言った。「ジンジャー・フレンチを紹介するよ。ジンジャー、おれの友達のフランキーとジェイクだ」

わたしたちは握手した。こんなきれいな女の人は見たことがない、と思った。背が高く、ほっそりして、長い茶色のまっすぐな髪を肩にたらしていた。明るいブルーのシャツを西部劇風だと思ったのは、真珠色のスナップがついていたのと、彼女が黒い革の乗馬ブーツを履いていたからだ。

女性はガスの頬にキスして、わたしたちに言った。「出発する前に、レモネードを飲まない？」

「いいえ、結構です」わたしは答えた。「馬に乗りましょう」

彼女が笑うと、ガスも笑い、彼女はガスの腕をつかんで、鞍をつけた馬たちの待つ納屋へと先導した。

ジンジャー――ファーストネームで呼んでほしいと彼女が主張したのだ――は、その午後わたしが知ったところによれば、ミネソタ生まれではなくケンタッキー育ちで、カーギルという会社に勤めていた夫と一緒に西部にきたのだった。夫婦はツイン・シティーズで暮らしていたが、彼女が馬のいる土地を恋しがったため、夫がちいさな谷に土地を買い、ふたりで牧場をはじめて週末と夏の大半をそこですごすようになった。夫は心臓発作で二年前に亡くなり、ジンジャーは家をひきはらって牧場に移り、ひとりでそこを切り盛りしていた。その年の最初の干し草刈りのあいだはガスがいてくれて本当に助かった、とジンジャーは言った。アルファルファの大半を梱にまとめる作業もひとりでやってくれたの。すばらしい筋肉よ、とジンジャーは言って、ガスに長い笑みを投げた。

ガスについていくつかのことは知っていた。彼は郡のあちこちで半端仕事をして生計をたてていた。父の監督下にある教会の守備管理はガスの仕事だったし、ニューブレーメンの墓地で墓を掘るのも、整地をするのもガスの仕事だった。〈モンクズ・ガレージ〉はオートバイの修理が必要になると依頼の電話をかけてきた。トウモロコシ畑の雑草を抜いたり、ワイヤーを張って柵を作ったり、氾濫、浸食を起こしやすい小川の縁を捨て石で固めたり、建設作業をすることもあった。そして今度は、干し草を梱にまとめる仕事もするということがわかった。いや、わたしだってジンジャーのためなら干し草を梱にまとめ、十セントだって要求しなかったと思う。

わたしはスモーキーという馬に乗り、ジェイクはポーキーというのに乗った。ガスが乗ったのはトルネードという大きな黄褐色の馬で、ジンジャーが乗ったのは、もちろん、レイディーだった。わたしたちは小谷の底を曲がりくねる小川づたいの小道をたどった。ブロックの上にタイヤのない小型のトラクターが載っているところを通りすぎた。うしろの車軸からベルトが一本、灌漑《かんがい》ポンプにつながっていて、アルファルファの畑のために小川から水を吸い上げていた。

「ガスの作よ」ジンジャーがわたしたちに言って、ガスの腕にやさしく手をふれた。

ガスとジンジャーは馬首を並べて前を行きながら静かにしゃべっていた。ジェイクとわたしはうしろからついていった。教会の夏のキャンプに二年参加したことがあったから、乗馬の経験はあった。いっぱしの経験を積んだつもりだったから、ギャロップで走りたかったが、今回はのんびりと馬をわたしたちにならし、わたしたちも馬になれたほうがいい、とジンジャーが言った。本当は速度などどうでもよかった。雪のようにアルファルファの畑の上を飛び交う蝶々、丸いこぶのように隆起した緑の丘、青い空、畑をうるおす散水車の冷たい霧でひんやりした空気、そんな美しい日を戸外で過ごせることがうれしくてたまらなかった。遠乗りを終えると、ジンジャーがポーチでレモネードとシュガークッキーをふるまい、毎年行っているというケンタッキー・ダービーの話をしてくれた。想像しうるかぎり最高に楽しそうだった。またたくまに帰る時間がきた。

さよならを言ったあと、ジェイクが助手席と叫んでさっさと前の座席に乗り込み、わたしはうしろの座席にすべりこみ、ガスとジンジャー・フレンチは車から数歩離れてちょっとだけ静かに言葉を交わし、ガスが彼女のくちびるにキスするとジンジャーが行かせたくないようにガスの腕をつかんだ。でもやがて手を離して、彼女は空いた手をあげてわたしたちにふった。ガスは泥道を発進してニューブレーメンへの帰途についた。

帰り道、ガスは酒屋でビールを買った。家にたどりついたときには夕食の時間になっていた。彼は一緒に家に入ってきて、宣言した。「おれが夕食をつくろう」なにが食べたいかと訊きもせずに、冷蔵庫をあけて中を眺め、支度に取りかかった。ジェイクとわたしはジャガイモの皮むきをやらされた。ガスは冷蔵庫から卵を一パックとチェダーチーズの塊を取り出してカウンターに置き、戸棚からスパムの缶詰を取り出した。コンロに鍋をのせてオイルをすこし注いだ。皮をむいたジャガイモをサイコロ状に切り、流しのそばのちいさな容器に入っていた小麦粉をまぶした。鍋のオイルが熱くなってくると、ジェイクとわたしにジャガイモを入れるよう命じ、フライ返しを渡して、焦がさないように炒めろと言った。次にチーズの塊をすりおろし、皿に入れてわきに置いた。もうひとつのコンロにフライパンをのせて点火し、スパムをさいの目に切って、少量のバターとともに入れた。卵をボウルにとき、塩こしょうして、炒めているスパムの上に流しこみ、火が通るまでかきまぜ、最後にチーズをぱらぱらとふってフライパンに蓋をした。ジャガイモはその頃には火が通ってやわらかくなっており、ガスはフライ返しを使ってペーパータオルの上に移し、余分な油を吸い込ませた。テーブルの用意をするようわたしに命じ、ジェイクには通りを渡ってお父さんに食事の支度ができたと伝えるよう言った。ガスはできあがった料理を大皿に盛りつけてテーブルに置き、わたしとジェイクのためにミルクを注ぐよう言い、瓶ビール二本の栓を抜いた。台所に入ってきた父はびっくりして棒立ちになった。

ガスは栓を抜いたビールを父のほうへ差し出した。「あんたの宗教に反するのは知ってるが、キャプテン、今回だけはいいだろ」

わたしたちは食べ、父とガスはビールを飲み、全員が、ジェイクすらおしゃべりし、笑い、しばらくぶりに心の底から楽しんだ。

31

ジェイクとわたしが後片付けをしているあいだに、カール・ブラントがきた。物乞いのように、彼は勝手口のスクリーンドアのところにあらわれた。目を伏せたまま、父に会いたいと言ったときの声は聞き取れないほどちいさくて、まるでそんなことを頼む権利など自分にはなく、叶うはずもないと思っているかのようだった。

ガスは夕食後、オートバイで出かけていた。行き先は言わなかったが、わたしの考えでは、ジンジャー・フレンチに会いに戻ったにちがいなかった。父は教会の事務所でアリエルの葬儀の詳細を詰めていた。

わたしは濡れた布巾を片手に持ったまま、父の居所をカールに教えてから、今から父を呼んでくるから中に入って待ったらどうかとすすめた。

カールは首をふった。「ありがとう、フランク。ぼくが行くよ」

カールが行ってしまうと、ジェイクとわたしは顔を見合わせた。同じことを考えているのはあきらかだった。わたしは布巾を置いてズボンに両手をこすりつけると、ドアのほうへ歩きだした。

「待って」ジェイクが言った。反対する気だなと思ったが、ちがった。「カールに一分の猶予をあげるべきだよ」

カールが教会に入るのを見届けてから、わたしたちは家を出て、走って通りを渡った。夕陽の長くて黄色い光を顔面に浴びながら、大急ぎで横手の階段を駆け下り、暗い地下室に飛びこむと、すばやく暖房炉のダクトからぼろ布を引き抜き、息を殺して耳をそばだてた。

「……誓います」カールが言っていた。「取り返しのつかないことをしたのはわかっています。酔っぱらうべきじゃなかったし、アリエルをちゃんと見ているべきでした。だけど、誓って彼女を傷つけたりはしません、ミスター・ドラム。アリエルはぼくの一番の友達でした。たったひとりの友達と思ったこともあります」

「きみがつるんでいるグループを見たことがあるよ、カール。友達は大勢いるだろう」

「アリエルみたいにぼくを理解してくれた友達はひとりもいません。ひとりも」

「きみは赤ん坊の父親なのか？」

「いいえ」

「しかし、今朝ルースが指摘したように、アリエルと性的関係を持っていると友達には吹聴していたようじゃないか」

「そんなことは言っていません、あからさまには。彼らがそう勘ぐるようなことは言いましたが」

「では友達が誤解したのか？」

「そういうわけじゃ。あの、おわかりだと思いますけど、男同士でいるときは、そういうことを言わなくちゃならないんです」

「つまり、ガールフレンドと寝ているとまわりに思わせる、そういうことか？」

「ええ、まあ」

「たとえ真実でなくても？」

カールは長いこと返事をしなかったが、やがて聞き逃してしまうほどの低い声で言った。

「真実でないからこそ、かもしれません」

「どういう意味だね」

頭上で床板が鳴る音がした。どちらかが立ちあがって行ったりきたりしはじめたのだ。しばらくダクトからはなにも聞こえてこなかった。わたしは返事が聞きたくてうずうずしたが、父の忍耐強さは驚異的だった。脚が百万本ぐらいありそうな虫が一匹、暖房炉の下から這いだしてきた。いつもなら踏みつけるところだが、その瞬間の教会の静けさはただならぬものがあって、わたしたちの存在を暴露する危険は冒したくなかった。ジェイクも虫を見ていたが、それを殺す行動には出なかった。

「アリエルを妊娠させたのはぼくじゃなかったんです」カールがついに言った。

頭上を行ったりきたりする足音がわたしのずっと左側のほうで途絶え、わたしはカールが窓辺に立って夕陽の方角を見ているのだろうと考えた。薄れゆくその黄色い光で彼の顔が照らされているのが目に見えるようだった。

「アリエルとぼくは友達でしたけど、そういう関係じゃなかったんです」カールは言った。

「わからんな、カール」

「ミスター・ドラム、ぼくは……」

カールは言いよどみ、声がかすれ、次にわたしたちに聞こえたのは胸が張り裂けそうな深いすすり泣きだった。

頭上の床板がまたきしみ、父が部屋を突っ切ってカール・ブラントの立っているところへ近づいたのがわかった。

「いいんだよ、カール。もういい」

「いえ……そ……そうじゃなく」カールはしゃくりあげながら言った。「異常なんです。唾棄すべきことです。邪悪なんです」

「なんのことだ、カール？」

「わかりませんか」カールの声ににわかに敵意がこもった。怒りがまじっているのが感じられた。「ぼくはそういうふうにアリエルが好きだったんじゃない。そういうふうに女の子を好きだったことは一度もないんだ。女の子のことをそういうふうには考えないんです。わかったでしょう。もうわかったでしょう」

「そうなのか」父は言った。父が理解したのはあきらかだった。

「ぼくはホモなんだ。変態なんだ。気持ちの悪い変態なんだ。ぼくは——」

「カール、カール、いいんだよ」

「いや、よくない。物心ついたときからずっと、ぼくは他の男の子たちを観察して、彼らの行動を見習うように心がけてきたんです。『男の子はこういうふうに歩く。こういうふうにしゃべる。男の子は他の男の子に注目なんかしない』そう自分にいい聞かせるんです。子供の頃は、自分に何が起きているのかわからなかった。ようやくそれがわかってきたときは、自分がそういう人間だということに耐えられなかった。それがぼくなんです」

「きみは神の子だよ」

「病気の神です」

「そんなことはない。神はきみを愛している」

「もしそうなら、ぼくを普通の男のように作ったはずだ」

「わたしはきみが変態だとは思わない。気味が悪いとは思わない」

「嘘だ、あなたはぼくを人殺しだと思ってる」

「それはちがう。そう思ったことは一度もない」

「本当に？」

「わたしは、娘の友人である若者、礼儀正しくわが家にやってくる若者としてきみを見ていた。きみはたしかにまちがいをおかしたが、この恐るべき混乱のさなかにあっても、きみがアリエルを殺したかもしれないとは一度も思わなかった。嘘ではないよ」

父の口調は議論の熱を帯びてはおらず、信じることへの穏やかな導きがこめられていた。説教で神について語るときの口調だ。

「カール、このことを知っている人は？」

「誰にも言ったことはありません、アリエルにも」

「だが、アリエルは知っていた？」

「薄々感づいていたと思います。でも、ぼくたちはその話は一度もしませんでした」

「娘が妊娠しているのは知っていたのか」

「みんなが話題にしているぼくとアリエルの口論のことですが、あれは赤ん坊をめぐる言い合いでした」

「赤ん坊のなにについて？」

「アリエルに言ったんです——ミスター・ドラム、すみません、でもそれが一番いいと思ったんです——そういうのを引き受けてくれる医者がロチェスターにいるのを知ってるとアリエルに言ったんです」

「中絶のことか」

「はい、中絶です。でもアリエルはきっぱりはねつけました。赤ん坊を産んで、ここニューブレーメンで育てるつもりだったんです」

「アリエルは父親のことを話したかね」

「教えてくれませんでした」

「心当たりは？」

「いいえ、ありません」

「娘は夜中に誰かに会いにこっそり出かけていたんだが、それが誰だったのかきみは知らないんだな？」

「知りません、本当に。アリエルはその気になると、絶対に秘密を明かさなかったんです。それもぼくが彼女を好きだった理由でした。アリエルは秘密を守りました。自分の秘密も、人から聞かされた秘密も。そういうのを高潔というんだと思います。ミスター・ドラム、ぼくが話したことですけど、誰にも言わないでくれますね？」

「言わない、カール」

「もし人に知られたら、ぼくはどうしたらいいのかわからない。あなたに話した理由はひとつだけ、あなたもアリエルのように高潔だからです。それに、アリエルに起きたことにぼくが関わっているとあなたに思われたくなかったんです。ぼくはなにもしていません。アリエルがいなくなってさびしいです、ミスター・ドラム。さびしくてたまりません」

「われわれみんなが同じ気持ちだ」

地下室の階段のてっぺんのドアが開いて、わたしはガスが帰ってきたのだと思った。彼が声をあげて、わたしたちがここにいることがばれては大変だと思ったので、急いで暖房炉のダクトにぼろ布を詰め直した。ふりかえると、おどろいたことに、いたのはガスではなくてドイルだった。彼は制服を着ていなかった。わたしたちが立っている場所を見れば、なにをしていたのか見抜くのに天才である必要はなかった。

「ガスを捜してるんだ」ドイルは言った。

「ここにはいません」わたしは答えた。

ドイルはゆっくりとわたしたちに近づいてきた。「教会の駐車場にとめてあるのはカール・ブラントのトライアンフだな。おまえのおやじさんとしゃべってるのか」

わたしは言った。「はい」

「話はすんだのか？」

「だいたい」

「ふたりで盗み聞きしたわけだ」

ドイルがずんずん歩いてきたので、ジェイクが一歩あとずさった。

「おれが知っておいたほうがいいことでもあるのか？」ドイルはまずわたしを見た。たった今聞いたことを、父がわたしたちに広めてもらいたくないのはあきらかだった。ドイルはジェイクとわたしのあいだに割って入ると、身体ごとジェイクのほうを向いてのしかかるように立った。

「じゃ、話せよ、ジェイキー、カールはおまえの姉さんを殺したと告白したのか」

ジェイクは顔全体をひきしぼった。それが口をつぐむための努力なのか、言葉を押し出そうとする努力なのか、いまひとつわからなかった。

ドイルが身をかがめたので、彼の顔とジェイクの顔のあいだの距離がアイスキャンディーの棒の長さぐらいになった。「どうなんだよ。告白したのか」

ジェイクのくちびるがふるえ、両手がこぶしをにぎり、とうとう彼は言葉を吐き出した。

「カールはひ、ひ、人殺しじゃない。彼はただの、ホ、ホ、ホモとかいうやつなんだ」

ドイルの目が驚きのあまり大きく見開かれ、彼は身を起こした。「ホモだと？　ジェイキー、ひとつ残らずおれに話せ」

その夜ベッドに横になったわたしはかつてないほど混乱していた。一日であまりにもいろんなことが起きていた──ジュリア・ブラントと母の言い争い、母がわたしたちを置いて出ていったこと、カール・ブラントの驚愕の告白、盗み聞きの内容を全部知るまで容赦しなかったドイルの前にわたしたちが屈したこと──しぼられた雑巾みたいな気分だった。それでもこうしたこととはどうにか折り合いをつけられそうだったが、その日は他にも起きたことがあって、そちらのほうがはるかに悪く、それを説明することも理解することもできずにひどく気分がふさいでいた。どういうことかというと、すこしのあいだ、わたしはアリエルのことを忘れ、しあわせだったのだ。なんてことだろう。アリエルが死んだのはほんの一週間前で、埋葬もまだなのに忘れるとは。悲しみが長いあいだ消えていたわけではない。ジンジャー・フレンチと過ごしていたときや、ガスと一緒に食事の支度をして、テーブルを囲んで食べながらおしゃべりし、笑っていたあいだ、忘れていただけだ。カール・ブラントの悲壮な顔がスクリーンドアの向こうにあらわれたとたんに、アリエルの死が甦った。それでも、わたしは裏切り者のような気がした。最低の弟だと思った。

ジェイクが言った。「フランク？」

「うん？」

「ぼく考えてたんだ」

「なにを」

「カールのこと。カールがホモやなんかだってこと」

わたしたちを追及したとき、ドイルはその言葉を繰り返し使った。まるで金槌で釘を打ちこむように。

「ホモって言うな」わたしはジェイクに命令した。「言わなくちゃならないなら、同性愛者と言え」

それは母が芸術家を論じるときにときどき口にする単語だった。その言い方はけっして差別的ではなく、誰かにそういう傾向があっても母が気にしないことをわたしは知っていた。けれども、友達のあいだでは〝ホモ〟は侮蔑的に使われ、誰もが先のとがった棒のようにそれで人を中傷した。

ジェイクが黙りこんだので、わたしは言った。「悪い、つづけろよ」

「カールはみんなにからかわれるのを怖がってる。だから、誰にも言わなかったんだ」

「だから？」

「ぼくが人に話しかけたくないのは、どもって、からかわれるのが怖いからなんだ。ときどき変態みたいな気になるよ」

わたしは寝返りを打って、ジェイクのベッドを見た。バスルームの洗面台の上の電球がついていて、明かりが廊下の壁にはねかえってわたしたちの寝室を照らしていた。見えたのは、シーツをかぶっている弟の灰色の輪郭だけだった。わたしは言葉に詰まり、そして考えた。わたしがそばにいてもジェイクはよく他の子供たちから馬鹿にされている。でも彼がずっと耐えてきたいやがらせ全体の、それはほんの一部にすぎないにちがいない。どもるのはジェイクのせいではないし、ジェイクにはどうすることもできないものなのに。いよいよ自分が卑劣な兄で、卑劣な人間で、人を失望させるだけのろくでなしだという気がした。

「変態のわけないだろう」わたしは怒りにまかせて言った。

「カールを変態だと思う？」

わたしは考えた。誰にだって人とちがう部分はある。カールのちがいかただけが悪いなんてことはないはずだ。

「いいや」

「彼とアリエルのことについて、カールはほんとのことを言ってたと思う？」

「ああ」

わたしたちは長いあいだ黙っていた。ジェイクが何を考えているかわからなかったが、わたしは今よりもっといい人間になりたいと強く考えていた。ようやくジェイクがあくびをするのが聞こえ、壁のほうに寝返りを打つのが見えた。その夜、眠りにつく前に最後にジェイクが言ったのは、「ぼくも」という言葉だった。

32

金曜日はアリエルの通夜だった。わたしたちがこざっぱりしていることが望ましいと思った父が散髪代をくれたので、朝食後、母と話し合うために、父が車で祖父の家に出かけると、ふたりで床屋まで歩いて行った。母になにを話すのかわからなかったが、たぶんカール・ブラントのことにちがいないと思った。もしかしたら、うちに帰ってくるよう母を説得するつもりでもあるのだろう。そのことについては、わたしの心境は複雑だった。母のいない家は別の場所みたいだった。必ずしも悪い意味ではなく。

よく晴れた朝で、暑い一日になりそうだった。床屋に行ってみると、すでにいっぱいだった。椅子には客がすわっていて、あとふたりが待っていた。知らない人ばかりだった。ミスター・バークはこっちを見ようともせずに、窓のそばの椅子二脚を鋏で指して愛想よく言った。「すわってるといいよ、きみたち。すこしかかるかもしれないな」

ジェイクがコミックを一冊取って腰をおろした。わたしは雑誌をひっかきまわして、前日読みはじめていた《アクション・フォー・メン》を見つけた。読んでいると、わたしたちが入ってきたときにいったん中断したおしゃべりが客たちのあいだでまたはじまった。

「おれは一分だって信じないね」待っている客のひとりが言った。「そりゃそうだろう、おれはあの若いのがワリアーズを二度も地区優勝に導くのを見たんだ。モーテンソン監督は天性のスポーツマンにお目にかかったのははじめてだと言ってたぜ」

「あたしが思うに」ミスター・バークが言った。「あの若者はアレだよ。歌や芝居がえらくうまいんだ。おかしいと思わなかったのかい？」

床屋の椅子にすわっている男がいった。「ジョン・ウェインだって演技はうまいが、誰も彼をホモ呼ばわりしないぞ」

わたしは雑誌から顔をあげた。ジェイクも顔をあげた。

「あの若者がゲイなら、おれはシマウマだ」待っている客が言った。「それからなビル、そういう噂を広めるのは危険なことだとおれは思うよ。評判に大きな傷がつく」

「いいかい、あたしはハルダーソンから聞いたんだ。ハルダーソンは警官から聞いたと主張してる」ミスター・バークが言った。「警官はいろんな事情に通じているし、嘘はつかん」

椅子の男が「いてっ」と声をあげた。

「ごめんよ、デイヴ」ミスター・バークが謝った。

デイヴという男が言った。「散髪が終わるまでこの話は棚上げにしようや。耳をなくすのはごめんだよ」

わたしは雑誌を置いて立ちあがった。ジェイクもならった。

「あとでまたきます」

「そうだな。いつでもおいで」床屋はじゃあな、というように鋏をふった。

外に出て、わたしたちは床屋のウィンドウの上に張り出した日よけの下に立った。

ジェイクが言った。「どうするの、フランク？」

広場の向こうの警察署のほうを見て、ドイルはあそこにいるのだろうか、ドイルは他には誰にしゃべったのだろうとわたしは思った。「わからない」

「ガスに話したら？」

「うん。それがいい」

ジェイクは言った。「教会にオートバイはとまってなかったよ」

それは問題なかった。その日の居場所ならわかっていた。

墓地までは長い道のりだったが、わたしたちはほとんどしゃべらなかった。ひとつ悪いことがあると、それが別の悪いことにつながってしまうのはなぜだろうとわたしは考えていた。おまけにそのほとんどは、わたしの責任なのだ。卑劣なだけでなく、口も軽いドイルが憎かった。自分がもっと大きくて、ドイルを呼びだすことができたらどんなにいいだろうと思った。なにもかも父に話すしかなさそうだと思うと、気が重かった。

ガスのインディアン・チーフは、備品すべてが保管されているちいさな建物のそばにとめてあった。墓地は広大で、アリエルの墓がどこなのかよく知らなかったので、しばらくジェイクとさまよった。谷全体が雲ひとつない空の下で日差しを浴びていた。遠くの野原は緑に息づき、いたるところで小鳥たちがさえずっていた。わたしがいるのは前に何度もきたことのある場所だった――戦没者追悼記念日や信徒の埋葬式、一番最近ではボビー・コールと旅の人を送りにきた――そしていつもそこを平和で美しい場所だと思っていた。ところが今回はちがっていた。そのときはじめて墓地の本来の目的に気づいた。死者の町。わたしとニューブレーメンとをへだてているのはただの鉄柵にすぎないのに、まるで慣れ親しんだくつげる場所から百万マイルも離れたどこかに踏み込んでしまったみたいだった。ボビー・コールの墓の前を通ると、まだ盛りあがったままの土の上にしおれた花束が置かれていた。旅人の墓の前にさしかかると、彼を地中におろす手伝いをした日が思い出された。あのときはそこをいい場所だと思ったのに、墓石が増えていく場所にいいことなんかないのだと気がついた。

「あそこだ」ジェイクが言った。

墓地の向こう端、シナノキの下の斜面、そこに手押し車と、掘り返したばかりの土の山と、すでに膝の深さに達した穴の中にいるガスが見えた。

一度ガスはわたしたちに、ミズーリで先祖代々墓掘りをしている家の出身だと言ったことがある。「ミズーリのそのあたりじゃ有名なんだ」ガスの発音だと、ミズーラだった。「愛する者の墓を掘りにきてくれと住民がおれのじいさんやおやじを訪ねてきたものさ。ただ地面を掘るわけじゃないぞ。いいか、とてもとても大切なものを入れて、永遠に保管する箱を地中に作るんだ。正しく掘られていれば、それはただの穴じゃない。いまにおまえたちにもわかるときがくるよ」

ガスは話し上手だったが、どこまで信じたらいいかはわからなかった。特に酔っているときは。

作業で泥だらけになったTシャツ姿のガスは、一心不乱に働いていたので、わたしたちに気づいていなかった。

「やあ、ガス」わたしは声をかけた。

手袋をはめた両手にシャベルを握りしめて土をゆすっていたガスが顔をあげた。彼はびっくりし、どうみてもうれしそうではなかった。「ここでなにしてる?」

「ちょっと話せないかな?」

「今か?」

「うん、重要なことなんだ」

彼は穴のわきの土の山にさらに土を足してから、シャベルを突きたてた。革の手袋を脱ぎ、ジーンズの尻ポケットに押し込んで、わたしたちが立っているところへ穴からあがってきた。

「いいぞ」

だがわたしはすぐにはなにも言わなかった。ガスがすでに掘りあげた土を見つめると、動くものがあった。数匹のミミズがのたくっていた。次に、明日アリエルが横たえられることになる穴の中を見おろした。丹念に作られた箱のようには全然見えなくて、泣きたい気持ちになった。ジェイクはわたしの視線の先を黙りこくって見つめており、同じことを考えているのだろうと思い、連れてきたことを後悔した。

「こっちへおいで」ガスがジェイクの肩に手を置いてシナノキのほうを向かせ、わたしの肩にも手をかけた。三人で木陰の草むらにすわり、わたしがすべてをガスに打ち明けた。話が終わったときには、ガスの顔は暗くなっていた。

わたしは言った。「ぼくたち、どうしたらいいんだろう」

「おまえたちの父さんに話すしかない」

わたしはうなずいて言った。「そうだね」

「全部おまえたちが悪いわけじゃない。おれがあの忌々しい暖房炉のダクトを見せなけりゃよかったんだ」ガスは草むらから立ちあがった。「父さんを見つけて、なにもかも打ち明けろ」

「きっとすごく怒るよ」ジェイクが言った。

「そうだろうな。だが怒るべき本当の相手はドイルだ」

わたしは言った。「ドイルのことはどうするの？」

ガスは町のほうに視線を動かした。「おれがけりをつける」

リズが玄関にあらわれ、父はもういないこと、母は休んでいることを教えてくれた。クッキーとミルクを食べないかと彼女はたずねた。わたしたちはそれを断り、涼しいポーチをあとにしてザ・フラッツへむかった。

立ち去ろうとしているわたしたちをリズが呼びとめ、わたしたちはふりかえった。

「いずれ過ぎることよ。約束するわ」彼女は言った。

でもわたしは、すべてが永遠に失われた死者の町からきたところだった。「はい」と答えたものの、彼女の言葉などてんから信じなかった。

黙りこくったまま、わたしたちはザ・フラッツへ歩いて帰った。パッカードはガレージに入っていたが、父は家にいなかった。通りを渡って教会に行くと、父は事務所にいた。なにをするでもなく、こちらに背を向けてすわり、窓から鉄道の線路と穀物倉庫のほうをぼんやりと見つめていた。わたしがドアの枠を軽くたたくと、父はくるりとふりかえった。そしてすぐにわたしたちの頭に注目した。

「ミスター・バークは今日は忙しすぎたのか」

「ううん」わたしは言った。「散髪しなかったのはそれが理由じゃないんだ」

「ほう？」

「ぼくたち、カールのことを知ってるんだ」

父は表情を変えなかった。「カールのなにを知っているんだね」

「同性愛者だってこと」

父はおどろきを顔に出すまいとしたが、衝撃を受けているのがわかった。「どうしてそのことを知っている？」

「カールがお父さんに話すのを聞いた」

わたしは暖房炉のダクトのことを父に説明し、そのあとドイルのことを話した。

「ああ、なんということだ。かわいそうに」父は椅子から立ちあがり、額を手でおさえた。列車がやってくるのが聞こえた。轟音とともに列車が通過するあいだ、父はじっと考えこんでいた。貨物列車が行ってしまうと、わたしたちを正面から見据えた。「おまえたちが盗み聞きをしていたとは失望した。それについてはいずれ話し合おう。ガスとも相談するつもりだが、今はカールと話をする必要がある」

父は教会を出てガレージへ向かった。ポケットに手を入れて車のキーを取り出し、あとについていったわたしたちに言った。「自分たちで昼を用意し、皿を洗って後片付けを終えたら、午後の通夜のために着替えておきなさい」

ジェイクが口を開いた。「母さんは？」

「お母さんもくる。今は自分たちのことだけ心配していればいい」

父はパッカードに乗り込み、バックで出て、タイラー通りを北上していった。

わたしたちは昼にボローニャ・サンドイッチを食べて、寝室で通夜のために見苦しくない服に着替えた。母がいたら、お風呂に入りなさいと言いはっただろうが、顔を洗って髪にブリルクリーム（イギリス製のヘアクリーム）をつけ、清潔なシャツにネクタイをすれば充分だろうと思った。

ジェイクのネクタイをしめてやっていたとき、電話が鳴った。わたしは廊下に出て電話を取った。クリーヴ・ブレイク巡査からだった。ブレイク巡査とは、モリス・エングダールと喧嘩したガスを引き取りに刑務所に行った夜に会ったことがある。お父さんはいるか、とブレイク巡査は言った。

「いません」わたしは言った。

「お母さんは？」

「母もいません。どうしたんですか？」

「それがな、きみの友達のガスを留置所に入れたんだよ。襲撃罪で拘束中だ。うちの巡査のひとりと喧嘩になったんでね」

「ドイル？」

「そのとおり。ガスがきみのお父さんに電話をかけて知らせてくれと、わたしに頼んだんだ」

「ぼくたちでガスを出すことはできますか？」

「あいにくだがすくなくともすぐには無理だ。月曜に地方裁判所が開かれるまではここにいてもらう。お父さんにそう伝えてくれるか」

「はい、伝えます」

受話器を置くと、ジェイクが訊いた。「どうしたの？」

「ガスがドイルをぶちのめした」

「いい気味だ」

「ただし、今は留置所に入れられてる」

「前にもいたことがあるよ」

「アリエルのお墓が掘り終わっていない」

「誰かがやってくれるよ、でしょう?」

「そうかもしれない。だけど、知らない誰かにアリエルのお墓を掘ってもらいたくないんだ。ガスがいい」

「どうする?」

わたしはちょっと考えてから、言った。「おれたちでガスを釈放させる」

33

インディアン・チーフがドラッグストアの正面にとまっていた。ガスが留置所にいるのはわかっていたから、彼がハルダーソンの店でドイルを捜しあててそこで襲ったのだろうと思った。ジェイクとわたしはそのまま歩きつづけて、町の広場の反対側にある警察署に着いた。なかに入ろうとすると、ジェイクが尻込みした。

「な、な、なんてい、い、言うの？」

「心配するなよ、ぼくがしゃべる」

「もしかすると、ぼくたちここにい、い、いちゃいけないんじゃないかな」

「わかった、おまえは外にいろ。ぼくがやる」

「いやだ、い、い、行くよ」

わたしは全然びくついていなかった。とにかく怒っていたし、必死だった。だがジェイクにとってはそうではなかった。弟がきたのはわたしがきたからで、警察署には入っていきたくないのに無理をしている。吃音だけに気を取られていると見過ごしてしまうことがジェイクにはたくさんあると、わたしはあらためて思った。

中にはふたりの男がいた。ひとりは電話でしゃべった相手、ブレイク巡査だった。もうひとりはドイルだった。ドイルは私服だった。ダンガリーのズボンに黄色い花柄の赤いアロハシャツを着ていた。右目のまわりから頬にかけて紫色の痣になっており、口も右側が腫れているようだった。コカコーラを瓶からラッパ飲みしており、なにも言わずに、わたしたちをじっと見た。

ブレイク巡査が言った。「ガスに話をしにきたのか？」

わたしたちが署に入っていったとき、ブレイク巡査はメインデスクのうしろの壁の掲示板にピンで数枚の紙を貼っているところだった。手にはまだ数枚の紙を持っていて、わたしはそれが本物の指名手配のポスターであることに気づいた。

「そういうわけじゃないんです」デスクに近づきながら、わたしは言った。「ガスにはしなくちゃならない大事な用事があるんです」

「月曜まで待ってもらうしかないな」

「待てません。今やらなくちゃいけないんです」

ブレイク巡査は残りのポスターをデスクに置いた。「きみはフランクだね？　その大事な用事とは何なんだ、フランク」

「ガスはぼくたちの姉の墓を掘っていたんです。まだ途中なんです」

「それは大事だな」ブレイク巡査は認めた。「こうしよう、きみたち。ロイド・アーヴィンに電話するよ。墓地の管理者だ。きっと彼が誰かをそこへやって仕事を終わらせてくれる」

「他の誰かじゃいやなんです。ガスがいいんです」

ドイルのすわっている椅子がぎぃと鳴り、そっちをちらりと見ると、ドイルは安穏とコークをすすっていた。この状況を楽しんでいるのだろう、とわたしは思った。

「いいかい、それ以上のことはできないよ、悪いが」ブレイク巡査は言った。

「でも、これはほんとにすごく大事なことなんです」

「法律も大事だ。言っただろう、ロイド・アーヴィンが他の誰かを手配してくれるし、それが誰だろうといいかげんな仕事はしない、大丈夫だ」

「だめなんです。ガスじゃなくちゃ」

ドイルがコークの瓶をおろした。「なんでガスじゃなくちゃだめなんだ？」

ドイルの存在が気に障った。自分がもっと年上で大きかったら、ガスのあとを引き受けてドイルをこてんぱんにやっつけてやったのに、と悔しかった。ドイルの存在を認めたくないのはもちろんのこと、話しかけるなんてまっぴらだった。だが、わたしは藁《わら》をもつかむ思いだった。

「ガスは代々つづく墓掘り人だから。それにただの穴を掘るわけじゃないんだ」

「しかしな、それが墓というものだぞ」ブレイク巡査が言った。「単なる穴だ」

「いいえ、ちがいます。正しく掘れば、大切なものを入れる地中の箱になるんです。だから、アリエルの箱を掘るのは誰でもいいわけじゃないんです」

「その気持ちはよくわかる、フランク、本当だ。しかし、囚人を外に出すわけにはいかないんだよ」

ドイルがコークの瓶を持ちあげて、言った。「なんでだめなんだ、クリーヴ？」

ブレイク巡査は両手を握りしめ、デスクに載せたポスターに関節をついてドイルのほうへ身を乗り出した。「すでに書類を作成したからだ。それに囚人を外に出すような権限はわたしにはない。第一、署長にどう説明する？」

ドイルは言った。「説明するような何があるってんだ？　おまえはガスを行かせる、彼は娘の墓を完成させる、そして戻ってくる」

「戻ってくるとどうしてそんなに確信がある？」

「ガスに訊け」

「いいか、ドイル――」

「いいからやつをここへ連れてきて、訊けよ、クリーヴ」

「連れてくるだと？」

「やつにやられそうで心配か？」

「うるさい」ブレイク巡査は言い返した。

ドイルは痣をさわった。「あの野郎、おれを殴りやがった。連れてこいよ、クリーヴ」

「くそっ」ブレイク巡査は毒づいた。彼はドイルを見たあとわたしを見、つづいてジェイクを見て、ついに首を横にふり、あきらめた。デスクから鍵束を取り、奥の壁にある金属ドアの鍵をあけて留置所に入っていった。

ブレイク巡査がいないあいだ、ドイルはわたしたちには何も言わずにただすわって、痣のできた顔も、留置所に友達が入れられていることも、ふたりの世間知らずの子供の見込みのない嘆願も、彼にとっては見慣れた風景だといわんばかりに、のんびりコークを飲んでいた。わたしはというと、このトラブルの張本人であるドイルにたいして腹をたてるべきなのか、それとも今加勢してくれたことへの礼をつぶやくべきなのか、迷っていた。

汚れたTシャツを着たままのガスが、ブレイク巡査より先に出てきた。ガス自身も目のまわりに痣をこしらえていた。

「やあ、ふたりとも」ガスはわたしたちに言った。

ドイルが言った。「こいつらはおまえを釈放させにきたんだ」笑いそうなものを、ドイルは笑わなかった。彼の口調は真剣そのものだった。

「状況はわたしが説明した」ブレイク巡査が口をはさんだ。

ドイルは言った。「どうなんだ、ガス？　ドラムの娘の墓掘りを最後までやるためにクリーヴがおまえを行かせたら、おまえ、戻ってくるか？」

ガスは言った。「戻ってくる」

ブレイク巡査は疑わしげだった。口を開いてもっとなにか言おうとしたが、ドイルがさえぎった。

「ガスが戻ってくると言ったら、戻ってくるさ。行かせてやれよ、クリーヴ」

「署長が——」

「署長なんぞクソくらえだ。行かせるのが正しいことだ、おまえだってわかってるだろ」ドイルはガスを見た。「手伝いがいるか？」

「いいや、結構だ」

「いいだろう」ドイルはジーンズのポケットに手を入れ、なにかひっぱりだしてガスに投げた。「おまえのオートバイのキーだ」

「恩に着る」

ドイルはぐるっと視線を動かしてジェイクとわたしを見たが、彼がなにを考えているのか、その顔からは読めなかった。礼を期待しているんだろうか？　これで貸し借りなしだと思っているんだろうか？　ドイルは言った。「おやじさんはおまえらがここにいるのを知ってるのか？」

「いいえ」

ドイルは太い腕を持ちあげて時計を一瞥した。「おれのまちがいじゃなけりゃ、姉さんの通夜はじきにはじまるぜ。おれがおまえたちなら、とっとと帰る」

わたしはブレイク巡査に言った。「ありがとうございました」

「帰った帰った」巡査は言った。「ガス、二時間で戻らなかったら、後悔するぞ」

ガスはわたしたちのあとから外に出た。「オートバイで送りたいところだが、墓地に行かなくちゃならない」ガスは言った。

「歩くからいいよ」わたしは言った。

「アリエルのために立派な墓をこしらえる、きっとだ」ガスは約束した。大急ぎで広場を横切り、インディアン・チーフにひらりとまたがると、あっという間に見えなくなった。

ジェイクとわたしがザ・フラッツめざしてタイラー通りに入り、うちまで残り半分というとき、パッカードが隣にきて停止した。父が運転席側の窓から身を乗り出し、「乗るんだ」と言った。冷たく硬い声は父の怒りを如実に物語っていた。わたしたちが黙って留守にしたせいだろうと思ったが、ブラント家で起きたことが原因とも考えられた。

今回にかぎってジェイクが助手席と叫ばなかったので、わたしは父と並んで前の座席にすわった。

「おまえたちふたりを捜して町中走りまわったんだぞ」ギアを入れかえて車を出しながら、父は言った。

わたしは何があったかを説明した。父は口をはさまずに聴いてくれた。全部聴き終わると、あきれたようにわたしを見て、言った。「いやはや、おどろいたな」

息子たちに感じていたかもしれない怒りはそれでしぼんだようだった。

わたしはたずねた。「カールと話をした？」

「正門から中には入れなかったんだ、フランク」

「ブラント一家は知ってると思う？」

「誰かがきっとしゃべったはずだ。わたしがあの子に話すことができたらよかったんだが」

「事態が落ち着いたら話せるんじゃない？」

「そうかもしれないな、フランク」父はそう言ったが、口調からすると見込みは薄いと思っているようだった。

家に着き、父が祖父の家に電話してわたしたちが見つかったと伝えているあいだに、わたしたちは通夜の支度を終えた。それからパッカードに乗り込み、〈ヴァンデル・ワール葬儀社〉へ向かった。

四時に到着すると、母はすでに祖父やリズと一緒にきていた。父が母の前で神の名を口に出しすぎたことに怒って家から出ていったときとくらべると、母は変わっていた。とげとげしさは影をひそめており、わたしは怒りもそうであってくれることを願った。か弱くなって、なんだか今にも壊れそうに見え、人びとが凝った彩色をするあのからっぽの卵を思わせた。これまでずっと母はわが家のみなぎる力であり、あふれる憤怒のような存在だったから、そんな母を見るのはつらかった。

母はやさしく微笑して、わたしのネクタイをまっすぐに直した。「とてもすてきよ、フランク」

「ありがとう」

「ふたりとも元気にしてるの？」

「うん、もちろん」

「そのうち戻るわ」母は言った。「ただ時間が……必要なのよ」その目が室内の向こう、蓋を閉じた棺が両側を大きな花の飾りにはさまれて安置されている場所へ注がれた。「さあ、行きましょう」

思いがけなく母がわたしの手を取って棺のほうへ歩きだし、手をつなぐべき相手は父なのにと思いながら、一緒に歩いた。わたしは両親のあいだでなにかが失われてしまったことを理解した。母をわたしたちにつなぎとめていたなにかが失われ、今、母は離れていこうとしていた。自分たちはアリエルだけでなく、お互いの絆まで失いかけているのだと思った。わたしたちはすべてを失おうとしていた。

通夜はこれまでに何度も出たことがあったので、死に伴うその儀式には大きな意義があることをわたしは理解するようになっていた。別れを告げるのはつらいことで、ひとりで乗りきるのはほとんど不可能だ。儀式はわたしたちみんなが一緒につかまる手すりのようなもので、最悪のときが過ぎるまでしっかりみんなを支えてくれる。

スー郡の住民が大勢弔問にやってきた。アリエルを直接知っている人もいたし、父や母の知り合いも、わたしたち一家を知っている人もいた。ジェイクとわたしはもっぱら隅に立って、両親が次々にお悔やみの言葉を受け、わが子への最大級の褒め言葉を聞いているのを見ていた。父はいつもどおり、敬意を一身に集めていた。母はうつろな卵でありつづけ、見ているとわたしは胸が痛んで、母が壊れるのを待っているようなやましさをおぼえた。ずいぶん長い時間がたったように思えたが、儀式はまだはじまったばかりで、わたしはリズに言った。「外の空気にあたりたいんだけど」

するとジェイクが急いで言った。「ぼくも」

「かまわないと思うわ」

「母さんと父さんに言ってくれる？」

「もちろんよ。遠くには行かないでね」

わたしたちはそっと部屋を抜けだして、正面ドアから、ニューブレーメンを浸す夕暮れの桃色の光の中へ出た。葬儀場は美しい古い建築物で、かつてはミネソタ・リバーの谷に大規模缶詰工場を建てて金持ちになったファリグートという人物の所有物だった。わたしたちはポーチを離れてぶらぶらと歩いた。そこにいたら、出たり入ったりしているひとたちがわたしたちに気づき、なにか一言声をかけなければと思うだろう。わたしは誰とも話したくなかった。

〈ヴァンデル・ワール葬儀社〉の敷地のきわは雑草が生い茂っていて、ジェイクが手を伸ばして四つ葉のクローバーを引き抜いた。弟にはそれを探しあてる不思議な能力があった。ぼんやりと葉をむしりながら、ジェイクは言った。「母さんは今夜うちに帰ってくると思う？」

わたしは年老いた夫婦がおぼつかない足取りで歩道をやってくるのを見ていた。のろのろと葬儀場の階段をのぼる彼らは、そう遠くない将来、片方が、あるいは両方が棺に横たわることになるんだろうと思った。「さあね」

ジェイクは丸裸になったクローバーの茎を草むらに投げ返した。「全部が変わっちゃったね」

「わかってる」

「ときどきこわくなるんだ」

「何が」

「母さんは戻ってこないんじゃないかって。帰ってはくるんだけど、戻ってこない」

弟のいわんとすることが痛いほどわかった。

「さあ、こいよ」わたしは言った。「散歩しよう」

わたしたちは葬儀社の敷地を出て通りをくだり、次の角で左に曲がって、さらに一ブロック歩き、グリーソン公園にきた。十数人の子供たちが野球をやっていた。ジェイクとわたしはレフト寄りのはじっこに立って、しばらくのあいだ試合を眺めた。知った顔が何人かいたが、みんなわたしより年下で、ジェイクとほぼ同い年の子供たちだった。ジェイクもたぶん彼らを知っていただろう。吃音のことで彼をいじめた子供たちかもしれないが、弟は試合にはあまり注意を払っていなかった。子供のひとり、マーティー・ショーンフェルドが二塁打を打って、二塁にすべりこみ、土ぼこりを蹴立てたとき、ジェイクが言った。「ミスター・レッドストーンを見たよ」

「レッドストーン？　くそっ《ジーザス》！　どこで？」

その夏はわたしたちを大きく変えており、ジェイクはわたしが神の名をみだりに使ったことにびくともしなかった。

「夢で見たんだ」ジェイクは言った。

「悪夢ってことか?」

「悪夢ってわけじゃなかった。アリエルも出てきたんだ」

アリエルの夢は一度も見なかったが、起きているときは常にアリエルを思い浮かべていた。彼女の寝室のドアはずっと閉めてあったが、わたしはときどきそこへ忍びこんで、ただ立っていた。一番強く漂っているのは、シャネルNo.5の香りだった。アリエルにはとても手の出ない高級品だが、十六歳の誕生日に祖父とリズから贈られて、特別な機会にそれをつけていた。失踪した夜もつけていた。部屋の中で目をつぶり、アリエルの香りを吸い込むと、今も生きているような気がした。そして結局いつもわたしは泣いた。

ウォレン・レッドストーンはまったく別の問題だった。悪夢の中で、しばしばわたしは鉄道の構脚橋をよろけながら横切り、逃げられまいとして、彼にタックルを試みた。

わたしは言った。「レッドストーンとアリエルは夢の中でなにをしてた?」

「アリエルはピアノを弾いてたよ。ミスター・レッドストーンは踊ってた」

「誰と」

マーティー・ショーンフェルドと二塁手のあいだでなんらかのいざこざが起きた。わたしたちはちょっとそちらに気を取られたが、ジェイクが言った。「ひとりで。アリエルとミスター・レッドストーンは舞踏室みたいな広い場所にいた。アリエルは幸せそうだったけど、彼はそうじゃなかった。誰かが忍び寄ってくるのを怖がっているみたいに、うしろを見てばかりいた」

雨の中、姉を殺したかもしれない男の逃亡を黙認した瞬間から、わたしはそのことを誰かに打ち明けたい気持ちでいっぱいだった。毎日二十四時間かかえている重い秘密から自由になりたかった。告白すれば肩の荷がおりるのではないかとときどき思ったし、わかってくれる相手がいるとしたらジェイクしかいないから、今ここで打ち明けてしまおうかと束の間考えた。だが、わたしは黙っていた。ひとりで罪を背負ったまま、苦々しく言った。「彼が地獄で焼かれる夢を見りゃよかったのにな」

マーティー・ショーンフェルドが二塁手をどんと押し、両チームの選手たちが駆け寄ってきてふたりを取り囲んだ。わたしは喧嘩に発展しそうな様子を眺めた。ふたりは一歩もゆずらない構えだった。

「ぼく、アリエルに話しかけるんだ」ジェイクが言った。

わたしは今にもはじまりそうな喧嘩から視線をはずした。「どういう意味だよ」

ジェイクは肩をすくめた。「お祈りみたいなものだけど、正確にはそうじゃない。ときどきアリエルが部屋の中にいるみたいに、ただ話しかけるんだ。ほら、アリエルはよくそうやって話を聞いてくれたでしょ。ぼくの声が聞こえるかどうかわからないけど、そうやると気分がよくなるんだよ、アリエルがほんとは死んでないみたいで」

アリエルは死んだんだぞ、ジェイク、もうこの世にはいないんだぞ、と言いたかった。わたしはそう感じていたからだ。でも、余計なことは言わずに、想像をふくらませるジェイクをそっとしておいた。

子供たちがマーティー・ショーンフェルドと二塁手を引き離し、試合が再開されそうだった。なぜかわからないが、わたしはとてつもなく大きな安堵をおぼえた。

「行こう」ジェイクに言った。「戻ったほうがいい。みんなが心配してるだろう」

その夜の長い闇の途中で、わたしは耳をつんざく電話の音で目をさました。父が寝室から出てくる気配がしたので、わたしも起き上がって戸口に立ち、父が廊下の電話に急いで近づき、受話器を取るのを眺めた。耳を傾ける父の顔色が変わり、父の眠気が吹き飛んだのがわかった。父のつぶやきが聞こえた。「ああ、なんということだ」信じられないように首をふった。「ありがとう、保安官」

受話器をおろした父は階段下の暗がりを、突っ立ったまま呆然と見おろした。

「どうしたの、父さん？」

ゆっくりと父の目がわたしのほうへ向けられた。しばらく間があったので、悪い知らせだとわかった。

「カール・ブラントが」ようやく父は言った。「死んだ」

34

土曜日の午後、わたしたちはアリエルを埋葬した。空はほぼ快晴だったが、ニューブレーメンとミネソタ・リバーの谷の上空にはなにか重いものが垂れこめていた。ずっと暑い日がつづいていたがその日も例外ではなく、おまけに無風で、むっとする熱気を吸い込むとだるくて動くのも億劫《おっくう》だった。

その頃には、カール・ブラントの死の詳細の一部をわたしは知っていた。彼は愛車のトライアンフに乗って裏道を走っていた。はるか昔に思える日、ジェイクとわたしを乗せてドライヴしたように。猛スピードのせいでカーブを曲がりきれなかったのか、大きなハコヤナギの木に突っ込んだ。衝撃でカールはフロントガラスを突き破って投げだされた。即死だった。父親のスコッチを瓶からラッパ飲みしており、ハコヤナギのところでカーブを曲がろうとした形跡はなかった。悲劇を引き起こしたのが飲酒だったのか、それとも、彼自身の混乱した思考がもたらした暗いもくろみだったのか、誰にも判断がつかなかった。

アリエルの葬儀は二時から、わたしたちの家のすじむかいにある三番街メソジスト教会でおこなわれる予定だった。父は地区最高責任者のコンラッド・スティーブンズに教会での聖歌隊付きの礼拝と、そのあとの墓地での短い儀式の両方を執りおこなってくれるよう依頼していた。また、音楽を選び、ロレイン・グリズウォルドにオルガン演奏を頼み、アメリア・クレメントにそのすばらしいアルトで賛美歌を先導するよう頼んでもいた。埋葬式のあとの、参列者のための食事の手配についてはフローレンス・ヘナと話し合っていた。牧師として父はこうしたことをかぞえきれないほど経験しており、なにをどうすればよいのか知り尽くしていたが、今度だけは従来とまったく異なる試練であったにちがいなかった。

通夜は母から残っていたなけなしの力を奪ってしまったらしく、そのあと、母はうちに帰ってこなかった。土曜の朝のうちに父は祖父母の家に車で出かけ、母と話をした。なによりもまずカール・ブラントの話をしたのだろう。帰宅したとき、父は疲れて魂が抜けてしまったような顔をしていたが、それでも、礼拝で母に会えるとわたしたちを励ました。礼拝に母を参列させることが必ずしもよい考えなのかどうか、わたしは確信が持てなかった。葬儀は死者だけのものではない。死者がこの世を旅だって神とともに住むという儀式なのだ。神はかつてはそうでなかったとしても、今の母が避けている存在であり、わたしは礼拝の最中に母が会衆席から飛びだして、神を責める方法を見つけるのではないかと気が気でなかった。

礼拝がはじまる三十分前、人びとが集まりはじめた。彼らは駐車場で車からおり、教会に入ると、内陣の内側に立ってアリエルの死を悼んだ。彼らがなにをしゃべっているか想像はついた——アリエル、カール、一切のごたごた。ニューブレーメンの人びとが百年は語り継ぐ話になるだろう。スー族の大蜂起と同じだ。人びとは〝すべた〟とか〝ホモ〟とか〝私生児〟とかいった言葉を使い、その人たちの真実についてはなんにもおぼえていないだろう。わたしはジェイクと一緒にわが家のポーチにすわって、弔問客を眺めた。うちにいるのはジェイクとわたしだけだった。父はパッカードで母を迎えに出かけていた。家族として一緒に教会に入ることを父は望んでいた。

ジェイクはその日静かだった。普段以上に静かなのは、わたしにもいまだにわからないカールに起きた悲劇のせいなのだろうかと考えた。スコッチを飲んだための事故死でありますようにと祈っていたのは、もしも自殺だとしたら、わたしにも責任の一半があったからだ。それはジェイクも同じだから、わたしは弟がそんなふうに考えていないように必死に念じていた。わたしがドイルに立ち向かい、盗み聞きした内容を教えろという要求を突っぱねるべきだったのに黙ってうしろにひっこんでいたからジェイクがしゃべるはめになったのだ。そして今、カール・ブラントは死んでしまった。わたしは頭の中で自分と議論した。カールはあんなことをする必要はなかったんだ。人は誰でも暗い秘密を、自分を押しつぶそうとする秘密を抱えて生きている。父さんだって、戦争中になにか恐ろしいことが起きたのに、生きつづける力を見いだしていた。ぼくだって姉さんを殺したのかもしれない男を逃がしたという意識とともに生きている。ときどきそれがたえがたい重責となって責めさいなむが、自殺を考えたことはない。場所や状況に苦しんでたえられなくなったなら、それに対処する方法を見つければいいんだ。誰かに打ち明けるとか、誰も自分を知らないところへ行って一から出直すとかしたらいい。自殺は考えうるかぎり最悪の選択に思えた。

やぶからぼうにジェイクが言った。「逃げられないものがいくつかあるんだよ、フランク」

ジェイクがじっと見ている太陽は、わたしたちのいる場所からだと、まるで教会の尖塔の真上にぶらさがっているようだった。早く見るのをやめないと、目をやられてしまうぞ、とわたしは思った。

「どういう意味だ？」

「自分であること。それからは逃げられない。なにもかも捨てることはできても、自分であることは捨てられない」

「なんの話だよ」

「ぼくはこれからもずっとどもる。みんなはずっとぼくをからかうだろう。ときどき自殺したほうがいいんじゃないかと思うよ」

「そんなこと言うんじゃない」

ジェイクはやっと太陽から視線をはずしてわたしのほうを見た。瞳孔が鉛筆の先でついた点みたいにちいさくなっていた。「どんなふうなのかな」

「なにが？」

「死ぬこと。死んでるってこと」

わたしが考えたのは、それはふたつの異なるものだということだった。死はひとつの状態だ。だが死ぬというのは、まったく別物だった。わたしは言った。「そのことは考えたくない」

「一日中ずっとそのことを考えてたんだ。とまらないんだよ」

「やめろって」

「怖くなるんだ。カールは怖かったのかな」一瞬、黙りこんでから、ジェイクはふたたび太陽に目を向けた。「アリエルは怖かったのかな」

それはわたしが必死に考えまいとしていることだった。死んでいることと、死ぬことはちがう。死んでいるのはひとつの状態で、怖くない。なぜならもう終わっているからだし、神を信じているなら――わたしは信じている――生きていたときよりいい場所にいるからだ。でも、死ぬのはひどく人間的な過程で、きっと苦痛と激しい恐怖をともなうにちがいない。考えたくなかったから、わたしはジェイクをつかんでゆさぶりたいような気持ちになった。そのおぞましい考えを弟の頭から追い出したかった。

パッカードがタイラー通りをやってきて線路の上でごとんと音をたてた。すぐうしろに祖父のビュイックがついていた。二台の車は教会の駐車場の、専用の駐車箇所として黄色いテープで区切られた一角に入った。父が車からおりる母に手を貸した。強い風が吹いたら母がよろめきかねないことが遠目でもわかった。

「行こう」わたしはため息まじりにそう言って、立ちあがった。

父の希望どおり、わたしたちは一家そろって教会に入った。先頭が父の腕にすがった母、次がジェイクとわたし、最後が祖父とリズの順だった。執事のグリズウォルドがわたしたちに式次第を渡し、人びとがおしゃべりをやめて、わたしたちのために道をあけた。わたしたちは最前列の会衆席まで歩き、一列になって腰をおろした。アリエルの棺は祭壇の手すりの前に安置されていて、通夜のときにあったのとそっくりの花に両側を守られていた。前日は棺を平気で見ることができたが、その土曜日、わたしは目をそらしておくことに全力を傾けた。代わりに棺の後方のステンドグラスを凝視して、ぱちんこをそのガラスに命中させるところを想像した。ロレイン・グリズウォルドが横のドアからあらわれてオルガンの前にすわった。同じドアからスティーブンズ牧師が入ってきて説教壇のうしろに席を占めた。アメリア・クレメントが夫や息子と並んですわっていた場所から立ちあがって通路を進み、オルガンの隣の聖歌隊席にひとりですわった。穏やかで悲愴なクラシック音楽で、式次第を見れば父が選んだ曲名がわかっただろうが、わたしはすでに礼拝全体から自分を遠ざけていた。もしもなにかが耐えられなくなったら、自分をただそこから引き離せばいいのだと朝からずっと考えていたから、そのとおりにした。その夏起きたことについて考え、頭の中でくりかえしそれらを再現した——おとなしかったボビー・コール、死んだ旅の人、モリス・エングダールを石切り場の水中へ突き落とした日、雨の中、構脚橋の向こうへ姿を消したウォレン・レッドストーン、ジンジャー・フレンチと乗馬を楽しんだこと、大事なトライアンフごとハコヤナギの木に突っ込んだカール・ブラント——だから、葬儀の礼拝のことは、それが延々とつづいたこと以外、ほとんどなにもおぼえていなかった。人びとが説教壇まできてなにか言った。あとになって、彼らがアリエルのすばらしい思い出を語ったことを知ったが、わたしはそこにいなかったから、聞こえなかった。参列者全員が賛美歌をうたった。おぼろげに聞こえてきたのはなじみある音楽だったから、わたしも声をあわせてうたったにちがいない。適切かつ無味乾燥だったという印象があるだけで、スティーブンズ牧師の言ったことはひとこともおぼえていない。

やがて墓地へ行く段になり、わたしは家族とともにうだるような暑さの中へ出てパッカードに乗り込み、アリエルの棺が〈ヴァンデル・ワール葬儀社〉の霊柩車に乗せられるのを汗をかきながら待って、そのあとにつづいた。

その日わたしはある種の奇蹟を期待していた。先週の日曜に父が立ちあがっていつもの短いながらすばらしい説教をしたときに、全身を満たした喜びのようななにかを期待していた。喜びではないまでも、せめて平穏を願っていた。だが、墓地の門をくぐったときに感じたのは、心に深々と切り込む苦悩だけだった。そして墓を見たとき、激しい落胆をおぼえた。ガスが言ったような、地中に掘られた美しい箱をなぜかわたしは思い描いていた。まさに幾何学の授業で教わったような、角は九十度、まっすぐな辺を持つ完璧な四角形で、側面は垂直、床は平らだった。だがそれは地中にあいたただの穴でしかなかった。

スティーブンズ牧師が墓の傍らで、ありがたいことに、短い説教をおこなったあと、わたしたちはその場を立ち去った。ああ、なにがつらいといって、それが一番つらかった。アリエルを見捨てること。理性ではアリエルの魂はとっくに解放されたとわかっていても、これまでずっと自分が知っていたアリエル――おもしろくて、親切で、頭がよく、物知りで、きれいな——が地面の中へおろされ、土をかけられて、永遠にひとりぼっちでそこに置いていかれることを思うと、悲しくてやりきれなかった。わたしは泣きだした。誰にも見られたくなかったから、ずっとうつむいていた。そのままジェイクと一緒にパッカードに乗り込むと、前の座席で母が泣いている声が聞こえ、見ると、手を伸ばして母の手を取った父も泣いていた。

わたしはジェイクを見たが、目は乾いていて、そういえばその日ジェイクはひとつぶの涙もこぼしていなかった。不審に思ったが、ほどなくわたしを納得させることが起きた。

35

わたしたちは教会に戻り、懇談室に入った。丸テーブルと椅子が用意されており、台所には食べ物の支度がしてあった――ハム、フライドチキン、ジャガイモのグラタン、青豆のキャセロール、サラダが二種類、ロールケーキ、クッキー、果物類、冷たいレモネードやクールエイド、コーヒー。到着したときには、わたしたち家族は母をのぞいて落ち着きを取り戻していた。母はもう泣いてはいなかったものの、深い悲しみが重しのように表情を押しつぶし、水もないまま長いこと砂漠にいた人のように足元がふらついていた。母の片側には父が、もう片側には祖父が寄り添っており、母が倒れるのをふたりが危惧しているのがわかった。彼らは急いで母をすわらせ、ジェイクとリズとわたしが一緒にすわった。

テーブルについている人たちもいれば、立ったまま話している人もいたが、食前の祈りがまだだったので、誰も食べ物には近づいていなかった。食前の祈りは父の役目だったが、母をすわらせたあと、父は執事のグリズウォルドと声を落として話し合っていた。厳粛な機会だけに人びとの話し声は抑制がきいていたが、それでもかなりうるさかった。

アメリア・クレメントが夫から離れてこちらに近づいてきた。ピーターがその数歩うしろにつづいていた。ミセス・クレメントは母の隣に腰をおろしてそっと話しかけ、ピーターがわたしのすぐそばに立ったので、話したがっているのだと察し、わたしは椅子から立ちあがった。

「お姉さんのこと、残念だったね」ピーターは言った。

「うん、ありがとう」

「あのさ、父さんからモーターやなんかのことを教わっているんだ。モーターを分解してまた組み立て直す方法とか、モーターが動かないときの原因の見つけかたなんかを習ってるんだよ。うちにきてぼくと遊びたくなったら、きみも見せてもらうとおもしろいよ」

クレメント家の納屋の戸口に立って、ばらばらにされた機械におどろいたこと、ピーターの顔と彼のお母さんの顔に痣ができているのを見たことが記憶によみがえった。あの日、家族としての彼らのようすを気の毒に思い、行く末を案じたことが思い出された。自覚はなかったが、自分の家族のほうがしあわせだし、なんとなく特別な気がしたことや、自分たち家族の立場は不動だと思ったことに、いまさらながら気がついた。あの日が遠い昔に思え、ピーターの顔に、あのときわたしが彼に見せたのと同じであろう表情を見て、彼がわたしたちの家族を心配していることに気づいた。それももっともだった。

「そうだね」わたしは言ったが、たぶんピーターのうちには行かないだろうと思った。

ミセス・クレメントが立ちあがって母の手を一瞬ぎゅっとつかんでから夫のほうへ引き返していき、ピーターも一緒に離れていった。

父がテーブルに戻ってきたが、すわらなかった。

「みなさん、ご静粛に」グリズウォルド執事が声をはりあげた。「ドラム牧師に食前の祈りをお願いしたいと思います」

部屋が静かになった。

父は心を落ち着けた。祈りの前の一瞬、いつも父は無言になる。父の食前の祈りは包括的で、目の前のテーブル上の食べ物だけでなく、わたしたちが感謝すべきすべての食べ物を思い出させるための助言と、わたしたちほど幸運でない人びとがいることを忘れてはならないという忠告をもふくむことが多かった。

父の頭にふさわしい言葉があふれたその無言の一瞬をついて、母がいきなり口を開いた。

「お願いよ、ネイサン、今回だけでも、ありふれたお祈りにできないの？」

祈りを待ち受けるうやうやしい静寂が変化して、不安と、脅威にすら近い不穏な気配が室内に生じた。目をあけたわたしは、みんなが見つめているのに気づいた。ドラム一家を見つめていた。牧師の家族を。まるで彼らの目の前で起きつつある災厄であるかのように、わたしたちを見ていた。

父が咳払いして、沈黙にむかって口を開いた。「どなたか、食前の祈りを捧げたい方はいらっしゃいますか」

誰も声をあげず、ぎごちない沈黙がつづいた。

そのとき、わたしの横でちいさな澄んだ声が答えた。「ぼくがやるよ」

わたしが呆然としたのは、口を開いたのがどもりの弟ジェイクだったからだ。彼は父の許可を待たなかった。椅子から立ちあがり、こうべを垂れた。

その場にいた全員が目をつぶろうとせず、今にも起きようとしている惨事を見逃すまいとしているのを見て、わたしはいまだかつてないほど死にものぐるいで祈った。ああ、神様、ぼくをこの拷問から連れ出してください。

ジェイクが言った。「天にまします我らがち、ち、ち」言葉がとまった。

ああ、神《ジーザス》よ、ぼくを今すぐ殺してください、わたしは祈った。

母が手を差し伸べてジェイクの肩にやさしく置いた。ジェイクは咳払いしてから、もう一度やった。

「天にまします我らが父よ、この食べ物と、これらの友と、わたしたちの家族への恵みにたいし、感謝します。イエスの御名において、アーメン」

それだけだった。それで全部だった。実にありふれた祈りで、記憶にとどめるほどの理由もないくらいだった。だが、あれから四十年、その祈りをわたしは一字一句おぼえている。

「ありがとう、ジェイク」母が言い、わたしは母の顔つきに変化が生じているのに気づいた。父は魅入られたような、ほとんど幸せともいえそうな顔をしていた。「ありがとう、息子よ」

人びとが催眠状態から醒めたかのようにふたたび動きはじめ、ゆっくりと列を作って皿に食べ物を取りはじめた。

そしてわたしは、畏敬の念に近いものを持って弟を見、心の中で思った。神よ、感謝します。

その夜、母はうちに帰ってきた。開け放たれたカーテンを閉めようとはしなかったから、日が落ちるとともに涼しい風が室内に吹きこんできた。母が休むとき、父が一緒についていった。

わたしは暗がりの中で目をさましたまま何時間も物思いにふけった。食前の祈りについて、ジェイクにたずねることはしていなかった。扉をあけてその不可思議な出来事に踏み込むのがなんだか怖かった。あれは、わたしたち全員が聞いた奇蹟であり、アリエルが死んでからわたしがずっと望んでいた奇蹟だった。生まれてこのかた人前では三語としゃべれなかった——それも想像しうるかぎり最悪のどもりかたでしか——少年の口から、奇蹟が出てきたのだ。母はうちに戻り、わたしたちはありふれた祈りというあの奇蹟によって、家族として救われたのだと思った。なぜ神がアリエルやカール・ブラントやボビー・コールや、あの名無しの旅の人を奪ったのかはわからなかったし、それが神のなせることなのか、神の意志なのかもまるでわからなかったが、吃音に悩む弟の口から出たあの完璧な祈りが神の贈物であったことはまちがいなく、わたしはそれをドラム一家がこの先も存続していくひとつのしるしと考えた。

むろん深い悲しみは、悲しみというものがそうであるように、長いあいだつづいた。アリエルの埋葬から数カ月間、誰もいないと思って泣いている母を偶然見たことも一度や二度ではない。母の陽気な笑顔の美しさがすっかり元通りになったとは言いきれないが、なくならずに残ったものがいっそうわたしの胸をふるわせるのは、なにがどうして欠けてしまったか、その理由が完全に理解できたからだ。

36

翌日曜日、ネイサン・ドラムは監督下にある三つすべての教会で説教をおこない、りっぱにすませた。母は聖歌隊を指導し、ジェイクとわたしはいつものように後方の会衆席にすわった。ガスがわたしたちと一緒だったのは、ドイルが警察署長に話をしてどうにか事を丸くおさめたおかげで、おとがめなしですんだからだった。

人生はふたたび正常な軌道に乗りはじめたように思えたが、ふたつだけ例外があった。アリエルがいないとなにひとつ同じではありえないということと、警察がウォレン・レッドストーン、姉を殺したとわたしが確信している男をまだ逮捕していないことだった。永遠に逮捕には至らないような気がしはじめており、それについての自分の気持ちをわたしはつかもうとしていた。レッドストーンの逃亡を指をくわえて見ていたことへの罪悪感をこの先ずっと背負うことになるのだと思い、やましさに折り合いをつける方法を見つけなければならないと感じていた。それでも、アリエルの死にたいする怒りは次第に薄れつつあった。もちろん心に大きな穴があいてはいたが、悲しみに四六時中つきまとわれることはなくなり、その理由もわかるような気がした。アリエルの死によって、わたしは完全なひとりぼっちになったわけではなかった。わたしにはまだ愛する人たちが、深く心にかける人たちがたくさんいた。ジェイク、母、父、祖父とリズ、ガス。だからわたしはゆるすという問題を日曜の説話の一部ではなく、自分の生活における深い考察の対象としてとらえるようになっていた。もしも警察がウォレン・レッドストーンを捕まえたら、自分はどう反応するだろう？ もちろん法的問題はある。だがそれよりもっと重要なことがあった。それこそが、生まれてからずっと父によって教え込まれてきたことの核心部分だった。

日曜の午後の最後の礼拝のあと、リズと祖父が夕食にきて、ガスも一緒にテーブルを囲んだ。わたしたちの不確かな日々、苦悩の日々に、地域の人びとから届けられたありとあらゆる食べ物がまだ食べきれずに残っていた。食事が終わると、ガスはオートバイで立ち去り、祖父母は自宅に帰り、両親はポーチのブランコに腰をおろして静かに語らい、ジェイクとわたしは前庭でキャッチボールをした。両親の声は低かったが、会話の要点は耳に入った。ブラント一族のことだった。

あの一族のなかでアリエルの葬儀に参列したのはエミールひとりだった。町の大学で教鞭《きょうべん》をとっていたエミールは同僚のひとりに付き添われてあらわれ、教会のうしろのほうにすわり、墓地ではそこに集った人びとから遠く離れて立っていた。

母は父に、エミールを見かけたがそばへ行って話しかけることができなかった、と言っていた。そしてそのことを気に病んでいた。母はカールの死に心を痛め、ジュリアとアクセルに同情し、お悔やみを言いたかったが、面会を拒否されるのではないかと思っていた。

ブランコが前にうしろに揺れ、母はたずねた。「わたしがエミールに話をしたら、彼が面会の段取りをつけてくれると思う？　どっちみちエミールには謝る必要があるの」

「わたしも彼には謝罪しなければならないな」父が言った。「このところ、あまりに友達甲斐がなかった」

「今日、行けないかしら、ネイサン。ああ、この胸のつかえを取り除きたいのよ」

ジェイクも耳をそばだてていたにちがいない。芝生からこう言ったからだ。「リーゼに会いたいな」

わたしは黙っていたが、ひとりだけ置いていかれるつもりはさらさらなかった。

「よし」父がブランコから立ちあがりながら言った。「電話してこよう」

三十分後、わたしたちは改修された農家の正門でパッカードからぞろぞろとおりた。エミールが柱の一本につかまってポーチに立ち、歩いていくわたしたちを見えない目で見ていた。その様子はいつもながら、敷石の歩道を進むわたしたちが本当はちゃんと見えているのだと思えてならなかった。

「エミール」母が両腕に彼を温かく抱きしめた。

ブラントは母を抱きとめてから一歩さがって片手を伸ばし、父が両手でそれを握りしめた。

「二度とこうならないんじゃないかと心配だったよ」ブラントが言った。「耐えられないほどつらかった。さあ、すわってくれ。リーゼにレモネードとクッキーを頼んでおいた。すぐにでも運んでくるだろう」

籐細工のテーブルを四脚の籐椅子が囲んでいた。大人たちがそのうちの三脚にすわり、わたしはポーチの手すりに寄りかかった。ジェイクが言った。「ぼくは庭を見てくる」彼は家の横手にまわりこんで見えなくなった。

「エミール」母が口を開いた。「わたしたちのあいだに起きたことと、カールの身に起きたこと、本当に残念でならないの。むごいことだわ。なんという悲劇でしょう」

「悲劇はつづいている」ブラントが言った。「ジュリアはおかしくなってしまった。本当なんだ。アクセルの話では、死んでやると言っているらしい。鎮静剤が手放せない状態だそうだ」

父は言った。「アクセルはさぞ参っているだろう。彼と話をする手だてはないだろうか」

「それにわたしがジュリアと?」母がたずねた。

ブラントは首を横にふった。「やめたほうがいい。そう簡単にはいかないよ」彼は両手を伸ばし、目が見えないにもかかわらず、ただちに母の手を見つけて握った。「加減はどうなんだい、ルース? 実際のところ」

表面的にはいたって単純な問いかけだったが、このところ、単純なものなどひとつもなかったし、腫れ物にさわるように母の手を握るブラントの様子から、わたしはあらためてからっぽの卵というわたしなりの母のイメージを思い出した。

だが母はもうそういう脆さからは立ち直っていた。「つらくてたまらないわ、エミール。これからもこの気持ちはずっと変わらないでしょう。でもわたしは乗り越えた。だからきっと元気になるわ」

スクリーンドアがいきなり開いて、リーゼがシュガークッキーの皿を持ってポーチにあらわれ、悪意に満ちた目でわたしたちを見た。ジーンズに紺色のブラウス、赤いキャンバス地のスリップオンを履いていた。籐細工のテーブルにクッキーを置いて、彼女はすばやく中にひっこんだ。

「リーゼはわたしたちに会いたくないようだね」父が感想を漏らした。

ブラントは言った。「リーゼはしばらくのあいだ無上の幸福に浸っていたんだ。わたしをひとりじめにしていたからね。リーゼにとっての幸福、それはこのちいさな聖域と、彼女を必要としている者がそこにいること、それだけなんだ。ある意味ではうらやましいほどだよ。きみたちがきたとき、リーゼはこよなく愛する庭で作業にかかろうとしていた。だから今はすねているのさ」

ジェイクが戻ってきて階段をのぼったちょうどそのとき、リーゼがレモネードのピッチャーと氷をもって出てきた。弟を見ると、彼女の態度は一変した。急いでピッチャーをテーブルに置き、中に戻ったかと思うとただちにコップをのせたトレイをもって出てきて、ピッチャーの隣に置いた。リーゼがジェイクに見せた身振りは、わたしには理解できなかったがジェイクはうなずいた。「いいよ」

「リーゼを手伝ってくる」ジェイクはそう言い、ふたりはポーチをおりて、彼女が庭仕事の道具をしまっている小屋のほうへ歩いていった。

ふたりが行ってしまうと、父が言った。「回想録は終わりそうかね、エミール？」

ブラントは長いこと黙っていたが、ようやく口を開いた。「アリエルなしではつづけられるとは思えない」

「文字に起こす人が誰か見つかるんじゃないか」父は言った。

ブラントは首をふった。「アリエルがしてくれたことを他の誰かに引き継いでほしくないんだ。誰にもできないことだよ」

これまで自分の経験と感情に深くとらわれていたせいで、わたしは家族以外の人間にアリエルの死があたえた影響を考えたことがなかったのだが、そのときはじめて、姉の師であり、姉の才能を伸ばし、作品を支持し、そしてアリエルの失踪後は母を献身的に支えてきたこのエミール・ブラントという人もまた、アリエルを失って苦しんでいるのだと気づいた。ブラントはこちらに横顔を向けていた。もしも反対側の傷跡を知らなければ、ブラントがあらゆる点でごく普通の、いや、年配の男性にしてはハンサムですらあることに気がついた。

そして次の瞬間、途方もないひとつの可能性がわたしの胸にきざした。メガトン級の、腹がこごえそうな可能性だった。

ブラントと両親は話をつづけていたが、もはやわたしの耳には入らなかった。わたしは立ちあがり、茫然としたままポーチの階段をふらふらとおりた。父がなにか言ったので、すぐに戻るとつぶやいた。庭をぬけて、ジェイクとリーゼが働いている菜園を通過し、杭垣の門に近づいた。門の外の小道から裏の斜面をくだると、ハコヤナギと鉄道線路と川に出る。わたしは盲目を真似て目を閉じ、門の掛け金を手で探った。門を押しあけ、歩きはじめた。固く目をつぶったまま慎重に手探りしながら、ゆっくりと歩いた。小道とその両脇に生えているぼうぼうの雑草のちがいは簡単にわかった。ハコヤナギの木立を抜けて線路の盛り土のところまでくると、目をあけたい衝動にかられたが、我慢した。路盤にあがってこまかく砕かれた石を靴底に感じたとたん、最初のレールにつまずいたが足をふんばり、レールを越えた。線路の反対側まで行ったところで路盤をおりると、固い土が川沿いの砂地に変わったことがテニスシューズの底から伝わってきた。そしてついにわたしは水中に踏み込んだ。水位がふくらはぎに達したところで目をあけて、澱んだ流れをみおろした。一歩さがって上流にちらりと目をやると、自分が立っている場所が、ときどき篝火《かがりび》が焚かれ、アリエルが最後に目撃されたシブリー公園の細長い砂地から、わずか数百ヤードの地点であるのがわかった。わたしはふりかえって、目をつぶって歩いてきた小道を、どこを見ればいいかさえわかっていたらたどるのは造作ない小道を見つめた。そしてアリエルが川に落ちた経緯を冷たく澄んだ理解力を持って悟った。

37

わたしがいつまでも戻らないのを心配した両親に言われて、ジェイクが捜しにきた。彼は砂地にすわりこんでいるわたしを見つけた。

「ここで何してるの？」

「考えごと」

「あっちへ戻らないの？」

「歩いてうちに帰るってみんなに言ってくれよ。川沿いに歩いて行く」

「大丈夫？」

「いいからそう伝えろ、ジェイク」

「わかった。ぼくにつっかからないでよ」

ジェイクは立ち去りかけて、戻ってきた。「どうかしたの、フランク？」

「行って、みんなにそう言え。話がしたかったら、戻ってこい」

ジェイクは数分後に戻ってきた。肩で息をしていたから、ずっと走りっぱなしだったのだろう。弟はわたしの隣に腰をおろした。

午後もなかばをまわり、線路のそばののっぽのハコヤナギの木々が落とす影がわたしたちを包んでいた。前を流れる川は幅が五十ヤードあり、その向こうにはもうひとつ土手があって、氾濫原の低地にトウモロコシ畑が緑の壁を築いている。そこからさらに一マイルばかり行くと、その昔リバー・ウォレンの大洪水が流れこんだ丘が隆起している。

「彼がアリエルを殺したんだ」わたしは言った。

「誰？」

「ミスター・ブラント。彼が殺したんだ」

「えっ？」

「ずっとウォレン・レッドストーンのせいだと思っていたから、目の前にあるものが見えなかった」

「どういうこと？」

「ミスター・ブラントがアリエルを殺したんだよ。殺してからここへひきずってきて、川に投げ込んだ」

「頭がどうかしてるんじゃない？　ミスター・ブラントは目が見えないんだよ」

「目をつぶって、目が見えないふりをしてみたんだ、ジェイク。ここへくるのに何の支障もなかった。ぼくにできるなら、彼にだってできる」

「でも、なんで彼がアリエルをそんな目にあわせるの」

「アリエルは妊娠してた。赤ん坊が彼の子だったからだ」

「まさか。年寄りすぎるよ。それに顔だって怪我でひどいことになってる。ミスター・ブラントをよく知らなかったら、ぼくだって見ただけでぞっとするぐらいなんだよ」

「そこだよ。おまえは彼をよく知ってるから、顔の傷をなんとも思わない。アリエルも同じだったんだと思う。彼に恋してたんだ」

「そうかな、くだらないよ」

「考えてみろ。アリエルはジュリアードに行きたいってえんえんとしゃべってたのに、突然気を変えた。ここにいたかったからだ。なぜか？　ミスター・ブラントがここにいるからだ」

「カールのせいだったのかもしれないよ」

「カールは町を出て大学に行く予定だった」わたしは言った。「そう言ってただろ。アリエルを愛していて、結婚するつもりなのかとぼくが聞いたら、カールは否定した。今ならわかるけど、そういう意味でアリエルを愛していたわけじゃなかったからだ。とすると、アリエルが会っていたのは他に誰だ？　別のボーイフレンドがいたなら、ぼくたちは知っていたはずじゃないか。アリエルが親しかった他の男性といったら、ミスター・ブラントだけだ。考えてみろよ、ジェイク。アリエルはしょっちゅうここにきてたじゃないか」

「でも、リーゼは知らなかったわけ？」

リーゼの寝室の戸口に立って、裸でアイロンがけをしている彼女を見た午後のことを思い出した。彼女はわたしにまったく気づかなかった。わたしはジェイクに言った。「彼女は耳が聞こえない。アリエルがときどき夜中にこっそりきたとき、リーゼは眠っていたんじゃないかな」

「でもどうしてミスター・ブラントがアリエルを殺すのさ、フランク。かっとなったとか？　つじつまが合わないよ」

わたしは石を拾って川に投げつけた。「大人はよくつじつまの合わないことをするんだ」

「どうして母さんも父さんもそのことを考えなかったんだろう？　だって、フランクがそんなに自信満々なら、気づきそうなもんじゃないか」

「さあね。ミスター・ブラントのことがすごく好きだから、そんなことは思いもしなかったのかもしれない」

ジェイクはかかえた膝を胸にひきつけると、両腕を脚に巻き付けて川をじっと見た。「じゃ、どうする？」

「ガスに話す」わたしは言った。

ガスはなかなか見つからなかった。日曜の午後はほとんどどこも閉まっていた。〈ロージー〉の駐車場にインディアン・チーフは見当たらなかった。わたしたちはしばらく町をさまよい歩いた。ほとんどしゃべらなかったのは、頭の中の考えがしゃべりたいという欲求をまるごと追い払ったせいだった。ミスター・ブラントがアリエルになにをしたかという思いがいったん頭にとりつくと、わたしはそのシーンを何度も脳裏に再現しないではいられなかった。彼が丸めたカーペットのようにアリエルを肩にかついで、よろめきながら小道を進み、川に投げ込むところが目の前にちらつきつづけた。怒りがどんどん激しさを増し、はらわたがひきしぼられるようで、エミール・ブラントのところへ行って思い切り面罵《めんば》することを考えた。警察が――ドイルが――手荒に彼をつかまえ、手錠をはめてパトカーに押し込み、走り去るシーンを想像した。

「ミスター・ブラントがやったんじゃないといいな」不意にジェイクが言った。

わたしたちはタイラー通りをうちにむかって歩いているところだった。そろそろ夕食の時間で、両親を心配させたくなかったので、ふたりとも足早に歩いていたが、わたしの歩みが速いのは純然たる怒りに後押しされていたからでもあった。

「彼がやったんだから、地獄に落ちればいいんだ」

ジェイクが黙っているので、わたしは追及した。「おまえはそう思わないのか」

「あんまり」

わたしは立ちどまり、怒りを煮えたぎらせてジェイクのほうを見た。「彼はアリエルを殺したんだぞ、ジェイク。ぼくらの姉さんを殺したんだ。警察が殺さないなら、ぼくが殺す」

ジェイクはわたしの怒りに背を向けて、歩きつづけた。

「なんとか言えよ」わたしはジェイクの背中に言った。

「もう誰にも人を殺してほしくないよ、フランク。怒るのにはうんざりだ。悲しむのにもうんざりしてる。母さんが帰ってきてくれてうれしいし、またすべてが普通になってほしいんだ」

「普通にはならない、ミスター・ブラントが刑務所に入って電気椅子にかけられるまではな」

「そう」ジェイクはそう言って歩きつづけた。

それ以上一緒にいるのはまっぴらだったから、わたしは歩調を落とした。憤懣やるかたない気分に浸っていたかった。そんなわけで、家に着くまでジェイクが先頭を行き、わたしがぶつぶつこぼしながらそのうしろを歩いていった。

母が食事を用意していた。サンドイッチ用の残り物のハムと、マカロニとグリーンピースのサラダ、薄切りのスイカ、ポテトチップス。食べているとガスのオートバイの音がして、教会の駐車場にオートバイをとめている姿が見えた。

「ごちそうさま」わたしは言った。

「でもろくに手をつけていないじゃないの」母は言った。

ジェイクが窓のほうをちらりと見た。「ぼくもごちそうさま」

父がわたしたちふたりをじっと見た。「ふたりともばかに静かだったな。なにをたくらんでる？」

「なにも」わたしは言った。

母はわたしたちにほほえみかけた。「いいから外へ行ってらっしゃい。もしガスに会ったら伝えておいて。おなかがすいたら遠慮せずにうちにきて、残り物でよかったら勝手に食べてちょうだいってね」

教会の地下室に行くと、ちいさなバスルームでシャワーの流れる音がした。水がとまったすきにわたしは呼びかけた。「ガス？」

「ちょっと待ってくれ」ガスが怒鳴り返した。

まもなく濡れた頭と腰に白いタオルを巻きつけたガスが出てきた。にやりと笑ってガスは言った。「どうした、ふたりとも？」

「捜してたんだ」わたしは言った。

「オートバイでひとまわりしてきた。顔に風を受けて走ってると、自由を感じるんだよ。おれを閉じ込めてたあのいまいましい留置所の空気をふりはらおうとしてるのかもしれないな」彼は注意深くわたしたちを見た。「深刻な話か、そうなんだな？」

タオル一枚で立っているガスにわたしは自分の考えていることを話した。じっと聞いていた彼は最後に「なんてこった」と言った。裸の胸をぼんやりとこすり、繰り返した。「なんてこった」それからたずねた。「父さんには話したのか？」

「ううん」

「話したほうがいいと思うね」

「つまり、ぼくの考えは正しいと思ってるってこと？」

「まちがっていたらいいと思うよ、フランク、だが考える価値はある」

「父さんに話すとき、一緒にいてくれる？」

「ああ。服を着させてくれ」

わたしたちは上の教会で待った。ジェイクは最前列の会衆席にすわって両手を膝のあいだにはさんでいた。父の説教を聞くときと同じ姿勢だ。わたしは気をもみながら祭壇の手すりの前を行ったりきたりしていた。太陽は空に低くかかり、内陣のうしろの西の壁に設けたステンドグラスが無数の色彩に燃え立っていた。

「フランク?」

「なんだ」

「父さんに話さなかったらどうなる?」

「話すに決まってるだろ」

「誰がアリエルを殺したかが本当に重要なの?」

「もちろんだ。ものすごく重要だ。おまえどっか悪いのか?」

「ただ考えてるんだよ」

「なにを?」

「奇蹟は起きるんだよ、フランク。でもそれはぼくが考えていたような奇蹟じゃない。ほら、ラザロが生き返るみたいなのとはちがうんだ。母さんはまた幸せになった。ていうか、ほとんど幸せになった。それも一種の奇蹟なんだ。それに昨日ぼくはどもらなかった。いいこと教えようか? ぼくはもうどもらないって思う」

「すごいじゃないか、よかったな」

それは本当だった。だが、そのうれしさは、エミール・ブラントへの激しい憎悪によってかすんでしまった。

「物事はそのままほうっておくべきなんじゃないかって思うんだ。すべてを神の手にゆだねるってことだよ。そしてちいさな奇蹟を望むべきなんだ」

わたしは歩きまわるのをやめ、ジェイクの顔を見た。そこに浮かんでいたのは実にあどけない、美しいとしか表現しようのないものだった。わたしは弟の隣に腰をおろした。

「どんなふうだった？」わたしはたずねた。「おまえの奇蹟は？」

ジェイクはちょっと考えこんだ。「なにかがぼくに起きたっていうのとはちがう。光を見たとか、声を聞いたとかじゃなくて、ただ……」

「なんだ」

「ただ、もう怖くなかったんだ。そんなのが奇蹟だなんて誰も思わないかもしれないけど、ぼくには奇蹟だと思えた。そういうことなんだよ、フランク。すべてを神の手にゆだねたら、ぼくたちはもう怖がらなくていいってことなんだ」

「神を信じていないんじゃなかったのか」

「そう思ってたけど、まちがいだった」

ガスが教会に入ってきて、言った。「さあいいぞ。ここで話し合うのが一番いい。お母さんの耳に入らないしな。誰が父さんを連れてくるんだ？」

ジェイクが行きそうにないのはわかっていたから、わたしは回れ右をして教会を出た。まさに太陽が沈もうとしていて、丘陵の上空の雲は早くも激しいオレンジ色に輝いていた。家に足を踏み入れてまっさきに聞こえてきたのは、母の弾く月光ソナタだった。アリエルが行方不明になってから母はまったくピアノにふれていなかったから、わたしはいまさらのように、音楽のない家がどんなにさびしいものだったかに気づいた。父はソファで新聞を読んでいたが、それは、日曜の夕べに一日の仕事がようやく一段落したときしばしば父がやることだった。足をとめてきびすを返しそうになったのは、アリエルを殺した犯人を教えたいと思う一方で、もう一度普通の生活を取り戻したいと強く願ったからだった。だがエミール・ブラントへの疑惑に思いが及ぶと、ひとりでかかえこむには荷が重すぎて、結局わたしは父がいるソファに近づき、声をかけた。「ガスが会いたがってる」

「用件は？」

「重要なことだよ。教会にいる」

「ジェイクはどこだ？」

「ジェイクも一緒だよ」

父は戸惑いぎみにわたしを見てから新聞をたたみ、下に置いた。「ルース、ガスと話をしに行ってくるよ。しばらくかかるかもしれない。フランクとジェイクも一緒だ」

母はピアノを弾く手をとめず、鍵盤に目を注いだまま言った。「面倒事はいやよ」

教会まで歩いていく途中で父はわたしの肩に腕をまわした。「みごとな夕焼けになりそうだな、フランク」

わたしは答えなかった。夕焼けなんかどうでもよかったのだ。一分もしないうちにわたしたちはガスとジェイクと一緒に立っていた。

ガスが口を開いた。「おまえが話すか、フランク、それともおれから話そうか」

わたしは一部始終を父に話した。

話し終わると、ガスが言った。「つじつまは合ってるよ、キャプテン」

父は祭壇の手すりに寄りかかり、じっと考え込んだ。

「エミールと話をする必要がある」しばらくたってやっと言った。

「ぼくもその場にいたい」わたしは口走った。

「フランク、それは――」

「そこにいたいんだ。ぼくにはその権利があるよ」

父はゆっくりと首を横にふった。「十三歳の子供が立ち会っていい話し合いじゃない」

「キャプテン、さしでがましいようだが、おれはフランクの言うことには一理あると思う。フランクはこのごたごたにはじめから巻き込まれているんだ。ブラントのことを指摘したのだってフランクだ。フランクがそうしたいなら、立ち会う権利はあるんじゃないかな。おれが部外者なのは承知の上だが、別の視点もあったほうがいいと思うぜ」

父は思案したあげく、弟を見た。「おまえはどうだ、ジェイク？　おまえもなにがなんでも立ち会いたいか？」

「ぼくはどうでもいいんだ」ジェイクは言った。

「だったら、おまえは残りなさい。きみもだ、ガス。みんなから疑われているとエミールに思ってほしくない」

わたしはおどろいた。父はちっとも怒っていないようだった。冷静すぎるように思えた。

わたしは言った。「ミスター・ブラントがやったんだよ、父さん」

「フランク、すべての事実を知る前に、人を犯人扱いするのは公平ではない」

「でも彼がやったんだ。ぼくにはわかる」

「よしなさい。おまえが考えていることはある程度つじつまは合う。しかしエミール・ブラントの人間性が考慮されていない。おまえが言っていることは激しい暴力性がなければできないことだが、そういったものをわたしは一度もエミールから感じたことがない。だからさしあたってわれわれにわかっているのは、その仮説のほんの一部だけだ。エミールが本当のことを打ち明けてくれたら、すべてがあきらかになり、理解できるようになるだろう」

内陣のステンドグラスから差し込む夕陽が炎上し、祭壇と十字架を真っ赤に染めて内陣の手すりと会衆席と父のまわりの床を燃えあがらせた。あの炎のただなかで父がどうしてあんなに冷静に立っていられるのか、わたしには理解できなかった。父の理性にはこれまで敬服していたが、今はそれが腹立たしかった。わたしはひたすらエミール・ブラントを締め上げてやりたかった。

「一緒にくるなら、フランク、口をはさまず、話はわたしにまかさなければならない。約束するか？」

「はい」

「本気で言っているんだぞ」

「約束するよ」

「よし。ガス、ジェイクと一緒にルースの相手をしてくれないか。ピアノを弾く気分になっているし、家内は聴衆がいるのがうれしいんだ」

ガスは言った。「あんたがたの行き先を聞かれたら？」

「なんとでも好きなことを言ってかまわんよ」父は言った。「事実以外は」

38

エミール・ブラントの家までは車で五分足らずだったが、着くまではひどく長く感じられた。父の疑念のせいで、わたしの思考にも疑念の種が蒔《ま》かれ、ひょっとするとジェイクは正しいのかもしれないという気がしはじめていた。この混乱全体の解決は、黙って神の手にゆだねるべきだったのかもしれない。でも、いまさらもう遅い。古い農家の前に車をとめて外に出たとき、わたしは行く手に待ち受ける試練を覚悟した。

ポーチに近づいていくと、エミール・ブラントがグランドピアノを弾いているのが聞こえた。知っている曲だった。アリエルが作曲した作品で、そのあふれでる美しい調べを聞くと、アリエルの存在を確かに感じることができた。わたしたちはポーチにたたずんで曲が終わるのを待ち、父が――しぶしぶだったのは賭けてもいい――手をあげてスクリーンドアを軽くたたいた。

父は呼びかけた。「エミール？」

「ネイサン？」

スクリーンごしにブラントがグランドピアノから立ちあがって、わたしたちを迎えにくるのが見えた。彼はドアを押しあけて言った。「一緒にいるのは誰だい？」

「フランクだ」父が言った。

ブラントは意外な喜びににっこりした。「こんなにすぐ戻ってくるとは、どういう風の吹き回しかな」

「話す必要がある」

笑顔が消え、ブラントの顔が曇った。「深刻な話らしいな」

「そうなんだ、エミール」

ブラントは外に出てきて、わたしたちはついさっきブラントがわたしの両親となごやかにすわっていた籐椅子に腰をおろした。太陽は沈み、あたりは陰鬱な青い夕闇に包まれていた。

「それで？」ブラントは言った。

「きみがアリエルのおなかの子の父親だったのか、エミール？」

単刀直入すぎる問いかけにはわたしですらぎょっとしたし、ブラントは目に見えてたじろいだ。

「それはどういう質問だい、ネイサン」

「正直な質問だよ。だから正直に答えてくれるとありがたい」

ブラントは顔をそむけて、そのまましばらく動かなかった。「彼女はわたしに恋していたんだ、ネイサン。盲目で見るも無惨な男だというのに、わたしを愛してくれた」

「きみもアリエルを愛していたのか、エミール？」

「そういう愛情ではなかった、ちがうんだ。わたしは彼女に大きく依存するようになっていたし、この家に彼女がいることが楽しかった。なによりもアリエルは思い出させたんだよ……」

「誰を？」

「彼女の母親をだ、ネイサン」

「だからきみは十八歳の少女と情を通じたのか？　母親を思い出させたから？」

わたしが父の声に聞き取ったのは怒りだったのだろうか？　深い憤り？　裏切られた恨み？

「どれだけけがらわしく聞こえるか、わかっている。だがそういうのではなかったんだ、ネイサン。たった一度だけだった。誓って一度かぎりだ。わたしは心から恥じた。ところがアリエルにとって、それはとてつもなく重要なことだった。無理もない。若い女性にとってあのようなことはすべてを意味する、わかっているよ。彼女は結婚を口にした。わたしとの結婚だ、想像できるか、ネイサン？　倍以上も年上の、まったく目の見えない、化け物の顔をした男だ。ひとたび彼女が夢から醒め、とんでもない取引きをしたと気づいたとき、そんな結婚がどうなると思う？　それにリーゼはどうなる？　人目を忍ぶここでの生活にリーゼが他人を受け入れることはありえない。その他人が、兄であるわたしの愛情のすべてを盗むかもしれない女性ならなおのことだ。ネイサン、わたしはアリエルの願いを拒否した。神に誓って、わたしは力の及ぶかぎりあらゆることをして、こんな廃人にかかわって人生を無駄にするなと説いた。だが彼女は……ああ、若い人は自分が求めるものに絶対の確信を持っているものなんだよ」

ブラントは話すのをやめた。静寂が大きな重い石となってわたしたち全員にのしかかった。彼は盲目だったが、にもかかわらず、恥辱で目をあけていられないかのように目を伏せた。

「以前にも自殺を試みたことがある」ついに彼は口を開いた。風に乗って遠くから運ばれてきたような声だった。「知っていたかい？　負傷してロンドンの病院に入院していたときのことだ。ぼくは底なしに深い暗闇に落ちていた。こんなふうになった自分の将来が想像できなかった」ブラントは損傷の激しい顔の片側に指先でふれ、また話をつづけた。「今回の自殺未遂の理由を教えようか？　もっとましな理由だよ。すくなくとも、ぼくはそう自分にいい聞かせた。アリエルをぼくから自由にしてやりたかったんだよ。他の方法を思いつかなかったんだ」

「アリエルを殺すこと以外は」わたしは言った。

「フランク」父がたしなめた。

「アリエルを殺す？」ブラントが頭を起こし、その見えない目に恐るべき理解がきざした。「きみたちはそう思っているのか？　ぼくがアリエルを殺したと？　だからここにきたのか？」

スクリーンドアが開いて、リーゼ・ブラントがポーチに出てくるなり、まるで父とわたしが侵入者であるかのように、不安といらだちをあらわにわたしたちを見た。リーゼは「エミール？」と言った。ただ、聾で発音がままならないせいで、それは〝エミオゥ〟と聞こえた。

ブラントは妹に合図をした。

「かれらにかえっておしい」リーゼはゆっくりと言葉を押し出した。

ブラントはリーゼにくちびるが読めるよう身体の向きをかえた。「話を終わらせる必要があるんだよ、リーゼ。中に戻っていなさい」リーゼがすぐには従わないでいると、ブラントは言った。「大丈夫だよ。さあ、入って。すぐにぼくも入るから」

リーゼは家の中に吸い込まれる霧のようにゆっくりと引き下がり、わたしはもし自分なら隠れて盗み聞きするのにと思ったが、むろん、そんなことはリーゼの役には立たなかった。スクリーンごしに見ていると、リーゼは台所に姿を消し、食器のふれあうかすかな音が聞こえてきた。

「では本当なんだな」父が言った。「赤ん坊がきみの子だったというのは」

「彼女は赤ん坊のことは言わなかった、ネイサン。ひとことも言わなかった。亡くなって妊娠が判明したとき、ぼくはカールが父親かもしれないと一縷《いちる》の望みを抱いた」

「きみはアリエルが遊びまわっていたらいいと思った、そうなのか」

「そういう意味じゃない。ありえないと思っただけだよ。アリエルと結ばれたのは一度だけだったんだ」

「アリエルは夜しばしばここへきた」父は言った。「フランクが何度か家を出ていくところを見ている」

「そうだ」ブラントは認めた。「だが彼女がきたのは夜遅い時間で、この庭に立ってわたしの窓を見ていただけだった」

「きみは目が見えないんだろう、エミール。どうしてそんなことがわかった？」

「リーゼが見たんだ。妹はアリエルを追い払いたがったが、わたしが余計なことはしないよう言ったんだ。アリエルに話をすると、彼女は夜の訪問をやめると約束してくれた」

「やめたのか？」

「そうだと思うが、実際のところはわからない。あのあとすぐ、わたしは自殺を試みた。それからいろいろなことが起きた」

「行方不明になった夜だが、アリエルはここにきたんだろうか？」

「こなかったはずだ。きていたら、リーゼがぼくになにか言っただろう。なあ、いいかい」ブラントは訴えた。「ぼくはアリエルを殺していない。アリエルを殺すなんてとんでもないことだ。ぼくはぼくなりの傷ついたやりかたで、彼女を愛していた。彼女が望んだかたちではなかっただろうが、ぼくにできる唯一の方法で愛していたんだ。それを信じてくれなくちゃいけない、ネイサン」

父は目を閉じて、深まる闇の中で無言ですわっていた。祈っているのだとわたしは思った。

「信じよう」ついに父は言った。

ブラントの表情は肉体的苦痛に耐えているように見えた。「ルースにはきみから言うことになるんだろうな」

「いや。それはきみの口から言うべきことだ、エミール」

「わかった。明日、彼女と話をするよ。それでいいかな、ネイサン？」

「ああ」

「ネイサン？」

「なんだ？」

「ぼくたちは友達としては終わりだな」

「きみをゆるす力をお与えくださいと祈るつもりだよ、エミール。だが、また会いたいとは思わない」父は立ちあがった。「フランク？」

わたしも立った。

「神がきみとともにあるように、エミール」父は別れ際にそう言った。礼拝の終わりにときどき信徒にたいして言うのとは口調がちがっていた。罪の宣告のように聞こえた。わたしは父のあとについてパッカードに乗り込んだ。走り去る前にふりかえると、エミール・ブラントと夜の闇がひとつに溶け合っていた。あのままずっと立っていたら、闇と見分けがつかなくなりそうだった。

うちに着くと、父は車をガレージに入れてエンジンを切り、わたしたちは静寂の中ですわっていた。

「どうだ、フランク？」

「真実がわかってよかったよ。だけどわからないほうがよかった気もするんだ。わかったからって、なにかがよくなるわけじゃないんだね」

「昔ひとりの劇作家がいた、アイスキュロスというギリシャ人だ。彼は知る者は苦しまなければならないと書いた。眠りにあっても、忘れられぬ苦しみは心に滴り落ちてくる。我らの絶望に、我らの意志に反して、神の恐るべき恵みによって叡智がもたらされるまでは」

「恐るべき？」

「悪い意味ではないだろう。人知を超えたという意味だ」

「もっといい恵みもありそうだけど」

父は車のキーをポケットにすべりこませた。片手をドアハンドルにかけたが、おりなかった。父はわたしをふりかえった。「まだ話してなかったことがある、フランク。セントポールの教会がわたしに牧師になってもらいたがっているんだよ。承諾するつもりだ」

「ぼくたち、引っ越すの？」

「そうだ」

「いつ？」

「ひと月ほどしたら。学校がはじまる前に」

「いいよ。お母さんは知ってるの？」

「ああ、だがおまえの弟はまだ知らない。うちに入って、ジェイクに言わないとな」

「父さん？」

「なんだ」

「ぼくミスター・ブラントを憎んでないよ。ある意味では気の毒に思ってる」

「それはよいきざしだ。この町を出ていくときは、穏やかな心でいることが好ましい」

ガレージの暗がりでホタルがまたたくのを見て、もう遅い時間なのだと気づいたが、わたしは動かなかった。

「他にもなにかあるのか、フランク？」

あった。ウォレン・レッドストーンのことだ。アリエルが殺された夜について、保安官がモリス・エングダールとジュディ・クラインシュミットをさらに追及するつもりなのは知っていたが、彼らがアリエルの死に関与しているとは、わたしはもう思わなかった。レッドストーンが姉を殺したのだ。わたしはようやくそれを受け入れた。信じまいとずっと戦ってきた。なぜかといえば、ダニーの大おじが川向こうへ逃げたとき、指をくわえて見ていたことへの罪悪感で押しつぶされそうになる自分を守るためだった。罪の意識にさいなまれ、最低の気分で毎日を過ごすことに心身ともに参っていたわたしは、父にすべてを打ち明けた。醜い心の内が奔流のように噴き出し、すべてを吐き出してしまうと、のしかかっていた重しが軽くなった。本当のことを言ったら父は怒るだろう、わたしをとがめるだろうとずっと怖れていた。最悪の想像では、父はわたしを愛することをやめていた。ところが、父はわたしを抱きしめ、わたしの頭のてっぺんに頬を押し付けてこう言った。「いいんだよ。いいんだ」

「だめだ、よくない」すすり泣きながらわたしは言い張った。「警察がレッドストーンをつかまえられなかったらどうしよう」

「そのときは、神が彼と向き合ったときに、はっきりと言ってくださるだろう。そう思わないか」

わたしはすこし身を離して父の目をのぞきこんだ。茶色の目は悲しげだが、穏やかだった。

「ぼくのこと怒ってないの？」

「わたしには怒りと縁を切る覚悟ができているんだよ、フランク。永遠に縁を切る覚悟がね。おまえはどうだ？」

「うん、できるかもしれない」

「ではうちに入ろう。なんだかくたびれた」

わたしはドアをあけ、ジェイクとガスが待つ家へ、ピアノに向かう母が音楽で夜を満たしている家へ、父と並んで歩きだした。

39

暑い日がつづいたが、雨もそこそこ降って、八月も半ばになると、父の信徒の一部を占める農夫たちは、谷の穀物は今年は出来がよさそうだと慎重な意見を交わしあうようになった。内心では近年にない大豊作を期待していて、それが実現しそうだと思ってはいても、おおっぴらにそうは言わないものなのだ。

母は引っ越しの準備をはじめた。なによりも困難だったのは、アリエルの部屋を片付けることだったと思う。母はこれをひとりで、長い時間をかけてやった。箱詰めしながら泣いている声をわたしは頻繁に耳にした。アリエルのものはほとんどセントポールには持っていかなかった。収穫時の出稼ぎに大挙してやってくる移民の家族に衣服やその他の必需品を配る支援団体に、父はアリエルの私物を寄付した。

その夏ニューブレーメンを永遠に去ったのはわたしたちだけではなかった。ダニー・オキーフの家族も引っ越した。ダニーのお母さんがグラニット・フォールズで教師の仕事を得たため、一家は自宅を売りに出し、八月の第二週には一家全員で出ていった。

ニューブレーメンでのあの最後の日々は、わたしに複雑な気持ちをもたらした。それが引っ越しのためなのか、その夏に起きたあらゆることのせいなのかはわからない。町とそこにあるすべてが、すでに自分の過去になったような気分だった。夜になると、ときどきわたしは手を伸ばしてこの町にたいする正確な気持ちをつかまえようとしたが、なにもかもがどうしようもないほどこんがらがっていた。わたしはニューブレーメンに五年暮らした。結婚し、自分の家族を持ち身を落ち着けるまでは、どこよりも長く暮らした町だ。子供だったわたしは、あの町で大人への敷居を早めにまたいだ。昼間はたいていひとりで歩きまわり、自分の記憶の中の記念碑となりそうな場所へ足を向けた。あの夏、たくさんの悲劇が起きた構脚橋。モリス・エングダールに挑んで勝ったことに子供っぽい喜びをおぼえた石切り場。霜のついたジョッキ入りのルートビアが出てくる〈ハルダーソンズ・ドラッグストア〉。川沿いを歩き、ウォレン・レッドストーンのちいさな差し掛け小屋があったところを通過した。小屋の両側はすでに崩れ落ちていて、毎年春になると起きる洪水が、来年にはレッドストーンがそこにいたことを示す一切を押し流すことは想像にかたくなかった。エミール・ブラントとその妹が暮らす家の下方の小道でわたしはたたずんだ。そばにはハコヤナギの木立があり、小道はそこを抜けて彼らの家へとつづいている。その小道こそ姉が川まで運ばれたルートだとわたしは信じてやまなかった。そこからすこし先へ行ったところで足をとめ、上を見ると、シブリー公園があった。砂地にはたくさんの焚き火の冷たく黒い灰があばたのようにちらばっていた。アリエルがこの世で最後に生きているところを見られた場所だ。わたしの求めていたのが、姉が死に至った経緯をつきとめることなら、わたしは落胆するしかなかった。

アリエルの葬儀のあと、母はもう一度だけジェイクを言語セラピーの面談に連れていった。あとになって彼が教えてくれたところによると、セラピストたちはジェイクの言語障害が不可解にも雲散霧消したことについて、容赦なく彼を質問攻めにしたらしい。ジェイクが奇蹟の結果なのだと主張すると、彼らはジェイクがカエルにキスして、三つの願いをかなえてもらったかのように、不信感のみなぎる顔で彼を見た。そのあと母が穏やかに、それがまったくの事実で、神の恵みによる奇蹟なのだと告げると、絶句したそうだ。

ガスはますます留守がちになり、話そうとしなかったが、そのわけは容易に察しがついた。父がガスはジンジャー・フレンチの牧場を手伝っているのだと教えてくれたからだ。彼は酒を控えるようになり、ドイルとはもうつるまなくなった。

出発の日が近づくにつれて訪問客が増え、たくさんの人が別れを告げにうちにやってきた。多くは父の信徒たちだったが、意外な訪問者もいた。エドナ・スウィーニーがクッキーを持ってやってきた。エドナとエイヴィスがベッドでうまくやっているのかどうかは知るよしもなかったが、彼女はとても気だてのいい女性だから、そうであればいいと思った。夏のそよ風に揺れてさし招くエドナの下着を見られなくなるのがさびしかった。クレメント一家がある夕暮れにやってきた。親同士がポーチでしゃべっているあいだ、ピーターとジェイクとわたしは家の裏の牧草地にすわってツインズや『トワイライト・ゾーン』についてしゃべり、セントポールでの生活がどんなふうかを推測した。ピーターは醒めた見方をしていた。キャドベリーのような場所――あるいはニューブレーメンのような町でも――のほうが絶対にいいと思っていたのだ。セントポールには夜になると安全に歩けない通りがあるんだぜ、とピーターは警告した。それに住民は全員ドアに鍵をかけるんだ。帰る前に彼はいつでもきてくれと招待を繰り返した。そうしたらモーターやなんかのことを教えてあげるよ、と。コール夫婦も短時間だがやってきた。ボビーを授かったときにもう若くはなかった彼らは、ボビーの死によっていっそう老け込んでいた。実際には五十をいくらも出ていなかったのだが、わたしの記憶の中の彼らは常に高齢者だった。コール夫婦は手をつないで帰っていき、わたしはボビーがいなくなっても彼らは幸運だと思った。彼らにはまだお互いがいる。

引っ越しの前の週、モリス・エングダールが勤め先の缶詰工場の事故で死んだ。彼は保釈中で、起訴内容のマン法に関する審理を待っているところだった。酔った状態で仕事に行き、職長に帰れと命じられると二発ほど殴ろうとした。殴りそこなってバランスをくずし、口論がはじまったときに立っていた台からころげ落ちて缶詰工場の床に叩きつけられ、首の骨を折ったのだ。エングダールの父親は教会とは縁のない人だったが、皮肉なことに父に埋葬式を依頼した。わたしが立ち会ってもいいかとたずねると、父はゆるしてくれた。これまで参列したなかで、それはもっとも悲しい葬儀のひとつだった。会葬者がひとりもいなかったのだ。ジュディ・クラインシュミットも、エングダールの父親ですら姿を見せず、あとになって父親は町のバーで泥酔していたことがわかった。

セントポールへの引っ越しの二日前、家は早くも見捨てられた気配を漂わせていた。母の指示でジェイクとわたしは母からもらった段ボール箱に身の回り品を詰め、たんすとクローゼットをからにした。ジェイクはプラモデルの飛行機とコミック本を大事そうに詰め込んだ。そんなふうに気をつけたいものなどひとつも持っていないわたしは、かきあつめたがらくたを適当に放り込んだ。わたしたちは箱の山と山のあいだを縫って、家の中を歩いた。リネン類、タオル、テーブルクロス。父の書物。スタンド。花瓶。額入りの絵画。台所道具。鍋。フライパン。カーテンはまだ窓にかけたままだったが、家の中はかなり殺風景になっていた。

最後の数日間、ジェイクはわが家とリーゼ・ブラントの家のあいだを行ったりきたりするようになっていた。両親はエミールとの関係を絶っていた。ブラントからアリエルとの関係について真実を告げられたときは激怒した母だったが、そういう無益な感情にいつまでもとらわれてはいなかった。「すんだことはすんだことよ」わたしは母が父にそう言うのを聞いた。本気だったのだろう。母がエミール・ブラントをゆるしたかどうかはわからない。ジェイクのように怒ることにうんざりしただけかもしれない。とにかくわたしが知るかぎり、母は二度とブラントとは、つきあいの上でも、会わなかった。そのことをもまた母を苦しめた喪失のひとつだったのだと思う。

しかしジェイクに関しては事は別だった。ジェイクはわたしにリーゼがかわいそうだと言った。ジェイクに判断できるかぎり、この世でリーゼのことを気にかけている人間は彼とエミールだけであり、リーゼは兄とふたりでいることに満足している一方で、ジェイクを見ると必ず、まぎれもない喜びに顔を輝かせた。彼はリーゼを慰めるために、庭仕事を口実に頻繁にブラントの家へ出かけた。ジェイクの話では、ときどきポーチにすわっているエミール

・ブラントを見かけたし、彼の弾くピアノが家から流れてくることはあったが、ジェイクはブラントにはけっして話しかけなかった。怒っていたからではない。ブラントからぼくを押し返す強烈な波のようなものが出ているのを感じたんだ、とジェイクは言った。たしかにそうかもしれないと思った。ブラント一族は昔から孤島のようなものだった。世間とよそよそしく距離を置いた、立ち入ることのできない孤島だ。そして、わたしにわかるかぎり、活力のようなものが欠けていた。愛情か、単純な人間の結びつきを求める渇望、ひとつにまとまって、より大きな世界を引き寄せる活力が一族には欠けていたのだ。家族としての核がないように思え、いつかばらばらになってしまいそうな気がした。自分の家族が回復しつつあったのと、一体感がふたたび芽生えてきた余裕もあったのだろう、祈るとき、わたしは必ずブラント一族を祈りに加えた。

ニューブレーメンへ出発する前日、弟が手伝いを頼んできた。彼とリーゼがはじめたある計画に手助けが必要だという。花作りをはじめたときにあちこちから掘り出してためてある石を使って、リーゼが花壇のひとつのまわりに低い壁をめぐらしたがっていた。三人でやったほうが楽だし、特に大きい石もあるから、とジェイクは言った。ブラント兄妹の家にまた行くのは気が乗らなかったが、わたしは承諾した。

昼食後にジェイクとふたりで行ってみると、リーゼは小屋のかたわらの巨大な石の山からちいさめの石を手押し車に載せて運んでいるところだった。花壇そのものは庭の中央部分、背の高い二本のエノキが落とす濃い影と影のあいだの陽当たりのいい場所にあり、円形で、まんなかには小鳥のための水盤があった。リーゼの計画についてはジェイクからあらかじめ説明を受けていた。ちいさめの石で高さ一フィートぐらいの壁を作り、その内側の花々のあいだに大きな石を花を押しつぶさないように注意して配置する。そうすると、円形の壁の内側に野生の趣きが生じるというわけだ。

リーゼは半袖のだぶっとした黄色いブラウスにジーンズ、足にはテニスシューズを履き、泥だらけの園芸用手袋をはめていた。暑いのでブラウスが両脇と背中に汗でへばりついていた。わたしたちは川からきて杭垣の裏口から庭に入った。一心不乱に作業をしていたから、ジェイクがうしろからまわりこむまでリーゼはわたしたちに気づかなかった。新しいおもちゃに喜ぶ子供みたいに両手をうちあわせ、彼女は身振りでなにかジェイクに伝えた。ジェイクも身振りでそれに答え、そのあと口に出して「フランクもきたよ」とわたしのほうを指さした。リーゼはふりかえると、ジェイクにたいして向けた輝くような笑みはなかったにせよ、わたしを見て喜んでいるようだった。間延びした口調でリーゼは言った。「あいがと、フラング」

わたしたちは働きはじめた。一番大変なのは山積みの石を三十ヤード離れた庭へ運ぶことだった。ジェイクとわたしがそれをやっているあいだリーゼは壁を作った。石を載せすぎると重くて動かせないので、半分ぐらい手押し車に載せ、庭を横ぎってエノキの木陰を通り、庭の端に間隔を置いてざらざらとあけた。リーゼはバケツの中で混ぜておいた少量の漆喰で石を慎重に組み合わせていった。

作業は午後遅くなってもつづいた。そろそろ終わるという頃、ラフマニノフとわかるすばらしい曲が家の窓から流れ出てきて、エミール・ブラントが玄関ポーチにあらわれ、揺り椅子に腰をおろすのが見えた。ステレオにレコードをかけているか、あるいはオープンリール式のレコーダーでテープをまわしているのだろうと思った。それからほどなく壁は完成した。ジェイクとわたしは二頭のラバみたいに汗をかいていた。リーゼが漆喰のこてを置き、園芸用の手袋を脱いで、言った。「ポップ（炭酸飲料のこと）のみた？」

「うん」ジェイクとわたしは口をそろえて答えた。

リーゼはにっこりしてジェイクに身振りをし、ジェイクはあきらかにそれを理解した。彼女がいなくなると、ジェイクが言った。「小屋からバールを取ってきてほしいんだって。リーゼは花のあいだに大きな石を置きたがってるから、バールでそういう石を山からどけておかなくちゃならないんだ」

「取ってくるよ」わたしは申し出た。

小屋のドアがあけっぱなしになっていたので、中に踏み込んだ。日差しがわたしの背後から差し込んでいた。湿った土のにおい、それに切削油に似た工具のにおいがかすかに漂っていた。リーゼはそのちいさな場所をきちんと管理していた。素焼きの鉢や鉢植え用の土が向こう側に並べて積み上げられていた。庭仕事の道具――熊手、鍬、剪定ばさみ、刈り込みばさみ、シャベル、鋤、つるはし、移植ごて――が床と天井のなかほどに水平に走る二×四インチの角材のフックや釘から整然とぶらさがっていた。右手に細長い万力台があり、その上にとりつけられたペグボードからは手工具――金槌、ねじまわし、弓のこ、レンチ、鑿――がぶらさがり、万力台の下には六個の引出しがついたちいさな飾り戸棚が置いてあった。戸棚は蜂蜜色で、表面には花々が手描きで描かれていた。小屋の片隅にたてかけてあるのが長いバールで、その横の二本の釘に渡して載せてあるのがこぶりのバールだった。わたしはそのバールをよくおぼえていた。夏のはじめのあの日、うっかりリーゼにさわってしまい、彼女が狂乱状態になったときのことだ。彼女のすさまじいひとふりをとっさによけていなかったら、わたしは死んでいただろう。そのバールに手を伸ばし、壁からはずしたはずみに釘の一本で指を切ってしまった。深い傷ではなかったが血が出てきたし、両手は泥だらけだった。とりあえずバールをジェイクのところへ持っていき、傷を見せた。

「リーゼが小屋の引出しのひとつにバンドエイドの箱を入れてるよ」ジェイクは言った。「どの引出しかは知らないけど」

わたしは蜂蜜色の飾り戸棚に引き返し、引出しをあけはじめた。中身の大部分は釘やねじや座金だった。だがまんなかの引出しをあけたとき、なにかがわたしの目をとらえた。ボルトとナットのあいだに優美な金の時計と真珠母の髪留めがまぎれこんでいた。

ジェイクは芝生の上に大の字になっていた。歩いていくと、わたしの顔をちらりと見て起き上がった。「どうしたの?」

わたしは泥と血で汚れた手を突き出した。手のひらの上の、アリエルとともに行方知れずになっていたちいさな宝を見ると、ジェイクの視線がゆっくりと上向いてわたしの凝視とぶつかり、そこに浮かんでいる表情を見てわたしは背筋がひやっとした。

「知ってたんだな」

「ちがうよ」そのあと、言った。「はっきりとは知らなかった」

ジェイクは目をそらして家のほうを見た。エミール・ブラントがラフマニノフとともに時を刻むメトロノームのようにポーチの揺り椅子にすわっていた。わたしはのしかからんばかりにジェイクに詰め寄った。「どうなんだ」

「知らなかった」ジェイクは言った。

「はっきりとは知らなかったと言ったじゃないか」

「思ってはいたんだ……」そこで口をつぐんだので、またどもりがぶりかえすのではないかと怖れたが、ただ気持ちを落ち着けるために間を置いただけで、ジェイクはふたたびしゃべりだした。「ミスター・ブラントがアリエルを殺したってフランクがぼくに言ったあの日に考えはじめて、それで、やったのはたぶんミスター・ブラントじゃないって思ったんだ」

「どうして」

「だってさ、フランク、彼は目が見えないんだよ。でもリーゼは、リーゼは力があるし目だって見えるし、それにアリエルを嫌っていた。でも、彼女がやったんだとしても、わざとじゃないと思った。このバールでフランクを殴りそうになったときと同じだって」ジェイクはそう言って鉄の道具をつかんだ。「おぼえてる？」

「ああ、おぼえてる。でも、わざとだったかもしれない」

ジェイクはうつむいた。「それも考えたよ」

「なんで黙ってた?」

「リーゼにはなんにもないんだよ、フランク。あるのはこの場所とお兄さんのエミールだけだ。アリエルにそれをとられると思ったんじゃないかな。それに、もしそれがばれて、刑務所かどこかに送られたらどうするの?」

「刑務所に行って当然だろ」

「ほらね? ぼくがしゃべったら、やっぱりかんかんになった」

「ジェイク、リーゼがやったのはいたずらじゃないんだぞ。アリエルを殺したんだ」

「リーゼを刑務所に入れたって、アリエルは戻ってこないよ」

「彼女は罪を償わなくちゃならない」

「どうして?」

「どうしてって、どういう意味だよ?」

「まわりを見てごらんよ。リーゼはときどき川に行く以外、この庭からほとんど出たことがない。ぼく以外には訪ねてくる人もいない。それって刑務所と同じことじゃないの?」

「他の人に怪我をさせる可能性だってある。そのことを考えてみたのか」

ジェイクはバールを芝生の上に置き、答えなかった。

わたしははらわたが煮えくり返る思いでジェイクを見おろしていたが、同時に驚嘆してもいた。ジェイクはまたしても、残りのわたしたちが見落としていた恐ろしい真実を見抜いて、それを自分ひとりの胸にしまっていたのだ。腹は立ったが、それがどれだけ大変なことか認めないわけにはいかなかった。

「リーゼになにか言ったのか？」

弟はかぶりをふった。それから言った。「七回の七十倍（マタイによる福音書十八章二十二節）までだよ、フランク」

「なんだって？」

ジェイクは日差しにむかって顔をあげた。「七回の七十倍まで。ぼくたちはそれだけ罪をゆるすことができるんだ」

「これはゆるすとかの問題じゃない、ジェイク」

「じゃなんなの？」

「法律の問題だ」

勝手口のドアがすべるように開く音がして顔をあげると、コークの瓶三本とクッキーの小皿トレイを載せて出てくるリーゼが見えた。

ジェイクはわたしに目をすえたままだった。「法律？　本当にそう思ってるの？」

リーゼが階段をおりて庭をこちらへ横切りはじめた。

「フランク」ジェイクは懇願するように言った。

リーゼの顔に笑みが浮かんでいるのが見えた。なんと軽やかな歩きかただろう。

「お願い」ジェイクが言った。

「ウォレン・レッドストーン」わたしは答えた。

ジェイクは混乱してわたしを見た。「え？」

「保安官はまだ彼を捜しているんだ。もしも警察が追いついて、逃げようとするレッドストーンを撃ったら、どうなんだ？　おまえはそれで平気なのか？」

ジェイクは考えこんだ。肩がすぼまり、反論できずに首をふった。

わたしは何週間もアリエルを殺した犯人を自分が逃がしたと思い込んでいた。父のおかげでその重荷をどうやってかかえていけばいいのかわかりかけてきたとはいえ、胸がふさがる思いに変わりはなかった。木陰になった古い農家の庭に立ち、罪悪感が消えていくのをついにわたしは実感した。ウォレン・レッドストーンは犯人ではなかった。わたしの家族を傷つけることはひとつもしていなかった。わたしがそのときやろうとしたことは、レッドストーンをも自由にするはずだった。

わたしは両手を突き出した。リーゼ・ブラントはそばまでくると、わたしの手の中を一瞥した。顔つきから彼女がふたつの品物に気づいたのがわかった。

リーゼはすばやく体勢を立て直し、微笑を浮かべて言った。「なに、そ？」

わたしは言った。「なにかわかってるだろ」

彼女は笑みを消さずに、首をふった。

「おまえはアリエルを殺したんだ」

リーゼはおおげさに眉をひそめた。「ちがう」その返事はちいさなうめきのように出てきた。

ジェイクがわたしを見あげた。「なにをするつもり、フランク？」

わたしはリーゼ・ブラントに視線をあてたまま、くちびるの動きが読めるように彼女のほうに顔を向けた。「誰かに言わなくちゃならない。はじめにミスター・ブラントに話をする」

芝生にすわっているジェイクを尻目に、わたしはトレイを持って立っているリーゼの前を通りすぎた。数歩も行かないうちに瓶ごとトレイが地面に滑りおちる音がしたかと思うと、背後で金切り声がしてジェイクが叫んだ。「リーゼ、やめろ！」

ふりかえると、リーゼがかがんでバールをつかむのが見えた。彼女は深手を負った獣のような叫び声をあげながら、わたしの頭にバールをふりおろそうと突っ込んできた。よけようとして倒れこみ、ころがって立ちあがろうとしたとき、固い鉄棒を握りしめたリーゼがまた迫ってきた。足首がよじれるのを感じて、わたしは芝生にへたりこんだ。そしてふりおろされる一撃から身を守ろうと弱々しく片手をあげた。

そのときジェイクがリーゼに飛びかかって腕をつかみ、しっかりと押さえつけた。リーゼは狂ったようなわめき声をあげてふりはらおうとし、あいているほうの手でジェイクをひっぱたいた。

ポーチからエミール・ブラントが叫んだ。「何事だ？」

彼女は何度も身体をひねってついにジェイクをもぎはなし、ジェイクも地面にころがった。バールを高々と持ちあげ、荒く深い息をつきながら、リーゼはジェイクを見おろした。わたしは立ちあがろうとしたが、足首をひねったせいですばやく動けなかった。ジェイクは倒れたまま、無力にリーゼを見あげていた。身を守るために片手をあげようとすらしなかった。

そのとき、その夏の最後の奇蹟が起きた。なにかが——なんだったのかは神のみぞ知るだ——リーゼ・ブラントの手をとめたのだ。

リーゼの口から息がほとばしり出て、吸い込まれ、ふたたびほとばしり出るのが聞こえた。わたしが麻痺したように見守るなか、バールは空中高く持ちあげられたまま静止していた。リーゼがのろのろとバールをおろし、足元の地面に落とすのを見て、わたしは泣きそうになった。彼女はがっくりと膝をついてジェイクと向き合い、祈るように両手を組み合わせて、間延びした声で言った。「ごめん。ごめんね」

ジェイクは落ち着きを取り戻し、彼女のとなりに膝立ちになった。手をのばしたが、リーゼにはふれなかった。「いいんだよ」

エミール・ブラントが叫んだ。「大丈夫なのか、そっちは?」

ジェイクがわたしを見た。弟の中にいた子供はどこにも見当たらなかった。彼は言った。「ぼくはここでリーゼについてるよ、フランク」

わたしは立ちあがり、かつてはアリエルのものだった品物をしっかり握りしめると、八月のその午後の濃い影のなかを足をひきずりながらポーチへ、エミール・ブラントのほうへ歩いていった。

エピローグ

誰でもよく知っている算数の問題がある。二本の列車が出てくるやつだ。一本の列車がある場所から出発する。仮にニューヨークとしよう。もう一本が別の場所、たとえば、サンフランシスコから出発する。二本の列車は異なるスピードで互いにむかって進んでいる。この問題の狙いは、二本の列車が出会うまでに、それぞれの列車が走行する距離を計算することだ。わたしは算数が苦手だったから、この問題を解こうとして時間を無駄にするような真似はしなかったが、よく考えをめぐらせたものだ。二本の列車が何マイル進んだかについてではなくて、それに乗っている旅人たちについて。彼らがどんな人たちで、なぜニューヨークやサンフランシスコを出ていくのか、旅の終わりになにを求めているのか。とりわけ思ったのは、二本の列車が出会うときになにが自分たちを待ち受けているのかすこしでもわかっているのかということだった。乗客たちは同じ線路の上を進んでいるのだから、正面衝突の大惨事が起きるのではないか、とわたしは想像した。だから、それはいつも算数の問題ではなく、むしろ生と死と不幸な状況をめぐる哲学の問題に思えた。

わたし自身の人生に置き換えれば、この二本の列車は一九六一年の夏と、現在だ。そしてそのふたつは毎年ニューブレーメンの墓地での戦没者追悼記念日に衝突する。

今年、父がわたしを待っているのは、セントポールにある住まい、コンドミニアムのポーチの日陰だ。しみひとつない白い野球帽のつばの下から、父は世界を見つめている。背が高く、生涯太ったことのない痩身の父は、この数年でさらに痩せ、心臓の働きが衰えて、わたしたちふたりを心配させている。わたしが車廻しに乗り入れると、父はベンチから立ちあがり、おぼつかない足取りでわたしの車に近づいてくる。楊枝でできた人間のような、関節がはずれるのを怖がっているような歩きかただ。父はドアをあけると、脆い骨とたるんだ肉で形成されたぎごちない身体を助手席にすべりこませる。

「やあ、きたな」快活に言い、黄ばんだ歯をのぞかせて微笑する。わたしに会えたこと、また今日という一日を迎えられたことを喜んでいる。

ツイン・シティーズを出て南のニューブレーメンへ向かいながら、わたしたちがしゃべるのは総じて他愛のないことばかりだ。野球。ツインズは今年はよくやってるが、まだシーズンははじまったばかりだ。全仏オープン。誰が敗退し、誰がまだ勝ち残っているか、なぜクレイでプレイできるアメリカ人がいないのか？　それからもちろん天気のこと。ミネソタでは天気があらゆる話題のトップに君臨する。かつては飽くことを知らぬ読書家だった父は、もうめったに本を手に取らない。両手がふるえてな、と文句を言う。集中力も低下している。

彼は八十の坂をとうに越えた。物事がばらばらになっている。

マンカートでわたしたちは西に向かい、ミネソタ・リバーの広い谷をたどる。春にはすばらしい場所だ。雨は多いが多すぎるほどではなく、穀物地帯は緑一色に染まっている。収穫はまだとうぶん先だが、父はそれに個人的利害関係があるかのように、緑豊かな田畑の様子に賛意を持って所感を述べる。わたしは父を知っているから、それが四方山《よもやま》話以上のものであることもわかっている。きまぐれな自然に翻弄される農夫たちのために、父は豊作を望んでいるのだ。多すぎる雨やすくなすぎる雨、壊滅的な雹《あられ》をともなう嵐、イナゴの被害、胴枯れ病、それらは黙示録の騎手たちのようにこの谷を蹂躙《じゅうりん》する。立ち尽くして空を見あげる人びとがただひとつ頼みとするのが祈りか悪態なのだ。

ニューブレーメンまで残り数マイルになると、毎度のことながら、わたしたちは寡黙になり、それぞれの思考は過去を思う旅に出る。

自分のであれ、他人のであれ、人生をふりかえるとき、見えてくるのは深い影から曲がりくねってあらわれては消える細い道のようなものではないだろうか。道の大部分は見えない。過去を構築するためにわたしたちが用いるのは、よく見えるところにとどまっているもの、つまり瞬間的な残像の寄せ集めなのだ。わたしたちの歩んできた道は、父の現在の肉体のように脆い楊枝でできている。だから、ニューブレーメンでのあの最後の夏に関してわたしが思い出すのは、光の中にあるものと、闇にまぎれて想像するしかないものとをはぎあわせた創造物なのだ。

町に入ると、わたしたちは新しい道路を走って、最近建設された川をまたぐ橋を横切った。わずか百ヤード東には、今も昔も変わらぬ堅牢な建造物のひとつ、構脚橋が建っている。線路沿いの穀物倉庫はなくなったが、タイラー通りはザ・フラッツまでずっと先を見通すことができる。教会は長年のあいだに改築され、増築されて、今もそこにあり、午後の遅い時刻、尖塔の影はかつてドラム一家が住んでいた家に今も落ちている。〈ハルダーソンズ・ドラッグストア〉はビデオショップと日焼けサロンになっている。ミスター・バークが散髪鋏を動かしながらゴシップに興じていた店は、現在〈シアー・デライト〉と店名を変え、大部分が女性客だ。警察署は相変わらず広場に面していて、町が最初に区画整理されたときに築かれた同じ石壁の中にある。内部は現代的になったそうだが、見たいとは思わない。わたしにとっての警察署は、遠い昔のあの夏の夜、はじめて父にくっついてジェイクと一緒にガスを連れ戻しに行ったさいに見たときのままだ。

祖父とリズは二十年近く前にこの世を去り、その家を買った家族は庭の手入れにとりたてて熱心ではなかった。祖父が見たら選り抜きの罵り言葉を吐くことだろう。

ブラント家の屋敷は今もブラント家の屋敷で、一族の名を引き継ぐ者によって相変わらず占有されている。アクセル・ブラントと妻のジュリアは韓国生まれの幼い男の子を養子にし、大切に育ててその子に醸造所を遺贈した。彼の名はサムといい、何度か会ったことがある。感じはいいが、裕福な人間にありがちな人を見下すようなところが見受けられた。

墓地に到着すると、ジェイクが門のところで待っている。ウィノーナから車を走らせてきたジェイクは、その町のメソジスト教会の牧師だ。彼は長じて背の高い優雅な身ごなしの男になり、そろそろ頭髪が薄くなりはじめている。彼はわたしたちをぐっと抱きしめる。

ステーションワゴンのほうへ顎をしゃくりながら、ジェイクは言う。「花は持ってきたよ」

わたしたちはジェイクの車のあとについて、花束や故人ゆかりの品や記念品で飾られた無数の墓石のあいだの小道を進んでいく。わたしたちは毎年この日に追悼の意を示している。はじめの頃はそれぞれの家族もよく一緒にきたが、子供たちは成人し、数えきれないほど同行した妻たちは今日は他の予定があるため、今日はわたしたち三人だけだ。墓参を終えたら、町のドイツレストランに向かい、ブラント印のビールを飲み、夕食にはドイツ料理を楽しむ予定だ。

毎年わたしたちはたくさんの墓前を訪れる。その多くは一九六一年の夏に掘られた墓だ。わたしたちはボビー・コールの墓石に花を供える。彼の死があの夏のおそろしいすべての皮切りだったように思える。ドイル巡査の当初の疑惑にもかかわらず、わたしはずっとボビーの死は悲劇的な事故以外の何物でもないと信じてきた。ボビーは白昼夢にふけりがちで、わたしは彼が元気だったときにもそういう様子をしばしば目撃していた。旅の人が埋葬されている名のない墓石と、カール・ブラントの墓石にも花を手向ける。わたしたちはいつもモリス・エングダールの墓石のわきにちいさな花束を置いて、一瞬だけ瞑目する。毎年エングダールの墓がどうなろうとわたしたち以外気にする者がいないのはあきらかなのだが、父がどうしてもと言うのだ。並んで眠っているエミール・ブラントとリーゼの墓石に花を置く。最初にエミール・ブラントがこの世を去った。五十一歳という若さだった。リーゼ・ブラントは七十近くまで生きたが、一九六一年の夏以降は死ぬまでセントピーターにあるミネソタ精神病院で過ごした。彼女はアリエルを殺害した記憶はないと主張した。あの夜、リーゼは農家の芝生にいる姉を見つけ、追い払おうと外に出ていった。アリエルは手をのばし、リーゼにふれた——その理由が誰にわかるだろう？——次にリーゼがおぼえているのは血のついたバールを手にもって立っていたことと、アリエルが足元の芝生に倒れていたことだった。リーゼは狼狽し、アリエルを川まで運んで水中に投げ込み、川が一切を運びさってくれることを望んだ。実のところ、リーゼはセントピーターの病院で不幸だったわけではなかった。庭仕事ができたし、独り部屋を与えられ、エミールが死ぬまでは定期的に訪問した。ジェイクは彼女を見捨てず、死の床に付き添って、最後の平和な休息へと彼女を祈り導いた。

わたしたちは祖父の墓前にしばらくたたずむ。祖父の片側にはわたしの祖母が、反対側にはリズが眠っており、わたしたちは彼ら全員に花を供える。

そのあと訪れるのは、わたしたちが引っ越した翌年に結婚したジンジャー・フレンチとガスの墓だ。彼らは冒険心旺盛な、幸福な夫婦だった。ジンジャーはガスのインディアン・チーフでガスとともに走るのを愛していた。彼らはしまいには飛行機の操縦を習い、小型のパイパーカブ（パイパー・エアクラフト社のプロペラ軽飛行機）を買って、自由気ままにブラック・ヒルズやイエローストーンやドア・カウンティーめざして飛びたったものだった。結婚十二年め、ネブラスカ州ヴァレンティンへの飛行中、悪天候に巻き込まれたふたりはトウモロコシ畑に墜落して死亡した。ふたりの葬儀で父は胸を打つ追悼の言葉を述べた。

もしもここにあれば、わたしが訪れるだろう墓がもうひとつある。ウォレン・レッドストーンの墓だ。ミネソタ大学の学生だったとき、わたしはばったりダニー・オキーフに会った。わたしたちはすぐお互いに気づき、あの夏、彼の一家をニューブレーメンから追い出すことになった出来事をダニーがうらんでいないのを知って、わたしはほっとした。ダニーは大おじさんがその後戻ってきて、グラニット・フォールズの近くに住んでいると教えてくれた。そして、わたしに住所と電話番号を教えてくれた。わたしは姉を殺した犯人だと誤解していた男に会いに行った。ミネソタ・リバーの土手沿いに広がる草原のポプラの木陰で、レッドストーンは釣りをしていた。

彼は顎をしゃくって隣にすわるよううながしてから、言った。「頭ふたつぐらい背が高くなったな、ぼうず。もういっぱしのおとなじゃないか」

わたしは言った。「はい、そう思います」

彼はりんご酒色の水の渦に没した釣り糸を見守った。広くて丸いつばと色あざやかな帯のついた黒い帽子をかぶっていた。髪を長く伸ばし、白髪まじりの二本のおさげにして、肩に垂らしていた。

「おまえはおれの命の恩人だ」レッドストーンは言った。

そのひとことはわたしを驚かせた。なんといっても、わたしがここにきたのは彼を有罪の危機にさらしたのを謝るためだったからだ。

「おれがあの構脚橋を越えるあいだ、おまえが黙っててくれたのをずっとありがたいと思っていたんだ」彼は言った。「あの警官どものことだ、おれを見たら、質問はあとまわしにして、まずぶっぱなしただろうよ」

同意はしなかったが、いまさら否定するのも無意味に思えた。

わたしはたずねた。「あのあとどこへ行ったんですか？」

「ローズバッド特別保留地の一族のところだ。一族のいいところは、行けば拒まないことさ」

わたしたちはあまりしゃべらなかった。いくつかの劇的瞬間にわたしたちの人生が急接近したあの夏をのぞくと、わたしたちにはほとんど共通点がなかった。だがわたしがその場を去ったとき、ウォレン・レッドストーンは忘れえぬあるものを差し出した。歩き出したわたしを呼びとめ、わたしが振り返ると、彼はこう言ったのだ。「彼らはおれたちの近くにいるんだよ」

「彼らって？」わたしはたずねた。

「死者だよ。違いはひと息分もない。最後の息を吐けばまた一緒になれる」

別れの挨拶としては妙な言葉だったから、わたしよりレッドストーンがいる場所、つまり、命の衰えつつある弧の中にいることに関係があるのだろう、と思った。

わたしたちがいつも最後に足をとめるのは、シナノキの下、アリエルと母が横たわるちいさな一画だ。母は乳癌のために六十でこの世を去った。父は最後まで愛情をこめて母の世話をし、母が亡くなると再婚はしなかった。そのときがきたら、父も母とともにシナノキの木陰に眠ることになるだろう。

わたしはセントポールのハイスクールで歴史の教師をしている。勉強と人生における経験を通じて痛感するのは、真実の出来事なんてものはないということだ。時間と場所と参加者はわかっていても、起きたことの説明はその出来事が考察されるさいの視点によって変わる。南北戦争を例にとってみよう。包囲されたアメリカ南部連合国の居住者の語った歴史は、勝った北部諸州側によって喧伝された歴史とはまったく異なる。家族の歴史にも同じことが言える。わたしたちがニューブレーメンのことを話すとき、わたしが決まって気づくのは、ジェイクと父がおぼえていることをわたしがおぼえていないということであり、わたしたちがそろっておぼえていることでも内容がしばしばくいちがっているということだ。わたしたちは各自の記憶を持っていて、いろいろな理由でその記憶を共有していないにちがいない。過去の闇にまぎれこませたままにしておきたいこともある。たとえば父は、ガスとともにその一部をになった戦時中の恐るべき出来事については一言もしゃべらなかったし、わたしもいぶかしく思いながらもまったく質問しなかった。多すぎるほどの死が起きたニューブレーメンのあの夏についても、わたしたちはほとんどしゃべらない。

わたしたち三人が立っているのは、わたしたちの人生の重要な部分が埋められた場所だ。そこからは沈泥で褐色に濁った川と、遠くのパッチワークのような畑と、その向こうの木々に覆われた丘陵、遠い昔に氷河湖の洪水でできたリバー・ウォレンが流れこんだ丘陵が見える。太陽は空の低い位置にあり、日差しは花粉のように黄色く、午後はありがたいほどに静穏だ。

「いい一日だった」父が満足そうに言う。「いい人生だった」

いつも子供の頃に父が説教を終えるとやっていたように、ジェイクがささやく。「アーメン」

わたしは父と弟の身体に腕をまわし、提案する。「ビールを一杯やりに行こう」

愛によって、歴史によって、環境によって、そしてなによりも確実に、恐るべき神の恵みによって結ばれたわたしたち三人はきびすを返し、数々の墓石が間近に迫る小道をともに歩いていく。ウォレン・レッドストーンの別れ際の叡智が胸によみがえる。今ならその意味がわかる。死者はわたしたちからそんなに遠くないところにいるのだ。彼らはわたしたちの心の中に、意識の上にいつもいる。とどのつまり、彼らとわたしたちをへだてているのは、ほんのひと息、最後の一呼吸にすぎない。

解説

文芸評論家
北上次郎

小説に出てくるあらゆる場面の中で、もっとも好きなシチュエーションは、幼い兄弟がたとえばトウモロコシ畑を突っ切って帰宅するシーンだ。兄と弟、あるいは兄と妹が（年齢は十二歳と八歳くらいが理想だが）、そろそろ辺りが薄暗くなってきた夕刻、トウモロコシ畑を突っ切れば早く帰宅できるという状況で、えいっとそのトウモロコシ畑に入っていくのである。幼い弟（あるいは妹）は怖いので兄の手をしっかりと握る。実は兄のほうだって怖いのだ。でも自分は兄さんなのだから、とその感情を隠して手を握り返す。それから十年もすれば、口もきかなくなる兄弟（兄妹）になってしまうかもしれないので、それは幼いときだけに存在する蜜月といっていい。大きくなれば絶対に仲が悪くなるのだ。特に喧嘩はしなくても、この親しさを失っていくのだ。そう思うと、いまだけの蜜月に胸がキュンキュンしてくる。

本書の中に、そういうシーンが具体的に描かれているわけではない。しかし語り手のフランクは十三歳、弟ジェイクは十一歳。この幼い兄弟が二人だけで帰宅するシーンが冒頭近くに出てくる。お前たちは二人で歩いて帰れ、と父親に言われる場面である。彼らはちょっと寄り道してから帰るのだが、残念ながらトウモロコシ畑は出てこない。しかし「トウモロコシ畑」はたとえであり、実際に出てこなくてもいいのだ。幼い兄弟が二人だけで帰宅することと、その心細さを振り払うように寄り添うこと——そのかたちが重要なのである。それが、ここにある。

もう一つは、これが四十年後の回想であることだ。四十年後の現在、フランクはどういう日々を送っているのか、ラストにいたるまで語られないが、たとえば悪ガキのエングダールについて主人公がこう述懐する箇所がある。

わたしはふりかえって、硬いベンチにすわっているモリス・エングダールを見た。あれから四十年たった今ならわかる。わたしが見たのは自分といくらも歳のちがわない子供だったのだ。痩せっぽちで、怒りをくすぶらせ、むやみに暴力をふるっては負け、それがはじめてでも最後でもなく鉄格子の奥に閉じ込められた子供。当時は憎しみしか感じなかったが、それ以外の気持ちをエングダールに持つべきだったのかもしれない。

四十年という歳月がこのように物語に奥行きを作っていることに留意。これも私好みだ。ようするに、何から何まで私好みの小説なのである。

まだ内容をいっさい紹介していないことに気がついたので、急いで書いておく。本書は、アメリカ探偵作家クラブ賞（エドガー賞）の最優秀長篇賞をはじめ、マカヴィティ賞、バリー賞、アンソニー賞を受賞し、我が国でも「ミステリが読みたい！　2016年版」で、ミステリ・ベスト・ランキング〔海外篇〕のベスト1に輝いた小説である。私が日経新聞のコラム書評を書き始めてもう十年以上になるが、主に日本の小説を取り上げることが多いそのコラムで本書を紹介したときに★5つの評価をしたことも付け加えておきたい。ちなみに私がそのコラム書評で★5つをつけるのはだいたい年に一回だけである。

時代は一九六〇年代の始め。舞台はミネソタ州の田舎町。牧師の父、芸術家の母、音楽の才能が豊かな姉、聡明な弟――そういう家族と暮らす十三歳の少年フランクが主人公だ。前半は何も起きない。しかしこの前半がとてもいい。喧嘩しながらも仲がいいフランクと弟ジェイク。いつも兄弟をかばってくれる姉のアリエル。ややエキセントリックな母と厳めしい父。そういう家族の日常が静かに鮮やかに描かれていく。一つ一つの場面がまるで映画を観るかのように、くっきりと浮かび上がってくるのは、キャラクター造形がいいこともあるけれど、著者ウィリアム・ケント・クルーガーの描写力が群を抜いているからにほかならない。鉄道線路で死んだ少年が物語の背景にあるので、サスペンスがずっとひそやかに続いているのも特徴だ。

後半になると物語は一気に動きだすが、ネタばらしになるので、どういうことが起きるのかは書けない。たたみかけるようなこの後半の展開が素晴らしいが、なによりもいいのは、読み終えると最後の一文が迫ってくることだ。

今ならその意味がわかる。死者はわたしたちからそんなに遠くないところにいるのだ。彼らはわたしたちの心の中に、意識の上にいつもいる。とどのつまり、彼らとわたしたちをへだてているのは、ほんのひと息、最後の一呼吸にすぎない。

この余韻たっぷりのラストがいい。『小説推理』二〇一五年二月号のミステリ時評でもこの小説を絶賛したが、そのとき次の一文で締めくくったことを思い出す。

読みおえても、しばらく遠くのほうを見ていたりするのである。ふーっとため息をついて。文句なしに今月の◎。

ところで、ウィリアム・ケント・クルーガーは、ミネソタ州北部の森林地帯を舞台とするコーク・オコナー・シリーズで知られる作家なので（デビューはそのシリーズの第一作『凍りつく心臓』だ）、そちらのシリーズについても触れておく。その前に、これまで邦訳された長篇は以下の通り（カッコ内は原著刊行年と翻訳年）。

①『凍りつく心臓』（九八→〇一）講談社文庫
②『狼の震える夜』（九九→〇三）講談社文庫
③『煉獄の丘』（〇一→〇七）講談社文庫
④『月下の狙撃者』（〇三→〇五）文春文庫
⑤『二度死んだ少女』（〇四→〇九）講談社文庫
⑥『闇の記憶』（〇五→一一）講談社文庫
⑦『希望の記憶』（〇六→一一）講談社文庫
⑧『血の咆哮』（〇七→一四）講談社文庫
⑨『ありふれた祈り』（一三→一四）ハヤカワ・ミステリ文庫　本書
※①〜⑧は野口百合子訳

このうち④と本書⑨が単発作品。あとはコーク・オコナー・シリーズである。このシリーズはアイルランド人とオジブワ族の混血として生まれたために、白人にもインディアンにも属さないコーク・オコナーを主人公にしたもので、抜群のキャラクター造形で読ませるシリーズだ。ちなみに、⑥と⑦は前篇と後篇の関係にある。このシリーズの最高傑作は⑧、ベスト2が③。本書が面白ければ、この二作だけでもぜひ読んでいただきたい。

二〇一六年十月

本書は、二〇一四年十二月にハヤカワ・ミステリとして刊行された作品を文庫化したものです。

訳者略歴　立教大学英米文学科卒，英米文学翻訳家　訳書『ヒルダよ眠れ』ガーヴ，『凍てついた墓碑銘』ピカード，『夜のサーカス』モーゲンスターン，『ウルフ・ホール』マンテル，『蛇の書』コーンウェル（以上早川書房刊）他多数

HM=Hayakawa Mystery
SF=Science Fiction
JA=Japanese Author
NV=Novel
NF=Nonfiction
FT=Fantasy

ありふれた祈《いの》り

〈HM㊸-1〉

二〇一六年十一月十五日　発行
二〇一八年 七 月十五日　二刷

（定価はカバーに表示してあります）

著者　ウィリアム・ケント・クルーガー
訳者　宇《う》佐《さ》川《がわ》晶《あき》子《こ》
発行者　早川 浩
発行所　株式会社 早川書房
郵便番号　一〇一‐〇〇四六
東京都千代田区神田多町二ノ二
電話　〇三‐三二五二‐三一一一（大代表）
振替　〇〇一六〇‐三‐四七七九九
http://www.hayakawa-online.co.jp

乱丁・落丁本は小社制作部宛お送り下さい。送料小社負担にてお取りかえいたします。

印刷・星野精版印刷株式会社　製本・株式会社明光社
Printed and bound in Japan
ISBN978-4-15-182351-0 C0197

本書は活字が大きく読みやすい〈トールサイズ〉です。